칼리의 노래

SONG OF KALI

칼리의
노래
SONG OF KALI

댄 시먼스 지음
김미정 옮김

오픈하우스

그 노래를 듣는 할란 엘리슨과
나의 또 다른 목소리인 아내 카렌과 딸 제인에게
이 책을 바칩니다.

일러두기

1. 본문의 괄호는 모두 옮긴이주이다.
2. 외국 인명, 지명은 외래어표기법을 따르되 일부는 관용적인 표기를 따랐다.
   지명은 작품 속 시대 배경에 따라 표기하였다.
3. 책, 신문, 잡지는 『 』, 단편과 시는 「 」, 영화는 〈 〉로 묶어 표기했다.

"……어둠이 내린다. 모두에게 내린다…… 인간사의 아름다움이라는 우정이 이를 데 없던 비 오는 정오에, 일부 그리스인들과 그 추종자들은 그들이 이 어둠에서 명확히 분리되었다고 생각했다. 그리고 그들 역시 어둠 속에 있었다. 그럼에도 여전히 그들은 다른 이들의 존경을 받는다. 진흙을 뒤집어쓴 채 기근에 찔리고 거리를 돌아다니고 전쟁에 시달려 고난과 고생을 겪으며 배를 걷어차이자 탄식하는 연골만 남은 사람에게 말이다. 수많은 군중. 어떤 이는 석탄을 빨아들여 혼돈의 연기를 내뿜는 베수비오 산(이탈리아 남부의 활화산으로 폼페이가 이 화산이 폭발하며 사라졌다) 밑에, 또 어떤 이는 캘커타 폭염의 자정 속에 있다. 그들은 어디에 있는지 스스로 너무나 잘 알고 있다."

- 솔 벨로(노벨문학상 및 퓰리처상을 수상한 미국 소설가), 『오기 마치의 모험』 중에서

"아, 여기가 지옥이구나. 나도 여기를 빠져나갈 수 없네."

- 크리스토퍼 말로(영국 엘리자베스 시대의 극작가)

어떤 장소는 너무나 사악하여 그 존재를 허락할 수 없다. 어떤 도시는 지독히 악랄해서 용납할 수 없다. 캘커타는 그런 곳이다. 캘커타에 가기 전이었다면 나는 저런 말을 듣고 그저 웃어넘겼을지 모른다. 캘커타를 겪기 전, 나는 악이 인간의 행동과 구별되는 힘이 아니라는 말을 결코 믿지 않았다. 캘커타를 경험하기 전, 나는 바보였다.

로마는 카르타고(튀니지 일대에 위치했던 고대 도시로 기원전 146년 제3차 포에니 전쟁에서 패하여 로마의 속주가 되었다)를 정복한 후, 남자들을 학살하고 여자들과 아이들을 노예로 팔아넘겼다. 문화 유적을 파괴하고 그 돌을 잘게 부수어 잔해에 불을 지른 후 소금을 뿌려 아무것도 자라지 못하는 불모지로 만들었다. 그 정도로는 캘커타에 비하지 못한다. 캘커타는 없어져야 한다.

캘커타에 가기 전, 나는 반핵 시위에 참여했다. 그런데 이제는 어느 도시 위로 핵무기의 버섯구름이 피어오르는 광경을 꿈꾼다. 건물이 붕괴돼 바스러진 유리가 호수를 이루는 모습이 내 눈에 보인다. 포장도로는 용암류가 되어 흘러내리고 강에서 김이 펄펄 끓어오르는 모습이 보인다. 몸에 불이 붙은 곤충처럼, 시뻘겋게 물든 폐허에서 음탕하게 교미하다가 오지끈 바스러지는 사마귀처럼 춤추는 인간의 형상이 보인다.

그 도시가 캘커타다. 저런 꿈이 불쾌하지 않다.

어떤 곳은 극악무도하여 그 존재가 허락되지 않는다.

1

"오늘 캘커타에서 모든 일이 벌어진다……
내 누구를 탓하리요?"
– 상카 고시(인도의 시인)

"가지 마, 보비. 갈 만한 데가 아니야." 친구가 말했다.

1977년 6월, 뉴햄프셔에 있던 나는 뉴욕으로 가서 『하퍼스 매거진』의 편집자를 만나 캘커타(지금의 콜카타, 인도 서벵골 주의 중심 도시) 출장 관련 세부 사항을 확정 지었다. 일을 마친 후 친구 에이브 브론스타인을 찾아가기로 했다. 매디슨 가가 발밑으로 내려다보이는 『하퍼스 매거진』의 초고층 사무실에서 몇 시간을 앉아 있었던 탓일까. 우리의 소규모 문예지 『아더 보이시스』가 입주한 시 외곽의 소박한 사무실 건물이 시시해 보였다.

에이브는 어수선한 사무실에 홀로 앉아 『아더 보이시스』 가을 호를 준비하고 있었다. 창문을 활짝 열어 놓았지만 사무실 공기는 퀴퀴하고 눅눅했다. 그가 불을 붙이지도 않은 채 입에 물고 질겅거리는 담배와 비슷한 느낌이 들었다. "캘커타에 가지 마, 보비. 다른 사람 보내." 에이브가 되풀이해 말했다.

"에이브, 이미 다 결정 난 일이에요. 저희 다음 주에 출발합니다." 나는 잠시 말을 멈추었다. "보수도 좋고 그쪽에서 비용을 전부 다 대기로 했습니다." 나는 말을 이었다.

"흠." 에이브는 담배를 반대편 입꼬리로 보내더니 앞에 잔뜩 쌓인 원고를 보며 인상을 찌푸렸다. 땀범벅에 머리는 부스스한 데다가 왜소하기까지 한 이 남자를 보고 미국에서 꽤 괜찮은 소규모 문예지 발행인일 거라 상상할 사람은 아무도 없을 것이다. 그는 피곤에 찌든 마권업자와 가장 비슷했다. 1977년, 『아더 보이시스』는 전통의 강자 『케년 리뷰』를 누르지 못했다. 그렇다고 판매 부수 경쟁에서 『더 허드슨 리뷰』에게 타격을 준 것도 아니었다. 그럼에도 우리는 철마다 꼬박꼬박 잡지를 내놓았다. 『아더 보이시스』에 처음 발표된 작품 중 다섯 편이 『오 헨리 문학상 수상집』에 수록되었고, 조이스 캐롤 오츠(미국의 소설가)는 우리의 10주년 기념호에 기고하기까지 했다. 나는 수차례 『아더 보이시스』의 보조 편집인이자 시 담당 편집자 겸 무급 교정자로 근무했다. 그러다 지금은 1년간 쉬면서 뉴햄프셔 언덕에서 사색하며 글을 써서 내 이름이 박힌 시집을 얼마 전 발표했다. 그렇다고 해도 난 그저 쓸 만한 기고가일 뿐이다. 나는 여전히 『아더 보이시스』를 '우리' 잡지라고 생각한다. 그리고 에이브 브론스타인을 전과 다름없이 내 절친한 친구라 여긴다.

"그쪽에서는 대체 왜 자네를 보내겠다는 건데? 비용까지 다 댈 정도로 그렇게 중요한 취재 건이라면 『하퍼스 매거진』 직원 중에서 똘똘한 사람 하나 보내면 되잖아?" 그가 되물었다.

에이브가 정곡을 찔렀다. 『타임스』는 서평 지면의 절반을 할애하여 내가 쓴 『윈터 스피리츠』에 대한 기사를 실었지만, 1977년 당시 로버트 C. 루잭의 이름을 들어본 사람은 많지 않았다. 그럼에도 나는 사람들이, 그것도 유력 평론가 수백 명이 내 이름을 들어봤다는 사실만으로도 가능성이 있다며 희망을 걸었다. "작년에 『아더 보이시스』에 실린 제 작품을 보고 『하퍼스 매거진』에서 절 떠올렸대요. 벵골 지방에 관해 쓴 글, 아시죠? 그때 대표님이 저보고 라빈드라나트 타고르(인도의 시인이자 사상가)에 시간을 너무 많이 쏟았다고 그러셨잖아요."

"그래, 기억나. 『하퍼스 매거진』 머저리들이 타고르가 누군지 안다니 신기하군." 에이브가 말했다.

"쳇 모로한테 전화가 왔어요. 제 글이 인상적이었대요." 나는 모로가 타고르의 이름을 잊어버렸다는 얘기까지는 전하지 않았다.

"쳇 모로?" 에이브가 퉁명스레 말했다. "그 사람은 요즘 텔레비전 시리즈를 책으로 내느라 바쁠 텐데?"

"『하퍼스 매거진』 부편집장 자리를 임시 대행 중인데, 10월 호에 캘커타 기사를 싣고 싶대요."

에이브는 고개를 저었다. "암리타와 어린 딸은 어쩌고? 이름이 뭐였더라…… 엘리자베스 리자이나……"

"빅토리아요." 내가 말했다. 에이브는 내 딸의 이름을 알고 있었다. 내가 딸아이 이름을 빅토리아로 지었다고 처음 말했을 때, 그는 이름이 예쁘긴 한데 인도 귀족 출신 엄마와 시카고에 사는 폴란드계 미국인 아빠 밑에서 태어난 아이에게 붙이기엔 지나치게 와스프(WASP: 앵글로색슨계 백인 신교도)스럽다고 했다. 에이브는 예민함의 대명사였다. 쉰이 훌쩍 넘은 나이에도 브롱스빌에서 어머니를 모시고 살았다. 그는 오로지 『아더 보이시스』 발간에만 모든 것을 쏟아붓고 이것과 직접적인 관계가 없으면 사람이든 일이든 무심했다. 어느 겨울날 사무실 난방에 문제가 생겼을 때에도 그는 1월 내내 사무실 안에서 모직 코트를 입고 일한 후에야 짬을 내 난방

13

장치를 수리했다. 요즘 그가 사람들과 소통하는 방식은 전화와 편지가 대부분이었지만, 그런다고 그의 말과 글이 무뎌지진 않았다. 나는 남들이 왜 내가 맡았던 보조 편집인이나 시 담당 편집자 자리에 앉으려 하지 않는지 그 이유를 깨닫기 시작했다. "빅토리아입니다." 나는 되풀이해 말했다.

"아무튼 자네가 집사람과 딸을 두고 훌쩍 가 버리면 암리타 기분이 어떻겠어? 아이가 이제 얼마나 됐지? 두 달?"

"7개월입니다."

"가족을 두고 떠나기엔 시기가 좋지 않아." 에이브가 말했다.

"암리타도 같이 갑니다. 빅토리아도 데리고요. 아내가 벵골어를 통역해 줄 수 있다고 제가 모로에게 확신을 주었죠." 이건 사실이 아니었다. 암리타와 동행하라고 제안한 건 모로였다. 내가 이 일을 맡을 수 있었던 건 암리타의 이름 때문이었을는지 모른다. 『하퍼스 매거진』은 내게 전화하기 전 벵골 문학 권위자 세 명에게 먼저 연락했다. 그중 두 명은 미국에 거주하는 인도 작가였다. 셋 다 제안을 거절했다. 그런데 세 번째 사람이 암리타를 언급하는 바람에 모로가 내게 전화한 것이다. 사실 암리타는 문학이 아니라 수학 전공자였다. "아내 분께서 벵골어를 구사하신다면서요?" 모로가 전화로 물었다. 나는 그렇다고 대답했다. 사실 암리타는 힌디어(인도 지역 언어로 인도 헌법에 규정된 공용어 가운데 하나), 마라티어(인도 서부 지역 언어), 타밀어(인도 남부 지역 언어)를 구사한다. 펀자브어(인도 북서부와 파키스탄 북부 지역 언어)는 조금 할 줄 알고, 독일어와 러시아어, 영어도 한다. 그러나 벵골어는 못한다. '다 비슷한 거 아니겠어?' 나는 이렇게 생각했다.

"암리타가 가겠대?" 에이브가 물었다.

"기대하고 있던데요. 일곱 살 때 아버지를 따라 영국으로 이민을 간 후론 인도에 가지 못했거든요. 인도에 가는 길에 런던에 잠시 들러서 친정 어른들한테 빅토리아를 보여 드릴 생각을 하니 신나나 봐요." 두 번째 이유는 정말이었다. 이 일이 내 경력에 얼마나 중요한지 내가 설득하기 전까지 아내는 아기까지 데리고 캘커타에 가기를 꺼렸다. 런던을 경유하는 일정이 아내의 마음을 굳히는 결정적인 요소로 작용했다.

"그래 그럼, 캘커타에 가든가." 에이브의 말투를 들으니 그가 무슨 생각을 하고 있는지가 정확히 전해졌다.

"왜 그렇게 말리시는지 이유를 말씀해 주세요."

"나중에 말해 주지. 일단 모로가 이번 다스 건으로 무슨 말을 했는지 그것부터 말해 줘. 또 하나, 다스 작품을 더 싣겠다며 『아더 보이시스』 내년 봄 호를 절반이나 비워두라고 하는 이유도 알고 싶네. 다른 데에 이미 실렸던 글을 우리 잡지에 다시 싣는 거 난 질색이야. 아직 공개되지 않은 다스의 장편시가 있을 리도 없고, 그렇다고 뒷북치는 건 진절머리가 난다고."

"다스가 맞아요. 재탕이 아니라 신작이고요."

"말해 봐." 에이브가 물었다.

나는 설명했다.

"캘커타에 가서 시인 M. 다스를 찾을 겁니다. 다스를 만나 얘기한 후에 발표할 신작들 중 일부를 가져올 생각입니다."

에이브가 나를 응시했다. "흠, 말도 안 돼. 다스는 죽었어. 벌써 6, 7년 전 일이야. 1970년이었을 거야."

"1969년 7월이에요." 내 목소리에서 자부심이 스멀스멀 흘러나왔다. "1969년 7월, 부친의 장례식을 끝내고 귀가하던 도중 실종됐죠. 정확히 말하면 동파키스탄에 있는 마을에서 화장식을 치른 후였죠. 지금은 거기가 방글라데시가 되었고요. 다들 그가 살해 당했다고 했죠."

"맞아, 그랬지. 뉴잉글랜드 시인 협회에서 다스를 추모하는 낭독회를 연다고 해서 내가 보스턴에 있는 자네 아파트에서 이틀간 신세졌었지. 그때 자네가 타고르 작품하고 다스가 쓴 서사시 중 일부를 발췌해서 읽었는데. 내용이 뭐였더라…… 수녀였는데. 맞다, 테레사 수녀에 관한 시였어."

"제 시카고 연작 중 두 개를 골라 다스에게 헌정하기도 했었죠. 지금 생각해 보면 그때 우리 모두 너무 서둘렀던 게 아닌가 싶어요. 다스가 캘커타에 다시 나타난 것 같아요. 최소한 그가 썼다는 신작시하고 편지가 등장했습니다. 『하퍼스 매거진』이 인도에 있는 협력 업체를 통해 신작의 일부를 확보했는데, 다스를 알던 사람들에 따르면 그의 최신작이 분명하대요. 그런데 다스를 직접 본 사람은 아무도 없어요. 그래서 『하퍼스 매거진』이 저더러 캘커타에 가서 그의 신작을 확보하라고 하는 겁니다. 기사는 '시인 M. 다스를 찾아서' 뭐 그렇게 허접한 타이틀로 나갈 것 같아요. 『하퍼스 매거진』은 제가 확보할 시에 대한 우선 매수 청구권을 갖게 되지만, 나머지 작품에 대해서는 우리 『아더 보이시스』에도 실을 수 있다고요."

"남은 거 주워 먹으라는 얘기군." 에이브는 투덜거리며 담배를 질경거렸다. 이건 에이브가 상당히 고맙다고 하는 표시였다. 나는 브론스타인과 몇 년간 일하면서 이 사실을 터득했다. 내가 대꾸하지 않자 결국 그가 다시 입을 열었다. "그렇다면 다스는 대체 8년간 어디에 있었던 거지, 보비?"

나는 어깨를 으쓱한 후 모로에게 받은 복사본을 건넸다. 에이브는 그것

16

을 들여다보다가 한쪽 팔을 쭉 펴서 들고 책장을 후르르 넘기듯 뒷장까지 훑었다. "난 포기! 이게 다 뭐지?" 에이브가 말했다.

"다스가 지난 2년 사이에 쓴 것으로 추정되는 신작시의 일부입니다."

"무슨 언어로 쓴 거지, 힌디어?"

"아니요, 거의 다 산스크리트어와 벵골어요. 이게 영어 번역본이고요." 나는 다른 복사본을 넘겼다.

글을 읽는 동안 땀이 맺힌 에이브의 눈썹이 조금씩 일그러졌다. "젠장, 지금 이걸 싣겠다고 나더러 봄 호 지면을 비워두라는 거야? 머리 잘린 남자의 몸에서 뿜어져 나온 피를 마시면서 어떤 여자가 후배위하는 내용이 잖아. 아니면 내가 뭘 놓친 건가?"

"아니요, 제대로 읽으셨어요. 전체 작품에서 극히 일부만 읽으셔서 그래요. 게다가 초벌 원고이고요."

"다스의 작품은 서정적이고 감성적이라 생각했어. 자네가 글에서 언급 했듯 타고르와 비슷한 구석이 있는 줄 알았거든."

"그랬죠. 지금도 그래요. 감성적이라기보다 낙천적이죠." 이건 내가 타고르를 옹호할 때 했던 말과 동일했다. 젠장, 내 작품을 옹호할 때도 난 이렇게 말했었다.

"음, 낙천적이라…… 여기 이 낙천적인 부분이 마음에 드는군. '카마 라티 카메 / 비파리타 카레 라티.' 번역본에 따르면 '욕정에 미쳐 날뛰며 카마와 라티가 개처럼 성교했다.' 좋네, 운율이 뭔가 독특해. 로버트 프로스트의 초기 작품을 보는 것 같군."

"벵골 구전가요의 일부입니다. 다스가 전체적으로 운율을 어떻게 배치 했는지 보세요. 초반에는 교양 있는 베다어로 시작합니다. 그러다 벵골 평민들의 말로 바뀌었다가 도로 베다어로 돌아오죠. 문체를 상당히 복잡하게 처리했는데도 번역이 가능하도록 허용했죠." 나는 입을 다물었다. 모로가 어느 '문학 평론가'에게 듣고 내게 했던 말을 나는 그저 그대로 반복하고 있었다. 좁은 사무실 안이 몹시 후텁지근했다. 열린 창으로 자장가처럼 어르는 듯한 자동차 소리와 저 멀리서 무언가를 알리는 사이렌 소리가 들렸다. "잘 보셨어요. 이건 다스 작품처럼 보이지 않아요. 테레사 수녀를 주제로 서사시를 썼던 시인의 글이라고는 도저히 믿기지 않습니다. 제가 보기에 다스는 살아 있는 것 같지 않아요. 이건 음모일 겁니다. 잘은 모르겠지만요, 에이브."

에이브는 회전의자 등받이에 몸을 깊이 파묻었다. 나는 순간, 그가 입에서 담배를 떼려는 줄 알았다. 그런데 그는 얼굴을 찡그리면서 담배를 왼쪽에서 오른쪽으로 굴려서 보내더니 도로 의자에 기댄 후 두툼한 손으로 목덜미를 감쌌다. "보비, 내가 캘커타에 있었다고 말한 적이 있었나?"

"아니요." 나는 놀라서 눈을 껌뻑였다. 에이브는 자신의 첫 번째 소설을 발표하기 전까지 뉴스 통신사 기자로 일하며 전 세계를 누볐다. 그는 기자 시절 얘기는 거의 하지 않았다. 내가 쓴 타고르에 대한 원고를 채택한 후에, 마운트배튼 경(영국 군인이자 인도 총독을 지낸 인물)과 버마에서 9개월 동안 같이 지낸 적이 있었다고 언젠가 흘리듯 말한 적은 있었다. 그는 뉴스 통신사 기자로 활동하던 때 얘기를 거의 하지 않았지만, 그 얘기는 늘 흥미진진했다. "전쟁 때였나요?" 내가 물었다.

"아니, 종전 직후였어. 1947년 힌두와 이슬람이 종교 갈등을 빚는 동안이었지. 영국은 인도를 빠져나가면서 나라를 두 동강 내고 힌두와 이슬람 양측이 서로 총질하도록 조장했지. 자네가 태어나기 전인가, 로버트?"

"저는 기사를 보고 알았어요. 그럼 그때 그 폭동을 취재하러 캘커타에 가셨군요?"

"아니. 당시 대중들은 전쟁 기사에 신물이 나 있었어. 내가 인도에 간 건 간디 때문이었어. 마하트마 간디 말이야. 인디라 간디(1917~1984, 인도 초대 총리 자와할랄 네루의 딸로 인도 최초의 여성 총리에 오른 인물) 말고. 간디가 캘커타로 간다기에 우리도 취재하러 갔지. 평화의 화신이자 무명옷을 걸친 성인, 흠 잡을 데 없는 고승. 아무튼 난 한 3개월 정도 캘커타에 있었어." 에이브는 말을 멈추고 휑한 머리칼을 손으로 쓸어내렸다. 그는 할 말을 잃은 것 같았다. 나는 그가 글을 쓸 때든 말을 할 때든 고함을 칠 때든, 이렇게까지 단어를 고르느라 주저하는 모습은 본 적이 없었다. "보비." 그가 마침내 입을 열었다. "혹시 '미아즈마'라는 말이 무슨 뜻인지 아나?"

"'사납고 모진 기운'이란 뜻이죠." 나는 심문 당하는 느낌에 기분이 좋지 않았다. "이를테면, 늪에서 풍기는 기운이나 유해한 환경 같은 걸 말합니다. 어원은 그리스어로 미아이네인, '오염시킨다'라는 뜻이 담겨 있어요."

"맞아." 에이브는 다시 담배를 굴리며 말했다. 그는 나의 멋들어진 대답에는 관심이 없었다. 에이브 브론스타인은 시를 담당했던 편집자라면 이 정도 그리스어쯤은 당연히 알 거라 생각하는 것 같았다. "당시, 아니 지금의 캘커타를 묘사할 단어를 하나만 꼽는다면…… 미아즈마일 거야. 캘커타 하면 이 단어밖에 떠오르지 않아."

"캘커타가 원래 늪지에 세워진 도시죠." 나는 여전히 짜증스레 대답했다. 에이브에게서 이런 시답잖은 얘기를 듣는 게 어색했다. 점성술 얘기를 한창 하고 있는데 예전부터 믿고 일을 맡기던 배관공이 불쑥 끼어든 것 같왔다. "우기에 가는 거라 시기가 아주 좋지는 않겠지만, 그래도 뭐……"

"날씨 얘기를 하는 게 아니야. 폭염에 습도까지 높아 끈끈하긴 하지만, 거긴 내가 가본 곳 중에 가장 끔찍하고 흉측한 소굴이었어. 1943년 미얀마보다 더 심했어. 태풍이 쓸고 지나간 싱가포르보다 훨씬 끔찍했다고. 젠장, 8월의 워싱턴은 비할 것도 아니야. 보비, 지금 난 그곳에 대해 얘기하고 있다고, 빌어먹을. 거기엔 뭔가 있었어…… 독기 같은 게 서려 있었어. 그렇게 야비하고 추악한 곳은 내 평생에 본 적이 없어. 전 세계 곳곳의 시궁창 같은 도시들에서 지내 봤지만 나를 겁먹게 한 곳은 캘커타가 유일했다고."

나는 고개를 끄덕였다. 날이 더워서 눈 뒤가 쿡쿡 쑤시면서 두통이 생겼다. "에이브, 그동안 여기저기 험한 도시에서 많이 지내셨군요." 나는 가벼이 말을 건넸다. "필라델피아 북쪽이나 제 고향 시카고 남부에서 여름을 보내 보세요. 그럼 캘커타가 흥미진진해 보일 걸요."

"음." 에이브는 더는 나를 쳐다보지 않았다. "그게 말이야…… 캘커타는 그냥 도시가 아니었어. 캘커타에서 빼내 달라고 부장한테 부탁했어. 그 바보 같은 부장은 불쌍하게도 2년 후에 간경화로 세상을 떠났지 뭐야. 아무튼 그 부장이 나더러 벵골 벽지에서 외부로 연결되는 다리 준공 공사를 취재하라더군. 당시 캘커타에는 철도가 아예 없었지. 그래서 폭 180미터에 깊이 1미터 정도 되는 강을 건너는 다리를 정글 오지 한쪽 귀퉁이에 놓은 거야. 게다가 이 다리가 종전 후 미국에서 처음 지원 받은 돈으로 놓은 거라서 난 어쩔 수 없이 준공식을 취재하러 가야 했어." 에이브는 잠시 말을 멈추고 창밖을 바라보았다. 저 길 아래 어디에선가 성난 군중들이 스페인어로 외치는 소리가 들렸다. 에이브에게는 그 소리가 들리지 않는 것 같왔다. "아무튼 준공식은 지루하기 짝이 없었어. 기술자들과 건설 노동자들은 이미 자리를 떴지. 준공식은 정치와 종교가 결합된 모습이었는데, 인도에서는 늘 겪는 일이지. 그날 저녁, 난 지프를 타고 돌아가기엔 시간이 너무 늦은 데다가 캘커타로 급히 돌아가야 할 이유도 없어서 마을 어귀에 있는 작은 게스트 하우스에서 묵었어. 영국의 지배를 받을 당시 시촬용으로 썼던 건물 같았어. 그런데 밤에 얼마나 덥던지 땀이 얼굴에 송골송골 맺힐 정도였지. 모기떼가 하도 극성을 부려서 미치는 줄 알았다니까. 그래서 자정을 넘긴 시각이었는데도 자다 말고 일어나서 그 다리까지 걸어갔다가 담배를 한 대 피고 돌아오고 있었어. 만약 그날 밤에 달이 뜨지 않았더라면 아마 안 보였을 거야."

에이브가 입에서 담배를 뺐다. 그는 담배가 생긴 것만큼이나 맛도 끔찍하다는 듯 인상을 찌푸렸다. "아이가 기껏해야 열 살도 안 된 것 같더군. 어쩌면 더 어렸을지도 몰라. 남자 아이가 다리 서쪽 시멘트 기둥 위로 삐죽 솟은 보강용 철근에 꽂혀 있었어. 분명 즉사한 것 같진 않았어. 철근이 몸을 관통했는데도 한동안 버둥거렸으니까."

"아이가 새로 개통한 다리 위로 기어 올라간 거였어요?"

"그랬나봐. 당시 관할 지역 검시관이 그렇게 설명했거든. 그런데 말이야, 아무리 생각해 봐도 어쩌다 철근에 아이의 몸이 뚫리게 됐는지 지금까지 도무지 이해가 되지 않아…… 그러려면 저 높은 상판에서 아래로 뛰어내렸어야 말이 되거든. 그로부터 2주 후, 간디가 단식을 멈추고 캘커타 폭동이 진압되기 직전에 영국 영사관에 갔다가 거기에서 러디어드 키플링 (인도 태생 영국의 소설가이자 시인)이 쓴 『다리 건설자』라는 책을 얻었어. 혹시 읽어 봤나?"

"아니요." 나는 키플링의 시나 산문을 참을 수 없었다.

"꼭 읽어 보게. 키플링 단편도 꽤 괜찮아."

"무슨 내용인데요?" 내가 물었다.

"그 책에 따르면 벵골 사람들은 다리를 다 짓고 나면 마지막으로 공을 들여 종교 의식을 치른다는 거야."

"그게 뭐 유별난 일인가요?" 나는 이제껏 무슨 얘기를 들은 건지 한 줄로 정리할 말을 찾느라 정신이 반쯤 팔려 있었다.

"그런 건 아니지. 인도에서는 무슨 일이 있을 때마다 매번 제사를 올리지. 벵골 사람들은 원래 그러는데, 키플링이 그걸 보고 그 책을 쓴 거야." 에이브는 도로 담배를 물더니 이를 뿌드득 가는 소리를 내며 말했다. "그러니까 다리 공사를 다 끝내고 나서 인신공희(인간을 공양의 희생물로 신에게 바치는 제의)를 한 거지."

"그렇구나, 대단한데요." 나는 복사본을 주섬주섬 챙겨서 가방 속에 쑤셔 넣고 자리에서 일어났다. "혹시 키플링 책 얘기가 더 생각나면 전화 주세요. 암리타가 무척 좋아할 겁니다."

에이브도 일어나 책상 위에 걸터앉았다. 그는 뭉툭한 손가락으로 원고 더미 위를 꾹 짚었다. "젠장. 보비, 난 자네가 그 속으로 걸어 들어가지 않았으면 좋겠어."

"미아즈마 속으로요."

그가 고개를 끄덕였다.

"새로 짓는 다리 근처에는 얼씬도 하지 않을게요." 나는 문으로 향하며 말했다.

"그럼 암리타와 딸을 데려가는 것만이라도 다시 고려해 봐."

"저희는 갑니다. 이미 예약도 다 했어요. 예방 접종까지 다 마쳤다고요. 이제 남은 건 하나 뿐입니다. 진짜 다스가 맞다면, 그래서 제가 판권을 가지고 오면 대표님이 그걸 보고 싶으신지 아닌지만 남았습니다. 어쩌시겠어요?"

에이브는 다시 고개를 끄덕이며 꽁초가 잔뜩 쌓인 재떨이 위에 담배를 쑤셔 넣었다.

"캘커타 오베로이 그랜드 호텔 풀장에서 엽서 보낼게요." 나는 문을 열며 말했다.

내가 본 에이브의 마지막 모습은 양쪽 팔을 쫙 벌린 자세였다. 손을 흔들다 만 것 같기도 하고, 설득하다 지쳐서 체념한 묵언의 제스처 같아 보이기도 했다.

2

"캘커타에 대해 알고 싶은가?
그렇다면 그곳을 잊을 대비부터 하라."
― 수실 로이(인도의 정치범이자 모택동주의자)

떠나기 전날, 나는 암리타와 정문 현관에 앉아 시간을 보냈다. 아내는 빅토리아에게 젖을 먹였다. 깜빡깜빡 반딧불이가 검은 숲 앞에서 수수께끼 같은 신호를 보냈고, 귀뚜라미와 청개구리, 야행성 새들은 밤이 되자 소리를 엮어 양탄자를 깔았다. 우리 집은 뉴햄프셔 엑서터에서 얼마 떨어지지 않은 곳에 있었지만, 때로는 너무 조용해서 딴 세상에서 사는 듯한 기분이 들었다. 내가 글을 쓰던 겨울 내내 호젓해서 좋았지만, 이제는 아니었다. 몇 달간 고립된 생활을 해서 그런지 여행을 가고 싶어서 몸이 근질거렸다. 낯선 곳에 가서 낯선 얼굴들을 만나고 싶었다. "정말 가고 싶은 거 맞아?" 내가 물었다. 밤이라 그런지 목소리가 쩌렁쩌렁 울렸다.

아이가 젖을 다 먹자 암리타가 고개를 들었다. 창문에서 새어 나온 뿌연 불빛에 아내의 도드라진 광대와 연갈색 피부가 반짝였다. 짙은 눈동자도 빛이 났다. 가끔 아내는 미치도록 아름다웠다. 만일 우리가 만나지 못해 결혼도 못하고 아이를 낳지 못했더라면 어땠을지 상상만 해도 가슴이 저릿저릿 아팠다. 아내는 빅토리아를 살포시 들어 올렸다. 아직 블라우스

앞섶을 여미기 전이라 고운 선을 그린 젖가슴과 봉긋 솟은 유두가 살짝 보였다. "그렇다니까. 엄마 아빠를 다시 뵈면 정말 좋을 것 같아." 암리타가 대답했다.

"아니, 인도 말이야, 캘커타. 정말 가고 싶은 거 맞아?"

"상관없어. 내가 도움이 된다면야." 아내는 깨끗하게 세탁해서 개켜 놓은 기저귀 한 장을 내 한쪽 어깨에 올리더니 빅토리아를 나에게 넘겼다. 나는 아기의 체온을 느끼고 젖내와 아기 냄새를 맡으며 딸아이의 등을 쓸었다.

"갔다 와도 강의에는 지장 없겠어?" 내가 물었다. 내 품에 안긴 빅토리아가 꼼지락거리더니 토실토실한 손으로 내 코를 만졌다. 나는 딸아이의 뺨에 바람을 부르르 불어넣었다. 빅토리아가 까르르 웃더니 트림했다.

"문제없어." 암리타는 이렇게 말했지만, 나는 그렇지 않다는 것을 알았다. 아내는 노동절(미국 연방 공휴일의 하나로 9월 첫째주 월요일)을 지낸 후 보스턴대 대학원에서 수학 강의를 새로 맡기로 했다. 나는 아내가 강의 준비를 얼마나 많이 해야 하는지 알고 있었다.

"정말 인도에 다시 가 보고 싶어?" 내가 물었다. 빅토리아가 얼굴을 내 뺨에 바싹 붙이더니 기분이 좋은 듯 내 옷깃에 대고 침을 흘렸다.

"내가 기억하는 모습과 비교해 보고 싶어." 암리타가 말했다. 아내는 3년간 케임브리지대에서 강의를 하면서 목소리 톤이 차분하게 바뀌긴 했지만 단조로운 영국식 악센트가 배지는 않았다. 암리타의 음성을 듣고 있노라면 오일이 듬뿍 발린 탄탄한 손바닥이 내 몸을 쓸어 주는 것 같았다.

아내가 일곱 살 때, 장인어른은 뉴델리에서 운영하던 엔지니어링 회사를 런던으로 옮겼다. 아내가 기억하는 그곳의 모습은 우리가 인도 하면 떠올리는 전형적인 모습에서 벗어나지 않았다. 시끄럽고 무질서하고 불합리한 카스트 제도가 만연한 문화 그 자체였다. 이것은 암리타의 성향과는 아예 동떨어진 것이다. 아내는 온몸으로 은근히 품위를 드러내는 사람이다. 소음과 무질서는 어떤 종류든 질색이고, 불의에 치를 떨었다. 게다가 뇌는 정교한 규칙으로 정립된 언어학과 수학으로 훈련되어 있었다.

암리타는 델리에 있던 집과 언니들과 여름을 보내던 봄베이(지금의 뭄바이) 삼촌 집에 대해 말한 적이 있었다. 더러움과 손때가 찌든 맨벽, 뻥 뚫린 창문, 조악한 이불, 밤이면 도마뱀이 벽을 타고 돌아다니며 온갖 싸구려 물건이 한데 모여 있었다고 했다. 엑서터 인근에 있는 우리 집은 스칸디나비안 디자이너가 꿈꾸는 공간처럼 깔끔하고 탁 트였고, 매끈한 나무 바닥에 편안한 모듈식 소파가 놓여 있었다. 티끌 하나 없는 새하얀 벽면에는 여러 점의 그림이 매립식 조명에서 쏟아지는 빛을 받으며 걸려 있었다.

사실 이 집을 사고 그림까지 사 모을 수 있었던 건 아내의 돈 덕분이었다. 암리타는 농담 삼아 이를 '지참금'이라 불렀다. 처음에 나는 반대했다. 1969년 결혼 첫 해, 내 연봉은 5,732달러였다. 나는 웰슬리대 강의를 접고 글을 쓰며 전업 편집자로 일했다. 우리는 보스턴에 살았는데 그 당시에 살았던 아파트는 쥐새끼들조차도 어깨를 웅크리고 돌아다녀야 할 정도였다. 나는 상관없었다. 글을 쓸 수만 있다면 기꺼이 고생할 각오가 되어 있었다. 아내는 아니었지만 그럼에도 불평 한마디 하지 않았다. 아내가 신탁 연금을 헐겠다는 것을 내가 반대하자 아내는 순순히 내 의견을 따라주었다. 그런데 1972년이 되자 암리타는 이 집과 4에이커에 달하는 부지를 계약하고 처음으로 제이미 와이어스(미국의 화가)가 그린 작은 유화를 사들였다. 그 후 지금까지 총 아홉 점의 그림을 사 모았다.

"잠들었어. 이제 그만 흔들어도 돼." 아내가 말했다.

나는 아래를 내려다보았다. 아내의 말이 맞았다. 빅토리아가 주먹을 살짝 쥐고 입을 헤 벌린 채 곤히 잠들었다. 아이가 쌔근쌔근 내쉬는 입김이 내 목을 간질였다. 나는 계속 흔들어 주었다.

"안에다 눕힐까? 점점 쌀쌀해지네." 암리타가 물었다.

"좀 이따가." 내 손바닥이 아기의 등판보다 넓었다.

내가 서른다섯, 암리타가 서른한 살이었을 때 빅토리아를 낳았다. 그동안 나는 내 말을 들어줄 만한 사람이 보이면 누구든지 붙들고 이렇게 말했었다. 대체 아이를 낳는 멍청한 짓을 왜 하냐며 내가 우려하는 바를 쏟아냈다. 인구가 넘쳐 나는 이 암울한 20세기에 젊은이들이 발목 잡힌 채 사는 것이 얼마나 불공평한지를 외쳤다. 원치 않는 아이를 낳아 키우는 사람들의 어리석음을 핀잔했다. 그럼에도 암리타는 단 한 번도 내 의견에 토를 달지 않았다. 논리적인 학문으로 다져진 사람이라 마음만 먹으면 이런 주장을 단 2분 만에 쓰레기통으로 보내버릴 수도 있었을 텐데 말이다. 그러던 1976년 초 우리 주에서 대통령 예비 선거가 열릴 무렵, 암리타는 일방적으로 피임약을 끊었다. 1977년 1월 22일, 지미 카터가 대통령 취임식을 마치고 백악관에 입성한 지 이틀 후, 우리 딸 빅토리아가 태어났다.

나는 아이 이름을 '빅토리아'라고 짓게 될 줄은 꿈에도 몰랐지만 이 이름이 은근히 마음에 들었다. 7월의 어느 무덥던 날, 암리타가 처음 이 이름을 꺼냈을 때만 해도 우린 농담으로 넘겼다. 아내가 어릴 적 봄베이에 있는 빅토리아 역에 도착했을 당시의 기억 때문이었다. 빅토리아 역은 영국 식민 시대의 잔재 중 하나이나 지금까지도 인도를 대표하는 건축물이다. 그 위용 넘치는 역사를 보는 순간, 암리타의 가슴에 경외심이 차올랐다.

그때부터 암리타에게 빅토리아라는 이름은 미와 우아함, 신비로움의 대명사가 되었다. 처음에 우리는 농담 삼아 아이를 빅토리아라고 부르자고 했지만, 1976년 크리스마스 무렵이 되자 딸아이라면 빅토리아보다 더 잘 어울릴 만한 이름은 없다는 사실을 깨달았다.

빅토리아가 태어나기 전만 해도 나는 아이를 낳자마자 바보가 된 사람들을 흉보았다. 그동안 정치와 문학, 연극의 몰락과 시의 쇠락 등 수많은 주제를 놓고 토론을 벌이던 최고 엘리트들이 이제 자기 아들 첫니가 난 얘기를 우리 앞에서 지껄였다. 어린 딸 헤더가 처음으로 유치원에 간 날 뭘 했는지 미주알고주알 몇 시간씩 떠들었다. 나는 저렇게는 되지 말아야지 다짐했다.

그런데 우리 아이는 달랐다. 빅토리아가 성장하는 모습은 그 어떤 심오한 연구만큼이나 중요했다. 나는 갓난아이가 내는 소리에서부터 어설픈 행동 하나하나까지 홀딱 반하고 말았다. 심지어 기저귀를 가는 비위 상하는 일조차도 기쁘기 그지없었다. 내 자식, 내 새끼가 통통한 팔을 버둥거리며 나를 올려다보다니. 저 아이의 아빠인 내가, '등단 시인'인 내가 이런 사소한 일까지 딸아이를 위해 하고 있다는 생각만으로도 감사하기 그지없었다. 생후 7주차 되던 날 아침, 빅토리아는 우리를 보고 처음으로 활짝 미소를 짓는 축복을 선사했다. 나는 에이브 브론스타인에게 전화를 걸어 이 희소식을 나누었다. 에이브는 좋은 작품을 알아보는 축이 좋은 걸로도 유명했지만 오전 10시 30분 이전에는 일어나지 않는 사람으로도 소문이 자자했다. 그는 내게 축하의 말을 건네더니 지금 새벽 5시 45분이라며 넌지시 꼬집었다.

이제 빅토리아가 7개월이 되었다. 보면 볼수록 우리 딸은 영재임이 분

28

명했다. 아이는 한 달 전인 생후 6개월이 되기도 전에 우리가 '얼마만큼 컸나'라고 물으면 양팔을 들어 올리며 반응을 보였고, '까꿍'은 그보다 몇 주 앞서 마스터했다. 6개월 반부터 기기 시작했는데, 이것은 지능이 좋다는 확실한 증거다. 뭐, 암리타는 반대로 얘기하지만 말이다. 아이가 정신없이 몸을 버둥거리지만 매번 뒤로 가는 것도 내 눈엔 하나도 거슬리지 않았다. 아이의 언어 구사 능력은 날로 늘었다. 사실 난 아이의 옹알이에서 '다다'와 '마마'를 아직도 구별하지 못한다. 녹음 테이프를 느리게 돌려 봐도 잘 모르겠다. 암리타는 씩 웃더니 빅토리아가 러시아어와 독일어 몇 마디를 제대로 발음했고, 얼마 전에는 힌디어로 문장 하나를 완벽히 구사했다고 말해 주었다. 나는 매일 저녁 빅토리아에게 책을 읽어 준다. 어떤 날은 전래 동화를 읽어 주면서 워즈워스나 키츠도 같이 읽어 주고, 가끔 에즈라 파운드의 시집 『캔토스』에서 공들여 고른 부분을 읽어 준다. 빅토리아는 특히 파운드를 좋아한다.

"우리 침대로 갈까?" 암리타가 물었다. "내일 아침 일찍 출발해야 하잖아."

암리타의 말에서 뭔가가 감지됐다. 아내는 어떨 때는 '우리 침대로 갈까?'라고 말하기도 하고, 어떤 날은 '우리…… 침대로 갈까?' 하고 묻기도 한다. 오늘은 후자였다.

나는 빅토리아를 데리고 올라가 요람에 눕힌 다음 이불을 덮어 주었다. 그리고 잠시 서서 내려다보았다. 아이는 얇은 퀼트 이불을 덮은 채 엎드려 자고 있었다. 동물 인형들에 둘러싸인 침대에서 머리를 범퍼 패드(침대 난간 안쪽을 감싼 푹신한 천)에 대고 있었다. 달빛이 은총을 내리듯 빅토리아에게 쏟아졌다.

나는 잠시 아래층으로 내려가 문단속을 하고 불을 껐다. 그리고 2층으로 올라가 암리타가 기다리는 침실로 갔다.

　이윽고 절정에 달한 마지막 순간, 나는 고개를 돌려 아내의 얼굴을 바라보며 묻지도 않은 질문에 대한 해답을 찾으려 했다. 그런데 구름이 달을 가리자 갑자기 모든 게 어둠 속에 묻혀 버렸다.

3

"자정이면 이 도시는 디즈니랜드다."

― 수브라타 차크라바르티(재미 인도계 교수)

비행기는 자정에 벵골 만 상공을 지나 남쪽에서 캘커타로 진입했다.

"세상에." 나는 속삭였다. 암리타가 내게 몸을 기대어 창밖을 내려다보았다.

장인장모의 조언대로 우리는 영국해외항공(BOAC, 영국항공의 전신)을 타고 봄베이로 입국해 세관 검사를 마쳤다. 거기까지는 좋았다. 그런데 연결편인 인도 항공 캘커타행 비행기가 기술 결함으로 세 시간이나 지연되었다. 우여곡절 끝에 탑승 허가가 났지만 우리는 조명도 에어컨도 없는 청사에 앉아 한 시간을 더 기다려야 했다. 외부 발전기가 끊겼기 때문이다. 우리 앞에 줄을 선 어떤 사업가의 말에 따르면, 봄베이-캘커타 구간은 기장과 항공 기관사의 불화로 지난 3주간 매일 지연되고 있다고 했다.

일단 운항이 개시되자 비행기는 극심한 뇌우를 피하려고 남쪽으로 한참 돌아서 갔다. 빅토리아는 저녁 내내 칭얼대며 소란을 피웠지만 이제 엄마 품에서 곤히 잠들었다.

"세상에." 내 입에서 또 이 말이 튀어나왔다. 캘커타가 저 아래에 펼쳐져 있었다. 시커먼 구름을 뚫고 내려가자 벵골 만이 보이더니 약 650제곱

킬로미터에 달하는 도시의 모습이 드러났다. 나는 밤 비행기로 여러 도시에 가 보았지만 이런 적은 처음이었다. 대부분의 도시는 보통 전등 불빛이 기하학적으로 펼쳐진다. 그런데 자정에 내려다본 캘커타는 수많은 랜턴과 화톳불, 낯설고 흐릿한 불꽃으로 빛났다. 생체 발광 곰팡이처럼 뭔지 모를 천 개의 은은한 불꽃이 새어 나오고 있었다. 문명이 발달한 도시들은 쭉쭉 뻗은 길과 고속도로, 주차장이 바둑판처럼 직선으로 나뉘어 있다. 그런 예상과는 달리 캘커타에서 빛나는 수많은 불빛은 난잡하게 흩어져 있으면서도 굽이진 강가를 따라 뭉쳐 있었다. 제2차 세계 대전 당시 런던과 베를린에 폭탄을 투하한 공군들도 이런 불타는 광경을 보았으리라.

바퀴가 땅에 닿자 숨이 턱 막힐 것 같은 습기가 청량한 기내로 밀고 들어왔다. 우리는 비행기에서 내린 후 인파에 휩쓸려 수하물 찾는 곳까지 떠밀려 갔다. 공항 청사는 작고 지저분했다. 늦은 시간이었지만 땀을 줄줄 흘리는 승객들이 우리 주위에서 서로 밀치며 고함을 내질렀다.

"누가 마중 나온다고 하지 않았어?" 암리타가 물었다.

"그랬지." 나는 망가진 컨베이어 벨트에서 가방 네 개를 끌어 내린 후 그 옆에 섰다. 사람들은 우리를 밀치며 파도처럼 지나갔다. 하얀 셔츠를 입고 그 위에 사리(바느질하지 않은 긴 천을 몸에 둘러 입는 인도 여성의 전통 의상)를 걸친 사람들의 짜증이 비좁은 청사 안에서 느껴졌다. "모로가 벵골 작가 협회에 연락했어. 마이클 레너드 차터지라는 남자가 마중 나와 우리를 호텔까지 데려다 준다고 했는데, 비행기가 연착되는 바람에 아마 돌아갔을 거야. 나가서 택시를 잡자."

입구 쪽을 쳐다보니 밀치고 소리치는 사람들이 그득했다. 나는 어쩔 수 없이 가방 옆에 서 있을 수밖에 없었다.

"러차크 부부 맞으신가요? 로버트 러차크?"

"루잭입니다." 나는 반사적으로 발음을 정정했다. "네, 제가 로버트 루잭입니다만." 나는 사람들을 밀치며 우리 앞으로 온 남자를 바라보았다. 그는 키가 크고 깡마른 체구에 더러운 갈색 바지를 입고 그 위에 하얀 셔츠를 받쳐 입었다. 푸르스름한 형광등 조명을 받으니 셔츠는 칙칙한 회색처럼 보였다. 얼굴은 비교적 젊어 보였다. 이십 대 후반 정도 되었을까. 면도는 말끔히 했지만 검은 머리칼은 전기를 맞은 듯 하늘로 치솟았고, 꿰뚫어 보는 듯한 검은 눈에는 억눌린 폭력성이 터지기 일보 직전처럼 보였다. 매부리코 위에 자리 잡은 짙은 눈썹은 거의 맞붙어 있었다. 나는 반걸음 물러나 서류 가방을 바닥에 내려놓고 오른손을 비웠다. "차터지 씨?"

"아니요. 차터지 씨는 보지 못했습니다." 남자가 까칠하게 대답했다. "M. T. 크리슈나라고 합니다." 주위가 시끄럽기도 했고 노래를 부르듯 강한 억양 때문에 내 귀엔 그의 이름이 '엠티(empty, 텅 비어 있는) 크리슈나'로 들렸다.

내가 손을 내밀었지만 크리슈나는 몸을 홱 돌리더니 밖으로 나가는 길로 우리를 인도했다. 그는 오른팔을 쭉 뻗어서 사람들을 옆으로 밀쳤다. "이쪽입니다. 빨리요!"

나는 암리타에게 고갯짓을 한 후 우리 가방 중 세 개를 집어 들었다. 신기하게도 빅토리아는 이렇게 덥고 소란스러운 장소에서도 깨지 않았다. "작가 협회 소속이신가요?" 내가 물었다.

"아뇨, 아닙니다." 크리슈나는 고개를 돌리지 않고 대답했다. "저는 시간 강사인데 재인도 미 교육 재단과 연락을 주고받습니다. 제 스승이신 샤 씨의 가장 친한 동료인 뉴욕에 계신 에이브러햄 브론스타인 씨가 연락하자, 샤 선생께서 제게 도움을 요청하신 거죠. 암튼 빨리요!"

청사 밖으로 나가니 더운 청사 안에 있을 때보다 공기가 훨씬 텁텁하고 눅눅했다. 서치라이트가 청사 문 위에 걸린 은색 문구를 비추었다. "덤덤 공항'이라……" 나는 크게 소리 내어 읽었다.

"네네. 제1차 세계 대전 후 법령으로 금지되기 전까지 이곳에서 포탄을 만들었죠. 자, 이쪽으로 오세요." 크리슈나가 말했다.

갑자기 주위로 십여 명의 짐꾼들이 들러붙더니 몇 개 되지 않는 우리 가방을 들어주겠다고 했다. 피골이 상접한 남자들이 맨다리에 누런 누더기를 걸치고 있었다. 어떤 남자는 팔이 하나 없었다. 또 어떤 남자는 화상을 입었는지 턱에서부터 가슴팍까지 살이 뭉개져 있었다. 그는 분명 말을 하지 못했지만 망가진 성대를 울려 꼴깍꼴깍 다급하게 소리를 냈다.

"가방을 저치들한테 주세요." 크리슈나가 끼어들었다. 그가 오만하게 몸짓을 하자 짐꾼들이 앞다퉈 가방을 집어 들었다.

우리는 굽은 길을 따라 한 20미터 정도 걸어야 했다. 공기는 습기에 짓눌려 있었다. 눅눅한 군용 담요를 덮은 듯 어둡고 묵직했다. 잠시 눈앞이 핑 돌았다. 하늘에서 하얀 가루가 날리자 나는 눈이 내리는 줄 알았다. 이윽고 그것이 청사에 매달린 빔 조명 속에서 춤추는 곤충 백만 마리 떼라는 것을 깨달았다. 크리슈나가 차 한 대를 손가락으로 가리키며 짐꾼들에게 손짓했다. 나는 놀라서 걸음을 멈추었다. "버스네요?" 파란색과 흰색이 섞인 차는 일반적인 버스라기보다 미니버스에 가까웠다. 차 옆면에는 그 유명한 재인도 미 교육 재단의 약자, USEFI가 적혀 있었다.

"네네. 동원 가능한 게 이것밖에 없어서요. 빨리 타세요."

원숭이만큼 동작이 잽싼 짐꾼 하나가 버스 뒤쪽에서 지붕으로 기어 올라갔다. 가방 네 개가 차 지붕에 있는 수하물 선반에 올려졌다. 짐꾼들이 검정 노끈으로 가방을 단단히 동여맸다. 나는 가방을 왜 차 안에 안 싣는지 의아했다. 내가 어깨를 으쓱한 후, 5루피(인도의 통화 단위, 1루피는 한화로 약 17원) 두 장을 꺼내 짐꾼들에게 팁으로 주려는 찰나 크리슈나가 내 손에서 지폐를 낚아채더니 한 장을 되돌려 주었다.

"아니요. 너무 많습니다." 그가 말했다. 나는 또다시 어깨를 으쓱해 보인 후 암리타부터 버스에 태웠다. 화내며 고함치는 짐꾼들 소리에 결국 빅토리아가 잠에서 깼다. 이 혼돈 속에 자지러지는 아이의 울음소리까지 더해졌다. 우리는 졸고 있던 버스 운전사에게 목례한 후 오른쪽 두 번째 칸에 앉았다. 크리슈나가 버스 문 앞에 서서 가방을 들어 준 짐꾼 셋과 말씨름을 하고 있었다. 암리타는 폭포수처럼 쏟아지는 벵골어를 전부 이해하진 못했지만, 몇 마디를 알아듣고 내게 설명해 주었다. 5루피 한 장을 셋이서 나눠 가질 수 없으니 저들이 화났다는 것이다. 짐꾼들은 1루피만 더 달라고 요구했다. 크리슈나가 뭐라고 윽박지르더니 차 문을 닫으려 했다. 얼굴이 허연 수염으로 뒤덮이고 깊게 주름이 팬 가장 늙은 짐꾼이 앞으로 나와 몸으로 문을 막아섰다. 청사 입구 근처에 있던 다른 짐꾼들까지 몰려왔다. 고성이 비명으로 바뀌었다.

"제발, 좀 더 주고 여기를 빠져나갑시다!" 나는 크리슈나에게 외쳤다.

"안 됩니다!" 크리슈나는 내가 있는 쪽으로 시선을 홱 돌렸다. 그는 눈에 고인 폭력성을 더는 누르지 못했다. 피로 낭자한 경기를 관람하는 사내들처럼 들뜬 표정을 지었다. "너무 많다고요." 그가 단호히 말했다.

이제 버스 문 앞에 짐꾼들이 잔뜩 모여들었다. 갑자기 그들이 버스 옆면을 손으로 마구 치기 시작했다. 운전사는 몸을 곧추세우고 앉아 모자를 신경질적으로 매만졌다. 버스 문 앞에 서 있던 늙은 짐꾼이 버스에 타려는 듯 맨 아래 계단을 밟고 올라섰다. 크리슈나가 사내의 맨가슴에 손가락 세 개를 대고 세차게 떠밀었다. 늙은이는 갈색 누더기를 걸친 사람들 틈으로 쓰러졌다.

암리타 옆으로 열린 차창 틈새로 마디진 손가락이 불쑥 들어왔다. 화상으로 얼굴이 뭉개진 짐꾼이 턱걸이를 하듯 몸을 위로 끌어 올렸다. 우리와 단 몇 센티미터 사이를 두고 그가 입을 미친 듯이 움직였다. 입 안에는 혀가 없었다. 그가 내뱉은 침이 뿌연 창에 들러붙었다.

"젠장, 크리슈나!" 나는 짐꾼들에게 돈을 주려고 자리에서 일어났다. 순간, 경찰관 세 명이 어둠 속에서 나타났다. 경찰은 하얀 헬멧을 쓰고 샘 브라운 벨트(어깨에 가는 끈을 대각선으로 착용하는 벨트)를 차고 카키색 반바지를 입고 있었다. 그중 두 명은 대나무 곤봉을 들었다. 인도 경찰관이 사용하는 야경 방망이로, 1미터가량 되는 묵직한 나무 한쪽 끝에 철심이 박혀 있었다.

짐꾼들은 계속 고함을 지르면서도 경찰관이 접근할 수 있게 슬금슬금 뒤로 물러났다. 흉이 진 얼굴의 사내가 암리타가 앉은 차창에서 떨어졌다. 첫 번째 경찰관이 방망이로 버스 앞을 때렸다. 늙은 짐꾼이 몸을 돌려 큰 소리로 불평을 쏟아 놓았다. 경찰관은 야경 방망이를 높이 든 채 되받아쳤다. 때를 놓치지 않고 크리슈나가 손잡이를 돌려 버스 문을 닫았다. 그가 버스 운전사에게 두 마디를 건네자 드디어 버스가 움직이더니 어두운 길을 따라 재빨리 속도를 올렸다. 누군가 내던진 돌멩이가 버스 뒤를 때리자 쾅 하는 굉음이 들렸다.

이제 버스가 공항을 빠져나가 텅 빈 4차선 도로로 진입했다. "VIP 고속도로입니다." 크리슈나는 여태껏 입구에 서 있었다. "귀빈 전용 도로죠." 색이 바랜 광고판이 오른편에서 번쩍 하고 지나갔다. '캘커타에 오신 것을 환영합니다'라는 짤막한 문구가 힌디어, 벵골어, 영어로 쓰여 있었다.

버스는 헤드라이트를 끄고 실내등만 켜고 달렸다. 암리타는 피곤했는지 아름답던 눈 주위가 퀭해 보였다. 빅토리아도 너무 지쳐서 잠도 못 자고 울지도 못한 채 엄마 품에서 칭얼거렸다. 크리슈나가 우리가 앉은 앞좌석 복도 쪽 의자에 걸터앉았다. 옆에서 보니 매부리코였고, 실내등과 스쳐 지나가는 가로등에 비친 그의 얼굴은 화난 표정이었다.

"제가 3년 정도 미국에서 대학을 다녔습니다."

"정말요? 흥미롭군요." 나는 이렇게 난장판을 만든 저 멍청한 개자식을 한 대 후려갈기고 싶은 충동이 들었다.

"네네. 흑인들과 멕시코계 사람들, 인디언 원주민과 지냈죠. 당신네 나라에서 억압 받는 사람들하고요."

고속도로 양옆으로 보이던 어두운 늪지대가 물러가고 갑자기 갓길 오른편으로 판잣집이 정신없이 펼쳐졌다. 올이 굵은 삼베로 지은 천막에서 랜턴 불빛이 새어 나왔다. 저 멀리 누런 불꽃을 일으키며 활활 타는 화톳불 앞에서 어색하게 움직이는 형체들이 또렷이 보였다. 차는 도로를 갈아타지 않고 시골길을 지나 빗물이 고인 좁은 도로를 굽이굽이 따라 폐허가 된 높은 건물과 철판 지붕이 덮인 슬럼가 구역을 빠져나갔다. 망가지고 불꺼진 상점 앞도 수없이 지나쳤다.

"교수들이 죄다 멍청했어요. 보수적인 바보들이었죠. 문학이 책 속에 든 사어(死語)로 이루어진 거라 생각하는 작자들이었으니까요."

"그랬군요." 나는 크리슈나가 무슨 말을 하는지 알아듣지 못했다.

거리는 침수되어서 대략 60센티미터에서 1미터가량 물이 차 있었다. 넝마 천막 아래에는 옷을 입은 형체가 자거나 앉아서 떠들다가 우리를 노려보았다. 그림자가 져서 그런지 새하얀 흰자위밖에 보이지 않았다. 골목마다 뻥 뚫린 방과 간신히 불을 밝힌 마당의 그림자 속에서 형체들이 움직였다. 우리가 탄 버스가 지나가자, 묵직한 수레를 끌던 깡마른 남자가 몸을 옆으로 훌쩍 날려야 했다. 그는 주먹을 휘두르고 입을 벙긋거리며 우리 귀에 들리지 않는 욕을 했다.

건물은 여러 시대를 거쳐 온 듯 오래되어 보였다. 잊힌 몇 천 년, 어쩌면 인류 출현 이전에 폐허로 변한 유적처럼 보였다. 그림자가 지고 기울고 갈라져서 휑한 모습을 보니 사람이 살 법한 건물 같지 않았다. 그런데도 2층, 아니 3층마다 드루이드(고대 켈트족의 사제, 교사, 법관 역할을 담당하던 계급) 도살장 같은 곳에서 사는 인간의 모습이 열린 창으로 힐끔 보였다. 알전구가 흔들거리고 머리가 까딱거렸다. 회반죽이 떨어져 나간 맨벽 사이로 건물 뼈대처럼 보이는 허연 골격이 썩어 문드러진 것이 보였다. 팔이 여러 개 달린 신을 화려하게 그린 그림을 잡지에서 오려내 그걸 벽이나 창문에 테이프로 삐뚤삐뚤 붙여 놓은 모습도 보였다. 아이들이 뛰어놀면서 소리를 지르며 좁고 어두운 통로를 돌아다녔다. 갓난아이 울음소리가 저 멀리에서 낮게 깔렸다. 어디를 둘러보아도 뭔가 움직이는 모습이 시야 한쪽 구석에 걸렸다. 질척질척한 진흙과 아스팔트 위를 달리는 버스 타이어에서 바람 빠지는 소리가 들렸다. 인도 양쪽에 드리운 그림자 속에서 시신처럼 이불을 덮고 누운 형체가 보였다. 끔찍한 기시감이 나를 덮쳤다.

"멍청한 교수 하나가 제가 쓴 리포트를 받아 주지 않는 바람에 화가 나서 때려 쳤어요. 제가 월트 휘트먼이 젠 불교 사상에 빚지고 있다고 썼거든요. 오만하고 편협한 머저리 같은 교수였죠."

"그렇군요." 나는 대답했다. "혹시 실내등을 끌 수 있나요?"

우리는 캘커타 도심으로 향했다. 썩어 문드러진 도심 슬럼가가 뒤로 물러나더니 그보다 훨씬 더 썩은 것처럼 보이는 더 거대한 빌딩이 시야에 들어왔다. 가로등은 거의 보이지 않았다. 교차로에 고인 시커멓고 깊은 물웅덩이 속으로 번개가 희미하게 반사되었다. 어두운 상점 앞에 가만히 이불을 덮고 누운 사람들이 주인 없는 빨랫감처럼 널브러져 있다가 우리가 지나가는 것을 보려고 고개를 빼꼼 내밀었다. 버스 안의 누런 조명 때문에 우리 셋은 밀랍 시체처럼 보였다. 숱한 전쟁 포로들이 적국의 수도 거리에서 끌려다닐 때 어떤 기분이었는지 나는 이제야 알 것 같았다.

한 소년이 저만치 앞 시커먼 물웅덩이 속에 나무 상자를 놓고 그 위에 올라가 있었다. 내 눈엔 죽은 고양이처럼 보이는 뭔가의 꼬리를 붙들고 흔들고 있었다. 버스가 다가가자 소년이 그것을 휙 집어던졌다. 털 뭉치 시체가 둔탁하게 차창을 때리더니 튕겨 나갔다. 그건 쥐였다. 운전사는 욕설을 퍼부으며 소년이 있는 쪽으로 차를 틀었다. 소년은 갈색 다리를 휘저으며 재빨리 도망갔다. 그가 올라서 있던 나무 상자가 버스 오른쪽 바퀴에 깔려 빠개졌다.

"물론 당신은 시인이니 이해하실 겁니다." 크리슈나가 말했다. 그의 작고 뾰족한 치아가 드러났다.

"실내등을 꺼달라는 건 어떻게 됐죠?" 내가 물었다. 속에서 울화가 치미는 것 같았다. 암리타가 왼손으로 내 팔을 붙들었다.

크리슈나가 뱅골어로 몇 마디를 내뱉었다. 운전사는 어깨를 으쓱하더니 대답을 툭 던졌다.

"스위치가 고장 났대요." 크리슈나가 대답했다.

차가 탁 트인 광장으로 진입했다. 원래 공원이었던 곳인데 스러져 가는 빌딩 숲 사이로 시커멓게 금을 그어 나눈 것 같았다. 전차 두 대가 난잡한 광장 한가운데에 버려져 있었다. 십수 명의 가족들이 늘어진 천막 아래 옹기종기 모여 있었다. 비가 또다시 내리기 시작했다. 급작스러운 폭우가 버스 철지붕을 때렸다. 시커먼 하늘이 무자비하게 주먹을 휘두르는 것 같았다. 버스 운전사 앞쪽에만 와이퍼가 하나 달려 있었는데, 와이퍼는 폭포수처럼 퍼붓는 빗물을 가르며 굼뜨게 움직였다. 순식간에 비는 베일이 되어 우리와 도심 사이를 가렸다.

"다스 시인에 대해 우리가 꼭 얘기를 나누어야 합니다." 크리슈나가 말했다.

나는 눈을 껌뻑였다. "이 실내등부터 끄죠." 나는 천천히 또박또박 말했다. 공항에서부터 억누를 수 없는 분노가 내 속에 차곡차곡 쌓였다. 나는 당장이라도 이 잘난 척하는 우둔한 바보의 목을 조를 수 있었다. 이 작자의 아둔한 머리에서 개구리 같은 눈알이 툭 뛰어나올 때까지 숨통을 쥘 수도 있었다. 독주를 마시면 열이 확 오르듯 분노가 내 몸속을 채우는 것 같았다. 내 순간적인 광기를 느꼈는지 암리타는 바이스로 조이듯 내 팔을 손으로 꽉 붙들었다.

"제가 당신과 다스 씨에 관해 얘기한다는 사실이 상당히 중요합니다." 크리슈나가 말했다. 버스 안의 열기가 참지 못할 지경에 이르렀다. 화상을 입어 물집이 잡히듯 얼굴에 땀이 송골송골 맺혔다. 우리가 내쉬는 숨이 대기 중에 수증기가 되어 둥둥 떠다녔다. 밖에서 내리는 폭우에 이 세상이 완전히 쓸려 내려갈 것 같았다.

"나는 저 빌어먹을 불부터 꺼야겠소." 나는 이렇게 말하고 벌떡 일어났다. 만약 빅토리아를 안고 있지 않았더라면 암리타는 양손으로 나를 붙들었을 것이다.

내가 그가 앉은 자리 위로 몸을 세우자, 크리슈나가 놀라서 두툼한 눈썹을 추켜올렸다. 내가 오른팔을 쫙 뻗는 순간, 암리타가 말했다. "보비, 뭐하러 그래. 다 왔어. 저기, 호텔이야."

나는 동작을 멈추고 몸을 숙여 창밖을 내다보았다. 폭우는 시작도 그랬듯이 그 끝도 급작스러웠다. 어느새 이슬비가 되어 부슬부슬 내리고 있었다. 버스 천장을 두드리는 가늘어진 빗소리에 내 화도 누그러졌다.

"나중에 얘기합시다, 루잭 씨. 그게 가장 중요합니다. 내일 하죠." 크리슈나가 말했다.

"그럽시다." 나는 빅토리아를 안고 버스에서 내렸다.

오베로이 그랜드 호텔 정문은 화강암 절벽처럼 어두웠는데, 작은 조명 하나가 이중 출입문을 비추고 있었다. 낡은 차양이 도로 연석까지 뻗어 나와 있었다. 양옆에는 십수 명의 어두운 윤곽이 보였다. 다들 비에 젖은 우산을 쓰고 말없이 서 있었다. 어떤 이는 흠뻑 젖은 플래카드를 들었고, 망치와 낫(구소련의 국기)도 보였다. '불공정'이란 단어도 눈에 띄었다. "파업하는 겁니다." 크리슈나가 졸린 눈에 빨간 조끼를 입은 짐꾼에게 손짓하며 말했다. 나는 어깨를 으쓱할 뿐이었다. 비 내리는 캘커타의 새벽 1시 30분, 이제 불빛 하나 없는 호텔에서 피켓 시위를 하는 모습을 봐도 놀랍지 않았다. 30분 전부터 내 현실감은 그 한계를 넘어섰다. 수많은 벌레들이 다리를 비비는 것 같은 어떤 아우성이 내 귓속을 가득 채웠다. '시차 때문인가.' 나는 생각했다.

"데려다 줘서 고마워요." 크리슈나가 다시 버스에 오르자 암리타가 인사했다.

그가 새끼 상어처럼 인상을 살짝 찌푸렸다. "네네. 내일 다시 얘기합시다. 안녕히 주무세요."

호텔 입구에서 로비까지는 어두운 복도 몇 개를 지나야 하는 것 같았다. 복도는 잘 보존된 미로 같은 도로와 로비를 완전히 분리시켜 주었다. 로비는 그 자체로도 충분히 환했다. 말끔하게 차려입은 호텔 직원이 졸린 기색 없이 우리를 반갑게 맞았다. "네, 루잭 부부로 예약하신 게 맞습니다. 네, 늦으신다는 전보 받았습니다." 짐꾼은 나이가 꽤 많아 보였다. 우리가 6층으로 가려고 엘리베이터를 타자 그는 빅토리아에게 살갑게 인사했다. 나는 방을 나가는 그에게 10루피를 쥐어 주었다.

호텔 방은 캘커타에 있는 여느 것처럼 휑하고 어둑어둑했다. 그래도 비교적 깔끔한 편이었다. 문에는 커다란 빗장이 달려 있었다.

"아, 안 돼!" 욕실에서 암리타의 목소리가 들렸다. 나는 떨리는 가슴으로 세 걸음 만에 욕실로 갔다.

"세수수건만 있고 목욕 타월이 하나도 없어." 암리타가 말했다. 우리는 둘 다 웃기 시작했다. 둘 중 하나라도 멈출 수 있었지만, 한 명이 멈추려 하면 다른 한 명이 다시 웃음을 터뜨렸다.

우리는 10분 동안 침대 위에 빅토리아의 잠자리를 마련했다. 그런 다음, 땀에 찌든 옷을 벗고 깨끗이 씻은 후 얄팍한 이불을 덮고 함께 누웠다. 고물 에어컨이 둔탁하고 씩씩거리는 소리를 냈다. 옆방에서 변기를 내렸는지 핑음이 들렸다. 제트기 엔진 소리가 내 귀를 찌르며 윙윙거렸다.

"잘 자라, 우리 아가." 암리타가 말했다. 아이는 곤히 잠들었다.

우리도 곧 곯아떨어졌다.

4

"그리고 널따란 안뜰에서 그곳을 둘러싼 장벽이 허물어지고
사람들이 대화를 끝내고 나면 상냥한 배회가 시작된다."
— 푸르넨두 파트리(인도의 시인)

"아침 햇살이 비추니 세상이 더 근사해 보이네." 암리타가 말했다.

우리는 호텔 가든 카페에서 아침을 먹었다. 빅토리아는 친절한 웨이터
가 갖다 준 아기 의자에 앉아 해맑게 까르르거렸다. 카페는 호텔 안뜰을
가득 메운 정원을 향해 있었다. 비계 위에서 일하는 작업자들이 즐거운 듯
서로에게 말하고 있었다.

나는 차를 마시고 머핀을 오물거리며 캘커타 영자 신문을 읽었다. 현대
식 대중교통 시스템을 구축해야 한다는 논설이 실려 있었다. 사리와 오토
바이 광고도 보였다. 어느 인도 가족이 웃으며 코카콜라를 들고 있는 사진
도 보였다. 그 옆면에는 시신 사진이 확대되어 실려 있었다. 터져버린 고
무 타이어처럼 너덜너덜해진 얼굴에서 눈알이 툭 튀어나온 사진이었다.
바로 어제, 7월 14일 목요일, 하우라(인도 북동부 서벵골 주에 있는 도시) 역
에 버려진 철제 트렁크 안에서 시신이 발견되었다. 망자의 신원을 확인할
수 있는 단서를 제공해 줄 사람은 인도 형법 302/301 조항(S.R. 39/77)에
따라 하우라 철도 공사 관할 담당 경위에게 연락, 일시 1977년 7월 14일

사건 번호 23이라고 신고해 달라는 내용이었다.

나는 신문을 접어 탁자 위에 올려놓았다.

"루잭 씨이시죠? 안녕히 주무셨습니까!" 나는 일어나 나에게 다가오는 중년의 인도 신사에게 손을 내밀었다. 그는 키가 작고 피부색이 밝았다. 머리는 거의 벗어졌고 두꺼운 뿔테 안경을 쓰고 있었다. 그가 입은 여름용 우스티드 천으로 된 맞춤 양복은 흠잡을 데 없었고 악수를 청하는 행동까지 정중했다. "루잭 씨, 마이클 레너드 차터지라고 합니다. 루잭 부인, 뵙게 되어 반갑습니다." 그는 살짝 고개를 숙이며 암리타와 악수했다. "어젯밤 공항에 마중 나가지 못해서 정말 죄송합니다. 저희 기사가 봄베이발 비행기가 오늘 아침에나 온다고 잘못 알려줬지 뭡니까."

"괜찮습니다." 내가 말했다.

"제대로 된 환영도 못 받으시고 입국하셨으니 얼마나 속상하고 섭섭하셨겠습니까. 정말 죄송합니다. 저희는 선생이 캘커타에 와 주셔서 대단히 기쁩니다."

"'저희'라뇨?" 내가 물었다.

"앉아서 말씀하시죠." 아내가 권했다.

"고맙습니다. 아이코! 정말 예쁘게 생겼구나. 눈이 엄마를 닮았네요, 부인. '저희'라 함은 벵골 작가 협회를 말합니다. 루잭 씨. 저희는 그동안 지속적으로 모로 씨와 그분이 발행하는 수준 높은 문예지를 접해 왔습니다. 그래서 저희는 선생과 벵골 최고, 아니 인도 최고의 시인이 쓴 신작에 대해 얘기하기를 고대하고 있습니다."

"그럼 M. 다스가 살아 있다는 말인가요?"

차터지가 씩 웃었다. "음, 그럴 가능성이 상당히 큽니다. 저희는 지난 6개월간 그가 쓴 편지를 꽤 많이 받았거든요."

"그렇다면 직접 만나 보셨습니까?" 내가 압박했다. "그 사람이 다스라고 확신하십니까? 그렇다면 왜 8년 동안이나 자취를 감춘 거죠? 제가 언제쯤 다스를 만날 수 있습니까?"

"좋은 때가 오겠죠, 루잭 씨." 차터지가 말했다. "좋은 때가요. 제가 선생께서 저희 작가 협회 최고 위원회를 만날 수 있는 자리를 마련했습니다. 오늘 오후 2시는 어떠신가요? 아니면 오늘 하루는 가족 분들과 관광을 다닐 생각이신가요?"

나는 암리타를 쳐다보았다. 통역이 필요하지 않을 경우, 아내와 빅토리아는 호텔에 남아서 쉬기로 미리 정해 놓았다. "오늘 시간 괜찮습니다."

"좋습니다, 아주 좋습니다. 1시 30분에 차를 보내겠습니다."

우리는 차터지가 카페를 나서는 모습을 지켜보았다. 우리 뒤편 대나무 비계에 올라서서 일하던 일꾼들이 정원을 가로지르는 호텔 직원을 향해 밝은 목소리로 소리쳤다. 빅토리아는 아기 의자 앞에 달린 식판을 시끄럽게 두드리며 이 왁자지껄한 분위기에 동참했다.

호텔 건너편 버려진 광장에 인도 연방 은행 광고판이 서 있었다. 그림은 하나도 없이 하얀 바탕에 검정 글씨로만 쓰여 있었다. '캘커타, 인도 문화의 중심지인가, 외설의 정수인가?' 은행을 홍보하는 방식 치고는 뭔가 낯설었다.

차는 작았다. 모자를 쓰고 카키색 반바지를 입은 기사가 검정색 프리미어(인도의 자동차 회사)를 몰고 왔다. 우리는 초롱기 가를 따라 내려갔다. 차가 혼잡한 도로를 뚫고 엉금엉금 기어가서 캘커타를 대낮에 볼 기회가 생겼다.

내 눈에 비친 캘커타는 미친 듯 치열해 보이면서도 모든 게 우스꽝스러웠다. 행인, 자전거 부대, 동양식 인력거, 자동차, 갈고리 십자가를 매단 평상형 트럭, 셀 수 없이 많은 오토바이 떼, 삐거덕거리는 황소 달구지. 이 모든 것이 좁고 갈라진 아스팔트 도로 위에서 서로 다투고 있었다. 소떼는 제멋대로 돌아다니며 차량 통행을 방해하고 상점에 머리를 디밀었다. 때론 길가나 도로 중앙에 쌓인 쓰레기 더미를 헤집고 걸어가기도 했다. 어떤 곳은 세 블록이나 쓰레기가 무릎 높이로 쌓여 도로 양옆에 둑을 이루었다. 사람들도 소와 까마귀와 겨루며 쓰레기 더미를 헤집어 먹을 것을 뒤지고 다녔다.

더 내려가다 보니, 파란 치마에 깔끔한 하얀 블라우스를 입은 어린 학생들이 한 줄로 나란히 서서 거리를 건너고 있었다. 갈색 벨트를 찬 경찰관이 아이들을 위해 차량을 세웠다. 다음 교차로에 다다르니 작고 붉은 사원 하나가 도로 한복판에 서 있었다. 향내와 시궁창 냄새가 열린 차창을 통해 차 안으로 스며들었다. 시뻘건 현수막이 무너져 가는 건물 정면에 끈으로 걸려 있었다. 어디를 둘러봐도 갈색 피부의 사람들이 파도가 밀치락달치락하는 것처럼 쉬지 않고 움직였다. 흰옷과 갈색 옷을 입은 이들이 내뿜는 축축한 입김 때문에 이곳 공기가 묵직해진 것 같았다.

낮에 본 캘커타는 인상적이면서도 약간 무서웠다. 그래도 어젯밤처럼 낯선 공포나 분노는 일지 않았다. 나는 잠시 눈을 감은 채 어젯밤 버스 안에서 내 몸을 휘감았던 분노의 정체를 애써 분석하려 했다. 그러나 덥고 시끄럽다 보니 집중이 잘되지 않았다. 지구상에 있는 자전거 벨 소리가 모조리 이곳에 모이고, 자동차 클랙슨과 고함 소리, 도시 자체에서 웅얼거리는 소리가 점점 커져서 하나로 뭉치더니 소음이 장벽처럼 켜켜이 쌓여 실제로도 만져질 것 같았다.

작가 협회 본부는 댈하우지 광장 바로 옆 회색 고층 건물에 있었다. 차터지는 1층에서 나를 맞이한 후 3층으로 안내했다. 넓은 회의실에는 창문이 없었다. 지저분한 천장에는 색 바랜 프레스코 천장화가 그려져 있었다. 녹색 모직 테이블보가 깔린 테이블에 일곱 명이 앉아 있다가 고개를 들어 쳐다보았다.

소개가 시작되었다. 나는 아무리 좋은 환경에서도 사람 이름을 외우는 것에는 전혀 소질이 없다. 그런 내가 갈색 피부의 지적인 문인들을 보면서 벵골 악센트가 섞인 발음을 수정해 가며 듣고 있자니 현기증이 났다. 여자 회원은 딱 한 명이었다. 그녀는 회색 머리칼에 피곤한 얼굴을 하고 짙은 녹색 사리를 입고서 계속해서 한쪽 어깨를 매만졌다. 이름이 릴라 미나 바수 벨리아빠라고 했다.

잠시 잡담이 이어졌지만 저마다의 억양 때문에 알아듣기 힘들었다. 나는 긴장을 풀고 흥얼거리는 노래처럼 쏟아지는 인도식 영어를 가만히 듣고만 있어도 충분히 의미가 전해진다는 사실을 깨달았다. 거친 듯한 말소리가 묘하게 위로가 되더니 최면에 걸릴 지경이었다. 하얀 잔주름이 달린 옷을 입은 직원이 등 뒤에서 불쑥 나타나 이가 빠진 컵에 설탕과 들소 우유와 차를 잔뜩 담아 내왔다. 나는 여자 회원과 작가 협회 최고 위원장인 굽타 사이에 앉았다. 굽타는 키가 큰 중년 남성으로 얼굴형이 좁고 치아는 부정교합이 심했다. '암리타와 같이 올 걸' 하는 후회가 머릿속을 스쳤다. 아내가 든든히 옆에 있었더라면 나와 강렬한 기운을 내뿜는 이 낯선 자들 사이에서 완충제 역할을 해 주었을 텐데.

"루잭 씨가 우리의 제안을 반드시 들어주실 거라 믿습니다." 굽타가 불쑥 말했다. 다른 이들도 고개를 끄덕였다. 그 순간, 기다렸다는 듯이 정전이 되었다.

창문이 없는 회의실이 칠흑처럼 깜깜해졌다. 건물 곳곳에서 고함 소리가 들리자 누군가 촛불을 들고 들어왔다. 차터지는 테이블 너머로 몸을 숙이더니 자주 있는 일이라고 내게 말했다. 보아하니 매일 이렇게 정전이 되는 것 같았다. 전력 부족으로 캘커타 일부 지역마다 번갈아가며 전력을 제한 공급하는 것 같았다.

아무튼 정전이 된 상태에서 촛불을 켜자 열기가 더해졌다. 나는 머리가 띵해서 테이블 모서리를 붙들었다.

"루잭 씨, M. 다스처럼 위대한 벵골 시인의 작품을 확보할 특혜를 선생께서 독보적으로 누린다는 사실을 알고 계시겠죠?" 오보에 소리처럼 높다란 굽타의 목소리가 허공으로 퍼졌다. "저희도 이 작품의 완결 편을 아직 보지 못했습니다. 선생의 잡지를 보는 독자들이 이런 영예를 고맙게 생각했으면 좋겠습니다."

"네." 나는 대답했다. 굽타의 코끝에도 땀방울이 맺혔다. 깜박이는 촛불에 우리의 그림자가 4미터도 넘게 드리워졌다. "다스 씨에게 나머지 부분도 받으셨나요?"

"아직은 아닙니다." 굽타가 말했다. 그의 검은 눈은 촉촉하고 눈꺼풀이 무거워 보였다. 촛농이 테이블보 위로 떨어졌다. "이 대서사시의 영어 버전을 어찌 처리할지를 두고 최종 결정을 위원회에서 내릴 겁니다."

"다스 씨를 직접 만나고 싶습니다." 내가 말했다. 테이블에 앉은 사람들이 서로 시선을 교환했다.

"그건 힘들 거예요." 여자 회원이 입을 열었다. 철판에 대고 톱을 긋는 듯한 목소리는 높고도 소름 끼쳤다. 짜증과 콧소리가 섞인 음색이 위엄 있어 보이는 여자의 외모와 어울리지 않았다.

"왜죠?"

"다스는 몇 년간 모습을 보이지 않았습니다." 굽타가 느긋하게 말했다. "한동안 저희 모두 다스가 죽은 줄 알았죠. 이 나라의 보물을 잃었다며 한탄하기도 했고요."

"그럼 지금 다스가 살아 있다는 걸 어떻게 압니까? 누구 본 사람이라도 있습니까?"

또다시 침묵이 흘렀다. 초가 반쯤 타들어 가고 있었다. 바람이 불지도 않는데 타닥거리는 거친 소리를 냈다. 나는 더워서 미칠 지경에 이르자 속까지 울렁거렸다. 이 초가 다 타고 나면 우리가 이 텁텁한 어둠 속에서 계속 얘기하는 사이 형체 없는 영혼들이 죽음의 도시 한복판에서 스러져 가는 건물을 배회하는 광란의 순간이 닥칠 것 같았다.

"연락책이 있습니다." 차터지가 말했다. 그는 가방에서 봉투 대여섯 개를 바스락거리며 꺼냈다. "바로 이게 그 친구가 우리들 사이에서 아직 살아 숨 쉬고 있음을 의심할 여지없이 증명해 줍니다." 차터지가 손끝에 침을 묻히며 조잡한 종이가 꼼꼼히 접힌 뭉치를 넘겼다. 침침한 불빛 속에서 보니 인도어로 쓰인 모양새가 불길한 주문에 쓰이는 마법의 룬 문자(고대 북유럽 문자)처럼 보였다.

차터지는 자신의 말을 증명해 보이고자 몇 페이지를 소리 내어 읽었다. 친척들의 안부도 묻고, 서로를 아는 지인들도 언급하는 내용이었다. 20년 전에 했던 토론 내용이 시시콜콜 적혀 있었다. 수년 전 원고료를 받았지만 이제껏 출간되지 않은 다스의 단편 시에 대해 굽타에게 묻는 내용도 담겨 있었다.

"좋습니다. 그런데 기사를 쓰려면 제가 직접 다스 씨를 만나는 게 중요합니다. 그래야 제가……" 내가 말했다.

"그게 말입니다." 차터지가 손을 들어 올렸다. 눈이 보여야 할 안경 렌즈에 촛불 두 개가 반사되었다. "직접 만나는 게 왜 불가능한지 이걸로 설명이 될 수 있겠군요." 그는 한 페이지를 접더니 목을 가다듬고 읽기 시작했다.

……그리고, 벗이여. 세상은 변해도 사람은 변하지 않는다. 나는 1969년 7월의 그 날을 기억한다. 시바(힌두교의 세 주신 중 하나로 파괴의 신) 축제가 열리던 기간이었다. 『타임스』는 인간이 달에 발자국을 남겼다고 보도했다. 나는 선친의 고향에 갔다가 돌아오는 길이었다. 일하는 황소 뒤를 따라다니며 흙 위에 발자국을 남기는 사람들이 5천 년간 살아온 곳이었다. 우리가 탄 기차가 지나가는 여러 마을의 소작농들은 진흙길 위에서 무거운 마차를 끌며 일했다.

시끄럽고 번잡한 여정을 거쳐 우리가 사랑하는 도시로 돌아오는 길 내내, 나는 내 인생이 얼마나 공허하고 헛헛한지를 문득 깨달았다. 내 아버지는 오래도록 가치 있는 삶을 사셨다. 브라만(카스트 계급에서 가장 높은 지위인 승려 계급)에서부터 하리잔(불가촉천민, 카스트 4개의 계급에도 속하지 않는 최하층 신분)까지 아버지의 고향 사람들 모두 당신의 화장식에 참석하고 싶어 했다. 나는 내가 태어나기 훨씬 이전부터 아버지가 물을 대고 경작하고 자연의 풍흉에서 되찾은 땅을 거닐었다. 장례식을 마치고 나는 내 형제들과 헤어져 선친께서 젊어서 심은 커다란 벵골보리수나무 그늘을 찾아갔다. 주위에는 아버지가 흘린 땀의 증거가 가득했다. 바로 이 땅도 아버지의 죽음을 애도하는 것 같았다.

나는 나에게 물었다. 대체 난 무엇을 했던가? 이제 몇 주 후면 쉰네 살이 된다. 나는 무엇을 위해 살았던가? 몇 글자 끄적여 동류들을 놀래 주고 일부 비평가를 짜증나게 했을 뿐. 나는 내가 우리의 시성 타고르의 맥을 이어 간다는 허상의 그물을 짜고 있었을 뿐이었다. 그래서 스스로 짠 기만이라는 그물에 걸려들고 말았다.

하우라 역에 도착할 무렵, 나는 내 삶과 글이 얼마나 얄팍했는지 깨달았다. 지난 30년간 나는 우리가 사랑하는 이곳, 벵골의 심장이자 혈석(블러드스톤, 인도가 주 생산지인 광물)인 캘커타에서 살며 일했다. 그러면서도 내 유약한 글 속에서 이 도시의 정수를 재창조하거나 그럴 시도를 한 적이 단 한 차례도 없었다. 나는 도시의 외관이나 외세 침입자, 도시의 민낯을 그저 얇디얇게 묘사하여 벵골의 영혼을 정의 내리려 애썼을 뿐. 이것은 흡사 아름답고 복잡한 여인의 영혼을 묘사하겠다며 고작 여인이 빌려 입은 옷이나 세세히 설명하는 것과 다를 바 없는 짓이었다.

간디는 이렇게 말씀하셨다. '인간은 적어도 한 번 죽지 않으면 충만한 삶을 살 수 없다.' 하우라 역에 도착해서 1등석에서 내릴 무렵, 나는 저위대한 진실이 내게 명령하는 바를 인정하지 않을 수 없었다. 내 영혼, 내 예술 속에서 살려면 내 오랜 삶의 부속물을 벗어던져야 했다.

나는 가방 두 개를 맨 처음 만난 거지에게 주었다. 그의 놀란 표정은 지금도 내게 기쁨의 원천이 된다. 가방 안에 들어 있던 꽤 괜찮은 리넨 셔츠와 프랑스제 넥타이, 책 몇 권으로 그가 뭘 했을지는 알지 못한다.

나는 하우라 다리를 건너 캘커타 시내로 향하면서 오로지 하나만 알았다. 나는 내 과거 삶에서 죽은 몸이며, 내 오랜 집과 버릇과도 죽음의 작별을 고했다. 필연적으로 내가 사랑하는 사람들에게도 죽은 몸이 되었다. 33년 전 깡촌 출신 말더듬이 학생이 희망에 부풀어 캘커타에 입성할 때처럼 나는 캘커타로 새로이 들어갔다. 그제야 내 마지막 작품을 쓸 때 필요한 맑은 눈으로 볼 수 있었다.

이게 바로 그 작품이다. 우리를 키워 주는 이 도시에 대해 내가 처음으로 진정한 시도를 한 작품이다. 이 작품에 내 평생을 쏟아부었다. 몇 년 전 그날 이후, 새로운 삶은 내가 사랑하던 도시, 내가 잘 안다며 어리석은 착각을 했던 도시에서 한 번도 들어보지 못한 장소로 나를 이끌었다. 새로운 삶은 잊힌 것들 사이에서 내 길을 찾도록 이끌었다. 나는 빼앗긴 자들이 내버린 것들만 소유하고, 지정 카스트(불가촉천민을 부르는 공식 호칭)와 같이 노동하고, 커즌 공원의 바보들에게서 지혜를 구하고, 서더 가의 창녀들에게서 정조를 찾았다. 그럼으로써 나는 신들조차 태어나기 전부터 이곳을 손아귀에 움켜쥐었던 어둠의 신들이 존재한다는 것을 인정하지 않을 수 없었다. 어둠의 신들을 알게 되면서 나는 내 자신을 되찾았다.

제발 나를 찾지 말기를. 나를 찾아도 만나지 못할 것이다. 나를 찾는다 해도 내가 누군지 그대는 알지 못할 것이다.

벗들이여, 이 신작과 관련해 내가 지시한 바를 그대들이 따르도록 맡기겠다. 시는 미완이다. 아직 더 써야 한다. 그러나 완성의 시간이 점점 다가오고 있다. 일부이긴 하나 이 작품을 최대한 널리 알려주기를. 비평가의 반응은 무의미하다. 귀속 승인이나 판권도 중요치 않다. 이 작품은 꼭 출간되어야 한다.

늘 소통하던 통로로 답해 주길 바란다.

다스

. . .

차터지가 읽기를 멈추었다. 침묵 속에 저 멀리서 거리의 축제 소리가 희미하게 들렸다. 굽타는 목청을 가다듬더니 미국의 판권에 대해 물었다. 나는 할 수 있는 한 최선을 다해 설명했다. 『하퍼스 매거진』측의 제안과 그보다 훨씬 소박한 우리 『아더 보이시스』의 조건을 제시했다. 토론과 질문이 이어졌다. 초가 타들어 가며 점점 짧아졌다.

마침내 굽타가 몸을 옆으로 돌리더니 벵골어를 속사포로 말했다. 암리타와 같이 올 걸 그랬다는 후회가 또다시 머릿속을 스쳤다. 차터지가 이렇게 말했다. "잠시 복도로 나가서 기다려 주시겠습니까, 루잭 씨? 저희 협회에서 다스의 원고에 대한 결정을 투표에 부치겠습니다."

나는 조용히 일어나 촛대를 들고 밖으로 안내하는 직원을 따라나섰다. 층계참에 촛대가 놓인 작은 원형 테이블과 의자 하나가 있었다. 댈하우지 광장 쪽으로 난 불투명한 유리로 들어온 뿌연 빛이 계단통을 비추었지만, 그 뿌연 빛 때문에 층계참 주변 모서리가 더욱 어둡고 여러 갈래로 갈라진 복도는 훨씬 막막해 보였다.

나는 한 10분 정도 거기에 앉아 있었다. 깜박 잠이 들 무렵, 어둠 속에서 뭔가 움직이는 것이 포착되었다. 빛이 닿지 않는 저 멀리서 무언가가 슬그머니 움직이고 있었다. 나는 초를 들어 올렸다. 작은 테리어만 한 쥐 한 마리가 꼼짝 않고 있었다. 층계참 한쪽 구석에 쭈그리고 앉아 기다란 꼬리로 눅눅한 바닥을 이리저리 찰싹 때리고 있었다. 야생의 눈동자가 촛불이 만든 빛의 경계까지 다가와 나를 번쩍 노려보았다. 녀석이 반걸음 걸어 나왔다. 오싹한 혐오감이 내 몸에서 파도쳤다. 녀석의 움직임을 보는 순간, 나는 먹잇감을 뒤쫓는 고양이 말고는 아무것도 떠오르지 않았다. 나는 엉거주춤 몸을 일으켜 허술한 의자를 들고 내던질 채비를 했다.

갑자기 뒤에서 시끄러운 소음이 들려 나는 화들짝 놀라 일어섰다. 쥐 그림자가 복도의 그림자 속으로 섞이더니 발톱으로 바닥을 벅벅 긁는 소리가 들렸다. 차터지와 굽타가 컴컴한 회의실에서 나왔다. 촛불이 차터지의 안경에 반사되었다. 내 손에 들린 촛불이 요동치며 그린 원 안으로 굽타가 성큼 들어왔다. 그가 환히 웃자 누렇고 기다란 치아가 보였다.

"결정됐습니다. 내일 원고를 받으실 수 있습니다. 세부 사항과 관련해 계약도 하십시다."

5

"캘커타에 평화는 없다.

자정이면 피가 부른다."

— 수칸타 바타차르지(인도의 시인이자 극작가)

너무 수월했다. 차를 타고 호텔로 돌아오는 내내 이 생각이 떠올랐다. 나는 이 무더운 날씨에 트렌치코트를 입은 글쟁이들에게 취조 당하는 장면을 상상했었다. 나는 유령처럼 사라졌다가 다시 나타난 벵골 시인에 대한 조각을 꼼꼼히 맞추어 나갔다. 캘커타에서 처음 맞는 오후에 그 퍼즐이 완성되었다. 토요일인 내일, 원고를 받으면 암리타와 아기를 데리고 홀가분히 귀국행 비행기에 오르면 된다. 어떤 식으로 기사를 쓰면 좋을까? 이건 너무 쉬웠다.

손목시계를 보니 오후 5시였지만 내 몸은 여전히 이른 아침이라고 외치고 있었다. 회색 석조 건물에서 흰개미 떼가 우글우글 기어 나오듯 호텔 인근 낡은 건물에서 일꾼들이 쏟아져 나왔다. 사람들이 울퉁불퉁한 인도 위에서 물을 끓여 차를 우렸다. 서류가방을 든 남자들이 잠자는 아이들 위를 넘나들었다. 누더기를 걸친 남자가 도랑에 쭈그리고 앉아 일을 보았다. 거기에서 채 2미터도 떨어지지 않은 곳에서 어떤 이가 목욕을 했다. 나는 공산당 피켓을 들고 있는 시위대를 뚫고 에어컨이 설치된 호텔이라는 안

식처로 들어갔다.

크리슈나가 로비에서 기다리고 있었다. 호텔 부매니저는 크리슈나가 악명 높은 테러리스트라도 되는 양 그를 주시하고 있었다. 그럴 만했다. 그는 어제보다 훨씬 거칠어 보였다. 검은 머리칼은 감전된 듯 하늘로 주뻣 서 있고, 짙은 눈썹 아래 두꺼비 같은 두 눈은 더 희번덕거렸다. 그는 나를 보더니 다가오면서 활짝 웃었다. 나는 악수를 하고 나서야 그가 이렇게 반갑게 인사하는 것이 자기가 여기에 온 이유를 부매니저에게 증명해 보이는 짓임을 깨달았다.

"아, 루잭 씨! 다시 뵙게 되어서 정말 반갑습니다! 다스 시인을 찾으시는 데 도움이 되고자 이렇게 왔습니다." 그는 내 손을 계속 주물렀다. 어젯밤에 입었던 지저분한 셔츠를 오늘도 입고 있었다. 그에게서 머스크 향수와 땀 냄새가 풍겼다. 나는 온몸의 땀이 말라붙은 기분이 들었다. 세게 튼 에어컨 바람 때문에 팔뚝에 소름이 돋았다.

"고맙습니다, 크리슈나 씨. 그런데 이제 필요 없습니다." 나는 손을 뺐다. "필요한 사항을 모두 처리했습니다. 내일이면 일이 다 마무리될 겁니다."

크리슈나가 그 자리에 얼어붙었다. 웃음기가 가시더니 매부리코 위로 눈썹이 맞붙었다. "아, 알겠습니다. 작가 협회에 다녀오셨군요?"

"맞아요."

"아, 그러셨구나. 협회에서는 우리의 위대한 문인 다스에 대해 꽤 만족스러운 이야기를 했을 테고, 선생은 그 얘기가 마음에 드셨군요." 크리슈나는 마지막 문장을 거의 속삭이듯 말했다. 그의 외모가 딱 봐도 꿍꿍이가 있어 보였기 때문인지 부매니저는 호텔 로비를 가로지르며 인상을 썼다.

내가 무슨 제안을 받았다고 그가 생각하는지는 오직 신만이 아신다.

나는 망설였다. 이 망할 놈의 크리슈나가 대체 왜 이 모든 일에 관여해야 하는지 나는 알지 못했다. 게다가 그걸 알아보겠다고 시간을 허비하기도 싫었다. 나는 속으로 에이브 브론스타인을 욕했다. 내 출장 건으로 그가 이리저리 쑤시고 다니더니 이런 작자를 연결시켜 주었으니 말이다. 동시에, 나는 암리타와 빅토리아가 기다리고 있다는 사실도 정확히 인지했다. 또한 이번 일이 어디로 튈지 몰라 내가 짜증난 상태라는 사실도 알았다.

나의 망설임을 얼버무림으로 해석한 크리슈나가 몸을 내 쪽으로 기울이며 팔뚝을 붙들었다. "소개시켜 드릴 사람이 있어요, 루잭 씨. 다스에 대한 진실을 말해 줄 사람입니다."

"그게 무슨 말이죠? 진실이라뇨? 그 사람이 누굽니까?"

"그 사람은 말을 안 하려 했어요." 크리슈나가 목소리를 낮췄다. 그의 손이 축축했다. 흰자위에 누런 미세 혈관이 보였다. "그의 이야기를 들으면 이해하게 될 겁니다."

"언제요?" 내가 말을 잘랐다. 차 안에서 느꼈던 뭔가 찜찜한 기분 탓인지 나는 크리슈나에게 꺼지라고 말하고 싶은 것을 꾹 참았다.

"지금 당장이요." 크리슈나는 승리에 찬 미소를 지었다. "지금 당장 만나실 수 있습니다."

"그건 힘들어요." 나는 팔뚝을 크리슈나의 손아귀에서 불쑥 뺐다. "위층에 올라가서 샤워를 할 겁니다. 아내와 나가서 저녁을 먹기로 했거든요."

"아, 네네." 크리슈나가 고개를 끄덕이며 아랫니로 입술을 깨물었다. "물론 그러셔야죠. 그럼 밤 9시 30분은 어떠세요? 그때면 괜찮으시죠?"

나는 망설였다. "그 사람이 정보를 제공하는 대가로 돈을 원합니까?"

"아니요, 아닙니다!" 크리슈나가 두 손을 들어 올렸다. "그런 짓을 할 사람이 아닙니다. 제가 그 친구에게 이 얘길 누구에게라도 털어놓아야 한다고 설득하느라 정말 힘들었습니다."

"9시 30분이라고 했죠?" 나는 되물었다. 캘커타의 밤거리를 나돌아 다닌다고 생각만 해도 속이 메슥거렸다.

"네, 11시에 커피숍이 문을 닫습니다. 거기에서 만나죠."

커피숍. 저들에게는 이 단어가 악의 없이 친근하게 들리나 보군. 내가 기사에서 쓸 만한 또 다른 시각이 있을 수도 있으니……

"좋아요." 내가 대답했다.

"그럼 여기에서 기다리겠습니다, 루잭 씨."

빅토리아를 안고 있는 여자는 암리타가 아니었다. 나는 문고리를 붙든 채 그 자리에 섰다. 그 순간 암리타가 욕실에서 나오지 않았더라면 나는 그대로 굳어 버렸거나, 아니면 혼란스러워 하며 복도로 뒷걸음질 쳤을 것이다.

"아, 보비. 이쪽은 카마키야 브하라티 양이야. 카마키야, 이쪽은 제 남편 로버트 루잭이에요."

"만나 뵙게 되어서 반갑습니다, 루잭 씨." 여자의 목소리는 봄에 만개한 꽃 사이를 스치고 온 바람 같았다.

"안녕하세요, 브하라티 양." 나는 멍하니 눈을 껌뻑이며 암리타를 쳐다 보았다. 나는 아내의 천진한 눈과 진솔한 얼굴을 볼 때마다 진정한 아름다움에 근접했다고 늘 생각했다. 그런데 이 젊은 여자가 옆에 있으니 중년을 향해 가는 암리타의 주름진 얼굴과 살짝 두 겹이 된 턱, 콧대에 있는 흉이 도드라져 보였다. 젊은 여인의 잔상이 내 망막에 어른거렸다. 마치 번쩍하고 전구에서 빛이 터지면서 눈이 뿌예진 것 같았다.

여인의 검은 머리칼은 어깨까지 내려와 있었다. 얼굴은 완벽하게 매끈한 달걀형이었다. 거기에 부드럽고 약간 떨리는 듯한 입술이 방점을 찍었다. 그곳에서 어마어마한 관능이 뿜어져 나왔다. 풍성한 속눈썹이 그늘을 드리우자 놀란 듯 큼지막한 눈망울이 더욱 강조되었다. 새카만 눈동자는 훨훨 타오르는 화톳불처럼 뭔가를 녹여 버릴 기세였다. 두 눈은 미묘하게 동양적이면서도 동시에 서구적이었다. 그 안에서 순진함과 속됨이 남몰래 싸우고 있는 것 같았다.

카마키야 브하라티는 어렸다. 기껏 해봐야 이십 대 중반 정도로 보였고, 얇은 실크 사리를 걸치고 있었다. 온몸에서 미풍을 내뿜듯 향기롭게 펄떡거리는 여성미 때문에 그 얄팍한 사리가 살갗에서 3센티미터 정도 들뜬 것처럼 보였다.

나는 풍만하면서도 매혹적인 육체를 그린 루벤스의 그림을 볼 때마다 관능이라는 단어를 떠올렸다. 그런데 실크 사리를 여러 겹 겹쳐 입어 잘 드러나지 않는 이 젊은 여인의 깡마른 몸을 보는 순간, 짜릿한 관능감에 한 방 후려 맞아 입이 바짝 마르고 속이 허했다.

"카마키야는 M. 다스 시인의 조카 분이셔, 여보. 당신 기사에 관해 물을 게 있다고 오늘 오셨대. 우리 한 시간 정도 얘기하고 있었어."

"그래?" 나는 암리타를 쳐다보다가 다시 여자에게 눈길을 주었다. 할 말이 떠오르지 않았다.

"네, 루잭 씨. 듣자 하니 저희 삼촌께서 옛 동료들과 연락을 하신다고

해서요. 혹시 저희 삼촌을 만나셨는지 궁금합니다. 잘 계시는지……" 여자
는 시선을 내리고 말꼬리를 흐렸다.

나는 암체어 모서리에 걸터앉았다. "아니요." 나는 말했다. "그러니까
삼촌을 만나지 못했다는 말입니다. 그래도 잘 계실 겁니다. 사실 저도 만
나고 싶어요. 지금 기사를 쓰는 중이라서……"

"그렇군요." 카마키야 브하라티가 웃으면서 빅토리아를 침대 복판에
내려놓았다. 그곳에는 빅토리아의 담요 위에 곰돌이 푸우 인형이 놓여 있
었다. 여자는 우아한 갈색 손가락으로 빅토리아의 뺨을 다정히 어루만졌
다. "더는 귀찮게 하지 않겠습니다. 그저 저희 삼촌이 괜찮으신지 여쭙고
싶었어요."

"당연하죠! 음, 저희도 얘기하고 싶습니다, 브하라티 양. 그러니까, 삼촌
이 잘 계신지 혹시 아신다면…… 제가 기사를 쓰는 데에 도움이 될 겁니
다. 좀 더 계시다 가시면……"

"저 가야 해요. 아버지께서 퇴근하실 때 제가 집에 있기를 바라시거든
요." 여자는 몸을 돌려 암리타를 보며 미소를 지었다. "아까 상의했던 대로
내일 다시 만나서 얘기해요."

"좋아요!" 암리타가 말했다. 런던을 떠나 온 이후 아내가 이렇게 편안
해 보이는 건 처음이었다. 아내가 나를 향해 고개를 돌렸다. "카마키야가
호텔 근처에 있는 괜찮은 사리 상점을 알고 있대. 엘리트 시네마 근처래.
캘커타에 있는 동안 사리를 몇 개 사고 싶어. 그러려면 내일 당신, 내가 필
요 없는 거 맞지?"

"음…… 아직은 잘 모르겠어. 그래도 당신은 당신 일정을 짜 봐. 저쪽에
서 언제 나를 보자고 할지 모르니까."

"그럼 내일 아침에 전화드릴게요." 여자가 말했다. 여자는 암리타를 보며 웃었다. 그 모습을 보니 질투가 났다. 내가 저 미소를 받는 은혜를 누렸으면. 여자는 일어나서 암리타와 악수하면서 사리를 가다듬었다. 인도 여자라면 누구나 하는 행동이었지만 그녀는 우아해 보였다.

"좋아요." 암리타가 말했다.

카마키야 브하라티는 내게 살짝 고개를 숙인 후, 문으로 향했다. 내가 고개를 들자 여자는 가고 없었다. 감질나게 은은한 향기만이 남았다.

"세상에!" 내가 말했다.

"진정해, 로버트." 암리타가 말했다. 아내가 고상한 영국식 영어로 말하는 걸 보니 내가 감탄하는 것을 눈치챈 듯했다. "이제 고작 스물둘인데 약혼한 지 11년 됐대. 올 10월에 결혼한대."

"어이구, 아까워라." 나는 이렇게 말하고 빅토리아가 있는 침대에 털썩 앉았다. 빅토리아가 고개를 돌리더니 손을 버둥거리며 놀아 달라고 했다. 내가 아기를 공중에 높이 들어 올리자 빅토리아는 좋다고 소리를 지르며 발차기를 했다. "정말 다스의 조카가 맞아?"

"다스가 원고를 쓸 때 옆에서 거들었대. 연필도 깎고, 도서관에도 대신 가고. 뭐 그랬대."

"그래? 그때 고작 열 살이었을 텐데." 내가 빅토리아를 앞뒤로 흔들어 호를 그리며 그네를 태우자 아기는 빽 소리를 질렀다.

"다스가 실종됐을 때 열세 살이었대. 아버지가 돌아가시기 직전에 저 여자 아버지가 다스와 다퉜다고 했어."

"아버지라니? 아, 다스의 아버지란 말이군……"

"응, 아무튼 그래서 몇 년 동안 다스라는 이름을 집에서 꺼내지도 못했대. 내 생각엔 저 아이가 너무 낯을 가려서 차터지 씨한테나 작가 협회에 연락하지 못한 것 같아."

"그래서 우리에게 접근했다?"

"그건 다르지. 우린 외국인이잖아. 우리는 중요한 사람들이 아니니까. 저녁 먹으러 나가자는 약속, 아직 유효한 거야?" 암리타가 말했다.

나는 빅토리아를 배 위에 앉혔다. 아이는 좋아서 시뻘게진 얼굴로 울음을 터트릴지 말지 고민하고 있었다. 빅토리아는 내 허벅지에 무릎을 세우고 가슴께로 기어오르더니 통통한 손으로 내 셔츠 깃을 꽉 잡았다.

"어디로 먹으러 갈까?" 내가 물었다. 나는 크리슈나가 말한 미지의 인물과 밤 9시 반에 만나기로 했다고 말했다. "지금 시내로 나가기엔 좀 늦었어. 룸서비스를 부를까, 아니면 프린스 룸으로 내려갈래? '이국적인 댄서 파티마'가 1층에서 쇼를 한대."

"빅토리아가 분명 가만히 있지 않을 텐데. 그래도 룸서비스를 시키느니 파티마를 보는 걸 빅토리아가 더 좋아할 것 같아."

"맞는 말씀."

"금방 준비할게."

· · ·

이국적인 댄서 파티마는 살집이 많은 중년의 인도 여자였다. 엑서터에 있는 컵스카우트 앞에서 춤을 춰도 추문이 전혀 돌지 않을 정도였다. 그럼에도 이 뚱뚱한 중년 여자를 보겠다고 프린스 룸에 모인 사람들-거의 다 남자였다-은 여자의 춤사위를 보더니 적당히 달아올랐다. 빅토리아는 아니었다. 아이가 울기 시작했고, 우리 셋은 파티마의 두 번째 무대 도중에 나와야 했다.

암리타와 나는 방으로 가는 대신 어두운 호텔 정원을 거닐었다. 저녁 내내 비가 꽤 내렸지만, 이제는 낮게 걸려 머리 위를 짓누르는 구름 사이로 별이 몇 개 보였다. 정원 쪽 창에는 대부분 두꺼운 커튼이 쳐져 있었고 가느다란 불빛이 군데군데 새어 나왔다. 우리는 아직도 울음을 그치지 않는 아이를 안고 계속 정원을 맴돌았다. 아이의 울음이 점점 잦아들더니 아예 뚝 그쳤다. 우리는 풀장 옆에서 걸음을 멈추고 어두운 카페 근처에 놓인 낮은 벤치에 앉았다. 수중 조명에서 쏘아 올린 불빛이 어른거리는 수면을 뚫고 큼지막한 이파리와 대나무로 만든 발까지 닿았다. 얕은 쪽 풀장 수면 위에 검은 물체가 둥둥 떠다녔다. 물에 빠져 죽은 쥐였다.

"빅토리아가 자네." 암리타가 말했다. 힐끗 보니 아이는 두 손을 꽉 쥔 채 눈을 감고 있었다. 빽빽 우는 마법에 걸리고 나면 아이는 저렇게 흐뭇한 자세로 곯아떨어지곤 했다.

나는 두 다리를 쭉 뻗고 고개를 뒤로 젖혔다. 정말 피곤했다. 아직도 시차 때문에 그런 것 같았다. 몸을 세우고 앉아 암리타를 쳐다보았다. 아내는 아이를 안고 살살 흔들었다. 수학 문제가 쉽게 풀리지 않을 때 종종 그랬던 것처럼 멍하니 사색에 잠긴 눈이었다.

"다시 오니 기분이 어때?" 내가 물었다.

암리타가 나를 보더니 눈을 껌뻑거렸다. "뭐가, 보비?"

"인도 말이야. 다시 온 기분이 어때?"

아내는 아이의 목덜미를 토닥이면서 내게 아이를 넘겼다. 나는 빅토리아를 쇄골 쪽에 받쳐 안은 채 암리타를 쳐다보았다. 아내는 풀장 가장자리로 걸어가서 갈색 스커트를 매만졌다. 풀장 속 조명이 아내의 도드라진 광대뼈를 밑에서 비추었다. 참 아름답네, 나는 결혼한 이후 천 번이나 이렇게 생각했다.

"데자뷔 같아." 아내가 부드럽게 말했다. "아니, 그것도 정확한 표현은 아니야. 오히려 반복되는 꿈속으로 다시 들어간다고 해야 더 정확할 것 같아. 열기, 소음, 언어, 이 냄새. 모두 익숙하면서도 낯설어."

"그래서 화났다면 미안해." 내가 말했다.

암리타가 고개를 저었다. "화는 무슨, 보비. 무서운 거지 화나진 않았어. 그런데 굉장히 매혹적이야."

"매혹적?" 나는 아내를 응시했다. "우리가 대체 매혹적인 것을 본 적이 있었어?" 암리타는 허투루 말하는 사람이 아니었다. 정확한 단어를 사용하는 습관은 나를 능가했다.

암리타가 웃었다. "카마키야 브하라티는 빼고 말하는 거지?" 아내는 샌들을 벗더니 맨발로 풀장의 푸른 물을 저었다. 풀장 저쪽 끝에 익사한 쥐는 내 눈에 보이지 않았다. "진심이야, 보비. 모든 게 묘하게 매혹적인 것 같아. 오랫동안 내 마음속 극히 일부분만 쓰고 있었는데 다른 쪽들까지 부름을 받은 것 같아."

"그럼 더 있을까? 일이 다 끝나도 말이야." 나는 혼란스러웠다.

"아니." 암리타가 대답했다. 아내의 단호한 목소리를 착각하기란 불가능했다.

나는 고개를 저었다. "미안해. 오후 내내 혼자 둔 것도 모자라 오늘 밤에도 약속을 또 잡아서. 우리 셋이 오는 게 아니었어. 내 실수야. 당신이 빅토리아를 데리고 여행하는 게 이렇게까지 힘든 일인지 내가 미처 몰랐어." 저 위쪽 어딘가에서 아랍어처럼 들리는 말로 누군가 연달아 외치더니 곧이어 비음 섞인 벵골어가 이어졌다. 문이 쾅 닫혔다.

암리타가 걸음을 옮겨 내 곁에 와 앉았다. 아내는 빅토리아를 데려가 허벅지 위에 가로로 뉘었다. "괜찮아, 보비. 이럴 줄 알았어. 당신이 그 원고를 얻고 나서도 내가 통역할 일이 없을 줄 알고 있었어."

"미안해." 나는 다시 사과했다.

암리타가 풀장으로 시선을 돌렸다. "일곱 살 때 런던으로 이민을 가기 전 여름에, 나 귀신을 봤어."

나는 아내를 응시했다. 암리타가 늙은 벨보이와 사랑에 빠져서 나를 떠나겠다고 한들 이보다 더 놀랍거나 믿기 어렵지는 않았을 것이다. 저 말을 꺼낸 순간까지도 암리타는 내가 아는 한 의심할 나위 없이 최고로 이성적인 사람이었다. 아내는 지금까지 초자연적인 힘에 대해 관심이나 믿음을 보인 적이 단 한 번도 없었다. 매년 여름 해변에 갈 때마다 내가 시시한 스티븐 킹의 소설책을 챙겨가도 그걸로 아내의 관심을 끄는 건 불가능했다.

"귀신?" 마침내 내가 물었다.

"우리가 살던 뉴델리에서 삼촌이 계신 봄베이까지 기차를 타고 가는 중이었어. 매년 6월이면 언니들과 엄마와 같이 봄베이까지 가는 길은 늘 신이 났었지. 그런데 그해 산타 언니가 아팠지 뭐야. 그래서 우리는 보팔(인도 중부 마디아프라데시 주의 주도) 서부에 있는 역에서 내려 철도 게스트하우스에 이틀간 묵으며 그 동네 의사한테 치료를 받았어."

"그래서 언니는 괜찮았어?"

"응, 홍역이었거든. 그런데 우리 자매들 중에서 유독 나만 홍역을 앓지 않았어. 그래서 나만 호텔 방 바깥에 딸린 작은 발코니에서 잠을 잤어. 바깥으로는 숲이 보였지. 엄마와 언니들이 자고 있는 호텔 방을 통과해야만 발코니로 나올 수 있었어. 그해 우기가 아직 오지 않았을 때였고, 굉장히 더웠어."

"그때 귀신을 본 거야?"

암리타가 흐리게 미소를 지었다. "울음소리가 들려서 한밤중에 잠이 깼어. 처음에는 언니나 엄마가 우는 줄 알았어. 그런데 사리를 입은 늙은 여인이 내 이부자리 구석에 걸터앉아서 흐느끼고 있더라고. 그때 기분이 아직도 기억나. 무섭진 않았는데, 엄마는 왜 이 여자가 방을 가로질러 내가 자고 있는 발코니까지 나오도록 그냥 뒀는지 의아했어."

"여자의 울음소리는 뭐랄까, 굉장히 가냘프면서도 너무 소름 끼쳤어. 나는 손을 뻗어서 여자를 달래려 했는데, 내 손이 닿기도 전에 여자가 울음을 그치더니 날 쳐다보더라. 그때 나는 그 여자가 늙은 게 아니라 지독한 슬픔에 겉늙었다는 사실을 깨달았어."

"그래서 어떻게 됐어? 그 여자가 귀신이라는 걸 어떻게 안 거야? 여자가 갑자기 사라졌어? 아니면 공중을 날아다녔나? 아니면 허공에 스르르 흩어지더니 옷가지하고 흔적만 남은 거야?"

암리타가 고개를 흔들었다. "아주 잠깐, 달이 구름 뒤로 들어갔다가 도로 나오면서 빛이 보였는데, 그 순간 늙은 여자가 사라졌어. 내가 소리쳤더니 엄마하고 언니들이 발코니로 나왔어. 그런데 방을 가로질러 나간 사람이 아무도 없었다는 거야."

"음…… 좀 시시하네. 그때 당신이 일곱 살이었으니 꿈을 꿨겠지. 자다 깼다고 해도 화재용 비상계단이나 그런 데로 빠져나간 객실 청소 담당이었을지도 혹시 모르잖아?"

암리타가 빅토리아를 어깨에 걸쳤다. "별로 무섭지 않은 귀신 얘기라는

데에는 동의해. 그런데 몇 년이 지나도 무섭더라고. 사실, 달이 구름에 가리기 직전에 여자의 얼굴이 정면으로 보였어. 그런데 내가 너무나 잘 아는 사람의 얼굴이더라고." 암리타는 아기의 등을 토닥이며 나를 바라보았다. "바로 나였어."

"당신이었다고?"

"그때 나는 내 눈에 귀신이 보이지 않는 나라에 가서 살아야겠다고 마음먹었어."

"중간에 말 잘라서 미안한데, 자기야. 영국이나 뉴잉글랜드도 귀신 얘기로는 어디 빠지지 않아."

"아마 그렇겠지." 암리타는 이렇게 말하고는 빅토리아를 품에 안고 자리에서 일어났다. "그래도 이젠 귀신이 안 보여."

밤 9시 30분, 나는 로비에 앉아 더위와 피로 때문에 점점 심해지는 두통을 달랬다. 게다가 저녁을 먹을 때 곁들인 싸구려 와인 때문에 속이 메스꺼워서 크리슈나가 오면 둘러댈 변명거리를 이리저리 궁리하고 있었다. 9시 50분, 나는 암리타나 아기가 아프다고 핑계를 댈 생각이었다. 이윽고 10시가 되자, 나는 그에게 아무 말도 할 필요가 없다는 사실을 깨달았다. 나는 방으로 올라가려고 자리에서 일어났다. 바로 그때, 크리슈나가 흐트러지고 당혹스러운 모습으로 불쑥 나타났다. 한참을 울었는지 눈이 시뻘겋게 퉁퉁 부어 있었다. 그는 내게 다가와 엄숙하게 악수를 건넸다. 마치 로비가 장례식장이고 내가 유족인 것처럼 말이다.

"무슨 일이죠?" 내가 물었다.

"대단히 슬픕니다." 그가 말했다. 높은 목소리가 갈라졌다. "애석한 비보가 있습니다."

"당신 친구 얘긴가요?" 내가 물었다. 그가 말한 미지의 인물이 발이 부러졌거나, 전차에 치이거나, 심장마비에 걸렸을지도 모른다는 직감이 드는 순간 뭔지 모를 안도감이 밀려왔다.

"아니, 아니요. 당신도 분명 들어보셨을 겁니다. 나보코프가 세상을 떠났습니다. 애석하기 그지없습니다."

"누구요?" 나는 악센트 때문에 그가 벵골 사람 이름을 굉장히 빠르게 말하는 줄 알았다.

"나보코프! 나보코프! 블라디미르 나보코프!『창백한 불꽃』,『아다』를 쓴 위대한 작가 말입니다. 당신네 나라 말로 작품을 쓴 작가잖아요. 우리 모두에게 크나큰 상실이죠. 모든 문학도에게요."

"아……"내가 말했다. 나는 단 한 번도『롤리타』를 읽어볼 생각조차 하지 않았다. 그때까지만 해도 나는 크리슈나와 같이 가지 않겠다고 결심한 사실을 기억하고 있었다. 우리는 눅눅하고 어두운 바깥으로 나갔다. 그는 나를 인력거로 인도했다. 얼굴에 주름이 쪼글쪼글하고, 체구가 작아 수척해 보이는 인력거꾼이 붉은색 시트에 앉아 졸고 있었다. 나는 몸을 뒤로 뺐다. 이런 인간 허수아비가 끄는 인력거에 올라타 지저분한 거리를 끌려다닐 생각만 해도 온몸에 거부감이 일었다. "택시를 탑시다."

"아니, 안됩니다. 이거 예약해 놓은 겁니다. 조금만 가면 됩니다. 우리 친구가 기다려요."

시트는 저녁에 내린 비로 축축했지만 그렇다고 불편하지는 않았다. 체구가 작은 인력거꾼이 맨발로 길바닥을 쩍쩍 때리며 뛰어갔다. 양쪽 손잡이를 잡고 숙련된 날렵함으로 허공을 가르며 점프하고 두 팔을 쫙 편 채 내려가면서도 우리의 몸무게로 노련하게 균형을 잡았다.

인력거에는 조명이 없었다. 쇠고리에 매달려 흔들거리는 석유 랜턴이 전부였다. 주위 트럭과 자동차가 곡예 운전을 하고 클랙슨을 울리면서도 라이트를 켜지 않고 질주하는 바람에 나는 좀처럼 마음이 놓이지 않았다. 전차는 아직도 운행 중이었다. 누렇게 떠 보이는 실내등을 비추자 철망 창 안쪽에 앉은 땀에 젖은 얼굴들이 보였다. 늦은 시간이었지만 대중교통은 만원이었다. 버스는 창문 가로대와 외부에 매달린 사람들의 무게로 한쪽으로 쏠렸다. 수없이 많은 고개와 몸통이 시커먼 전차 객차 밖으로 삐져나와 있었다.

가로등은 거의 없었다. 파리하게 꺼져 가는 인광성 불빛이 골목길과 어렴풋이 보이는 정원을 비추었다. 저 빛은 내가 하늘에서도 봤던 것이다. 푹푹 찌는 더위 때문에 밤이 찾아와도 아무런 위안을 주지 못했다. 오히려, 낮보다 밤이 더 더웠다. 육중한 구름이 높이 솟은 빌딩 바로 위에 습기를 머금은 채 걸려 있다가 캘커타 도로의 열기를 우리에게 고스란히 반사시켰다.

또다시 마음속에 근심이 일었다. 이런 긴장감의 속성을 설명하는 게 지금도 쉽지 않다. 물리적 위험이라는 감각과는 별로 상관이 없었다. 오히려 나는 헐거운 도로의 포석, 쓰레기 더미, 전차길 위를 지나가는 순간 내가 터무니없이 무방비 상태가 된 듯한 기분이 들었다. 수중에 200달러 상당의 여행자 수표가 있다는 사실이 떠올랐다. 그런데 담즙처럼 목구멍으로 차오르는 긴장감을 느끼는 진짜 이유는 그 수표 때문만은 아니었다.

캘커타의 밤은 내 가슴속 가장 어두운 부분을 직격으로 건드리는 뭔가가 있었다. 어린애 같은 두려움이 내 의식을 잠시 움켜쥐었다가 이내 어른의 마음에게 끌려 나갔다. 우리가 이불을 덮은 사람들 옆을 스치고 지나가자 멀찌감치 고함 소리가 들렸다. 바람 소리를 내며 뭔가 긁히고, 때론 알아듣기 힘든 말소리 등 밤이면 들리는 소리가 그 자체로는 아무런 위협이 되지 않았다. 그러나 그런 소리들은 속을 뒤집고 신경을 긁는 효과를 조성했다. 밤에 자려고 누웠는데 침대 밑에서 누군가의 숨소리가 들리는 경우와 비슷했다.

"칼릭세트라." 크리슈나가 말했다. 목소리가 너무 작은 탓에 맨발로 바닥을 때리는 소리와 인력거꾼의 헐떡이는 숨소리에 묻혀서 잘 들리지 않았다.

"뭐라고요?"

"칼릭세트라. '칼리의 집'이란 뜻이죠. 우리가 사는 이 도시의 이름이 여기에서 기원했다는 사실은 분명 아실 텐데요."

"아니요, 몰랐습니다. 그랬군요. 들어봤을 텐데 잊어버렸나 봅니다."

크리슈나가 내게로 몸을 돌렸다. 어두워서 그의 얼굴이 제대로 보이지 않았지만 나는 그의 시선을 느꼈다. "반드시 아셔야 합니다." 그가 덤덤히 말했다. "칼릭세트라가 칼리카타라는 마을이 되었습니다. 칼리카타는 위대한 칼리가트의 터이자, 칼리 신을 모시는 가장 신성한 사원이었죠. 지금도 있습니다. 당신이 묵는 호텔에서 3킬로미터 남짓 떨어져 있습니다. 이것도 분명히 아셔야 합니다."

"음……" 내가 말했다. 전차가 빠른 속도로 코너를 돌았다. 우리 인력거꾼이 갑자기 전차 철로를 가로지르다가 전차를 아슬아슬하게 피했다. 잔뜩 화가 난 듯한 고함 소리가 너르고 텅 빈 거리 위에 선 우리에게로 쏟아졌다. "칼리가 여신이었죠? 시바 신의 여러 부인 중 하나였고요?" 나는 타고르에게 관심을 갖고 있었지만 『베다』(고대 인도 브라만교 사상을 담고 있는 경전으로 고대 인도의 종교·철학·우주관을 보여준다)를 읽은 지는 정말 오래되었다.

크리슈나는 믿지 못할 소리를 냈다. 처음에 나는 그가 크게 비웃는 줄 알고 고개를 돌려 쳐다보았다. 그는 손가락으로 콧구멍 하나를 막은 채 왼손에 대고 코를 세차게 풀었다. "네, 칼리는 시바 신의 샤크티, 즉 신성한 아내였습니다." 그는 손에 묻은 콧물을 살피더니 흡족한 듯 고개를 끄덕이며 인력거 옆쪽으로 손가락을 튕겼다.

"그럼 칼리의 생김새에 대해서도 아시겠네요?" 그가 물었다. 그림자 진어느 폐허 건물에서 여자들이 서로에게 고함치는 소리가 들려왔다.

"칼리의 생김새요? 아니요, 모르는데요. 칼리는…… 동상을 보면…… 팔이 네 개던데, 맞나요?" 나는 주변을 둘러보면서 목적지에 다 왔는지 궁금해 했다. 여기엔 상점이 거의 없었다. 이런 폐허 속에 커피숍이 있을 것 같지 않았다.

"맞아요! 그렇습니다! 칼리는 여신입니다. 팔이 네 개 맞습니다! 칼리가트에 있는 위대한 신상(神像)을 꼭 보셔야 합니다. 거기엔 자그라타(세 가지의 의식 상태 중 하나로 깨어 있는 의식 상태를 일컫는 산스크리트어)라고하는, '상당히 깨어 있는' 칼리가 계십니다. 굉장히 끔찍하죠. 아름답도록 끔찍합니다, 루잭 씨. 칼리의 손은 아바야 무드라(인도의 제의·춤·암송 등에 광범위하게 이용되는 손가락과 손으로 표현하는 상징적 모양)와 바라 무드라를 보여줍니다. 다시 말해, 아바야 무드라는 두려움을 없애 주는 동작이고, 바라 무드라는 은혜를 나눠 주는 동작이죠. 그런데 굉장히 끔찍합니다. 상당히 크고 몹시 스산하죠. 입은 벌린 채 혀가 아주 깁니다. 게다가 그게 두 개예요. 뭐라더라…… 흡혈귀의 치아를 부르는 말이 있던데……"

"송곳니요?" 나는 축축한 시트커버를 붙든 채 크리슈나가 다음에 무슨 말을 할지 궁금해했다. 우리는 더 어둡고 좁은 골목으로 접어들었다.

"네, 맞아요, 맞아. 칼리는 신들 중에서 유일하게 시간을 정복하신 분입니다. 당연히 '푸루삼, 아스밤, 감, 아빔, 아잠' 이 모든 존재를 먹어 치우시죠. 칼리는 알몸이며, 아름다운 두 발로 시신을 밟고 서 있죠. 두 손에는 올가미인 '파사'를 들고, '마트반가'…… 그걸 뭐라고 하더라…… 막대기? 아니, 해골이 달린 지팡이를 들고 있습니다. '카드가'…… 칼과 참수 당한 머리도 들고 있고요."

"참수 당한 머리요?"

"네, 이걸 꼭 아셔야 합니다."

"이봐요, 젠장. 크리슈나, 대체 지금 이게……"

"아, 다 왔어요, 루잭 씨. 내리세요. 빨리요. 늦었습니다. 커피숍이 11시에 닫아요."

거리는 오물과 빗물이 고인 뒷골목보다 나을 게 없었다. 가게의 정면이나 상점, 커피숍임을 알리는 흔적은 아예 보이지 않았다. 위층 창을 비추는 흐릿한 랜턴 빛이 반사되는 걸 빼면 벽에는 등도 달리지 않았다. 인력거꾼이 봇줄을 내려놓고 작은 파이프에 불을 붙였다. 나는 그대로 앉아 있었다.

"제발 빨리 내리세요." 크리슈나가 이렇게 말하며 내게 손가락을 튕겼다. 짐꾼들과 거래할 때에도 이랬었다. 그는 인도 한쪽에서 잠을 자는 사내를 뛰어넘더니 내 눈엔 보이지도 않던 문을 열었다. 알전구 하나가 가파르고 좁은 계단을 비추고 있었다. 대화 소리가 계단 아래에서 희미하게 들렸다.

나는 인력거에서 뛰어내려 그를 따라 빛이 비추는 곳으로 들어갔다. 2층 계단참에 문이 하나 더 있었고 그 문을 여니 넓은 복도가 이어졌다. "저 길 아래쪽에서 대학교를 보셨죠?" 크리슈나가 어깨 너머로 말했다. 나는 고개를 끄덕였지만 사실 창고 같은 건물 말고는 인상적인 건물을 보지 못했다. "여기도 물론 대학 커피숍입니다. 정확히 말하자면 '커피 하우스'예요. 그리니치 빌리지처럼요, 아무렴요."

크리슈나가 왼쪽으로 봄을 틀어 진짜 굴처럼 생긴 공간으로 나를 안내했다. 높은 천장에 굵직한 기둥이 서 있고 창문도 없는 벽면을 보니 시카고 루프 인근에 있는 주차장이 떠올랐다. 어둑어둑한 불빛에 오륙십 개 정도 되는 테이블이 보였지만 사람이 앉아 있는 자리는 얼마 되지 않았다. 성실하게 생긴 젊은이들이 넉넉한 흰 셔츠를 입고 청록색 페인트가 칠해진 거친 테이블 여기저기에 앉아 있었다. 6미터 높이의 천장에는 느리게 돌아가는 선풍기가 매달려 있었다. 눅눅한 공기가 제대로 순환되지 않고 넓게 퍼지는 전구의 불빛이 파르르 떨리는 바람에, 스트로보스코프(회전이나 진동하는 물체의 움직임을 측정하기 위해서 빛을 반복적으로 비추는 기구) 무성 영화를 상영할 때 나오는 것 같은 빛이 뿌려졌다.

"커피 하우스." 나는 바보같이 되풀이해 말했다.

"이쪽으로 오세요." 크리슈나가 다닥다닥 붙은 테이블 사이를 지나 저쪽 구석으로 걸어갔다. 스무 살 정도 되어 보이는 남자가 벽에 고정된 벤치에 홀로 앉아 있었다. 우리가 가까이 가자 그가 일어섰다.

"루잭 씨, 이쪽은 자야프라케슈 무크타난지입니다." 크리슈나는 이렇게 말하고 청년에게 벵골어로 몇 마디 덧붙였다. 그림자가 깊어서 청년의 이목구비가 제대로 보이지 않았다. 축축한 손을 내밀어 머뭇머뭇 악수를 하면서 나는 좁은 얼굴에 두꺼운 안경을 쓴 그의 얼굴을 살폈다. 그의 얼굴에는 여드름이 심해서 농포가 꽃을 피웠다.

우리는 잠시 아무 말 없이 그대로 서 있었다. 청년이 두 손을 마구 비비며 옆 테이블에 앉은 학생들을 슬쩍 쳐다보았다. 우리가 들어가자 몇몇 학생들은 고개를 돌려 우리를 쳐다보았지만, 끝까지 쳐다보고 있는 사람은 아무도 없었다.

자리에 앉자마자 허연 수염이 짤막하게 난 노인이 테이블로 커피를 가져왔다. 컵은 이가 심하게 빠졌고 유약이 발린 표면을 따라 흐릿한 금이 여러 갈래로 가 있었다. 커피는 진하고 기가 막히게 맛있었지만, 아쉽게도 설탕과 시큼한 우유가 미리 섞인 채 나왔다. 노인이 아무 말 없이 테이블 옆에 서 있자 크리슈나와 무크타난다지는 나를 쳐다보았다. 나는 지폐를 뒤적거려 5루피짜리 지폐 하나를 건넸다. 노인은 잔돈을 거슬러 주지 않고 뒤돌아서서 그대로 가 버렸다.

"무크타난다지 씨." 그의 이름을 떠올리며 내가 입을 열었다. "캘커타의 시인 M. 다스에 대한 정보를 갖고 계시다고요?"

청년은 고개를 끄덕이며 크리슈나에게 뭐라고 말했다. 크리슈나는 퉁명스레 대답하더니 나에게 날카로운 치아를 드러내며 웃었다. "이런 말씀 드려서 죄송합니다만, 무크타난다지 씨는 영어를 유창하게 하지 못합니다. 솔직히 말씀드리자면, 루잭 씨, 전혀 못해요. 그래서 제게 통역을 부탁했습니다. 준비가 되셨으면, 이 친구가 얘기를 하겠답니다."

"저는 인터뷰를 하는 걸로 알고 왔는데요." 내가 말했다.

크리슈나는 오른손 손바닥을 들어 올렸다. "네, 그럼요. 어쨌든 이해해 주셔야 합니다, 루잭 씨. 무크타난다지가 제게 개인적으로 호의를 베풀어 당신한테만 얘기하는 겁니다. 한때 제가 그의 스승이었기 때문이죠. 이 청년이 상당히 주저했습니다. 이자의 얘기를 듣고 싶으시다면 제가 능력껏 통역해 드리겠습니다. 아, 그리고, 만약 질문이 있으면 제가 무크타난다지에게 대신 물어봐 드리죠."

이런 젠장! 나는 속으로 생각했다. 하루에 두 번씩이나 암리타를 데려오지 않는 실수를 저지르다니. 지금 만남을 취소하거나 다시 약속을 잡을 생각도 했지만, 이내 마음을 접었다. 그냥 진행하는 게 나을 것 같았다. 내일이면 다스의 원고를 받을 테고, 운이 좋으면 저녁에 귀국행 비행기에 오를 수 있을 것이다.

"좋습니다." 내가 말했다.

젊은이는 목청을 가다듬고 두꺼운 안경을 매만졌다. 목소리는 크리슈나보다 훨씬 더 높았다. 그가 몇 문장을 말한 후 잠시 쉬었다가 얼굴이나 목을 긁적이면 그사이에 크리슈나가 통역을 했다. 처음에 나는 곧장 의사소통이 되지 않고 지연되는 게 짜증스러웠다. 그러나 노래처럼 흥얼거리는 벵골어에 이어 빠르게 쏟아지는 크리슈나의 악센트 섞인 영어가 만트라(기도나 명상을 할 때 외는 주문을 뜻하는 산스크리스트어)처럼 들리면서 이내 매료되고 말았다. 외국 영화를 볼 때 자막을 읽으려고 애쓰다 보면 고도로 집중과 몰입이 가능해지는 경우와 비슷했다.

나는 질문을 하려고 여러 번 그들의 말을 끊었다. 그런데 이것 때문에 무크타난다지가 화가 난 듯 보였다. 그렇게 몇 분이 지나자, 나는 식어 가는 커피를 음미하면서 그들의 말을 듣는 게 만족스러웠다. 몇 번에 걸쳐 크리슈나가 벵골어로 무언가를 물으면 청년이 대답했다. 나는 외국어는 하나도 할 줄 모르는 바보 천치인 내 자신을 욕했다. 이렇게 속사포처럼 쏟아지는 벵골어의 요지를 과연 암리타가 간파할 수 있을 것인지도 궁금했다.

얘기가 진행되자 크리슈나가 알아듣기 어려운 문장으로 전달해도 나는 그 말을 내 나름대로 이해했고, 그가 가끔 말도 안 되게 웃긴 말로 통역하는 부분은 적당한 단어로 정리해 가며 들었다. 가끔 수첩에 메모하기도 했지만, 얼마 후 이렇게 하는 게 오히려 정신만 산란해져서 펜을 내려놓았다. 천장에 매달린 선풍기가 느릿느릿 돌아갔다. 어느 여름밤, 저 멀리에서 번개가 치듯 전구가 깜빡거렸다. 나는 크리슈나의 목소리를 통해 전해지는 무크타난다지의 이야기에 온전히 집중했다.

6

간청

"내가 죽으면
살과 뼈를 내버리지 말고
잘 쌓아 올린 다음
냄새로 말하게 하라.
이 세상에서
어떤 삶이 가치 있었고
결국
어떤 사랑이 가치 있었는지를."

— 카말라 다스(인도의 시인이자 극작가)

저는 카스트 수드라(천민 계급) 출신의 가난뱅이입니다. 아버지 자그디 스바란 비부터 무크타난지 슬하에 열한 명의 아들 중 한 명입니다. 제 아버지는 간디와 소금 행진(1930년 영국 식민지하의 인도에서 마하트 마 간디가 소금세의 폐지를 주장하며 인도인들을 인솔하여 아쉬람에서 단디 까지 행진한 비폭력 저항 운동)에 동참하셨어요.

제 고향은 두르가푸르 인근 안구다 마을입니다. 이곳에는 캘커타와 잠셰드푸르로 가는 철도가 지나가죠. 아주 가난한 마을이라서 외부인들은 아무런 관심을 갖지 않았죠. 그래도 안구다가 딱 한 번 관심을 받은 적이 있었어요. 호랑이 한 마리가 수보란잔 벤카테스와라니의 두 아들을 잡아먹었다는 소문이 돌자, 부바네시와르에 있는 신문 기자가 저희 고향까지 와서 그 아비에게 심경이 어떠냐며 취재를 했다고 해요. 전이 사건을 기억하지 못합니다. 전쟁 통에 일어난 일 같은데, 그때는 제가 태어나기 15년 전이었거든요.

저희 가족이 늘 가난했던 건 아니었습니다. 조부이신 S. 모케시 무크타난다지께서는 한때 마을의 고리대금업자에게 돈을 빌려주기도 하셨죠. 저는 열한 명의 형제 중 여덟째로 태어났는데요. 제가 태어나기 훨씬 전부터 저희 집은 할아버지가 빌려준 돈을 돌려받고도 빚까지 졌습니다. 아버지는 부채 이자를 조금이라도 갚으려고 가장 비옥했던 땅 6에이커를 처분하셨습니다. 저희 고향에서 가장 가까운 땅이었죠. 그러고 나니 저희 열한 명의 형제에게 나눠줄 땅이 여기저기 흩어진 15에이커밖에 되지 않았습니다. 형제들 몫으로 나눠줄 땅이 워낙 좁아서 소 두 마리에게 먹일 수숫대조차 나오지 않을 정도였죠.

저희 형 마르마데시와르가 1971년에 나라의 부름을 받고 집을 떠나 파키스탄과의 전쟁(1971년 인도와 파키스탄 간에 벌어진 전쟁으로 인도가 동파키스탄의 독립을 위해 개입했고, 그 결과 동파키스탄은 방글라데시로 독립했다)에 참전하자마자 전사했습니다. 그 바람에 상황이 조금 나아지긴 했어도 남은 형제들의 앞날은 여전히 캄캄했죠.

그때 아버지가 제안을 하셨습니다. 전 두르가푸르에 있는 크리스천 농업학교에 8년 동안 반일제로 다니고 있었어요. 그 학교는 벵골 가축 교배 센터장이었던 갑부 데비 씨의 후원을 받고 있었죠. 아주 작은 학교라서 책도 별로 없고, 선생님도 딱 두 분밖에 안 계셨어요. 게다가 한 분은 매독으로 서서히 미쳐 가는 중이었죠.

저희 집에서 학교를 다니는 사람은 저뿐이었고, 아버지는 저더러 대학을 가라고 하셨습니다. 아버지는 저를 의사나 그보다 나은 사업가로 만들겠다고 하셨어요. 집으로 돈을 많이 가져올 테니까요. 그렇게 되면 집안의 토지를 나눠 갖는 문제도 해결될 거라 생각하셨죠. 의사나 돈 잘버는 사업가가 되면 가난한 집안에서 물려받을 손바닥만 한 땅은 쳐다보지 않을 게 분명하니까요.

저는 이 얘기를 듣고 마음이 복잡했어요. 전 안구다 10킬로미터 밖을 벗어난 적이 없고, 기차나 자동차도 타 보지 못했거든요. 벵골어로 쓰인 아주 쉬운 책만 읽고, 기본 문장만 간신히 쓰고, 영어나 힌디어는 하나도 몰랐어요. 『라마야나』와 『마하바라타』(산스크리트어로 쓰인 고대 인도의 2대 민족 서사시)에 있는 몇 줄을 암송해서 산스크리트어로 조금 적을 수 있는 수준이었어요.

간단히 말해, 전 제가 의사가 되고 싶은지 확신이 없었어요.

이번에 아버지는 제 명의로 마을 고리대금업자에게 돈을 더 빌리셨습니다. 매독을 앓던 스승께서는 캘커타 대학 입학용 추천서를 써서 그것을 모교 대학 교수님 앞으로 부쳤습니다. 그리고 데비 씨는 원래 크리스천이었는데 저희 마을을 위해 미약한 힘이라도 보태겠다고 간디에게 맹세하고 안구다 대로에 자기 유해를 뿌려 달라고 서약도 하신 분이죠. 데비 씨는 가난하고 배우지 못한 천민 소작농의 자녀가 영예로운 배움의 터에 입학할 수 있도록 은혜를 베풀어 달라며 편지를 써서 캘커타 대학에 간청하셨습니다.

그렇게 해서 전 작년에 대학에 왔습니다. 대출 받은 돈 대부분을 스승과 데비 씨의 비서에게 사례금 조로 바친 다음, 고향을 떠나 대도시 캘커타로 왔습니다. 얼마나 겁이 났는지 모릅니다.

제가 캘커타에서 신기한 것들을 보고 어떤 반응을 보였는지는 이 자리에서 말씀드리지 않겠습니다. 한 시간에 한 번씩 놀라는 일 천지였다고 말해도 충분할 듯싶습니다. 저는 이내 주눅이 들었어요. 가진 돈에서 첫 학기 등록금을 간신히 내고 나니 비싼 기숙사나 학교 근처 학생용 호스텔에 들어갈 여유가 없었어요. 캘커타에 도착한 첫 주에는 광장에 있는 나무 아래에서 잠을 청했습니다. 그런데 몬순에 비가 내리고 경찰한테 두 번이나 매질을 당하고 나니 방을 구해야겠다는 생각이 들었어요.

수업은 네 개의 과목을 들었는데 실망스러웠습니다. 인도 역사 개론 수업에 들어갔더니 4백 명이 넘더라고요. 저는 교재를 살 돈이 없어서 웅얼거리며 말하는 교수의 수업을 가까이에서 들을 수도 없었어요. 어떨 때는 영어로만 강의를 하니 하나도 알아듣지 못했죠. 그래서 안구다의 고향집을 그리워하며 낮에는 방을 구하러 다녔어요. 쌀과 차파티(밀가루를 반죽하여 발효시키지 않고 바로 구워 먹는 인도식 빵)로 하루 한 끼를 때우며 살았죠. 그런데도 몇 주 후면 돈이 바닥나게 생겼더라고요. 운 좋게 방을 구했더라도 배곯을 날만 훨씬 빨라졌을 겁니다.

교내 게시판에서 룸메이트를 구한다는 광고를 보고 연락한 후, 모든 것이 변했습니다. 그 방은 학교에서 약 10킬로미터 정도 떨어진 건물 7층에 있었어요. 거기에 사는 사람들은 대부분 방글라데시와 버마에서 이주한 난민들이었어요. 룸메이트를 구한다는 사람은 3학년이었는데, 저보다 나이가 몇 살 많았고 굉장히 똑똑한 약학과 학생이었어요. 그런데 꿈은 위대한 작가가 되는 거라고 했어요. 그게 안 되면 핵물리학자가 되고 싶다고 했어요. 이름은 산자이. 처음 봤을 때 그는 산더미처럼 쌓인 서류와 세탁물 사이에 서 있었죠. 그 순간, 이제 제 삶은 절대로 예전과 같지 않을 거라고 직감했습니다.

그는 방값으로 월 200루피를 달라고 했어요. 아마 제 얼굴이 사색이 됐겠죠. 그때 수중에 100루피도 없었거든요. 두 시간이나 걸어왔는데 헛짓이었구나 싶었죠. 전 앉아도 되겠냐고 물었어요. 며칠 전 밤에 경찰한테 나무 곤봉으로 발바닥을 두들겨 맞아서 너무 아팠거든요. 나중에 보니 발바닥 아치 부근의 뼈가 부러졌더라고요.

그 얘기를 듣더니 산자이가 갑자기 절 안쓰러워했어요. 제가 경찰한테 맞은 얘기와 대학 기숙사 사감이 요구한 뒷돈의 액수를 듣더니 격분하더군요. 좀 지내보니 그의 성격은 몬순 폭풍과 비슷했어요. 어떤 때에는 차분하게 사색에 잠겨 동상처럼 흔들리지 않지만, 또 어떤 때에는 사회 부조리에 열변을 토하며 화를 내고 허물어져 가는 벽에 주먹을 날리거나 뒷 계단을 내려가는 버마 아이들을 발로 차 버릴 때도 있었어요.

산자이는 마오주의 학생 연합(MSC) 소속이자 인도 공산당(CPI) 당원이었어요. 이 두 단체는 서로 반목해 종종 갈등을 빚었는데, 그는 전혀 개의치 않는 것 같았어요. 그는 자기 부모를 '타락한 자본가 기생충'이라고 불렀어요. 그의 부모님은 봄베이에서 작은 제약 회사를 운영하고 있었고, 그에게 매달 돈을 부쳐 주었어요. 처음엔 두 분이 산자이를 유학 보내려고 했지만 그는 '내 나라의 혁명적 투쟁과의 교류를 새로이 하기 위해' 되돌아왔습니다. 이후 봄베이나 델리에 있는 명문대 대신,

싸움이나 하는 평민들이 다니는 캘커타 대학으로 진학하겠다고 하자 부모님이 노하셨다고 했어요.

자기 얘기를 털어놓고 내 이야기를 듣더니, 산자이는 선뜻 방값을 월 5루피로 깎아 주고, 처음 두 달을 지낼 생활비까지 빌려주었습니다. 전 그때 너무 기뻐서 펑펑 울었어요.

그리고 몇 주간, 산자이는 제게 캘커타에서 살아남는 법을 일러 주었죠. 해 뜨기 전, 저희는 지정 카스트가 모는 트럭을 타고 캘커타 도심으로 나갔어요. 트럭에는 사체 처리 공장에 갖다 줄 동물의 사체가 실려 있었죠. 산자이는 이렇게 큰 도시에서 살아가는 방법을 알려 주었어요. 카스트 계급은 무의미하며 임박한 혁명이 일어나면 다 사라질 거라고 했어요. 저는 산자이가 하는 말의 핵심에는 동의하면서도, 제 성장 배경으로 인해 버스를 타면 아직도 낯선 사람 옆에 앉지 못하고 노점에서 차파티 반죽 하나를 사도 저 사람은 무슨 계급 출신인지 본능적으로 떠올리게 되더라고요. 그런데도 산자이는 기차를 공짜로 타는 법, 그에게 신세를 졌다는 길거리 이발사에게 면도 받는 법을 알려 주었어요. 세 시간짜리 야간 영화의 상영 도중 잠깐 쉬는 사이 극장에 몰래 들어가는 법도 가르쳐 주었어요.

그 무렵 저는 수업을 잘 듣지 않았는데도 성적이 F 네 개에서 B 세 개, A 한 개로 올랐어요. 산자이가 선배들한테 족보를 구해다 제게 가르쳐 주었거든요. 그 와중에 제가 그에게 300루피를 더 빌렸지만 그는 개의치 않았어요.

처음으로 산자이가 저를 MSC와 CPI 양쪽에 다 데려간 적이 있었어요. 끝없이 정치 얘기만 하고 회원들끼리 괜한 말싸움을 해대니, 전 그만 졸고 말았어요. 그랬더니 그는 한동안 같이 가자는 말을 하지 않더라고요. 사실 전 어쩌다 한번 라크시미 호텔 나이트클럽에 가서 속옷만 입고 춤을 추는 여자들을 구경하는 게 훨씬 좋았어요. 그런 건 독실한 힌두교도인 제가 감히 상상도 못할 일이었지만요. 고백하자면, 그게 미치도록 재미있더라고요. 산자이는 그걸 '부르주아의 타락'이라며 우리의 임무는 역겨운 부패를 목도하고 혁명이 그 자리를 채울 수 있도록 하는 것이라고 했어요. 총 다섯 번, 저희는 부패의 현장을 보러 갔고, 그때마다 그에게 50루피씩 빌렸어요. 이제 빌린 돈이 도합 얼마나 되는지도 모를 정도였죠.

룸메이트로 지낸 지 3개월 후, 산자이는 자신이 군다(악당이라는 뜻으로 인도 사회 속 다양한 부류의 부랑 집단이자 정치 깡패)와 카팔리카(해골을 들고 다니는 사람이라는 뜻으로 인도의 힌두교파 가운데 극단적 고행을 강조하는 시바 신앙 교단 중 하나)와 관련 있다고 털어놓았어요. 사실 전 산자이가 군다와 관련이 있을 거라 추측은 했지만, 카팔리카와도 연줄이 있을 줄은 전혀 몰랐습니다.

몇 년 전, 아시아의 떠기(청부 살인 조직으로 칼리 신에게 사람을 제물로 바치는 단체) 갱단과 캘커타의 군다가 캘커타 전역을 접수했다는 소식을 들었습니다. 그들은 온갖 곳에서 쫓겨 온 난민들에게 입장료나 화장실 사용료를 받기도 하고, 캘커타 시내로 마약을 유통시키기도 했더라고요. 그들은 예전부터 캘커타에서 자행해 오던 뇌물 수수, 밀수, 범죄를 방해하는 자가 보이면 그게 누구든 죽였어요. 산자이는 가여운 빈민들이 매일 밤 촐(인도에서 집단 거주를 하는 건물 형태 중 하나)에서 걸어 나와 강에 설치된 항해등을 사적인 용도로 훔쳐서 군다에게 커미션으로 바쳤다고 했어요. 군다 소유의 전세 화물선이 아편과 밀수 금괴를 싣고 싱가포르로 가던 도중 후글리 강에서 좌초되자, 군다는 커미션을 세 배로 올렸어요. 수로에 있던 항해등을 도난 당했기 때문이라는 거죠. 산자이는 군다가 선박으로 벌어들이는 이익 대부분을 가져다 경찰과 항만 관계자들에게 뇌물을 먹이고 아편을 빼돌려 유통시켰다고 했어요.

작년 이맘때 즈음, 비상사태(인도의 총리 인디라 간디가 일방적으로 국가 비상사태를 선포한 1975년 6월 25일부터 1977년 3월 21일까지의 21개월간을 가리킨다)의 막바지에 접어든 시기였어요. 신문을 검열하고 정치범이 교도소에 넘쳐 나자, 간디 총리는 신경이 곤두섰죠. 소문에 의하면 남부에 살던 어떤 청년이 기차표를 끊지 않고 탄 대가로 거세를 당했다고 했어요. 캘커타만 놓고 보더라도 한창 위기를 겪는 중이었죠. 지난 10년간 난민들이 파도처럼 밀려와 캘커타 인구가 헤아릴 수 없을 만큼 늘었습니다. 인구가 1천만이 되었다는 사람도 있고, 1천 5백만이라고 하는 사람도 있었죠. 산자이와 같이 살기 시작할 무렵, 캘커타는 4개월 만에 정권이 여섯 번이나 바뀌었죠. 결국, CPI가 국가 부도 상황에서 권력을 잡았지만 그들도 딱히 뾰족한 해결책이 없었죠. 캘커타의 진정한 통치자는 아직 나타나지 않았어요.

현재 캘커타 경찰은 도심 주요 구역에는 들어가지 않으려 합니다. 작년에 주간 순찰대가 두셋씩 조를 짜서 진입을 시도했지만, 군다는 이들 중 일부를 일고여덟 조각내 돌려보냈습니다. 경찰 본부장은 군대의 비호 없이 그 지역에 경찰을 투입하지 않겠다고 거부했어요. 인도군도 그러는 편이 나을 거라는 의견을 피력했죠.

산자이는 제약 쪽 연줄로 인해 캘커타 군다와 관계를 맺게 되었다고 털어놓았어요. 그가 대학 1학년을 마칠 무렵, 캘커타 북쪽에 있는 왕초 연합(부모가 팔아넘긴 아이들이나 고아를 데려다 구걸을 시키고 수익 증대를 위해 아이들의 신체를 훼손하는 만행을 저지르는 단체로 알려져 있다)과 군다 사이에서 연락책으로 활동했죠. 동료들의 뇌물을 그가 대신 거둬들이며 자기 역할을 넓혀 갔어요. 이렇게 활동해도 산자이는 돈을 별로 벌지 못했지만, 조직에서 상당한 위상을 얻게 되었죠. 왕초 연합에게 당분간 어린이 납치를 자제하라는 명령을 전달한 사람도 산자이였어요. 『타임스 오브 인디아』가 이런 관행에 분노하는 사설을 한시적으로 실었기 때문이죠. 이후, 『타임스 오브 인디아』의 도덕적 시선이 지참금 살인(인도에서는 신부의 지참금이 적다며 남편이나 시댁 식구가 아내를 불태워 죽이는 경우가 빈번히 일어나는데 이를 일컫는 말이다)으로 옮겨가자, 산자이는 왕초들에게 어린이 납치와 신체 절단을 늘려서 쪼그라든 자금줄을 다시 확보하라는 명령을 전달했습니다.

왕초 연합을 통해 산자이는 카팔리카에 합류할 기회를 잡았습니다. 카팔리카 교단은 군다 조직보다 역사가 길고, 캘커타보다도 오래되었습니다.

카팔리카 역시 칼리 신을 모십니다. 수년간 그들은 공개적으로 칼리가트 사원에서 제를 올렸습니다. 1831년, 영국은 금요일마다 남자아이를 제물로 바치던 카팔리카 교단의 관행을 금지시켰습니다. 그러자 교단은 이를 음성적으로 행해 그런 관행을 여전히 이어갔습니다. 19세기를 거치면서 국수주의자들의 투쟁 덕분에, 많은 이들이 카팔리카에 가입했습니다. 그러나 가입의 대가는 상당히 컸습니다. 산자이와 저는 그 사실을 곧 알게 되었죠.

산자이는 몇 달간 카팔리카 교단과 연락하려고 노력했지만, 지속적으로 배척을 당했어요. 그러던 작년 가을, 그들이 드디어 그에게 기회를 주었습니다. 그 무렵, 저희 둘은 아주 가까운 사이가 되었죠. 저희는 의형제를 맺었고, 저도 작게나마 제 역할을 했습니다. 여러 사람들에게 전갈을 전하고, 산자이가 아팠을 때는 대신 수금을 한 적도 있었어요.

세상에, 산자이가 저더러 카팔리카에 같이 가입하자고 하더군요. 저는 놀랐고 두려웠습니다. 저희 고향에는 모신(母神)인 두르가(시바 신의 배우자, '가깝게 하기 두려운'이라는 뜻을 지닌 악을 물리치는 여신)를 모시는 사원이 하나 있었어요. 두르가는 생김새가 굉장히 강렬한 칼리의 현현(顯現)으로 제가 익히 알고 있던 신이었습니다. 그런데도 저는 망설였습니다. 두르가는 모신이고, 칼리는 음탕한 신입니다. 두르가는 그 모습이 소박하지만, 칼리는 벌거벗었는데 그냥 나체가 아니라 뻔뻔스러운 알몸이에요. 오로지 어둠만을 걸치고 인간 해골로 만든 목걸이를 하고 있습니다. 칼리의 축일 말고 다른 날 칼리 신을 경배하려면 '바마차라'를 따라야 합니다. 바마차라는 삐뚤빼뚤 왼손으로 쓴 탄트라(산스크리트 성전으로 힌두교의 대중적인 요소인 주문, 의례, 상징을 다룬다)를 말합니다. 어릴 때 저희 사촌 형은 제게 여성이, 그러니까 여신이 남자 둘과 음탕하게 성교하는 그림이 그려진 카드를 보여준 적이 있었어요. 삼촌은 우리가 카드를 보는 모습을 보시곤 카드를 빼앗아 그걸로 사촌 형의 얼굴을 때렸어요. 그다음 날, 나이가 지긋한 브라만이 찾아와 저희에게 탄트라 속 오류가 얼마나 위험한지에 대한 설교를 하셨습니다. 그분은 '다섯 가지 M의 오류'가 있다고 했어요. '마드야, 맘사, 마트샤, 무드라, 마이투나' 이렇게 다섯 가지라고 했습니다. 그런데 카팔리카에서는 이 다섯 가지를 '판차 마카라' 의식이라 칭하며 당연히 요구했습니다. 이것은 술, 육류, 생선, 손동작, 성교 의례를 의미합니다. 진실을 말씀드리자면 당시 성교는 제 머릿속을 떠나지 않았지만, 그렇다고 그걸 예배 의식의 일부로 우선 치러야 한다고 생각하니 정말 겁이 나더라고요.

사실 제가 산자이에게 신세를 얼마나 많이 졌습니까. 그에게 빌린 돈을 절대로 갚을 수 없다는 걸 깨달았죠. 그래서 그가 카팔리카와 처음 만나기로 한 날 저도 같이 나갔어요.

어느 날 밤, 그들은 칼리가트 인근의 휑한 시장에 우리를 만나러 왔습니다. 제가 뭘 기대했었는지 지금도 모르겠어요. 말썽쟁이 꼬마들에게 겁주려고 만든 이야기 속에 등장하는 카팔리카들의 모습을 상상했거든요. 그런데 저희를 기다리던 남자 둘은 생각했던 이미지와 전혀 딴판이었어요. 제가 걱정할 필요도 없더군요. 그들은 사업가 같은 복장을 하고 있었습니다. 게다가 한 명은 서류 가방을 들었어요. 둘 다 말투도 부드럽고 세련된 매너와 옷차림을 갖추고 있었어요. 신분이나 카스트 계급이 차이가 나는데도 저희에게 아주 예의가 발랐습니다.

예배를 올리는 과정은 위엄이 넘쳐흘렀어요. 그날은 두르가를 경배하는 초승달이 뜨는 날이었습니다. 황소 머리를 쇠창살에 꽂아 칼리의 신상 앞에 세워 놓았습니다. 그 밑에 있는 대리석 대야로 피가 뚝뚝 떨어졌어요.

저는 어릴 때부터 두르가를 신실하게 모신 사람이라 칼리/두르가 호칭 기도를 바치는 게 어색하지 않았어요. 조금 바뀐 부분은 금방 배울 수 있었죠. 그런데 실수로 몇 번은 칼리/두르가라고 하는 대신 파르바티(시바 신의 배우자 여신)/두르가라고 불렀지 뭐예요. 신사 둘이 미소를 짓더

군요. 게다가 한 문단이 아예 통째로 바뀐 데도 있어서 새로 배워야 했
어요.

이 세상은 고통이네
오 시바의 끔찍한 아내여
그대는 살을 씹네
오 시바의 끔찍한 아내여
그대의 혀로 피를 들이켜네
어둠의 어미여! 알몸의 어미여
시바의 사랑을 받는 그대
이 세상은 고통이네

그러고 나니, 찰흙으로 빚은 커다란 신상 여러 개가 칼리가트 경내로
가로질러 들어왔습니다. 그리고 차례차례 신상에 제물의 피가 뿌려졌
습니다. 어떤 신상은 광폭한 '찬디'(힌두의 여신)의 모습을 하고 있었습
니다. 또 어떤 신상은 열 명의 힌두교 여신 '마하비드야' 중 하나인 칼리
가 자기 목을 잘라 그 피를 마시던 '친나마스타'(목을 잘라 분리된 자아들
에게 생명을 불어넣는 여신)의 모습을 하고 있었어요.
저희는 행렬을 따라 밖으로 나가 후글리 강둑까지 내려갔습니다. 후글
리는 성스러운 갠지스 강의 지류죠. 사람들이 강물로 신상들을 집어던
졌습니다. 신상이 다시금 떠오를 거라는 굳은 믿음이 있었죠. 저희는 그
들과 같이 주문을 외웠습니다.

칼리, 칼리 발로 바이
칼리 바이 아레 가테 나이
오 형제여, 칼리의 이름을 받으라
칼리 여신 말고는 숨을 곳이 없도다

저는 감동의 눈물을 흘렸습니다. 제가 살던 작은 마을 안구다에서 열리는 의식보다 훨씬 장엄하고 아름다웠어요. 두 명의 신사가, 다음 달 보름달이 뜨는 첫날 카팔리카들이 모이는 진짜 모임에 저희를 초대했어요. 그런 걸 보면 칼리가트의 자그라타도 허락한 게 분명했죠.

크리슈나는 통역을 멈추었다. 목소리가 약간 거칠어지고 있었다. "혹시 질문 있습니까, 루잭 씨?"
"아니요, 계속하세요." 내가 대답했다.

산자이는 그달 내내 안절부절못했죠. 저는 운이 좋아 자라면서 종교의 은혜를 입었지만, 그는 그런 환경에서 자라지 못했기 때문이죠. 다른 인도 공산당 당원들처럼 산자이도 마음속에 깊이 박힌 힌두교도로서의 가르침과 갈등을 빚는 정치적 신념이라는 문제를 해결해야 했어요. 다음의 사실을 꼭 이해해 주셔야 합니다. 저희에게 종교는 호흡하는 것처럼 자연스러운 것도 아니고, 신념에 입각한 행위를 필요로 하는 관념적인 믿음도 아닙니다. 사실, 힌두교도로서의 가치관을 버리길 바라는 것보다 심장이 멈추길 바라는 편이 훨씬 쉽습니다. 특히 벵골에서 힌두교도로 산다는 건 신성의 관점에서 모든 걸 수용하면서도 신성함을 속세와 절대 인위적으로 분리시키지 않는다는 것을 뜻합니다. 산자이는 이 사실을 알고 있었어요. 그럼에도 인도인이라는 영혼 위에 입혀진 얄팍한 서구적 지식으로 인해 이를 수용하길 거부했죠.

그달에 제가 산자이에게 물었습니다. 진심으로 여신을 경배하지도 않으면서 카팔리카에 가입하려는 이유가 뭐냐고요. 그러자 그가 화를 내며 욕을 퍼부었습니다. 심지어 방값을 올릴 테니 일단 돈부터 갚으라고 협박하기도 했습니다. 그러더니 의형제의 맹세를 떠올리고 제 얼굴에 깃든 슬픔을 눈치채더니 사과하더군요.

그는 '힘' 때문이라고 했어요. "내가 원하는 건 힘이야, 자야프라케슈. 카팔리카가 그 규모에 비해 훨씬 강한 힘을 지녔다는 걸 전부터 알았어. 군다는 그 무엇도 두려워하지 않아…… 오로지 카팔리카만 두려워하지. 어리석고 포악한 떠기도 카팔리카의 일원이라고 소문난 자는 배척하지 않아. 평범한 사람들은 카팔리카를 미워하고 그런 교단이 더는 존재하지 않는 척하지만, 그건 부러움에서 비롯된 미움이지. 그들은 카팔리카라는 이름을 두려워해."

"아마 존경한다는 표현이 더 맞겠는데요." 내가 덧붙였다.
"아니, 두렵다고 했어요." 산자이가 대답했다.

두르가의 축제가 열리고 초승달이 뜨는 첫날 밤이 되었습니다. 칼리를 경배하는 첫 번째 밤이기도 했죠. 검은색 옷을 입은 남자가 버려진 시장으로 우리를 마중 나와 카팔리카 교단 모임에 데려갔습니다. 도중에 저희는 진흙으로 빚은 신상들이 늘어선 거리를 지났습니다. 칼리의 형상을 한 수백 개의 신상들. 아직 완성되지 않은 진흙 살갗을 뚫고 밀짚으로 만든 뼈대가 보였습니다. 신상들이 그 거리를 지나가는 저희를 지켜보았죠.

사원은 대형 창고 안에 있었고 그 밑으로 강물이 흐르고 있었죠. 칼리가트처럼요. 의식을 거행하는 내내 강물이 속삭이며 흐르는 소리가 들렸습니다.

밖에는 포근한 별빛이 쏟아졌습니다. 그런데 창고 안으로 들어가니 너무 어두웠습니다. 사원은 건물 안에 있는 건물 속에 있었어요. 촛불이 그 길을 밝혔습니다. 뱀 몇 마리가 차가운 바닥을 제멋대로 기어 다녔죠. 그런데 너무 캄캄해서 코브라인지 독사인지 걱정을 덜어도 되는 뱀인지 구별이 안 갔어요. 무슨 연극처럼 느껴졌어요.

칼리의 신상은 칼리가트에서 봤던 신상보다 작았습니다. 그런데 훨씬 으스스하고 더 짙은 데다가 눈매는 더욱 매서웠습니다. 이런 특징들이 한데 합쳐지자 더욱 섬뜩했어요. 파르르 흔들리는 침침한 불빛을 받으니 입은 훨씬 더 벌어진 것 같기도 하고, 또 어찌 보면 살짝 다물고 잔인하게 미소 짓는 것 같기도 했습니다. 신상에는 새로이 페인트칠이 되어 있었습니다. 유두는 빨갛게, 성기는 시커멓게, 혀는 자주색으로 칠해 놓았습니다. 기다란 치아는 어둠 속이었지만 새하얬어요. 우리가 가까이 가자 가늘게 뜬 두 눈으로 쳐다보았죠.

그런데 두 가지가 확연히 다르더군요. 우선, 이 신상이 춤추며 밟고 선 시신은 진짜였습니다. 사원 안으로 들어가는 순간 냄새로 구분할 수 있었어요. 시신 썩는 악취가 짙은 향내와 뒤섞였어요. 시신은 남자였습니다. 허연 살과 그 밑으로 뼈가 보였어요. 죽음을 맞이하던 순간 그대로 굳어 버린 모양새는 조각가가 솜씨를 부린 것처럼 보였죠. 한쪽 눈은 살짝 뜬 상태였어요.

저는 시신이 있다는 사실에 그리 놀라지 않았습니다. 카팔리카들은 해골 목걸이를 차고 제사를 올릴 때마다 처녀를 강간한 후 죽이는 전통이 있었으니까요. 며칠 전, 산자이는 제가 당연히 선택 받은 처녀가 되어야 하는 거 아니냐고 농담을 하더군요. 그런데 그때, 창고 안에 있는 컴컴한 사원에서 시신 썩은 내가 진동하자, 저는 이 전통이 소리 소문 없이 지켜지고 있다는 사실에 뛸 듯이 기뻤습니다.

두 번째 다른 점은 별로 눈에 띄지는 않지만 좀 두려운 부분이었습니다. 칼리는 분노에 차서 네 팔을 들어 올리고 있었어요. 한 손으론 올가미를 흔들고, 또 한 손에는 해골이 달린 막대를 들고 있었죠. 세 번째 손으로는 칼을 높이 쳐들고 있었어요. 그런데 마지막 네 번째 손은 비어 있었습니다. 참수 당한 머리 형상을 들고 있어야 했는데 아무것도 없었어요. 신상의 손에 아무것도 들려 있지 않은 거예요. 저는 심장이 쿵쾅거리기 시작했습니다. 산자이를 힐끔 쳐다봤더니 그 역시 공포에 질려 몸을 뒤로 빼고 있더군요. 저희의 땀내가 성스러운 향내와 시체 썩은 내와 한데 뒤섞였습니다.

카팔리카들이 입장했습니다. 그들은 예복이나 특별한 의상을 입지 않았습니다. 대부분 소박한 흰 도티(한 장의 천을 허리에 둘러 입는 인도 남성의 전통 의상)만 아랫도리에 두르고 있었어요. 전부 다 남자였습니다. 너무 어두워서 저들이 브라만인지 분간할 수 없었지만, 제 추측으론, 그 안에 성직자도 몇 명 있었던 것 같습니다. 모두 오십 명 정도였어요. 우리를 창고로 데려온 검은 옷을 입은 사내가 어둠 속으로 사라졌습니다.

사원 안은 온통 어둠뿐이었죠. 사원 안에 저희가 보지 못한 형체도 분명 있었을 겁니다.

산자이와 제 옆에는 여섯 명의 신입 회원이 있었습니다. 다들 처음 보는 사람들이었어요. 저희는 신상을 바라보며 걸어 들어와 부들부들 떨며 반원 모양을 만들었습니다. 카팔리카들이 저희 뒤로 와서 노래를 부르기 시작했어요. 제 어설픈 혓바닥은 그들이 부르는 노래보다 반 박자씩 늦게 움직였습니다. 산자이는 기도 주문을 따라 하기를 아예 포기하더니 대신 경배 의식을 올리는 내내 흐릿한 미소를 지었죠. 핏기가 가신 허연 입술이 떨리더군요. 저희는 텅 빈 칼리의 손을 보며 시선을 주고받았습니다.

제가 어릴 적 들었던 노래였어요. 노래를 들으니 옛 생각이 떠올랐어요. 사원 제단 위로 쏟아지던 햇살, 축일 성찬을 고대하던 모습, 흩뿌려진 꽃잎의 냄새. 그런데 이제 살 썩은 내가 코를 찌르는 가운데 끈끈한 공기를 들이마시며 한밤중에 그 노래를 부르니 가사가 다른 의미로 다가왔습니다.

오 나의 어머니
산의 딸이시여

이 세상은 고통이며
그 짐은 과거 모든 것을 품었네
나는 결코 슬퍼하거나 목마르지 않으리
이 세상이라는 왕국이 헛되다 해도

내 두 발은 장밋빛이며
쉼터에는 두려움이 없도다
죽음이 속삭이네, 가까이 있노라고
죽음과 나는 웃으며 만나리

노래가 뚝 끊겼습니다. 행진도 안 하더군요. 카팔리카 한 명이 우상 아래에 놓인 낮은 단상 위로 올라갔습니다. 이제 제 눈이 어둠에 적응한 것 같더군요. 그 남자가 누구인지 알겠더라고요. 그는 캘커타의 유명 인사였습니다. 제가 캘커타에 온 지 고작 몇 달 안 됐는데 그자의 얼굴을 알 정도면 분명 중요한 사람이 맞았습니다.

사제가 조용히 말했습니다. 강물 소리 때문에 목소리가 잘 들리지 않았습니다. 그는 성스러운 카팔리카 교단에 대해 말했습니다. "많은 이들이 부름을 받지만 극히 일부만 선택 받는다"라고요. 신입 회원은 3년에 한 번만 받는다고 했습니다. 사제의 설명에 저는 숨이 턱 막혔지만, 산자이는 그저 고개를 끄덕였습니다. 그때 저는 산자이가 제게 말해 준 것보다 입회식에 대해 더 많이 알고 있다는 사실을 깨달았습니다.

사제가 부드럽게 말했습니다. "여러분은 여러 가지 일을 수행하여 자신의 가치와 칼리 신에 대한 믿음을 증명해 보여야 합니다. 지금 나가도 좋습니다. 그러나 일단 이 길로 들어선 순간, 다시는 되돌아갈 수 없습니다."

순간 침묵이 흘렀습니다. 저는 다른 신입 회원들을 쳐다보았습니다. 아무도 움직이지 않더군요. 전 그때 나갈 수도 있었어요…… 나갈 수도 있었는데…… 만약 산자이가 꼼짝 않고 핏기 없는 미소를 지으며 입술을 앙다문 채 가만히 있지 않았더라면 저는 나갔을 겁니다. 제 두 발은 땅에 박힌 듯 움직이지 않았어요. 심장이 쿵쿵대는 통에 갈비뼈까지 아팠습니다. 제대로 숨을 쉴 수 없었죠. 그런데도 전 나가지 않았습니다. 칼리의 사제가 말했습니다. "좋습니다. 이제 여러분은 내일 밤 다시 만날 때까지 두 가지 임무를 완수해야 합니다. 첫 번째 임무는 지금 완수하면 됩니다." 그는 이렇게 말하더니 여러 겹으로 접한 도티 속에서 단검을 하나 꺼냈습니다. 산자이와 제가 동시에 숨을 살짝 들이켜는 소리가 들렸어요. 우리 여덟 명은 몸을 조금 더 바로 세운 채 경계하며 긴장했습니다. 그러나 사제는 그저 씩 웃더니 단검으로 자신의 손바닥을 죽 그었습니다. 가느다란 칼자국을 따라 시뻘건 피가 스멀스멀 솟았습니다. 촛불에 비친 피는 시커맸습니다. 사제는 단검을 내려놓고 칼리 신상에게 짓밟힌 시신이 움켜쥐고 있는 풀줄기 몇 개를 집어 들었어요. 그리고 그중 줄기 하나를 뽑아 촛불에 가까이 들이댄 후, 베인 손바닥을 아래로 돌렸죠. 핏방울이 돌바닥에 한 방울씩 뚝뚝 떨어지는 소리가 선명히 들렸습니다. 8센티미터 정도 되는 풀줄기 한쪽 끝에 피 몇 방울이 튀었습니다. 그러자마자 또 다른 카팔리카가 불쑥 튀어나와 풀줄기를 몽땅 집어 들고 우리에게 등을 보인 채 칼리 신상에게 다가갔습니다. 그가 비켜나자 칼리가 그 가느다란 풀줄기들을 손에 움켜쥐고 있었습니다. 죄다 똑같이 생긴 풀줄기 중에서 딱 하나에만 사제의 피가 튀었는데 그게 어떤 건지 도저히 분간할 수 없었습니다.

사제가 말했습니다. "앞으로 나오시오." 그는 산자이를 지목했습니다. "여신 앞으로 나와서 '자그라타'로부터 선물을 받으시오." 대견하게도 그는 성큼 앞으로 나갔습니다. 산자이가 쫙 뻗은 팔 아래로 가서 서자 여신은 더욱 기골이 장대해 보였습니다. 산자이가 위로 손을 내미는 순간 끔찍한 악취가 진동했습니다. 부패 시 발생하는 가스 거품이 바로 그때 짓밟힌 시신에게서 터진 거죠.

산자이는 손을 뻗어 줄기 하나를 뽑고는 곧장 손바닥 사이에 끼웠습니다. 그는 우리가 선 반원으로 돌아와서야 오그린 손을 펴고 풀줄기를 쳐다보았습니다. 핏자국은 없었습니다.

저쪽 끝에 선 뚱뚱한 남자가 그다음으로 지목을 당했습니다. 여신에게 다가갈 때 그의 다리는 누가 봐도 후들거렸습니다. 산자이처럼 그도 본능적으로 자기가 고른 풀줄기를 양손으로 가렸습니다. 아마 우리 모두 그럴 것 같았어요. 그도 깨끗한 줄기를 뽑았습니다. 그의 통통한 얼굴 구석구석에 안도감이 퍼졌습니다.

세 번째 남자가 나갔습니다. 그는 아예 숨을 멈추고 두 손 사이에 끼운 줄기를 들여다보았습니다. 피가 묻지 않은 풀줄기가 들어 있었습니다.

네 번째 남자는 자기도 모르게 흐느끼면서 풀줄기를 뽑았습니다. 여신은 눈을 아래로 깔고 노려보았습니다. 우리가 처음 도착했을 때보다 시뻘건 혀가 3센티미터나 더 길어진 것 같았어요. 네 번째 풀줄기도 깨끗했습니다.

제가 다섯 번째로 선택을 받았습니다. 칼리 신상에게 다가가는 동안 제 모습을 먼발치에서 바라보는 듯한 느낌이 들었습니다. 손을 위로 뻗으면 칼리 여신의 얼굴을 볼 수밖에 없었습니다. 올가미가 덜렁거렸습니다. 여신의 얼굴은 '가트방가'(깨우침의 완전한 행복) 상태에서 휑한 눈구멍으로 쳐다보고 있었습니다. 쇠로 된 칼날이 날카로워 보였어요. 거기에 서 있는 동안 온몸이 뒤틀린 시신이 꾸르륵 소리를 내는 것 같았어요. 그 소린 분명 발밑으로 지나가는 강물이었을 겁니다.

칼리 여신의 차가운 돌 손가락이 제가 고른 풀줄기를 마지못해 내어주는 것 같았습니다. 제가 잡아당기자 여신이 꽉 움켜쥐는 듯한 느낌을 받았습니다. 바로 그때 줄기 하나가 헐거워졌어요. 저는 아무 생각 없이 그걸 두 손으로 잡았습니다. 불빛이 워낙 흐릿해서 겉면을 보지 못했지만, 제 기억으로는 합장하듯 감싸서 제자리로 돌아오는 사이, 제가 굉장히 흥분했던 것 같아요. 손을 열자 이상하게도 허탈했습니다. 풀줄기를 뒤집어 보니 아무 표시가 없었습니다. 저는 고개를 뒤로 젖히고 칼리 여신의 눈을 똑바로 응시했습니다. 여신은 아까보다 훨씬 크게 웃고 있었고, 치아는 더 하얘진 것 같았어요.

여섯 번째 남자는 저보다 어렸습니다. 고작 애티를 벗은 것 같았어요. 아무튼 그는 사내답게 자그라타에게 걸어 나가 망설이지 않고 곧장 풀줄기를 뽑았습니다. 반원으로 돌아오자마자 풀줄기를 들어 올렸습니다. 빨간 핏자국이 선명했습니다. 마지막 피 한 방울이 어두운 바닥으로 떨어졌습니다.

우리는 숨을 죽이고 무슨 일이 벌어질지 기대했습니다…… 그러나 아무 일도 일어나지 않았습니다. 사제의 지명을 받은 일곱 번째 남자는 깨끗한 풀줄기를 뽑았습니다. 마지막 남자도 여신이 쥐고 있던 마지막 줄기를 들어 올렸습니다. 우리는 둥글게 서서 아무 말 없이 기대감에 차 있었죠. 저희는 한참을 기다리면서 궁금해했습니다. 저 어린 남자는 무슨 생각을 할까? 이제 무슨 일이 벌어질까? 저자는 왜 도망치지 않는 거지? 순간, 제 머릿속에 어떤 생각이 스쳐 지나갔습니다. 확신할 순 없지만 저 어린 남자가 칼리에게 낙점을 받은 것 같다는 예감이 들었어요. 그런데 만약 그것을 위해 선택 받은 게 아니라 저자만 유일하게 어떤 운명에서 면제된 것이라면? '많은 이들이 부름을 받지만 극히 일부만 선택 받는다.' 사제가 아까 이렇게 말했었죠. 저는 그게 마이단(캘커타의 야외 잔디 광장) 근처 광장을 돌아다니던 크리스천 선교사들이 지겹도록 지껄이던 얘기를 일부러 비꼬는 것으로 받아들였거든요. 그런데 만약 저 어린 남자가 자그라타에게 미소를 받아 카팔리카 입회를 유일하게 허락 받은 것일지도 모른다는 생각이 스쳤어요. 실망감과 안도감이 뒤범벅되었습니다. 생각과 걱정이 휘몰아치며 머릿속이 혼란스러웠어요.

사제가 단상에 다시 올랐습니다. '여러분은 첫 번째 임무를 완수했습니다. 이제 내일 자정이 돌아올 때까지 두 번째 임무를 완수하십시오. 이제 가서 시바의 배우자인 칼리의 명을 들으십시오.'

검은 옷을 입은 남자 둘이 앞으로 나와 신호를 보냈어요. 저희는 그들을 따라 창고 사원 한쪽 끝에 있는 벽으로 갔습니다. 벽면이 열리더니 검은 커튼이 쳐진 작은 반침(큰 방에 딸린 조그만 공간)이 여러 개가 보였어요. 카팔리카들은 결혼식장 안내원처럼 손짓을 하며 우리를 한 명씩 반침으로 배정했습니다. 몇 걸음을 뗀 후, 한 사람씩 반침으로 안내했죠. 산자이가 시커먼 반침으로 들어갔습니다. 순간 저도 모르게 숨을 멈추었죠. 앞에 있던 검은 남자가 손짓했습니다.

반침은 비좁았어요. 너무 캄캄해서 잘 보이진 않았지만 가구나 장식이 전혀 없었고 돌로 된 벽면 세 개가 서 있었습니다. 검은 옷을 입은 자가 저에게 무릎을 꿇으라고 하더니 두꺼운 커튼을 쳤습니다. 마지막 불빛까지 완전히 사라졌습니다. 저는 무릎을 꿇었습니다.

죽은 듯이 고요했습니다. 뜨거운 고요함 속에 파묻혀 있으니 강물 소리조차 들리지 않았어요. 저는 심박을 세어 보기로 했어요. 스물일곱까지 세었을 무렵, 어떤 목소리가 제 귀에 대고 속삭였어요.

여자 목소리였어요. 아니, 나긋나긋한데 성별을 헤아릴 수 없는 목소리였어요. 저는 두 팔을 추켜들고 화들짝 놀라 일어났지만 아무도 없었습니다.

'내게 제물을 가져와야 한다.' 목소리가 속삭였습니다.

저는 도로 무릎을 꿇고 앉아 온몸을 벌벌 떨었습니다. 다른 소리가 들리거나 누구라도 와서 저를 건드려 주기를 기다렸습니다. 잠시 후 커튼이 걷혔고 저는 일어나서 반침을 나왔어요.

신입 회원들이 칼리 신상 앞에 반원으로 섰습니다. 그런데 일곱 명만 있지 뭐예요. 잘됐어, 그가 도망쳤군. 저는 이렇게 생각했습니다. 그때 산자이가 제 팔을 툭 치더니 여신을 가리켰습니다. 여신이 밟고 선 시체는 아까보다 훨씬 젊고 싱싱했습니다. 게다가 목이 잘려 있었습니다. 칼리의 네 번째 손이 이제 더는 비어 있지 않았어요. 여신이 머리칼을 움켜쥔 덩어리가 살짝 흔들렸습니다. 젊은이는 다소 놀란 표정을 짓고 있더군요. 피가 뚝뚝 떨어지는 소리가 바닥을 때리는 빗방울 소리 같았어요.

저는 비명 소리를 듣지 못했거든요.

저희는 '칼리, 칼리, 발로 바이, 칼리 바이 아레 가테 나이' 이렇게 노래를 불렀습니다.

카팔리카들이 줄지어 자리를 떴습니다. 검은 옷을 입은 남자가 어둠 속에서 저희를 문으로 안내했습니다. 저희는 대기실에서 샌들을 신고 창고를 나섰습니다. 산자이와 저는 미로 같은 골목을 빠져나와 스트란드 가로 걸어 나왔죠. 거기에서 인력거를 잡아타고 집으로 돌아왔습니다. 아주 늦은 시간이었어요.

"대체 여자가 뭐라고 한 거야?" 저는 양쪽 랜턴에 불을 붙이고 간이침대에 앉아 이불을 뒤집어쓴 채 물었습니다. "무슨 제물을 바치라는 거지?"

"멍청아." 산자이가 말했습니다. 그 역시 몸을 부르르 떨고 있었어요. 그의 간이침대도 떨렸습니다. "내일 자정까지 여신에게 몸을 바쳐야 해. 인간의 몸, 시체 말이야."

7

"캘커타, 캘커타, 그대는 밤에 사로잡힌 벌판이며,
끝없는 잔인함이어라.
구불구불한 지류가 강물과 섞이고
나는 그 물길에 몸을 맡긴 채
어디로 가는지도 모른 채 흘러간다."
– 수닐 쿠마르 난디(방글라데시의 시인)

크리슈나가 통역을 멈췄다. 목소리가 점차 거칠게 갈라지더니 결국 두
꺼비 같은 두 눈에 어울릴 법한 완전히 쉰 소리를 냈다. 나는 힘겹게 무크
타난다지에게서 시선을 뗐다. 너무 몰입한 나머지 크리슈나의 존재를 아
예 잊고 있었다. 순간, 통역을 멈춘 크리슈나에게 짜증이 났다. 하필 그때
녹음기가 고장 나거나, 텔레비전이 나오지 않을 때 드는 기분과 비슷했다.

"무슨 일입니까?" 내가 물었다.

크리슈나가 고개를 삐딱하게 기울였다. 나도 그쪽을 쳐다보았다. 흰 수염
이 난 주인이 우리 쪽으로 다가오고 있었다. 놀랍게도 이 넓은 공간이 나도
모르는 새 텅 비었고, 큼직한 의자들이 모두 탁자 위에 뒤집어 엎혀 있었다.
느릿느릿 돌아가던 천장용 선풍기도 멈췄다. 시계를 쳐다봤다. 11시 35분.

주인인지 아닌지 모르겠지만, 노인이 크리슈나와 무크타난다지에게 투

덜거렸다. 크리슈나가 지겹다는 듯 손을 휘저었다. 그러나 노인은 아까보다 더 크고 언짢은 목소리로 같은 말을 반복했다.

"무슨 일인데요?" 내가 재차 물었다.

"문을 닫아야 한대요. 전기 값을 달래요."

나는 고작 어둑어둑한 전구 몇 알을 켜놓은 것을 보고 소리 내어 웃을 뻔했다.

"내일 마저 얘기합시다." 크리슈나가 말했다. 무크타난다지는 안경을 벗더니 피곤한 듯 눈을 비볐다.

"말도 안 돼!" 나는 주머니에 있던 인도 지폐를 뒤적거려 노인에게 20루피짜리 한 장을 건넸다. 그는 가만히 선 채 뭐라고 중얼거렸다. 그에게 10루피를 더 건넸다. 그는 벌건 빰을 긁적이더니 카운터 뒤로 도로 들어갔다. 나는 채 3달러도 쓰지 않고 그를 쫓아 버렸다.

"계속하세요." 내가 말했다.

산자이는 자정이 되기 전까지 시신 두 구를 구할 수 있다며 큰소리를 쳤습니다. 결국 여긴 캘커타니까요.

저희는 아침에 트럭을 타고 도심으로 나가면서 동물 사체를 운반하는 하리잔 운전수에게 물었습니다. 혹시 사람 송장도 이렇게 트럭으로 운반하느냐고요. 그건 아니라고 하더군요. 캘커타 시 자치 협회에서 다른 이들을 고용해서, 그러니까 가난하긴 해도 카스트 계급에는 속하는 자들을 뽑아서 아침마다 거리를 돌아다니며 피치 못하게 길에서 객사한 자들의 시신을 수습한다고 했습니다. 그런데 그건 상업 지구나 도심에만 해당된다고 했어요. 거대한 촐 구역이 시작되는 외곽 쪽은 그런 관리를 하지 않는답니다. 그럴 경우 시신 처리는 가족에게 맡기거나 아니면 개들의 먹잇감이 된다고 했어요.

"그럼 시내에서 수습된 시신은 어디로 옮겨집니까?" 산자이가 물었어요. 사순 시신 안치소로 간다고 하더군요. 그날 아침 10시 반 경, 저희는 마이단을 따라 걸으며 아침으로 차파티를 먹고 사순 시신 안치소에 도착했습니다.

안치소는 캘커타 시내 영국 식민지 유적이 남아 있는 지구 내 건물 1층과 지하 1, 2층을 사용하고 있었습니다. 정문 계단에는 여전히 사자상이 서 있지만, 정문은 닫힌 채 판자로 막혀 있었습니다. 분명 오랫동안 사용하지 않은 것 같았습니다. 모든 업무는 트럭이 드나드는 후문에서 이루어졌어요.

안치소는 붐볐어요. 천에 덮인 시신들이 손수레 위에 누워 복도를 가득 메웠고, 심지어 건물 바깥에까지 나와 있었습니다. 악취가 너무 심했어요. 저는 깜짝 놀랐죠.

차트를 들고 누런 얼룩이 묻은 흰 유니폼을 입은 남자가 사무실에서 나오더니 미소를 짓더군요. "무엇을 도와드릴까요?"

전 무슨 말을 해야 할지 몰라 머리가 하얘졌는데, 산자이가 곧장 그럴싸한 말을 늘어놓기 시작했어요. "저희는 바라나시(갠지스 강 중류에 위치한 힌두교의 성지)에 온 자들입니다. 캘커타까지 온 건 저희들의 사촌 두 분 때문입니다. 불행히도 두 분은 서벵골에 있는 땅을 몰수 당한 다음, 일자리를 찾겠다며 얼마 전 이곳 캘커타까지 오셨죠. 아이고, 그런데 변변한 일자리를 구하기도 전에 그만 병이 나 길에서 돌아가셨다지 뭡니까. 저희 불쌍한 둘째 사촌 형의 아내가 저희에게 편지로 이 사실을 알리고는 친정인 타밀 나두(인도의 최남동부)로 훌쩍 가 버렸습니다. 그 망할 형수는 자기 남편이자 저희 사촌 형의 시신을 수습할 시도조차 하지 않았습니다. 그래서 저희가 이렇게 큰돈을 들여 여기까지 왔습니다. 두 분을 바라나시로 모시고 가서 제대로 화장시켜 드리려고요."

"아……" 직원이 인상을 찌푸렸습니다. "남부 여자들이 골치 아프죠. 도리라는 걸 전혀 몰라요. 짐승만도 못하죠."

저는 맞장구치며 고개를 끄덕였습니다. 일이 쉽게 풀렸어요!

"성별이 어떻게 되시나요? 나이가 많으신가요, 아니면 젊거나 어리신가요?" 안치소 직원이 따분한 듯 물었습니다.

"네?"

"사촌이 한 분 더 계시다고 하셨잖아요. 아내가 남편을 두고 떠났다고 말씀하신 걸 보니 한 분은 남자분이시겠지만, 또 다른 가족 분 성별은 어떻게 되십니까? 두 분의 나이는 각각 어찌 되십니까? 시신이 수습된 날짜는 혹시 아십니까? 우선, 성별부터 말씀해 주세요."

"남자입니다." 산자이가 말했습니다.

"여자입니다." 저도 동시에 말했습니다.

직원은 저희를 다른 방으로 안내하려고 앞서 걷던 걸음을 멈추었습니다. 산자이가 제 살가죽을 벗길 듯이 노려보았습니다.

"죄송합니다." 산자이가 능청스레 말했습니다. "자야프라케슈의 불쌍한 사촌 카밀라는 분명 여자가 맞습니다. 전 제 사촌 형 사마르만 생각하고 있었고요. 자야프라케슈와 전 혼인으로 가족이 된 사이입니다."

"아……" 직원은 눈을 가늘게 뜨고 저희를 번갈아 바라보았습니다. "혹시 대학생이신가요?"

105

"아니요." 산자이가 웃으며 말했습니다. "저는 바라나시에서 아버지가 하시는 카펫 상점에서 일합니다. 자야프라케슈는 삼촌의 농장 일을 거들고요. 저는 좀 배웠지만, 자야프라케슈는 무학입니다. 그건 왜 물으시죠?"

"아닙니다. 별다른 이유는 없어요." 직원이 말하며 저를 쳐다보았습니다. 저는 쿵쾅대는 제 심장 소리가 그에게 들릴까 봐 걱정했습니다. "사실 여기 캘커타 의대 학생들이…… 거리에서 가족을 잃는 경우도 있거든요. 이쪽으로 오세요."

지하 보관실은 넓고 축축했으며 몸이 욱신거릴 정도로 차가운 에어컨 바람 때문에 서늘했습니다. 습기가 벽면을 타고 흘러 바닥까지 흥건했습니다. 시신은 알몸으로 이동식 침대나 테이블 위에 뉘어져 있었습니다. 별다른 순서 없이 대략 나이와 성별에 따라 나누어 안치해 놓았더라고요. 지나가다 보니 어린이 시신 보관실도 꽉 찼더군요.

산자이는 일주일 전 날짜를 콕 집어서 그날 사촌이 사망했다고 했습니다. 그는 사십 대 남성의 시신을 구하려고 했던 것 같아요.

첫 번째 보관실로 들어가니 남자 시신 스무 구가 있었어요. 부패 정도는 제각각이었습니다. 거긴 별로 서늘하지 않았습니다. 물방울이 시신 위로 뚝뚝 떨어지는 바람에 시신을 차게 보관하는 데 실패했죠. 산자이와 저는 셔츠 자락을 들어 올려 입과 코를 막았습니다. 눈에서 눈물이 줄줄 흘렀어요.

"망할 놈의 전력난 때문에 이렇습니다." 직원이 투덜댔어요. "요즘엔 하루에 고작 몇 시간 들어오는 게 전부예요." 그는 걸어가서 시신 위를 덮은 천을 몇 군데 벗겼어요. 그가 양손을 펼쳐 보이자 마치 황소를 내다 팔려는 모습처럼 보였어요.

"아닌데요." 산자이는 첫 번째 망자를 보고 단호히 말했습니다. "아니, 아니요. 잠깐만요…… 아니군요. 분간하기가 힘드네요."

"음……"

산자이는 테이블마다 들여다보고, 카트마다 천을 들추었어요. 끔찍한 얼굴들이 산자이를 노려보았습니다. 눈알에는 뿌연 막이 끼고, 턱은 벌어진 채 굳어 있었어요. 어떤 시신은 퉁퉁하게 부푼 혀를 밖으로 쭉 내밀고 있었죠. 몇몇 송장은 저희에게 구애하듯 음탕하게 미소를 지었습니다. "아니, 아니네요." 산자이가 말했어요.

"지난주에 들어온 시신은 이게 전부입니다. 날짜가 분명히 맞습니까?" 안치소 직원은 따분해하면서도 회의적인 목소리를 감추려 하지 않았습니다.

산자이는 고개를 끄덕였습니다. 저는 대체 그가 뭘 하고 있는지 의아했습니다. '제발 아무나 맞다고 한 다음 데리고 나가자고!' 저는 속으로 이렇게 생각했어요. 그때 그가 외쳤어요. "잠깐만요, 저쪽 구석에 있는 시신은 뭐죠?"

시신 한 구가 철제 테이블 위에 홀로 누워 있었어요. 아무 생각 없이 누군가 저쪽으로 시신을 던져 놓은 것처럼 보였어요. 무릎과 팔뚝을 들다 말고 주먹을 꽉 쥔 자세였죠. 머리숱은 거의 없었고, 얼굴은 눅눅한 벽을 향해 돌리고 있었어요. 알몸으로 늘어진 채 누운 모습을 부끄러워하는 듯 보였죠.

"저분은 나이가 너무 많아요." 직원이 투덜거렸지만, 산자이는 재빨리 다섯 걸음을 걸어 구석으로 갔습니다. 몸을 숙여 시신의 얼굴을 들여다보았습니다. 주먹을 쥐고 세운 시신의 허연 손이 셔츠를 들어 올려 맨

살이 드러난 산자이의 복부를 쏠았습니다.

"사마르 형님!" 산자이가 울먹울먹하며 소리쳤습니다. 그는 시신의 뻣뻣한 손을 붙들었습니다.

"아니, 아닙니다." 직원이 말했어요. 그는 더러운 상의 한쪽 자락에 대고 코를 풀었습니다. "어제 들어온 시신이에요. 날짜가 맞지 않아요."

"그렇지만 이분은 불쌍한 제 사촌 사마르 형님이십니다." 산자이는 목멘 소리로 말했습니다. 그의 눈엔 진짜 눈물이 고여 있었어요.

안치소 직원은 어깨를 으쓱하더니 차트를 확인했습니다. 그는 서류 몇 장을 확인해야 했어요. "신원 확인 불가, 화요일 아침 안치소 도착, 서더가에서 알몸으로 발견…… 맞습니까? 사인은 추락사로 인한 목뼈 골절이나 교살로 보임. 추정 나이 65세."

"사마르 형님은 마흔아홉이십니다." 산자이가 말했습니다. 그는 셔츠로 눈가를 꾹꾹 누르더니 도로 코를 막았습니다. 직원이 다시 어깨를 으쓱했어요.

"자야프라케슈, 너도 카밀라 사촌을 찾아야지? 나는 사마르 형님을 운구할 준비를 할게."

"아니, 안 됩니다." 안치소 직원이 말했어요.

"왜 안 됩니까?" 산자이와 제가 동시에 물었어요.

"안 됩니다." 직원은 차트를 들여다보며 인상을 썼어요. "신원 확인이 다 끝날 때까지 운구할 수 없습니다."

"제가 확인해 드렸잖아요. 이분이 제 사촌인 사마르 형님이 맞다고요." 산자이는 여전히 시신의 주먹을 붙들고 있었습니다.

"그게 아니라, 공식적으로 확인이 끝나야 한다는 말입니다. 우체국에 가서 하셔야 해요."

"우체국이요?"

"네, 맞습니다. 캘커타 행정 당국에서는 실종자 및 무연고 시신 담당 부서를 운영하고 있습니다. 우체국 3층에서요. 거기 가서 신원 확인서를 발급 받으시고 200루피를 시에 지불하세요. 망자 한 분당 200루피입니다. 그러니까 두 분이면……"

"세상에!" 산자이가 탄식을 했다. "200루피를 내고 뭘 받으라고요?"

"공식 신원 확인서 겸 증명서를 발급 받으세요. 그다음, 워털루 가에 있는 캘커타 자치 협회 사무실로 가셔야 합니다. 그곳에선 대민 사무가 매주 토요일에만 가능합니다."

"앞으로 사흘이나 기다리라니요!" 제가 소리를 질렀습니다.

"왜 저희가 거기까지 가야 합니까?" 산자이가 물었어요.

"시신 수습비로 500루피를 내셔야 합니다. 시신을 옮기는 데 드는 비용이죠." 직원이 한숨을 내쉬었습니다. "그러니까, 시신을 모셔 가시려면 신원 확인서, 확인서 발급 비용 영수증, 시신 수습비 영수증, 그리고 망자 운구 허가증 복사본까지 제게 가져오셔야 합니다."

"하아……" 산자이가 한탄하면서 시신의 손을 놓았습니다. "그럼 그 허가증은 어디에서 구하나요?"

"주 정부 허가증 발급 부서에서요. 라즈 바반(주 정부 청사이자 관저) 근처에 있습니다."

"그렇다면, 비용이?" 산자이가 물었습니다.

"운구할 시신 한 구당 800루피입니다. 다섯 구 이상일 경우 할인이 가능합니다."

"그러면 다 된 겁니까?" 산자이가 물었습니다. 목소리에 날이 서 있었어요. 저는 산자이가 그런 목소리로 말하는 걸 들은 적이 있어요. 벽을 주먹으로 후려갈길 때나, 저희 홀 뒷마당과 계단에 모인 버마 난민 아이들을 발로 찰 때도 그랬어요.

"네, 그렇습니다. 거기에 사망 진단서가 필요합니다. 그건 제가 만들어 드릴 수 있어요."

"아⋯⋯ 그럼 그 비용은 얼마죠?" 산자이가 탄식했어요.

"50루피가 안 됩니다." 직원이 웃으며 말했어요. "거기에 보관료가 추가됩니다."

"보관료라뇨?" 제가 셔츠에 입을 댄 채 물었습니다.

"당연히 있죠. 보시다시피 여기가 굉장히 비좁잖아요? 안치소 사용 요금이 하루에 15루피입니다." 그는 차트를 들여다보았어요. "사촌이신 사마르 씨의 보관료는 총 105루피네요."

"하루도 채 안 계셨잖아요!" 제가 소리쳤어요.

"사실 그렇습니다만, 일주일 치를 다 내셔야 해요. 왜냐하면 망자께서 특별 처치를 받으셨거든요. 그러니까⋯⋯ 고급 처치를 받으신 거죠. 그럼 이제 카밀라 사촌도 찾으러 가실까요?"

"그럼 저희가 거의 2천 루피를 내야겠네요! 한 분당 말이죠." 산자이가 울분을 토했습니다.

"네, 맞습니다." 안치소 직원이 미소를 지으며 말했어요. "바라나시에서 하신다는 카펫 사업이 요즘 잘되셔야 할 텐데요."

"자야프라케슈, 따라와." 산자이가 등을 돌리고 나가면서 제게 외쳤습니다.

"그럼 카밀라 사촌은 어쩌고?" 제가 소리쳤죠.

"따라오라니까!" 산자이는 그렇게 말하고 저를 시신 보관실에서 끌어냈어요.

안치소 바깥에 하얀 트럭이 한 대 서 있었습니다. 산자이가 운전수에게 다가갔어요. "시신 말입니다. 이게 다 어디로 갑니까?" 그가 물었죠.

"네?"

"이 무연고 시신들이 여기에서 나가서 어디로 가냐고요?"

운전수는 몸을 세우고 앉아서 인상을 썼어요. "나이두 전염병 병원으로 갑니다. 대부분 그리로 가죠. 거기에서 이걸 처리하거든요."

"거기가 어디에 있죠?"

"치트푸르 가를 따라 위로 한참 가면 나와요."

저희는 전차를 타고 교통 체증 구간을 뚫고 한 시간 만에 그곳에 도착했습니다. 낡은 병원에는 사람들이 그득했어요. 회복되길 바라거나 죽기를 기다리는 사람들이었죠. 긴 복도에는 침대가 빼곡했습니다. 그걸 보니 안치소가 떠올랐습니다. 새들이 창문 가로대를 통해 병실 안까지 들어왔더라고요. 혹시나 부스러기라도 있을까 해서 헝클어진 시트 사이를 폴짝거리며 돌아다니고 있었어요. 도마뱀이 갈라진 벽 사이를 잽싸게 지나갔어요. 저희가 지나가자 쥐 한 마리가 후다닥 침대 밑으로 지나가는 모습도 보였죠.

그때, 수염을 기른 인턴이 갑자기 앞을 가로막았습니다. "누구시죠?"

산자이는 놀라서 이름을 말했습니다. 저는 그가 머릿속으로 정신없이 그럴싸한 이야기를 꾸며 내고 있는 걸 눈치챘어요.

"시신 때문에 오신 거 맞죠?" 인턴이 물었어요.

저희는 눈을 껌뻑거렸습니다.

"기자시죠?" 인턴이 물었어요.

"그렇습니다." 산자이가 대답했죠.

"제길, 얘기가 새어 나갈 줄 알았어요. 이건 저희 실수가 아니라고요." 인턴이 억울해 했습니다.

"왜죠?" 산자이가 물었어요. 그는 주머니에서 손때 묻은 수첩을 꺼냈어요. 그가 받은 왕초 연합 대금과 세탁비, 시장 볼 목록 등을 적는 수첩이었죠. "그럼 말씀해 주시겠습니까?" 산자이가 부러진 연필 끝에 침을 묻혔어요.

"이쪽으로 오세요." 인턴이 말을 잘랐어요. 그는 저희를 데리고 장티푸스 병동을 지나갔습니다. 옆에 있는 주방을 지나 건물 밖으로 나가 쓰레기 더미를 통과했습니다. 그러고 나니 병원 뒤편에 몇 헥타르에 달하는 공터가 나왔어요. 삼베로 거적을 엮어 건물에 기대어 지은 움막과 양철 지붕이 덮인 촐 지대가 저 멀리 보였습니다. 녹이 슨 불도저가 무성히 자란 잡초 밭에 서 있었어요. 노인이 불도저에 몸을 기댄 채 펑퍼짐한 반바지를 입고 수동식 노리쇠가 달린 고물 라이플을 들고 있었습니다.

"훠이!" 인턴이 소리쳤습니다. 노인이 화들짝 놀라 몸을 세우더니 라이플을 어깨에 댔어요. "저기요! 저기!" 인턴이 고함을 치며 수풀 속을 손으로 가리켰습니다. 노인이 총을 쏘았어요. 총소리가 저희 뒤편에 있는 고층 빌딩으로 메아리쳤습니다.

"젠장, 젠장!" 인턴은 고래고래 소리를 치더니 커다란 돌멩이를 집어들고 재빨리 몸을 세웠어요. 저기 저 풀숲에 갈비뼈가 앙상한 회색 개

한 마리가 총성에 고개를 쳐들고 저희를 노려보고 있었어요. 말라비틀
어진 개는 몸을 돌리더니 꼬리를 가랑이 사이로 말아 넣고 분홍색 덩어
리를 입에 문 채 도망갔습니다. 인턴이 돌을 던지자, 개는 가다 말고 풀
숲에 덩어리를 떨어뜨렸어요. 불도저에 있던 노인은 라이플 노리쇠와
씨름 중이었죠.

"젠장." 인턴은 이렇게 말하더니 저희를 풀밭으로 데리고 갔습니다. 여
기저기 헤집어진 자국과 흙무덤이 여기저기 잔뜩 보였어요. 덩치 큰 집
고양이 같은 불도저가 몇 년 동안 땅을 파헤쳐 놓은 것 같았어요. 저희
는 처음 개를 봤던 얕은 구덩이 언저리에서 발길을 멈추었습니다.

"세상에!" 저는 소리를 치며 뒷걸음질 쳤습니다. 축축한 흙에서 불쑥
올라온 썩어 문드러진 인간의 손이 제 샌들을 훑고 제 맨발을 만졌어
요. 다른 것들도 보였습니다. 그 순간, 여기저기 구덩이가 팬 광경과 저
멀리 개들이 서 있는 모습이 시야에 들어왔습니다.

"10년 전만 해도 괜찮았어요. 그런데 지금은, 산업화로 인해 바스티(인
도의 슬럼가) 현상이 진행되면서……" 그는 저쪽에 보이는 개떼를 향해
돌을 또 하나 던졌어요. 개들이 풀밭을 어슬렁거렸어요. 저희 뒤에 있던
노인이 마침내 다 쓴 탄약통을 꺼내고 다시 총알을 장전했습니다.

"여기 묻힌 사람들은 이슬람인가요, 아니면 크리스천인가요?" 산자이
는 이렇게 물으며 연필을 대고 쓸 준비를 하고 있었다.

"대부분 힌두교도입니다. 또 모르죠." 인턴이 툭 내뱉었어요. "화장터에
서는 돈을 안 내는 손님은 안 받으려고 합니다. 그런데 이 망할 놈의 개
떼들이 몇 달간 이렇게 시체를 파헤치고 있어요. 저희가 그 비용을 기
꺼이 지불하려고 했었지만…… 잠깐만요. 오늘 무슨 일이 있었는지 다

알고 오신 거 아닙니까? 그래서 오신 거 맞죠?"

"물론입니다." 산자이가 뻔뻔하게 둘러댔습니다. "그래도 병원 측 얘기를 듣는 게 좋을 것 같습니다."

전 그냥 듣고만 있었어요. 주위를 둘러보느라 정신이 없었거든요. 헤집어진 흙 속에서 온갖 부위가 삐죽 솟아 있었어요. 죽은 물고기가 연못 위로 둥둥 떠오르는 것처럼요. 제가 본 바로는 저희 둘 다 거기에서 제물로 바칠 멀쩡한 시신을 찾을 가능성은 희박해 보였습니다. 까마귀가 허공에서 빙빙 돌고 있었어요. 노인은 불도저 위에 앉아서 꾸벅꾸벅 조는 것처럼 보였죠.

"현재 이 일 때문에 엄청나게 항의를 받고 있습니다. 그렇지만 저희는 뭔가 해야 했어요. 저희 병원이 원래는 화장 비용을 대려고 준비 중이었다는 걸 꼭 보도해 주세요." 인턴이 부탁했습니다.

"그럼요." 산자이는 이렇게 말하고 뭔가를 끼적였어요.

그리고 다 같이 병원 건물 뒤쪽으로 걸어갔어요. 환자 가족들이 산처럼 쌓인 쓰레기 더미 근처에 임시변통으로 텐트를 치고 오두막을 만들어 그 안에서 지내고 있었어요.

"저희는 뭐라도 해야 했습니다. 전기는 안 들어오지, 개들 때문에 저희가 몇 년간 마음대로 할 수도 없었다고요. 그래서 캘커타 시 자치 협회에 돈을 지불하고 시신을 옮겨 달라고 했어요. 오늘 아침, 시신 서른일곱 구를 냉장고에서 꺼내 아슈토시 화장장으로 운구했습니다. 그런데 저들이 덮개도 없는 트럭에 그냥 시신을 싣고 교통 체증 구간에서 몇 시간이나 서 있을 줄 저희가 어찌 알았을까요?" 인턴이 말했어요.

"어떻게 그럴 수가 있습니까?" 산자이는 훈수를 두며 계속해서 뭔가를 적었습니다.

"게다가 설상가상으로, 시신을 화장터에 쏟아부었는데, 하필 그곳에 축제를 보러온 사람들이 잔뜩 모여 있었던 거예요."

"맞아요! 칼리 푸자(칼리 여신을 기리는 의식)가 어제 시작됐어요!" 제가 외쳤어요.

"그 화장터에 1만 명이 모일 줄 저희가 어찌 알았겠습니까?" 인턴이 날카롭게 되물었습니다. 저는 그에게 칼리가 화장터와 죽음의 장소를 관장하는 신이며, 심지어 전장이나 힌두교 장례식장에도 존재하는 죽음의 여신이라는 얘기를 상기시키진 않았습니다.

"제대로 화장하려면 얼마나 걸리는지 아십니까? 캘커타에 새로 생긴 전기 화장장에서도 얼마나 걸리는지 아시냐고요?" 인턴이 물었어요.

"두 시간, 두 시간이라고요." 그가 자문자답했습니다.

"그럼 시신들은 어찌 되었습니까?" 산자이는 이 주제에 별로 관심이 없다는 듯 물었습니다. 벌써 이른 오후가 되었어요. 자정까지 열 시간이 남았죠.

"아…… 항의가 빗발쳤어요!" 인턴이 울부짖었습니다. "숭배자 무리 중에 몇 명은 졸도했습니다. 아침부터 날씨가 후텁지근했어요. 그렇지만 시신을 대부분 거기에 그대로 두어야만 했어요. 운전수들이 여기 병원으로 도로 싣고 오기를 거부했고, 트럭 뒤에 시신을 한가득 실은 채 오후 내내 꽉 막힌 도로를 뚫고 사순 안치소로 가는 것도 거부했거든요."

"고맙습니다." 산자이는 이렇게 말하며 악수를 했습니다. "저희 독자들께서 병원 측 시각을 알곤 기뻐하실 겁니다. 참, 그런데 말입니다. 날이 저물어도 경비원이 이곳을 지킵니까?" 산자이가 졸고 있는 노인을 턱으로 가리켰습니다.

"네, 그럼요." 인턴이 땀을 뻘뻘 흘리며 대답했어요. "빌어먹을 모두의 안녕을 위해서 그래야죠. 휘이!" 그는 소리치면서 몸을 숙여 돌멩이를 찾아서 수풀에서 뭔가 커다란 덩어리를 물고 가는 야윈 개에게 던졌습니다.

저희는 그날 밤 10시 아슈토시 화장터로 차를 몰고 갔습니다. 산자이가 작은 프리미어 화물차를 빌려 두었어요. 왕초들이 수금하러 나갈 때 타고 나니던 차였는데, 뒤쪽 비좁은 화물칸에 창문이 없어서 악취가 진동했습니다.

저는 산자이가 운전을 할 줄 아는 건지 잘 모르겠더라고요. 저녁에 꽉 막히는 도로를 뚫고 가려고 산자이가 클랙슨을 울리고 라이트를 껌뻑이며 차선을 정신없이 바꾸는 걸 보면서도 저는 긴가민가했습니다.

화장 공원의 문은 닫혀 있었어요. 그래서 바로 옆에 있는 세탁소 부지를 통해 들어갔습니다. 열린 파이프에서 물이 쉬지 않고 흘렀고 콘크리트로 만든 세탁통 안에는 빨랫감이 텅 비어 있었습니다. 세탁소 근무자들은 밤이 되자 퇴근을 했더군요. 세탁소 부지와 화장 공원 사이는 석벽으로 나뉘어져 있었어요. 그런데 캘커타의 여느 벽들과는 달리, 벽 상단에 깨진 유리 조각이나 날카로운 쇠창살이 박혀 있지 않아서 쉬이 기어올라갈 수 있었습니다.

일단 벽을 넘은 다음, 저희는 잠시 머뭇거렸습니다. 하늘에 별은 떴지만 초승달이 뜨기 전이라 너무 캄캄했어요. 양철 지붕이 덮인 화장장 건물이 검은 하늘을 뒤로 한 채 회색 윤곽을 드러냈습니다. 정문에서 뭔가 시커먼 그림자 하나가 보였어요. 거대한 나무 바퀴 위에 키가 아주 크고 둥근 지붕이 달린 구조물이 얹혀 있더군요.

"칼리 푸자 때 쓰는 신을 태우는 마차야." 산자이가 속삭였습니다. 저는 고개를 끄덕였습니다. 외부 구조물 너머로 양철 셔터가 내려져 있었지만, 저희 둘 다 저 안에 팔이 네 개 달린 거대한 분노의 여신상이 대기 중이라는 사실을 알았어요. 축제에 쓰는 신상은 대개 자그라타 상태인 경우가 드물었어요. 그 밤에 죽음의 장소에 홀로 있다가 무슨 힘을 얻었을지 누가 알겠어요?

"이쪽이야." 산자이가 목소리를 낮추더니 가장 큰 건물로 향했습니다. 휘어지는 도로에서 가장 가까운 건물이었죠. 돈 있는 집안 출신의 시신을 태울 장작더미와, 가난한 가정 출신의 시신을 태울 납작하게 말린 쇠똥 더미를 지났습니다. 장례를 치를 시신들을 보관한 천장이 뚫린 가 건물이 별빛을 받으며 서 있으니 텅 빈 회색 석판처럼 보였습니다. 제 눈엔 영안실에 있는 차가운 석판처럼 보이더군요. 거대한 신의 시신이 눕기를 기다리는 것 같았어요. 저는 셔터가 내려진 신을 태운 마차를 신경질적으로 쳐다보았습니다.

"여기다." 산자이가 말했습니다. 그 안에 시신이 줄줄이 누워 있었습니다. 만약 달이 떴다면 신이 탄 마차의 그림자가 시신들 위로 드리워졌을 겁니다. 저는 한 걸음 다가가다 고개를 돌렸습니다. "세상에. 지금 입은 옷을 내일 다 태워야겠군." 전 이렇게 중얼거렸습니다. 쏟아지는 한낮의 열기가 사람들에게 어떤 영향을 끼쳤을지 상상이 가더라고요.

"내일을 맞이할 수 있을지 기도나 하셔." 산자이가 나지막이 말하면서 나뒹구는 시신 위를 밟고 지나가기 시작했어요. 몇몇 시신은 방수 시트나 담요에 덮여 있긴 했지만, 대부분은 하늘을 바라보며 누워 있었어요.

희미한 별빛에 제 눈이 적응을 했는지, 뼈에 붙어 있던 살들이 덜렁덜렁 녹아내리자 뼈가 창백하면서도 허옇게 빛나는 모습이 보였어요. 분간할 수 없는 시신 더미 위로 뒤틀린 손이 불쑥 나와 있었어요. 저는 병원 뒤 공터에서 제 발을 매만지던 망자의 손이 떠올라 온몸에 소름이 돋았습니다.

"빨리 움직여!" 산자이는 두 번째 줄에서 시신 하나를 골라서 뒤쪽 석벽으로 끌고 가기 시작했습니다.

"기다려 줘!" 저는 목소리를 낮춰서 절망적으로 소리쳤지만, 그는 이미 그림자 속으로 사라져 버렸어요. 이제 저는 온갖 시신을 밟고 선 채 홀로 남겨졌습니다. 세 번째 줄 중간까지 갔지만 금방 후회했습니다. 걸음을 내디딜 때마다 온갖 소름 끼치는 것들이 발밑에 밟혔기 때문이었죠. 가느다란 바람이 한 줄기 불어 왔습니다. 찢어진 천 조각이 바로 앞에서 펄럭거렸습니다.

섬뜩한 신이 타고 있는 마차와 가장 가까운 줄에서 뭔가 불쑥 움직이더니 무슨 소리가 들렸어요. 저는 몸을 곧추세우고 양손으로 주먹을 꽉 쥐었어요. 새였어요. 아주 크고 몸이 무거워서 날지 못하는 새 한 마리가 시커먼 날개를 퍼덕이고 있었어요. 새는 시신 위를 이리저리 옮겨 다니더니, 여신이 쉬고 있는 마차 밑 그림자 속으로 사라졌어요. 찍찍거리는 소리가 헐거운 양철 셔터 밑에서 들렸습니다. 저는 위대한 여신상의 모습을 상상했어요. 기둥을 향해 네 팔을 뻗고 이곳을 보겠다며 눈먼 두 눈을 허옇게 까뒤집은 모습을요.

뭔가 제 발목을 확 감싸며 붙들더군요.

저는 소리치며 옆으로 펄쩍 비켜서다가 넘어지면서 차갑게 뒤엉킨 시신

118

의 사지를 더듬으며 버둥거렸죠. 그러다가 풀이 난 바닥에 얼굴을 파묻은 어떤 시신의 다리를 제 팔뚝으로 찍어 눌렀어요. 발목은 여전히 붙들린 상태였는데, 뭔지 모르겠지만 그것이 저를 뒤로 잡아당기지 뭡니까. 저는 무릎으로 기면서 오른쪽 다리를 마구 휘저었습니다. 크게 고함쳐서 정문에 있는 경비원이 뛰어와 주기를 바랐습니다. 누군가가 달려와 주기를요. 그러나 경비원은 없었습니다. 산자이를 목 놓아 불렀지만 대답이 없었어요. 발목은 뭔가에 단단히 붙들려 타들어 가는 것 같았습니다. 간신히 온몸에 긴장을 풀고 몸을 일으켜 세웠습니다. 붙들린 발목이 헐거워졌어요. 한쪽 무릎을 꿇고 절 붙든 게 대체 뭔지 슬쩍 보았어요. 시신을 비단으로 감싸서 나일론 끈으로 둘러서 묶었는데 엉킨 끈에 발목이 걸렸더라고요. 그래서 도망치려 할수록 끈이 더 죄었던 거죠. 저는 순식간에 끈을 풀었어요.

헛웃음이 나오더군요. 별빛 속에서 보니 창백한 손이 비단 천 밑으로 삐져나와 있었어요. 저는 발끝으로 그 손을 차서 천 밑으로 집어넣었습니다. 완벽하군. 산자이가 지정 카스트 운전사처럼 시신과 씨름하게 두어야겠어. 저는 시신을 제대로 만져보지도 않고 비단에 둘둘 싸인 시신을 더욱 돌돌 말아 덜렁거리는 끈으로 단단히 묶은 다음 물컹거리는 살덩어리를 어깨에 걸친 채 어두운 건물을 재빨리 빠져나왔습니다. 제가그곳을 나오자 신이 탄 마차에서 나던 소리가 뚝 그쳤어요.

산자이는 석벽 그림자 속에서 기다리고 있었어요. "서둘러!" 그가 화난 어조로 낮게 말했습니다. 이제 7시가 지났습니다. 카팔리카 사원까지는 한참을 가야 했어요. 저희 둘은 석벽 너머로 시신 두 구를 넘겼습니다. 화장터에서 카팔리카 사원까지 가는 길은 악몽이었어요. 어이없는 악몽이었죠. 산자이가 다른 차들을 피해 이리저리 차를 몰 때마다 뒤에 실은 시신이 이쪽저쪽으로 쏠렸어요. 소달구지가 도로 밖으로 밀려나고, 인도를 걷던 사람들이 저희 차에 치이지 않으려고 쓰레기 더미로 몸을 날렸죠. 그뿐 아니라, 산자이는 라이트를 위협적으로 번쩍거리며 반대편에서 오는 트럭에게 경고를 날렸어요. 절대로 양보하지 않겠노라고요. 좌회전을 하다가 두 번이나 차가 인도까지 넘어 올라가기도 했어요. 그날 밤 저희가 지나가는 캘커타 도로를 따라 욕하는 소리가 파도처럼 일었죠.

결국 올 것이 오고야 말았어요. 산자이가 마이단 인근 교차로 맞은편에서 차가 오는데도 차선 세 개를 가로지르려고 했습니다. 교통 지도 경찰관이 큼지막한 경찰용 트랙터에서 뛰어내리더니 수신호로 저희를 세웠습니다. 순간 저는 산자이가 경찰을 차로 깔아뭉개려는 줄 알았어요. 그런데 산자이는 두 발로 브레이크를 꽉 밟으며 핸들을 당겼어요. 마치 도망가려는 황소의 고삐를 잡아당기는 것처럼요. 저희가 탄 차가 옆으로 밀리면서 자칫 전복될 뻔했다가 경찰관 코앞에서 멈췄습니다. 엔진도 멈췄어요. 뒤에 실린 시신 한 구가 앞으로 밀리더니 운전자석과 제 사이로 발이 쑥 삐져나왔어요. 저는 부랴부랴 천으로 발을 덮었어요. 바로 그때, 화가 난 교통경찰이 산자이 옆으로 와서 차창 오른쪽에 몸을 기대었습니다. 얼굴엔 분노가 일렁거렸습니다.

"대체 지금 무슨 짓을 하신 겁니까?" 경찰이 고함치자 넓은 헬멧이 위아래로 움직였어요. 저는 천지에 있는 신들에게 감사드렸습니다. 그자가 시크교도(15세기경 나나크가 창시한 힌두교의 개혁파)가 아니라서 천만다행이었죠. 경찰은 저희에게 서벵골 사투리로 호통쳤습니다. 그는 소리를 칠 때마다 운전석 옆을 두꺼운 곤봉으로 쾅쾅 때렸습니다. 시크교도였더라면 저 곤봉으로 저희 머리통을 후려갈겼을 겁니다. 사실 도심 경찰관은 시크교도인 경우가 상당히 많았어요. 시크교도들은 좀 이상합니다.

산자이가 둘러댈 핑계를 꾸미거나 도로 시동을 걸 새도 없이, 경찰관이 한 걸음을 물러나더니 손으로 얼굴을 가렸습니다. "세상에! 대체 저 뒤에 뭘 실었습니까?"

저는 시트 속으로 몸을 깊이 파묻었어요. 이제 끝장이다. 경찰이 우리를 체포할 것이다. 그럼 저 끔찍한 후글리 감옥에서 평생을 썩어야 한다. 그렇게 되면 카팔리카가 며칠 후 우리를 죽이겠지.

그런데 산자이는 활짝 웃으며 창문에 기댔어요. "존경하는 경찰 양반, 이 트럭이 어디 건지 잘 아시겠죠?" 그는 우그러진 차 문을 손바닥으로 쾅쾅 내리쳤어요.

경찰이 인상을 찌푸리더니 한 걸음 물러났습니다. "음……" 그가 손으로 입을 막은 채 소리를 냈습니다.

"맞습니다. 바로 그겁니다." 산자이가 크게 외쳤어요. 그러면서도 바보 같은 미소는 잃지 않았죠. "이 차는 바로 치트푸루의 왕초이시자 그보다 상위 연합인 치트타란잔의 회장이신 고팔라크리슈나 니렌드레나스 G. S. 마하파트라의 자산입니다! 뒤에는 그분에게 가장 큰돈을 벌어다 주시는 가여운 나병 환자 여섯 명이 타고 있습니다. 돈을 가장 많이 벌어 오는 왕초들이십니다. 경찰관님!" 산자이는 왼손으로 시동을 걸고 오른손을 휘저으며 어두운 화물칸을 가리켰습니다. "이 차의 주인이신 마하파트라의 자산을 원래 자리로 되돌려 드려야 하는 시간보다 제가 한 시간이나 늦었습니다. 이제 그분이 제 모가지를 자르실 겁니다. 만약 경찰관님께서 저희를 체포하시면, 최소한 저는 존경하는 경찰관님 덕분에 왜 쓸데없이 늦었는지 핑계를 댈 수 있습니다. 저를 체포하실 요량이라면 뒤쪽 화물칸을 열어 드리죠. 돈을 꽤 많이 벌어들이는 나병 환자이긴 하나 이젠 걷지를 못하니, 경찰관님께서 저들이 화물칸에서 내리도록 저를 도와주셔야 합니다." 산자이는 차에서 내리려는 듯 차문 손잡이를 더듬거렸어요.

"안 돼!" 경찰관이 소리쳤습니다. 그는 더듬거리는 산자이의 손을 향해 곤봉을 휘둘렀습니다. "당장 가쇼! 가시라고!" 이렇게 말하더니 경찰은 몸을 돌려 교차로 중앙으로 허겁지겁 향했습니다. 그는 교차로에 서서 이리저리 뒤엉켜 고함 소리가 들리는 체증 구역을 향해 다시 수신호를 보내고 호루라기를 불었습니다. 경찰이 자리를 비운 그 잠깐 사이, 세 블록이나 정체가 생기고 말았죠.

산자이는 기어를 넣고 차를 돌려 플라자 파크 잔디밭을 가로질러 갔습니다. 꽉 막혀서 으르렁대는 교통 체증 구간을 빙 돌아 차를 몰았어요. 그다음, 맞은편에서 오는 차량을 보며 차를 꺾어 스트란드 가 남쪽으로 진입했죠.

저희는 창고에 최대한 가까이 차를 주차했습니다. 거리는 캄캄했지만 트럭 뒤에 랜턴이 하나 있었어요. 산자이가 거기에 불을 붙이고, 제가 고른 시신에서 주렁주렁 늘어진 끈 때문에 뒤엉킨 두 구의 시신을 따로 떼어 냈어요. 산자이가 선물로 준 시계를 보니 12시 10분 전이었습니다. 제 시계가 좀 느렸습니다.

갑자기 랜턴 불꽃이 확 일었어요. 불빛에 보니 산자이가 화장터 바닥에서 골라온 시신은 남자 노인이었습니다. 치아는 없지만 머리칼이 있고, 양쪽 눈을 보니 백내장에 걸렸더군요. 제가 고른 시신 덮개 천을 둘둘 감은 끈에 노인의 시신이 거미줄처럼 뒤엉켜 있었어요.

"젠장, 악취 나는 낙하산 같군. 아니, 방수포와 망할 놈의 그물이 뒤엉킨 것 같아." 결국 산자이는 이로 끈을 끊어 냈어요.

"서둘러. 일단 천부터 벗겨. 시신이 천에 싸여 있으면 저들이 안 된다고 할 거야." 산자이가 말했습니다.

"그래도 그건……"

"빨리 벗겨!" 산자이는 화를 버럭 내며 말을 잘랐습니다. 그의 시뻘겋 게 달아오른 얼굴에서 눈이 튀어나올 것 같았어요. 랜턴이 불꽃을 튀기며 쉬이익 소리를 냈습니다. "젠장, 젠장, 젠장!" 그가 폭발했습니다. "처음 계획한 대로 널 써먹었어야 했어. 그럼 아주 간단했을 텐데. 빌어 먹을!" 산자이는 화를 내며 양팔을 시신 밑으로 밀어 넣고 끈에서 풀려 난 시신을 잡아끌기 시작했어요.

저는 그 자리에 멍하니 서 있었습니다. 마지막 매듭을 풀고 나머지 끈을 잡아 빼면서도 저는 제가 두 손으로 뭘 하고 있는지 아무 생각이 들지 않았어요. '이봐, 자야프라케슈, 넌 사회 부조리의 희생자야. 네가 힘겹게 사는 걸 보니 내 마음이 동했어. 내가 월세를 200루피에서 5루피로 낮춰 줄게. 처음 두세 달 지낼 생활비가 필요하면 그것도 기꺼이 빌려주지.'

눈물이 뺨을 타고 흘러내려 시신을 감싼 천 위로 떨어졌어요. 저쪽에서 산자이가 서두르라며 고래고래 소리쳤습니다. 그런데도 제 손은 느릿느릿 움직이면서 뒤엉킨 끈들을 마저 꼼꼼히 풀어내고 있었어요. 산자이가 저를 룸메이트로 받아주었을 때 고마워서 눈물을 흘렸던 모습이 떠올랐어요. 그가 저더러 카팔리카에 같이 들어가자고 했을 때도 놀라면서 고마워했었는데.

'처음 계획한 대로 널 써먹었어야 했어.'

저는 화가 났지만 묵묵히 눈물을 닦고 천을 홱 걷어서 화물칸 구석으로 집어 던졌습니다.

"아아악!" 제 입에서 비명이 튀어나왔어요. 저는 화들짝 놀라서 펄쩍 뛰다가 차에 쾅 부딪혔습니다. 그 바람에 눈앞에 모습을 드러낸 시신에 제 코를 박을 뻔했습니다. 랜턴이 뒤집히면서 화물칸 철제 바닥을 굴러다녔습니다. 저는 또다시 비명을 질렀어요.

"왜 그래?" 산자이가 도로 차 쪽으로 뛰어왔습니다. 그 역시 걸음을 멈추고 문을 붙들었습니다. "아……"

제가 화장터에서 신부를 고르듯 골라온 시신은 한때나마 인간이긴 했을 겁니다. 이제 더는 아니지만요. 인간이었던 모습이 하나도 남아 있지 않았어요. 몸은 인간의 두 배 가까이 불어 있었습니다. 뭐랄까, 사람이 아니라 다 썩어 버린 초대형 불가사리처럼 보였어요. 얼굴은 다 뭉그러져서 형체가 아예 없었어요. 허연 덩어리에 주글주글 구멍이 뚫리고 눈과 입, 코가 있던 자리는 퉁퉁 불은 채 찢어져 있었어요. 시신은 인간의 형상을 역겹게 구현해 놓은 듯한 모습이었어요. 곰팡이가 펴서 곯고 뒤틀린 고기 덩어리를 사람의 형상과 비슷하게 대충 뭉쳐 놓은 것 같았어요. 시신은 허옜습니다. 온통 허옜어요. 후글리 강에서 배를 까뒤집고 죽은 잉어 뱃가죽처럼 허옜습니다. 표백된 듯한 살갗은 썩은 고무를 만지는 것 같았어요. 독버섯의 갓 뒤쪽에 있는 주름살처럼 피부가 그렇게 겹겹이 일어 있었어요. 시신은 빵빵하게 부풀었습니다. 속에서 가스가 발생해서 복부가 팽팽하게 부풀어 장기가 터지기 일보 직전이었다가 그 수위를 넘긴 것 같았어요. 골절되어 바스러진 갈비뼈와 뼈대가 퉁퉁 부은 살덩어리 여기저기를 뚫고 올라왔습니다. 부풀어 오른 밀가루 반죽에 막대기를 여기저기 꽂아 놓은 것 같았어요.

"아…… 익사체구나." 산자이가 말했어요.

산자이의 말을 증명이라도 하려는 듯, 썩은 강바닥에서 나는 개흙 냄새가 훅 끼쳤습니다. 민달팽이처럼 보이는 것이 시커먼 눈구멍에서 쑥 올라왔습니다. 반짝거리는 더듬이로 밤공기를 맛보더니 도로 몸을 숨겼습니다. 퉁퉁 불어 터진 살덩어리 속에서 구물거리는 다른 것들도 보였어요.

저는 차 옆면에 등을 바싹 댄 자세로 슬금슬금 뒷문으로 향했어요. 산자이를 떠밀고 두 팔 벌려 환영하는 캄캄한 어둠 속으로 달아나려고요. 그런데 산자이가 제 앞을 막아서더니 뒤에서 저를 몰면서 시신을 들쳐업고 좁은 실내로 들어가라고 했어요.

"들어." 산자이가 명령했습니다.

저는 그를 노려보았습니다. 넘어진 랜턴이 저희 두 사람 사이에 거대한 그림자를 드리웠습니다. 저는 그냥 노려보고만 있었어요.

"들라고, 자야프라케슈. 이제 2분만 있으면 의식이 시작된다. 시체를 들어."

전 그때 산자이를 뛰어넘어 도망칠 수도 있었어요. 거짓말을 내뱉은 그의 목구멍에서 마지막으로 꼴깍하는 숨소리가 올라올 때까지 목을 조를 수도 있었다고요. 그런데 총이 보였어요. 그가 손에 총을 들고 있었어요. 이곳저곳을 떠돌던 재주 있는 마술사의 손바닥에서 순간 연꽃이 피듯, 그렇게 갑자기 총이 등장한 거예요. 작은 권총이었어요. 너무 작아서 진짜 같아 보이지 않았지만 진짜였어요. 확실해요. 까만 파이프처럼 생긴 총신이 제 관자놀이를 겨누고 있었어요.

"들어."

뒤편 바닥에 쓰러진 시신을 들어 올리게 할 수 있는 건 이 세상에 아무것도 없었어요. 시키는 대로 하지 않으면 3초 후 제가 송장이 될 거라는 백 퍼센트 확실한 자각만 아니었다면 말이죠. 제가 죽는 거죠. 화물칸에 누운 송장처럼 저도 그 옆에 눕는 거죠. 그 위로 쓰러질 수도 있고요. 아무튼 시신과 제가 같이 있게 되겠죠.

저는 무릎을 꿇은 다음 시신을 덮었던 천에 불씨가 옮겨 붙을까 봐 랜턴을 똑바로 세웠어요. 그다음 시신 밑으로 두 손을 밀어 넣었어요. 시신은 움켜쥐는 제 손길을 환영하는 것 같았어요. 소심한 연인을 음탕한 손길로 어루만지듯 한쪽 팔이 제 옆선에 닿았어요. 저는 손을 허연 살덩어리 밑으로 쑥 집어넣었어요. 송장의 살갗은 차가운 고무 같아서 이러다 제 손가락이 언제라도 살 속에 쿡 박힐 것 같았어요. 차에서 시신을 끌어내 한 걸음 내딛자, 시신 몸속에 있던 물컹물컹한 것들이 이리저리 출렁이며 돌아다니는 것 같았어요. 송장을 들자 아래로 축 처졌어요. 분명 소름 끼치는 일이 벌어질 것 같았어요. 시신이 녹아서 제 몸을 따라 줄줄 흘러내릴 것 같았어요. 끈끈한 강바닥 개흙처럼요.

저는 고개를 들어 밤하늘을 바라본 후 앞으로 비틀비틀 걸어갔습니다. 산자이는 어깨에 차가운 송장을 들쳐 매고 저를 뒤에서 몰며 카팔리카 사원으로 들어갔습니다.

8

"사 에탄 판카 파순 아파샤트…… 푸루삼, 아스밤, 감, 아빔, 아잠…… 푸루삼 프라사만 알라브하테, 푸루소 히 프라사마 파수남……"

저희는 『사타파타 브라마나』(기원전 6세기의 고대 인도 문헌)에 실린 성스러운 주문을 외웠습니다.

"제물의 순서는 다음과 같다…… 제일 먼저 인간, 그다음 말, 황소, 숫양, 염소…… 인간은 동물 중에 으뜸이며 신이 가장 흡족해 하신다……"

저희는 컴컴한 어둠 속에서 자그라타 상태의 칼리 앞에 무릎을 꿇었습니다. 카팔리카들은 저희에게 하얀 도티를 입혔어요. 발은 맨발이었고, 이마에 칠을 했습니다. 일곱 명의 신입 회원은 여신상 앞에 반원 대열로 무릎을 꿇고 바싹 붙어 앉았습니다. 그다음, 카팔리카들이 저희를 바깥에서 감싸며 촛불로 호를 그렸어요. 저희 앞에는 저희가 제물로 가져온 송장이 놓여 있었습니다. 카팔리카 사제는 시신의 배 위에 작고 허연 해골을 각각 하나씩 올렸습니다. 인골이었는데 너무 작아서 어른의 해골일 리가 없었습니다. 칼리 여신상의 굶주린 눈처럼 뻥 뚫린 눈구멍으로 저희를 강렬히 노려보았습니다.

이 세상은 고통이네
오 시바의 끔찍한 아내여
그대는 살을 씹네

칼리 여신은 여전히 여덟 번째 신입 회원의 머리를 들고 있었습니다. 그런데 이제 그 앳된 얼굴이 분필처럼 허예져서 입술을 까뒤집고 헤벌쭉 미소 짓고 있었습니다. 그런데 신상이 밟고 섰던 몸뚱이는 사라지고 없더군요. 발찌를 한 여신의 한쪽 다리가 허공에 붕 떠 있었습니다.

오 시바의 끔찍한 아내여
그대의 혀로 피를 들이켜네
어둠의 어미여! 알몸의 어미여

신상 앞에 무릎을 꿇고 있으니 머리가 멍했습니다. 머릿속에는 산자이가 했던 말이 메아리쳤습니다. '널 써먹었어야 했어.' 저는 멍청한 촌놈이었어요. 아니, 그보다도 못난 인간이었어요. 멍청한 촌놈이 이제 다시는 고향 땅에 돌아갈 수도 없게 되었죠. 그날 밤 이후 무슨 일이 있었다 해도, 저는 안구다에서 소박하게 살던 삶의 진리가 제게서 영영 멀어졌음을 깨달았죠.

시바의 사랑을 받는 그대
이 세상은 고통이네

사원이 침묵 속에 잠겼습니다. 저희는 디야나(앉아서 몸을 바르게 하고 잡념을 떨쳐 마음을 집중하는 인도식 수행법으로 참선이라고도 일컫는다) 상태에서 눈을 감았습니다. 디야나는 가장 깊은 명상의 단계로 자그라타에서만 도달할 수 있습니다. 소음이 고요함을 뚫고 들어왔어요. 강물이 웅얼웅얼 뭐라고 속삭였어요. 뭔가가 제가 맨발로 디딘 바닥 근처로 스르륵 미끄러졌어요. 전 아무것도 느끼지 못했고, 아무 생각도 들지 않았어요. 눈을 떠보니, 여신상이 입을 쩍 벌린 채 시뻘건 혀를 더 길게 빼고 있었어요. 그 무엇도 놀랍지 않았습니다.

다른 카팔리카들이 앞으로 나오더니 저희가 음탕한 여신의 제단에 바친 송장을 사이에 두고 한 명씩 마주보며 꿇어앉았습니다. 제 앞에 앉은 브라만은 친절해 보였습니다. 아마도 은행가인 것 같았어요. 남들에게 미소를 팔아먹고 사는 게 익숙해 보였습니다.

오 칼리, 흉포한 여신이시여

오 친나마스타, 목이 잘린 여신이시여

오 찬디, 광포한 여신이시여

오 카마스키, 영혼의 포식자시여

저희들의 기도를 들어주소서, 시바 신의 끔찍한 아내여

앞에 앉은 사제가 제 오른손을 쥐고 손금을 보듯 손바닥을 뒤집었습니다. 그가 반대편 손을 도티 밑으로 집어넣었다가 빼는 순간 날카로운 칼날이 번쩍 빛났습니다.

제사장은 여신상이 들고 있는 한쪽 발에 이마를 갖다 댔습니다. 목소리는 상당히 온화했어요. "여신께서는 여러분의 살과 피를 기쁘게 받으실 겁니다"라고 말했습니다.

다른 사제들이 동시에 움직였습니다. 그들은 대나무를 깎듯 저희 손바닥을 칼로 깎았어요. 칼날이 지나간 자리에서 두툼한 손바닥 살덩이가 깔끔히 떨어져 나갔어요. 저희는 모두 기겁했습니다. 그러나 아프다며 소리친 사람은 뚱뚱한 사내뿐이었죠.

"신성한 고기를 좋아하는 그대, 오 위대한 여신이시여. 이자의 피와 살을 받으소서."

전 저런 말이 낯설지 않았어요. 저희 고향에서 칼리 푸자가 조촐하게 열리는 10월이면 늘 듣던 소리였어요. 벵골 아이들은 누구나 저 기도문을 알아요. 그러나 저는 저 말을 상징적인 제물을 바친다는 의미 그 이상으로 받아들인 적이 한 번도 없었어요. 게다가 브라만이 시뻘건 제 살점을 높이 쳐든 다음 허리를 굽혀 송장의 벌어진 입 속에 쑤셔 넣는 모습은 단 한 번도 본 적이 없었습니다.

그러더니 제 앞에 있던 왜소한 사내가 미안한 듯 미소를 지으며 생살이 잘린 제 손을 쥐고 아래로 뒤집었습니다. 어둠 속에서 제 뒤에 서 있던 카팔리카들이 가장 성스러운 가야트리 만트라('가야트리'는 우주의 어머니이자 지혜의 여신으로 '가야트리 만트라'를 반복하면 고통과 무지가 제거되고 해탈을 얻는다고 한다)를 일제히 암송하기 시작했습니다. 순간, 시커멓고 굵은 핏방울이 제 무릎께 놓인 허연 익사체 몸뚱이 위로 뚝뚝 떨어졌습니다.

만트라가 끝났습니다. 은행가처럼 보이는 사제가 윗옷 속에서 흰 천을 민첩하게 꺼내서 제 손에 묶어 주었어요. 저는 이 의식이 금방 끝나기를 여신에게 기도했어요. 공허함과 욕지기가 뱃속에서 치밀어 올라왔습니다. 양팔이 벌벌 떨리기 시작했어요. 이러다 기절할까 봐 두려웠습니다. 세 칸 옆에 있던 뚱뚱한 남자는 실제로 졸도하면서 그가 바친 합죽이 할머니의 차가운 젖가슴 위로 고꾸라졌습니다. 그의 사제는 그를 못 본 체하며 다른 이들과 같이 어둠 속으로 사라져 버렸어요.

"여신이시여, 제발 그만 끝내 주세요." 저는 기도를 올렸어요.

그러나 의식은 끝나지 않았어요. 아직 더 남았더군요.

첫 번째 브라만이 여신의 발에 대고 있던 이마를 떼더니 저희 쪽으로 고개를 돌렸습니다. 그는 저희가 만든 반원을 따라 천천히 걸었어요. 저희가 제물로 바친 시신을 살피는 것 같았어요. 그는 한참을 제 앞에 서 있었습니다. 저는 고개를 들어 그와 시선을 맞출 수가 없었습니다. 익사한 시신을 좋아할 리 없을 것 같았기 때문이죠. 강바닥 개흙에서 나는 썩은 내와 쩍 벌린 목구멍에서 올라오는 구취가 여전히 풍기고 있었습니다. 잠시 후 사제는 아무 말 없이 자리를 옮겼어요. 그는 산자이의 제물을 살핀 후 끝까지 걸어갔습니다.

제가 슬쩍 곁눈질해 보니, 사제는 차가운 시신 위에 고꾸라진 뚱보 남자를 맨발로 거칠게 걷어차더군요. 그러자 다른 카팔리카가 서둘러 앞으로 나와 송장의 푹 꺼진 배 위에 아이 해골을 도로 올려놓았어요. 뚱뚱한 신입 회원은 차가운 쭈그렁 할머니 옆에 의식을 잃은 채 누워 있었습니다. 두 사람은 어울리지 않는 연인이 포옹을 하다가 갈라진 사이 같았어요. 어둠의 여신에게 머리채를 붙들릴 다음 타자가 누구일지 궁금해하는 사람은 저희들 중엔 아무도 없었어요.

사제가 다시 제 앞에 서자 저는 당장 벌벌 떨리는 몸부터 다스리기 시작했죠. 그가 손가락을 튕기자 카팔리카 셋이 나와 그의 옆에 섰습니다. 제게서 최대한 멀어지고픈 산자이의 간절한 욕망이 느껴지더라고요. 전 아무 느낌도 들지 않았어요. 얼음장 같은 냉기가 제 몸을 관통하면서 욱신거리는 손을 식히고 두려움을 삭이더니 제 마음까지 텅 비워 버렸어요. 카팔리카들이 제 쪽으로 몸을 숙이는 순간, 저는 크게 소리 내어 웃을 수도 있었지만 꾹 참았습니다.

그들은 조심조심, 사랑스러운 손길로 퉁퉁 불어 터진 시체를 들어서 신상 발밑에 놓인 석판 위에 눕혔습니다. 그러더니 저더러 앞으로 나와 그 옆에 서라며 신호를 보냈어요.

그다음 몇 분은 비몽사몽으로 기억 속을 스쳐 지나갔어요. 제가 카팔리카들과 같이 뭉그러진 시신 앞에 무릎을 꿇고 앉았던 기억은 나요. 저희는 힌두교 고대 성전 『리그베다』 제10권 「푸루샤 수크타」 찬가를 불렀던 것 같아요. 다른 이들이 어둠 속에서 물 양동이를 들고 나오더니 제가 바친 제물의 썩은 몸뚱이를 씻기기 시작했습니다. 이미 신성한 강물 속에 잠겨 있을 만큼 있었던 시신을 씻긴다는 게 참으로 우습더군요. 그래도 전 웃지 않았어요.

제사장이 풀줄기를 가져왔습니다. 말라붙은 핏자국이 여전히 선명했어요. 어제 저것 때문에 어린 신입 회원의 운명이 갈렸죠. 사제는 램프 그을음이 담긴 성배에 칼을 담갔다가 눈구멍 위쪽 반원에 검은 칠을 했습니다. 한때 저 안엔 세상을 바라보던 안구가 들어 있었겠죠. 저는 신상에 그런 칠을 하는 걸 여러 번 본 적이 있어요. 그래서 또다시 낄낄대고 싶은 충동이 일었지만 꾹 참았습니다. 왜냐하면, 원래는 눈꺼풀 위에다 검은 칠을 해야 하거든요. 저희 마을에서 제사를 올릴 때 보니 저건 점

토로 빚은 우상에게 시력을 불어넣는 의식이었어요.

다른 남자들이 다가오더니 시신의 이마 위에 풀과 꽃을 올려놓았습니다. 저희가 물라 만트라(삶에 은총을 가져오는 힘을 지닌 주문)를 백여덟 번 외우자 키가 크고 끔찍하게 생긴 칼리 신상이 저희를 굽어보았습니다. 다시 사제가 앞으로 나가 망자의 사지를 한 번씩 매만진 후 한때 펄떡거리던 심장을 품었으나 지금은 허옇게 불어터진 살 위에 엄지를 댔습니다. 그다음, 저희는 다 같이 베딕 만트라가 변형된 주문을 낭독했어요. 이렇게 끝나는 주문이었어요. "옴(Om, 힌두교에서 가장 성스러운 의미를 지닌 음절로 신에게 기원할 때 쓰던 감탄사) 비슈누가 그대에게 생식기를 부여하게 하소서. 트바스타가 몸을 깎고, 프라자파티가 정액을 제공하고, 칼리가 당신의 씨를 받게 하소서."

다 같이 주문을 외우던 소리가 또다시 어둠을 꽉 채우더니 가장 신성한 베다 만트라인 가야트리 반트라 찬가가 울려 퍼지기 시작했습니다. 바로 그 순간, 큰 소리가 들리고 세찬 바람이 일더니 사원을 꽉 채웠습니다. 그 거친 순간, 저는 강물이 불어나 모두를 덮치는 줄 알았어요.

찬바람이 으르렁거리며 사원을 관통했습니다. 저희의 머리칼이 흩날리고, 저희가 입은 하얀 도티가 물결치듯 펄럭이고, 뒤에 줄줄이 켜 놓은 촛불이 거의 다 꺼졌습니다. 지금 또렷이 기억나는 건 사원이 아예 캄캄해진 않았다는 겁니다. 촛불 몇 개가 계속 타고 있었어요. 촛불이 기이한 바람에 흔들리며 춤을 추는 것 같았죠. 여전히 빛이 있었지만, 저는 그다음 벌어진 일을 도저히 설명할 수가 없어요.

저는 움직이지 않았어요. 여신상과 물에 씻긴 시신에서 약 1미터 남짓 떨어져 무릎을 꿇은 채 계속 앉아 있었어요. 뒤에 있던 카팔리카들이 초에 불을 붙이려고 성냥을 긋는 동작 말고는 다른 움직임은 전혀 느껴지지 않았습니다. 그 일은 금방 끝났어요. 이제 바람이 잦아들고 주변이 조용해졌어요. 촛불이 발치에서 자그라타 칼리를 다시 비추었습니다.

송장이 변했습니다.

살은 여전히 유충처럼 허옜지만, 이제 칼리가 디디고 선 시신은 누가 봐도 인간의 송장처럼 보였어요. 여전히 알몸이었고, 꽃도 여전히 이마에 뿌려져 있었죠. 시커먼 그을음이 눈 위쪽에 칠해져 있었어요. 그런데 흐릿하게나마 축 늘어진 성기가 매달려 있지 뭡니까. 좀 전까지만 해도 거기엔 썩어가는 농포 주머니가 달려 있었거든요. 얼굴은 온전하지 않았습니다. 아직도 입술이나 눈꺼풀도 없고 코도 없었어요. 그런데 망가지긴 했지만 인간의 형상을 하고 있었습니다. 게다가 눈구멍이 안구로 채워져 있었어요. 갈라진 상처엔 흰 살이 돋았고요. 으스러진 뼈대도 더는 보이지 않았습니다.

저는 눈을 감고 묵언 기도를 올렸습니다. 생각이 나지 않는 신에게 기도를 올렸습니다. 산자이가 헉 하는 소리를 내서 저는 다시 눈을 떴습니다.

시신이 숨을 쉬었어요. 열린 입으로 바람이 새어 나오더니 송장의 가슴이 한 번, 두 번, 부풀어 올랐어요. 그러더니 힘겹지만 규칙적으로 헉헉대는 숨소리로 바뀌었습니다. 갑자기 하나의 연결 동작으로 송장이 일어나 앉았습니다. 천천히, 그리고 최대한 경건하게 송장은 입술이 없는 입으로 칼리의 발바닥에 입을 맞추었습니다. 송장은 신상 밑에서 다리를 휘저으며 비틀비틀 일어나더니 얼굴을 돌려 저를 똑바로 바라보았습니다. 한때 코가 있던 자리는 촉촉한 살이 채워졌더라고요. 송장이 한 걸음 다가왔습니다.

키가 큰 송장이 뻣뻣하게 세 걸음을 걷는 동안 저는 고개를 돌릴 수 없었습니다. 시신이 제 앞에 우뚝 서서 여신상을 가렸습니다. 위풍당당한 여신상의 얼굴만 시신의 어깨 너머로 보였어요. 시신은 힘겹게 숨을 내쉬었습니다. 아직도 양쪽 폐에 물이 차 있는 것 같았어요. 송장이 걸을 때마다 턱이 아래로 살짝 처지면서 열린 입에서 물이 뿜어져 나와 볼록한 가슴을 타고 흘러내렸어요.

송장이 제 코 앞에 다가와 서자 그제야 전 눈을 내리깔았습니다. 악취가 진동하는 강 냄새가 안개처럼 제 머리 위로 쏟아졌습니다. 되살아난 송장이 천천히 하얀 손바닥을 내밀어 제 이마를 어루만졌습니다. 송장의 살갗은 차갑지만 부드러웠어요. 송장이 손을 거두고 다음 신입 회원에게로 천천히 걸음을 옮겼습니다. 그럼에도 그 손길이 제 이마에 도장을 찍듯 남긴 느낌이 차가운 불꽃이 되어 벌겋게 달아오른 살 속으로 타들어 갔습니다.

카팔리카들이 마지막 찬가를 부르기 시작했어요. 제 입술은 의지와 상관없이 움직이며 기도에 동참했습니다.

칼리, 칼리, 발로 바이
칼리 바이 아레 가테 나이
오 형제여, 칼리의 이름을 받으라
칼리 여신 말고는 숨을 곳이 없다

노래가 끝났습니다. 사제 둘이 첫 번째 브라만과 합류하여 되살아난 송장을 사원 뒤편 어둠으로 안내하며 거들었어요. 나머지 카팔리카들은 다른 쪽으로 빠져나갔습니다. 저는 반원 안쪽을 둘러보았습니다. 뚱보 남자가 더는 우리 곁에 없다는 사실을 깨달았어요. 저희 여섯 명은 어둑어둑한 곳에 서서 서로를 쳐다보았습니다. 한 1분쯤 지났을까, 제사장이 돌아왔습니다. 옷차림도, 얼굴도 그대로였어요. 그런데 뭔가 달랐습니다. 걸음걸이가 약간 느긋해 보였고, 자세도 좀 풀어져 보였어요. 마치 연극을 성대히 마친 배우가 극중 인물에서 벗어나 다른 옷을 입고 관객석으로 나온 것 같았어요.

그가 행복한 미소를 지으며 다가오더니 한 명씩 악수를 하고는 이렇게 인사말을 건넸어요. "나마스테. 이제 여러분은 카팔리카의 일원이 되었습니다. 사랑하는 여신의 다음번 부름을 기다리세요."

그는 저에게도 이렇게 말했어요. 오히려 그의 손은 제 이마를 만지던 송장의 손길보다 실감이 덜 났습니다. 이마에 닿았던 그 느낌은 여운이 남았거든요.

검은 옷을 입은 남자가 저희를 대기실로 안내했고, 저희는 그곳에서 조용히 옷을 입었어요. 나머지 네 사람은 작별 인사를 나눈 후 학교 수업을 마친 학생들처럼 수다를 떨며 같이 밖으로 나갔어요. 저와 산자이는 문 옆에 서 있었습니다.

"이제 우린 카팔리카가 되었어." 산자이가 속삭였습니다. 그는 활짝 미소를 지으며 악수를 청했어요. 저는 그를 쳐다보았어요. 그가 내민 손을 바라보다가 바닥에 침을 퉤 뱉었어요. 그리고 등을 돌려 아무 말 없이 사원을 떠났습니다.

그 후로는 산자이를 보지 못했어요. 몇 달간 저는 캘커타 이곳저곳을 떠돌며 남들이 모르는 곳에서 잠을 잤고, 아무도 믿지 못하게 되었습니다. 저는 늘 '사랑하는 여신의 다음번 부름'을 기다리면서도 겁내고 있어요. 아무런 호출이 없었어요. 처음엔 마음이 놓였어요. 그다음엔 점점 두려워졌고, 이제는 신경 쓰지 않아요. 최근에는 대놓고 학교로 돌아왔어요. 그리고 익숙했던 거리와 한때 단골이었던 곳을 다닙니다. 이를테면 여기 같은 데 말이죠.

사람들은 제가 변했다는 것을 눈치챘어요. 아는 사람이 저를 보더니 도망을 가더군요. 거리를 지나는 사람들도 제가 보이면 되도록 멀리 돌아서 가요. 그건 이젠 제가 불가촉천민이 되어서 그럴 거예요. 어쩌면, 저조차 겁이 나서 벗어나고픈 카팔리카가 되어서 그럴 지도 몰라요. 글쎄요. 전 그 사원도 칼리가트도 다시는 가지 않았어요. 제가 카팔리카가 아니라 카팔리카의 먹잇감으로 점 찍혔기 때문이죠. 전 그 대답을 찾으려고 기다리고 있어요.

캘커타를 영영 뜨고 싶지만 돈이 없어요. 저는 안구다 출신 수드라 중에서 유일하게 가난합니다. 예전의 모습으론 두 번 다시 돌아갈 수 없는 처지이기도 합니다.

크리슈나 씨가 제 곁에서 친구가 되어 주셨습니다. 저를 찾아와 당신에게 제 얘기를 하라고 한 사람이 바로 크리슈나 씨입니다. 이제 제 얘긴 다 끝났습니다.

크리슈나가 마지막 문장을 통역할 때 즈음 그의 목소리는 거의 갈라졌다. 나는 눈을 껌뻑이며 주위를 돌아보았다. 카운터 뒤편 바닥에서 잠을 자던 주인의 발이 밖으로 삐죽 나와 있었다. 카페는 고요했다. 건물에서도 아무런 소리가 들리지 않았다. 시계를 보니 새벽 2시 20분이었다.

내가 벌떡 일어나는 바람에 의자가 뒤로 넘어갔다. 등도 아프고 시차와 피로까지 겹쳐서 기운이 없었다. 나는 몸을 쫙 펴고 척추를 따라 욱신거리는 근육을 주물렀다.

무크타난다지는 지쳐 보였다. 그는 두꺼운 안경을 벗고 눈과 관자놀이를 문질렀다. 크리슈나는 무트타난다지가 마시다 만 식은 커피 잔으로 손을 뻗어 마저 들이켰다. 그러고 나서 여러 번 목을 가다듬었다.

"혹시…… 흠흠…… 질문이 있으신가요, 루잭 씨?"

나는 두 남자를 내려다보았다. 내 목소리가 제대로 나올지 믿음이 가지 않았다. 크리슈나가 코를 손으로 잡고 요란하게 콧물을 풀어 바닥에 내버린 다음 입을 열었다. "질문 없으시냐고요?"

나는 무표정하게 잠시 쳐다보다가 입을 열었다. "하나 있습니다." 내가 이렇게 말하자 크리슈나가 공손히 눈썹을 들어올렸다.

"젠장…… 이 망할 놈의 얘기가 대체 시인 M. 다스하고 무슨 상관이 있다는 말입니까?" 나는 이렇게 고함치며 목소리에 맞춰 주먹으로 테이블을 쾅쾅 내리쳤다. 커피 잔이 통통 튀었다.

이번엔 크리슈나가 날 노려보았다. 저런 눈빛을 본 기억이 났다. 내가 다섯 살 때였다. 내가 유치원 낮잠 시간에 바지를 더럽히자, 교사가 저런 눈빛을 보냈었다. 크리슈나는 무크타난다지 쪽으로 몸을 돌리더니 다섯 마디를 건넸다. 젊은 남자는 지쳤다는 듯 도로 안경을 쓰고 그보다 짧게 대답했다.

크리슈나가 나를 올려다보았다. "저희가 지금까지 얘기한 게 바로 M. 다스라는 것을 반드시 아셔야 합니다."

"무슨 얘기요? 누구 말입니까? 대체 그게 무슨 소리냐고요? 그럼 사제가 그 위대하다는 M. 다스란 말입니까? 지금 장난합니까?" 나는 바보처럼 말했다.

"그게 아니라." 크리슈나가 차분히 말했다. "그 사제 얘기가 아닙니다."

"흠, 그럼 누구 말입니까?"

"그 제물이요." 크리슈나는 아둔한 아이에게 말하듯 천천히 얘기했다. "무크타난다지가 제물로 바친 송장이 바로 M. 다스였습니다."

9

"캘커타, 너는 시장에서
목을 매달 줄을 판다."
- 투샤르 로이(인도의 시인)

그날 밤, 나는 복도와 굴이 나오는 꿈을 꿨다. 장소가 바뀌더니 내가 대학교 2학년 여름 방학 때 일하던 시카고 남쪽에 있는 가구 창고가 나왔다. 창고는 닫혀 있었지만 나는 계속해서 가구로 꽉 찬 전시장을 돌아다녔다. 허큘론(합성섬유의 일종) 천과 싸구려 가구 광택제 냄새가 진동했다. 나는 달리기 시작했다. 빽빽하게 들어찬 전시장 사이를 요리조리 빠져나갔다. 순간, 암리타와 빅토리아가 아직도 창고 안에 있다는 사실이 떠올랐다. 두 사람을 빨리 찾지 못하면 밤새 창고 안에 갇혀 있어야 한다. 나를 기다리는 처자식을 그 어두운 창고 안에 홀로 두고 싶지 않았다. 두 사람의 이름을 부르며 달렸다. 전시장마다 돌아다니며 고함을 쳤다.

전화벨이 울렸다. 나는 손을 뻗어 침탁 옆에 놓인 여행용 자명종을 매만졌지만 소리가 그치지 않았다. 아침 8시 5분, 나는 지금 울리는 게 알람이 아니라 전화벨임을 막 깨달았다. 바로 그때, 암리타가 욕실에서 나와 전화를 받았다. 나는 아내가 전화를 받는 동안 꾸벅꾸벅 졸았다. 쏟아지는 샤워기 물소리가 나를 또다시 잠에서 끌어냈다.

"누구?"

"차터지 씨." 암리타가 물줄기 소리보다 큰 소리로 외쳤다. "내일 다스의 원고를 받을 수 있대. 차터지 씨가 늦어져서 미안하다고 그러던데. 그것 말고는 다 준비됐대."

"음…… 젠장, 하루를 더 기다려야 하다니."

"4시에 차 마시러 오라고 우리 가족을 초대했어."

"음? 어디서?"

"차터지 씨 댁. 차를 보내 주겠대. 자, 그럼 따님과 마나님과 함께 아래로 내려가 아침을 드시겠어요?"

"음……" 나는 베개를 하나 더 당겨 얼굴을 파묻고 다시 잠을 청했다.

한 5분쯤 지났을까. 암리타가 빅토리아를 안고 문으로 들어왔다. 흰옷을 입은 웨이터가 쟁반을 들고 따라 들어왔다. 시계를 보니 10시 28분이었다.

"고맙습니다." 암리타가 말했다. 아내는 아이를 카펫 바닥에 내려놓고 웨이터에게 팁으로 루피 몇 장을 건넸다. 빅토리아는 짝짜꿍 손바닥을 맞부딪히며 고개를 빼고 웨이터가 나가는 모습을 쳐다보았다. 암리타는 한 손으로 쟁반을 들고 중심을 잡더니 손가락 하나를 턱 밑에 대고 내가 있는 쪽으로 몸을 숙이며 우아하게 인사했다. "나마스테, 굿모닝, 사히브(인도인이 유럽 남자에게 붙이던 존칭으로 신사라는 뜻). 지배인께서 당신이 오늘 하루를 멋지고 즐겁게 보내시길 기원하십니다. 아뿔싸, 벌써 오전이 거의 다 지나가 버렸네요. 암요."

나는 침대에서 벌떡 일어나 앉았다. 아내는 내 무릎을 털더니 그 위에 냅킨을 펴서 쟁반을 조심스레 올려놓았다. 그리고 다시 몸을 숙여 인사한 후 손바닥을 위로 하고 손을 내밀었다. 나는 그 위에 작은 파슬리 하나를 올려놓았다.

"잔돈은 됐습니다." 내가 말했다.

"아, 고마워서 어쩌나. 인정이 넘치는 사히브시네요." 아내는 아부하듯 굽실대면서 뒷걸음질로 물러났다. 빅토리아는 손가락 세 개를 입에 넣고 쪽쪽 빨면서 우리를 수상쩍게 쳐다보았다.

"당신, 오늘 사리를 사러 간다고 했었지." 내가 말했다. 암리타가 두꺼운 커튼을 걷었고, 나는 어슴푸레한 빛이 눈부셔 눈을 씽그렸다. "젠장, 해가 뜬 게 맞아, 캘커타에?"

"카마키야하고 쇼핑은 벌써 했어. 가격도 좋고, 가게가 꽤 괜찮더라."

"뭐 좀 샀어?"

"응, 나중에 배달해 준대. 둘 다 꽤 샀어. 당신이 착수금으로 받은 돈, 내가 다 쓴 것 같아."

"망했네." 나는 고개를 숙이고 인상을 썼다.

"왜 그래, 여보? 커피가 식었어?"

"아니, 커피는 괜찮아. 진짜 맛있어. 방금 다시는 카마키야를 볼 수 없다는 사실을 깨달아서 그래, 이런."

"그래도 살아야지 어떻게 해." 암리타는 이렇게 말한 후 빅토리아를 침대 한복판에 눕히고 기저귀를 갈았다.

커피는 진짜로 맛이 좋았다. 작은 철제 주전자에 커피가 좀 더 들어 있었다. 덮개를 걷으니 접시 위에는 달걀 프라이 두 개, 버터가 발린 토스트, 그리고 진미 중의 진미…… 진짜 베이컨 세 장이 있었다. "끝내주네. 고마워, 자기." 내가 말했다.

"흠, 그쯤이야." 암리타가 대답했다. "사실, 식당이 몇 시간 동안 문을 닫잖아. 그런데도 내가 가서 612호의 유명한 시인이 드실 거라고 했지. 그 시인께서 밤새 남자 분들과 전쟁 이야기를 나눈 후 호텔 방에 돌아와 혼자 큰 소리로 껄껄대느라 아내와 아이까지 다 깨웠다고 말이지."

"미안."

"어젯밤 미팅은 어땠어? 당신이 자면서도 하도 잠꼬대를 하기에 내가 팔꿈치로 툭 쳤더니 그만하더라."

"미안, 정말 미안해."

아내는 빅토리아에게 새 기저귀를 채우고 테이프를 제자리에 붙인 다음 다 쓴 기저귀를 버렸다. 그리고 다시 침대 모서리에 걸터앉았다. "솔직히 말해 봐, 여보. 크리슈나가 데려온 의문의 남자가 무슨 얘길 털어놓았어? 그런 사람이 진짜 있긴 있었어?"

나는 아내에게 토스트 한 조각을 권했다. 아내는 고개를 젓더니 내 손에서 토스트를 빼앗아 한 입 베어 물었다. "정말 듣고 싶어?" 내가 물었다.

암리타가 고개를 끄덕였다. 나는 커피를 한 모금 마셨다. 미주알고주알 모조리 얘기하지 않기로 마음을 먹은 후, 가볍게 살짝 비꼬는 말투로 얘기를 시작했다. 나는 도중에 잠깐 말을 끊고 특정 부분에서 고개를 절레절레 젓기도 하고, 짤막하게 토를 달아 내 의견을 밝히기도 했다. 나는 무크타난다지가 세 시간 동안 떠든 모놀로그를 단 10분 만에 요약했다.

"세상에." 내가 말을 끝내자 암리타가 이렇게 내뱉었다. 아내는 혼란스럽고 심란해 보였다.

"음, 아무튼 그랬어. 이 아름다운 캘커타 시내에서 처음으로 온전히 하루를 보낸 후 끔찍하게 마무리를 지은 거지."

"겁은 안 났어, 보비?"

"무슨, 내가 왜? 수중에 있던 돈을 잘 가지고 호텔로 돌아오는 것만 걱정했어."

"응, 그런데 있잖아……" 암리타가 말을 멈추더니 빅토리아에게 몸을 숙여 아이가 떨어뜨린 고무젖꼭지를 집어 주었다. 그리고 다시 침대에 걸터앉았다. "로버트, 당신이 그 미치광이하고 저녁 내내 있을 거였다면 차라리 날 통역으로 데려가지 그랬어."

"나도 그 생각을 했었어." 나는 진심으로 말했다. "보아하니, 무크타난다지는 벵골어로 게티즈버그 연설을 밤새 반복해서 외웠고, 크리슈나는 귀신 얘기를 지어낸 것 같아."

"그럼 그 남자 얘기가 진실이 아니란 말이야?"

"진실?" 나는 되풀이해 말하며 아내에게 인상을 썼다. "그게 무슨 소리야? 송장이 되살아났다고 하잖아? 강바닥 개흙 속에 잠겨 있던 시인이 다시 살아나? M. 다스는 8년 전에 실종됐어. 벌써 온몸이 다 썩어 버린 좀비가 됐을 거라고, 안 그래?"

"아니, 그런 뜻이 아니라." 암리타가 말했다. 아내는 웃고 있었지만 지친 표정이었다. 나는 아내를 여기까지 데려오지 말았어야 했다는 생각이 들었다. 그동안 통역해 줄 사람이, 인도 문화를 잘 설명해 줄 사람이 필요하다며 나는 걱정에 사로잡혀 있었다. 젠장. "그 남자는 자기가 진실을 얘기한다고 생각하고 있었을 거야." 아내가 말했다. "카팔리카든 뭐든 특정 단체에 들어가려고 그자가 애를 썼을 수도 있고, 자기가 이해하지 못하는 무언가를 목격했을지도 몰라."

"그럴 수도 있겠지. 음, 그 청년은 행색이 엉망이었어. 눈은 충혈되고 피부는 꺼칠한 데다가 불안할 때 나오는 버릇이 많이 보이더라. 어쩌면 마약을 하는 것 같기도 하고. 아마 크리슈나가 중간에서 말을 보태거나 바꾸는 것 같았어. 외국인이 한마디 투덜대면 통역사가 10분 동안 퍼붓는 그런 코미디 프로를 보는 것 같았거든. 무슨 말인지 알지? 아무튼, 그 남자가 비밀 단체에 입회하려고 애를 쓰니 그쪽에서는 깊은 인상을 주려고 그에게 으스스한 장난을 친 걸지도 몰라. 그런데 내가 보기엔 이게 다 크리슈나의 농간인 것 같아."

암리타가 쟁반을 들어 서랍장 위에 놓더니 컵과 접시의 자리를 요리조리 바꾸었다. 아내는 나를 쳐다보지 않았다. "왜 그렇게 생각해? 그쪽에서 돈을 요구했어?"

나는 이불을 걷고 창가로 걸어갔다. 전차는 도로 한복판을 지나갔고, 정차하지 않은 전차에서 승객들이 타고 내렸다. 하늘엔 여전히 구름이 낮게 걸렸지만 쩍쩍 갈라진 포장도로 위에 그림자를 드리울 만큼 해가 났다. "아니." 내가 대답했다. "장황하게 말하진 않았어. 크리슈나가 어젯밤에 슬쩍 말을 흘렸어. 낮은 소리로 말이야. 자기 친구가 캘커타를 빠져나갈 방도를 찾아야 한대. 델리나 다른 도시, 심지어 남아프리카까지라도 갈 생각이라고 하더라. 그러면서 미국 달러로 몇 백 달러라도 있으면 정말 좋겠다고 그랬어."

"그 남자가 돈을 요구했어?" 암리타가 전보다 더욱 강한 영국식 발음으로 되물었다.

"아니, 길게 말하진 않았다니까."

"그래서 얼마 주고 왔어?" 암리타는 화가 난 게 아니라 궁금해서 묻는 것 같았다.

나는 가방 쪽으로 가서 깨끗한 속옷과 양말을 꺼냈다. 결혼을 반대하는 거창한 논쟁, 한 사람과 오래도록 사는 것을 반대하는 논쟁에 대해 절대로 반박할 수 없는 이유는 아내가 언제나 나를 손바닥 위에 올려놓고 내가 뭘 할지 뻔히 꿰뚫어 봄으로써 자유 의지라는 환영을 깨부수기 때문이라는 것을 다시금 깨달았다. "20달러 주고 왔어. 갖고 있던 여행자 수표 중에서 그게 제일 액수가 적었거든. 인도 화폐는 당신한테 맡기고 갔잖아."

"20달러라……" 암리타가 놀라며 말했다. "오늘 환율로 계산하면 180루피 정도네. 수취인에 무크타난다지라고 적어 줬어?"

"아니, 공란으로 비워 뒀는데."

"180루피로 남아프리카까지 가려면 그 남자 고생 좀 하겠네." 아내가 무뚝뚝하게 말했다.

"알게 뭐야? 그 돈으로 둘이서 코카인을 사든 말든 나랑 무슨 상관인데. 그걸로 '분노한 카팔리카에게서 무크타난다지를 구하라 기금'이라는 자선 단체를 세우든 말든. 세금 공제는 받을 수 있을 테니 지금 기부하든가."

암리타는 아무 말이 없었다.

"이렇게 생각해 봐. 우리가 그 20달러를 가지고 보모를 구하겠어, 아니면 엑서터에 가서 엉성한 영화를 보고 나와 맥도날드에 갈 수나 있겠어? 그 남자가 해준 얘기가 전에 우리가 보스턴까지 차 타고 가서 봤던 영화보단 훨씬 재미있었잖아. 여기 오기 직전에 5달러 내고 댄과 밥하고 같이 봤던 애들 영화, 제목이 뭐였지?" 내가 물었다.

"〈스타워즈〉. 그럼 그 남자한테 들은 내용 중에 『하퍼스 매거진』에 쓸 만한 게 있어?"

나는 샤워 가운을 걸치고 허리끈을 묶었다. "처음 만났을 때하고 커피숍 얘기 정도. 내가 인도에 와서 겪은 사람들이 얼마나 초현실적이고 어리석은지를 쓸 생각이야. 모로가 제목을 뭐라고 붙였더라…… 'M. 다스를 찾아서'라고 했던가. 그런데 무크타난다지가 했던 헛소리는 쓸 수가 없어. 언급이야 하겠지만 카팔리카 얘기가 너무 이상하잖아. 살인을 일삼는 여신이라는 말도 안 되는 얘기는 영화 시리즈의 완결 편에나 나오는 거야. 그 갱단에 대해 조사해 봐야겠어. 카팔리카가 캘커타 마피아일지도 몰라. 그런데 나머지 얘기는 굉장히 기괴해서 고상한 시인에 관한 진지한 기사에 쓰기엔 너무 이상해. 소름이 끼치는 게 아니라 뭐랄까……"

"도착적?"

"흠, 내가 약간 건전한 도착 상태라고 써도 저들은 신경 쓰지 않을 거야. 사실 난 '진부하다'라는 단어를 생각하고 있었어."

"뻔한 클리셰는 쓰지 않겠다, 뭐 이런 건가?"

"맞아, 자기야."

"알았어, 보비. 그럼 우리 이제 뭐 할까?"

"음…… 좋은 질문이야." 내가 말했다. 나는 빅토리아와 까꿍 놀이를 하고 있었다. 우리는 둘 다 이불을 이용해 몸을 숨겼다. 빅토리아와 나 사이에 이불을 드리웠다가 커튼처럼 걷으면서 킥킥거렸다. 빅토리아가 손으로 눈을 가리면, 나는 당황한 듯 주위를 살피며 아기를 찾아 다녔다. 빅토리아가 참 좋아했다.

"일단 샤워부터 하자. 그다음엔 당신하고 여기 계신 꼬마 아가씨를 오늘 오후 런던행 비행기에 태워 보내야겠어. 버스 운전자가 웅얼거릴 때 통역해 준 거 말고는 지금까지 당신 통역이 꼭 필요한 것도 아니었잖아. 인도에 군식구까지 달고 와서 먹이는 것도 이제 힘드네. 당신이 여기에 하루 더 있을 필요가 없어. 나야 차터지를 기다렸다가 같이 해야 할 일이 있지만 말이야. 오늘이 토요일이니까, 당신은 런던에 가서 좀 쉬면서 친정집에서 하루 자고 출발하면 우리가 뉴욕에 엇비슷한 시간에 도착할 것 같아. 그럼 화요일 저녁이겠네."

"미안, 보비. 몇 가지 이유로 그건 불가능해."

"말도 안 돼. 불가능이라니." 빅토리아와 나는 서로를 찾아낸 다음 웃음을 터뜨렸다. "왜 안 되는지 이유를 대면 내가 그 이유를 날려 버리겠어."

"첫째, 오늘 오후 4시에 우린 차터지 씨 집에서 차를 마시기로 했어."

"당신이 아쉬워했다고 내가 전해 주지. 다음은?"

"둘째, 사리 가게에서 아직 택배가 안 왔어."

"그건 내가 받아서 들고 갈게. 또?"

"셋째, 빅토리아와 나는 당신이 그리울 거야. 그렇지, 공주님?" 빅토리아는 까꿍 놀이를 하다 말고 착한 눈으로 엄마를 한참 쳐다보았다. 그러더니 작전을 바꾸어 이불 끝자락을 당겨서 머리에 뒤집어썼다.

"미안한데, 삼진 아웃이야. 나도 두 사람이 보고 싶겠지. 그런데 당신이 떠나야 내가 당신 친구인 카마키야 양하고 시간을 보낼 수 있지 않겠어? 오늘 오후 2시에 런던행 비행기가 있어. 만약 그걸 못 타면 그다음 편 비행기 탈 때까지 내가 공항에서 같이 기다려 줄게."

암리타가 아이 장난감 몇 개를 집어 서랍에 넣었다. "네 번째 문제가 있어." 아내가 말했다.

"뭔데?"

"영국해외항공하고 팬암항공이 캘커타발 비행기 전 편을 결항시켰어.

오늘 아침 태국에서 들어와 경유 중인 영국해외항공 6시 45분 편만 빼고는 전부 다 결항이야. 수하물 처리 문제 때문에 그렇대. 어젯밤에 심심해서 항공사에 전화해서 알아봤지."

"젠장, 농담이지? 빌어먹을." 빅토리아는 아빠의 목소리가 바뀐 것을 눈치채고 잡고 있던 이불자락을 놓았다. 빅토리아의 눈에 눈물이 그렁그렁 맺혔다. "이렇게 구린내 나는, 미안, 이 코딱지만 한 도시를 빠져나갈 방법이 분명 있을 거야."

"음, 있을 거야. 에어인디아 국내선은 모두 정상 운행 중이야. 델리까지 가서 거기에서 팬암으로 갈아타거나, 아니면 봄베이로 가서 국제선 아무 편이나 잡아타도 돼. 그런데 오늘 오전 뉴델리행 편은 이미 떠났고, 다른 비행기들도 모두 경유 시간이 심각하게 길어지고 있어. 차라리 당신을 기다리는 편이 나아. 보비, 난 당신 없이 인도에서 혼자 비행기를 타고 싶지 않아. 그건 어릴 때 질릴 만큼 해봤거든."

"알았어, 여보." 나는 이렇게 말하며 아내에게 한쪽 팔을 둘렀다. "그럼 이렇게 하자. 월요일 아침 영국해외항공으로 예약하자. 아, 이런! 새벽 6시 반 비행기네. 그럼 비행기에서 아침을 먹으면 되겠군. 좋아, 그럼 샤워부터 하려는 계획을 실행해도 되겠습니까?"

"그럼요." 암리타는 아기를 안으며 대답했다. "내가 영국해외항공에 확인해 봤는데 당신이 샤워해도 아무 문제없대."

그날 오후, 우리 가족은 이리저리 돌아다니며 관광을 했다. 나는 빅토리아를 캐리어에 태워 등에 매고 나와 열기와 소음, 혼돈 속으로 들어갔다. 기온과 습도 모두 38도를 훌쩍 넘겼다. 우리는 샤엔샤라는 곳에서 꽤 근사한 점심을 먹은 다음, 초링기에서 택시를 타고 인도 박물관으로 갔다.

박물관 바깥에는 이런 표지판이 붙어 있었다. '정원 내 요가 엄금.' 실내로 들어가니 푹푹 쪘다. 진열장에는 먼지가 뿌옜고, 안은 놀라우리만치·텅비어 있었다. 거슬릴 만큼 시끄럽게 떠드는 독일 관광단의 소음만이 쩌렁쩌렁 울렸다. 나는 1층에 있는 인류학 전시관에 관심이 있었지만, 결국 시선이 이끌린 곳은 고고학 예술품 전시관이었다.

"이게 뭐야?" 내가 유리 전시장을 굽어보자 아내가 물었다.

작고 검은 상에는 '칼리의 모습을 한 두르가 여신의 화신: 기원전 80년경'이라는 작품명이 붙어 있었다. 여신상은 두려움을 불러일으킬 정도는 아니었다. 올가미나 해골도, 참수 당한 머리도 없었다. 한 손에 나뭇가지를, 다른 손에 삶은 달걀 그릇을 뒤집어 들었고, 세 번째 손에는 삼지창 같은 것을 들었는데, 마치 스위스 아미 다용도 나이프를 벌려 놓은 것 같다. 마지막 손은 작은 황갈색 도넛을 건네는 듯이 손바닥이 위로 향해 있었다. 내가 그 박물관에서 봤던 다른 여신상들처럼 이것도 허리가 길고 가슴은 탄탄하며 귓불이 늘어져 있었다. 쏘아보는 표정에 치아는 날카로웠다. 그렇다고 뱀파이어처럼 뾰족한 송곳니나 늘어진 혀가 보이진 않았다. 여신상은 불꽃 문양의 머리쓰개를 하고 있었다. 내 눈엔 옆에 있는 유리진열장 속 '두르가'라는 여신상이 훨씬 강렬해 보였다. 이 여신상은 파르바티를 인자하게 재현한 것으로 팔이 열 개였고, 좀 전에 봤던 것보다 훨씬 섬뜩한 무기를 손에 들고 있었다.

"당신 친구 칼리가 그리 끔찍해 보이지는 않네." 암리타가 말했다. 빅토리아도 등 뒤 캐리어에 매달려 유리 진열장을 보겠다고 몸을 앞으로 뺐다.

"2천 년이나 된 거네. 그때부터 계속 외모가 더 흉측해지고 피를 더 갈

구하는 쪽으로 변했나 보지." 내가 대답했다.

"우아하게 늙지 못하는 여자들이 있더라." 암리타가 이렇게 말한 후, 우리는 옆방으로 이동했다. 빅토리아는 청동으로 만든 큼직한 가네샤를 마음에 들어 하는 것 같았다. 가네샤는 장난기 넘치는 코끼리 두상을 한 번창의 신이다. 우리는 박물관에서 가네샤 상을 최대한 많이 찾아다니며 시간을 보냈다.

암리타가 빅토리아 기념관으로 가서 영국 통치 시대가 남긴 유물을 보고 싶다고 했다. 그런데 시간이 별로 없어서 우리는 서둘러 택시를 타고 지나가면서 아이에게 건물을 보여 주는 것으로 대신했다. 빅토리아에게 저 건물을 따라 네 이름을 지은 거라고 설명해 주었다.

폭우가 퍼붓는 가운데 호텔로 돌아왔다. 옷을 재빨리 갈아입고 내려와 차터지의 차를 기다렸다. 그사이, 비가 잦아들었다.

나는 며칠 만에 처음으로 넥타이를 맸다. 차가 출발하여 도로로 합류했다. 나는 뒷자리에 불편하게 앉아서 타이 매듭을 잡아당기며 옷깃이 느슨해지거나 내 목둘레가 줄어들기를 바랐다. 반팔 흰 셔츠는 이미 등판이 흠뻑 젖어 등에 쩍 들러붙었다. 나는 아끼는 가죽 신발이 닳아 얼룩덜룩해진 사실을 문득 깨달았다. 머리에서 발끝까지 온통 땀에 절어서 주글주글 엉망이었다. 암리타를 곁눈질로 바라보았다. 언제나 그렇듯 아내는 침착하고 차분해 보였다. 그녀는 런던에서 구입한 새하얀 면 원피스를 입고 내가 연애할 때 선물한 라피스라줄리(짙은 푸른색의 광택이 나는 암석) 목걸이를 찼다. 아내의 머리칼이 차분히 늘어져 있었더라면 좋았을 텐데. 그래도 머리칼이 어깨에 닿아 풍성히 부풀어 윤기가 흘렀다.

우리는 30분 넘게 차를 타고 갔다. 그사이에 나는 캘커타가 뉴욕 시보다 크다는 사실을 떠올렸다. 교통이 혼잡하고 위험하기 짝이 없지만, 차터지가 보낸 과묵한 운전기사는 이 혼돈을 뚫고 단거리 코스를 찾아냈다. 벵골어, 힌디어, 영어로 쓰인 대형 간판이 우리가 통과해야 하는 로터리 한가운데에 설치되어 있었다. 그런데 그걸 봐도 교통 상황을 우려하는 내 걱정이 잦아들지 않았다. '운전 조심! 올해 이곳에서 발생한 사망자 수 □□명.' 빈칸에는 옛날 야구장에서나 볼 법한 못으로 거는 숫자판이 가득했다. 우리가 이번 여행에서 본 가장 높은 숫자는 28이었다. 나는 저 숫자가 도로전 구간을 말하는 건지, 아니면 인근 포장도로만을 말하는 건지 괜히 궁금했다.

고속도로를 타고 가다 보니, 양쪽으로 어마어마하게 펼쳐진 촐 지구가 이따금씩 등장했다. 양철 지붕과 마대 벽, 진흙 길이 펼쳐진 믿기지 않는 슬럼이었다. 슬럼 지대는 몇 킬로미터 넘게 펼쳐지다가 몬순 구름을 향해 매연과 그을음을 고스란히 내뿜는 공장의 회색 굴뚝이 보이면서 끝이 났다. 나는 친환경이니 오염 억제니 하는 철학적 신념이 유행하는 현상이 우리 같은 여러 선진국에게는 호사라는 생각이 들었다. 그냥 내버리는 오수, 소똥 태우기, 수백만 톤에 달하는 쓰레기 더미, 쉬지 않고 타오르는 화톳불. 이미 이런 것들에 맛들인 캘커타의 대기에 자동차 매연과 산업용 오염 물질까지 가세하는 바람에 거의 숨도 못 쉴 지경이었다.

공장만 하더라도 바스러진 벽돌과 녹슨 철근, 삐죽삐죽 무성히 자란 잡초, 깨진 유리창으로 만들어진 초대형 공예품처럼 보였다. 암울한 미래의 모습 같았다. 산업화 시대가 공룡의 전철을 밟아 이 땅 여기저기에 너부러져 썩어 가는 사체를 남긴 것이다. 그럼에도, 무너져 내린 폐허 더미에서 연기가 모락모락 피어오르고 누추한 인간의 형상들이 시커먼 건물 출입구를 드나들었다. 저렇게 발 디딜 곳 없는 우리에서 살고, 저렇게 암울한 공장에서 일하는 내 모습을 그리려 해도 도저히 상상이 되지 않았다.

분명 암리타도 나와 비슷한 생각을 하고 있었을 것이다. 우리는 아무 말 없이 차창 밖으로 희망을 잃은 인간들의 모습이 파노라마처럼 펼쳐지는 광경을 보고만 있었다.

그리고 몇 분이 흘렀다. 차는 넓은 철도 위를 지나는 다리를 건너 작은 상점이 늘어선 마을을 지나갔다. 갑자기 가로수가 늘어선 거리와 철창 정문이 달린 높은 벽에 둘러싸인 저택이 여기저기 보이는 잘 정리되고 오래된 동네가 나왔다. 평평한 벽면 위에 수도 없이 박힌 깨진 유리 조각에 흐릿한 햇빛이 반사됐다. 어떤 집은 높은 담벼락 위쪽 1미터 정도가 무너져 내렸고, 흙빛 벽돌 벽에는 검은 줄이 죽죽 가 있었다. 반짝반짝 광을 낸 자동차가 기다란 진입로 끝에 주차되어 있었다. 철창이 달린 정문에는 '개 조심'이란 글귀가 적힌 작은 경고판이 최소 3개 언어로 적혀 있었다.

이곳이 한때 영국 식민 지배층의 거주 지역이란 사실을 깨닫기까지는 그리 오래 걸리지 않았다. 영국 지배 계급이 난잡한 도심과 인도인들에게서 훌쩍 벗어나 조성해 놓은 구역이었다. 이곳도 분명 낡긴 낡았다. 흔히 보이는 지저분한 벽면, 널이 떨어져 나간 지붕, 대충 막아 놓은 창문이 보이긴 했다. 그럼에도 이 동네는 캘커타의 다른 곳을 집어삼킨 광란의 엔트로피(물질계의 열적 상태를 나타내는 물리량의 하나로 무질서의 척도)에 맞서 관리를 받으며 서서히 낡아가고 있었다. 높은 정문 사이로 언뜻 보이는 화사한 꽃들과 색다르게 꾸며진 정원 덕분에 붕괴라는 개념이 다소 흐릿해졌다.

이런 정문들 중 한 곳 앞에 우리를 태운 차가 멈춰 섰다. 기사가 서둘러

내리더니 허리춤 체인에 매달린 열쇠로 자물쇠를 열었다. 원형 진입로를 따라 늘어선 키 큰 정원수에는 꽃이 피었거나 가지가 늘어져 있었다.

차터지가 마중 나와 우리를 맞았다. "루잭 부부, 오셨습니까! 어서 오세요!" 그의 아내도 문 옆에 꼬마와 서 있었다. 나는 언뜻 보고 그 꼬마를 아들로 착각했지만, 이내 손자임을 깨달았다. 차터지 부인이 육십 대 초반이니 남편은 그보다 위일 것이다. 차터지는 편안해 보이는 인상을 지닌 대머리 신사였는데, 쉰을 넘긴 이후 육십 대 후반인 지금까지 늙지도 않고 그대로였다.

우리는 입구 계단에 서서 잠시 담소를 나누었다. 부부는 빅토리아에게 의례적인 칭찬을 건넸고, 우리도 그들의 손자를 칭찬했다. 그런 다음 우리는 집 안을 간략히 둘러본 후 안내를 받으며 또 다른 문으로 나가 측면 도로가 내다보이는 넓은 베란다로 나갔다.

나는 그들의 집이 흥미로웠다. 인도 상류층 가정이 사는 모습을 처음 볼 수 있는 기회였기 때문이다. 여러 가지 모습이 한눈에 들어왔다. 크고 격조 있는 집은 천고가 높았고 벽에 발린 페인트가 여기저기 떨어져 있었다. 아름다운 호두나무 사이드보드는 흠집투성이였고, 유리 재질의 눈에 먼지가 잔뜩 끼고 털이 뭉텅이로 빠진 몽구스 인형이 그 위에 놓여 있었다. 카슈미르산 값비싼 수제 카펫이 깨진 바닥재 위에 깔려 있었다. 한때는 최첨단이었을 넓은 주방에는 먼지를 뒤집어쓴 병들과 낡은 상자, 묵은 때가 긴 철제 프라이팬이 여기저기 제멋대로 널려 있었다. 바닥 한가운데에 네모나게 놓인 작은 석탄 난로가 보였다. 검은 연기가 한때는 새하얬을 천장에 줄무늬를 그려 넣었다.

"바깥이 훨씬 편하실 겁니다." 차터지가 말했다. 그리고 암리타를 위해

문을 활짝 열어 주었다.

어제 내린 폭우로 판석은 아직 젖어 있었지만 쿠션이 달린 의자는 물기가 다 말랐고 테이블 위에는 차가 준비되어 있었다. 차터지의 장성한 딸이자 키가 크고 아름다운 눈을 가진 젊은 여성이 우리에게 다가왔다. 여자는 암리타와 힌디어로 잠시 대화를 나누더니 아들을 데리고 사라졌다. 차터지는 암리타의 어학 실력에 감명을 받은 눈치였다. 차터지가 암리타에게 불어로 무언가를 물었다. 아내가 유창한 불어로 대답하자 두 사람은 웃음을 터뜨렸다. 그는 타밀어로 바꾸어서 또 물었고 아내는 그 말에 대답했다. 나는 나중에야 그게 타밀어라는 것을 알았다. 두 사람은 간단한 러시아 말로도 농담을 주고받았다. 나는 천천히 차를 음미하면서 차터지 부인을 보며 미소 지었다. 부인은 내게 미소로 화답하면서 오이 샌드위치를 권했다. 몇 분간 3개 언어로 주고받는 농담을 들으며 차터지 부인과 나는 계속해서 서로 미소를 주고받았다. 그때 빅토리아가 몸부림치기 시작했다. 암리타가 내 품에서 아기를 데려가자 차터지가 내 쪽으로 고개를 돌렸다.

"차를 더 드시겠습니까, 루잭 씨?"

"아닙니다. 괜찮습니다."

"그럼 이번엔 좀 센 걸로 하실까요?"

"글쎄요……"

차터지가 손짓하자 하인이 잽싸게 등장했다. 그는 디캔터와 잔이 든 쟁반을 들고 다시 나타났다.

"스카치위스키 드시나요, 루잭 씨?"

이건 내게 '교황이 가톨릭이냐'라고 묻는 것과 마찬가지였다. "그럼요." 암리타는 대부분의 인도산 위스키가 상당히 독하다고 내게 미리 주의를 주었다. 그런데 한 모금 마셔 보니 차터지의 디캔터에는 최고급 위스키가 담겨 있었다. 분명 12년산 수입 위스키 같았다. "아주 좋네요."

"더 글렌리벳(스카치위스키의 상표명)입니다. 싱글몰트죠. 프리미엄 블렌드 위스키보다 이게 진짜죠." 그가 말했다.

몇 분간 우리는 시와 시인에 대한 이야기를 나누었다. 나는 대화를 M. 다스 쪽으로 몰고 가려 했지만 차터지는 실종된 시인에 대해 얘기하기를 꺼렸고, 굽타가 내일 원고를 전해 주는 세부 일정을 조율했다고만 언급했다. 우리는 미국이든 인도든 전업 작가로 밥 먹고 살기가 어렵다는 얘기를 나누었다. 나는 차터지의 재력이 부모에게서 물려받은 것이며 그에게 투자나 이자 수입 같은 다른 수입원이 있을 것 같다는 인상을 받았다.

어김없이 대화 주제는 정치로 흘러갔다. 차터지는 지난 선거에서 인디라 간디(간디 가문은 인도 초대 총리를 지낸 아버지 네루로부터 시작하여, 네루의 딸 인디라, 인디라의 아들 라지브까지 3대를 이어 총리로 집권하며 40년 동안 인도 정치를 주도했다)가 패한 후 인도가 한숨 돌렸다며 거침없이 의견을 쏟아냈다. 인도 내 민주주의 재건은 나에게 굉장한 관심사였고, 앞으로 작성할 다스 기사에서도 다루고 싶은 부분이었다.

"인디라 간디는 폭군이었습니다, 루잭 씨. 소위 '국가 비상사태'를 선포했는데 그건 실은 폭정이라는 자신의 추한 얼굴을 감추기 위한 계략일 뿐이었죠."

"간디가 영영 정계에 복귀하지 못할 거라고 생각하십니까?"

"그럼요! 절대로 못 돌아옵니다."

"그런데 제 생각엔 아직도 인디라 간디가 정계에 상당한 입김을 불어 넣는 것 같고, 현재 통합이 중단된다면 국민회의당(인도에는 다수의 당이 존재하나 전국 정당으로는 간디 가문이 이끄는 국민회의당과 친힌두 정당인 인도인민당의 양당 체제가 우세하다)이 여전히 다수당이 될 것 같습니다."

"아니, 안 되죠." 차터지는 말도 안 된다는 듯이 손을 저었다. "당신은 이해 못합니다. 간디 여사와 그 아들도 끝입니다. 모자는 앞으로 1년간 감옥살이를 해야 합니다. 제 말을 새겨들으세요. 아들은 이미 여러 추문과 극악무도한 죄명으로 조사를 받고 있습니다. 진실이 드러난다면 운 좋게도 간신히 처형은 면하겠죠."

나는 고개를 끄덕였다. "그의 아들이 펼친 산아 제한 정책(도심 슬럼을 강제로 없애겠다는 명목하에 빈민 남성을 강제로 잡아들여 불임 시술을 행하였다)으로 많은 이들이 등을 돌렸다는 기사를 읽었습니다."

"그는 호색가였습니다." 차터지는 감정을 실어 말했다. "오만불손하고, 무식하고, 독재하는 호색가요. 그가 펼친 정책은 대량 학살을 하려는 시도나 마찬가지였습니다. 그는 가난하고 못 배운 자들을 먹이로 삼았어요. 사실 자기도 글을 읽을 줄 모르면서요. 어머니인 간디 대통령조차 괴물 같은 자기 아들을 두려워했습니다. 만약 오늘 그자가 사람들 사이에 나타나면 다들 맨손으로 그를 갈기갈기 찢어 죽일 겁니다. 나도 기꺼이 동참하고 싶습니다. 차를 좀 더 드시겠습니까, 루잭 씨?"

승용차 한 대가 철창 담을 넘어 측면 도로를 따라 조용히 내려갔다. 우리 머리 위를 가리던 벵골보리수 나무의 넓적한 이파리 위로 빗방울이 뚝뚝 떨어졌다.

"캘커타의 인상은 어떤가요, 루잭 씨?"

방심하고 있던 나에게 차터지가 급작스레 질문을 던졌다. 나는 스카치를 한 잔 마시고 짜릿한 열기가 잠시 퍼지도록 기다린 다음 대답했다. "캘커타는 매력적입니다, 차터지 씨. 이틀 만에 다 파악할 수 없을 만큼 도시가 상당히 혼잡하더라고요. 더 구경할 시간이 없어서 안타깝습니다."

"상당히 처세에 능하신 분이군요, 루잭 씨. 지금 하신 얘기는 캘커타가 끔찍하다는 뜻이네요. 캘커타가 이미 당신의 기분을 건드렸을 테고요. 맞죠?"

"끔찍하다는 단어는 맞지 않습니다. 사실 가난함이 제 마음을 건드린 건 사실입니다." 나는 대답했다.

"아, 그렇죠. 가난이라……" 차터지는 이렇게 대답하더니 이 말이 대단히 모순적인 함축을 담고 있다는 듯이 미소를 지었다. "맞습니다. 이곳엔 빈곤이 만연합니다. 서구식 기준으로 보면 지저분하기 짝이 없죠. 그런 모습이 미국인의 가슴을 건드렸을 테고요. 왜냐고요? 미국은 '빈곤 타파'를 위해 지속적으로 노력해 왔기 때문이죠. 전임 대통령 존슨의 경우, '가난과의 전쟁'을 선포했던가요? 존슨 대통령이 베트남전에 개입한 것을 스스로 흡족히 여겼을 거라고 생각하는 사람도 있을지 모릅니다."

"우리 미국은 빈곤과의 전쟁에서 또 한 번 졌습니다. 미국은 빈곤이라는 몫을 늘 지니고 있습니다." 나는 잔을 비우며 말했다. 하인이 내 팔꿈치 쪽에서 나타나 스카치를 더 따랐다.

"네, 그런데 지금 우리는 캘커타 얘기를 하고 있습니다. 우리나라의 어느 뛰어난 시인은 캘커타를 '몸의 절반이 뭉개진 바퀴벌레 같은 도시'라고도 표현했습니다. 어떤 작가는 다 죽어 가는 늙은 창녀가 산소 탱크와 썩은 오렌지 껍질에 둘러싸인 모양새라고 묘사하기도 했습니다. 이런 묘사에 동의하십니까, 루잭 씨?"

"표현이 상당히 강렬한 은유라는 점에는 동의합니다, 차터지 씨."

"남편 분께서는 늘 이렇게 에둘러 말씀하시는 편이신가요, 루잭 부인?"
차터지는 잔 너머에 있는 우리 부부에게 미소 지으며 물었다. "아니, 제 기분이 상할까 봐 걱정하실 필요는 없습니다. 저는 미국인들이 제가 사는 도시에 대해 보이는 반응에 익숙합니다. 미국 사람들은 둘 중 한 가지 반응을 보입니다. 캘커타가 '이국적'이라면서 오로지 관광지로써의 재밋거리에 집중하는 부류가 있고요. 혹은 당장 겁을 먹고 몸을 사리며 눈으로 보고도 이해되지 않은 것들을 잊으려 하는 부류도 있습니다. 네, 미국의 정신은 인도를 겪는 순간 기능이 멈추고 취약해지는 미국인의 소화기관만큼 예측 가능하죠."

나는 차터지 부인을 쳐다보았지만, 부인은 빅토리아를 무릎에 올려놓고 둥개둥개 흔드느라 남편이 뭐라고 했는지 듣지 못한 것 같았다. 동시에 암리타가 나를 노려보았다. 나는 그것이 경고임을 눈치챘다. 나는 웃으며 논쟁하지 않겠다는 의지를 보여 주었다. "맞는 말씀일지도 모르겠습니다. 제가 '미국의 정신'이든 '인도의 정신'이든 그걸 이해했다고는 말씀드리지 못하겠습니다. 그런 게 있다면 말이죠. 첫인상이라는 건 어쩔 수 없이 얕을 수밖에 없습니다. 저는 그걸 압니다. 저는 아내를 만나기 이전부터 오랫동안 인도 문화를 동경해 왔습니다. 아내는 인도 문화의 아름다움을 저에게 나누어 주었어요. 그럼에도 솔직히 말하자면 캘커타는 좀 겁나는 곳 같습니다. 독특한 무언가가 존재합니다…… 캘커타 도심의 문제만 봐도 독특하고 정신 사나운 뭔가가 있어요. 그건 오로지 그 규모 때문인 것 같습니다. 친구들이 그러던데 멕시코시티도 아름답지만 똑같은 문제를 갖고 있다고 하더군요."

차터지가 웃으며 고개를 끄덕이더니 잔을 내려놓았다. 그는 양손을 세

위 삼각형 꼴을 만든 채 교사가 학생을 바라보듯 나를 쳐다보았다. 시간을 쏟아도 그만, 안 쏟아도 그만인 학생을 보는 듯했다. "여행을 많이 안 다녀 보셨군요, 맞죠?"

"별로 못 다녔습니다. 몇 년 전 유럽으로 배낭여행을 갔다 왔고, 탕헤르 (모로코 북부 지방의 도시)에 잠깐 다녀온 게 전부입니다."

"아시아는요?"

"못 가봤습니다."

차터지는 자신의 요지를 충분히 설명했다는 듯 손을 내렸다. 그러나 수업은 아직 끝나지 않았다. 그가 손짓하자, 잠시 후 하인이 얄팍한 파란 책 한 권을 들고 들어왔다. 나는 제목을 보지 못했다.

"이 구절이 캘커타를 이성적이며 객관적으로 묘사하고 있는지 말씀해 주세요, 루잭 씨." 차터지는 이렇게 말하고 크게 낭독하기 시작했다.

……빼곡히 들어찬 집들은 너무 낡아서 쓰러질 것만 같았다. 좁고 구불구불한 골목길을 바람이 관통한다. 이곳에는 사생활이란 없다. 이 동네를 과감히 돌아다니는 사람이라면 누구나 빈둥거리는 자들이 그득한 길을, 예의상 길이라고 불러 주는 곳을 발견한다. 뿌연 창으로 보이는 방 안은 숨 막힐 정도다. 썩은 물이 고인 도랑…… 어두운 길에 꼭 들어찬 더러움…… 색이 바랜 검댕이 묻은 벽면…… 경첩이 떨어져 나간 문짝…… 어디든 아이들이 넘쳐 나는 이곳, 아이들은 내키는 대로 오줌을 갈긴다……

그는 읽기를 멈추고 책을 덮더니 정중하게 질문하듯 눈썹을 추켜세웠다.

나는 집주인을 놀라게 한다 해도 여전히 솔직하게 행동하기로 했고, 여기에 크게 반감을 갖지 않았다. "관련이 있는 부분도 있네요." 내가 대답했다.

"그렇습니다." 차터지는 미소를 지으며 책을 들어 올렸다. "루잭 씨, 이 책은 1850년에 쓰인 것으로 당시 런던의 모습을 묘사하고 있습니다. 인도가 지금 막 산업 혁명을 시작했다는 사실을 반드시 고려하십시오. 당신이 충격을 받은 뭔가 어긋나고 혼잡한 모습이 있다는 사실은 부정하지 않겠습니다만, 이런 것들은 산업 혁명의 필수적인 부산물입니다. 당신은 운이 좋아요. 당신네 미국이라는 문화는 그 지점을 이미 넘어섰으니까요."

나는 고개를 끄덕이면서 그가 읽었던 부분이 내가 자란 시카고 남쪽 동네에도 어울릴 거라고 반박하고 싶은 충동을 꾹 눌렀다. 그럼에도 내 감정을 명확히 밝히기 위해 한 번 더 노력할 가치가 있다는 기분이 들었다.

"지당하신 말씀입니다, 차터지 씨. 무슨 말씀이신지 이해합니다. 오늘 차를 타고 여기에 오면서 저도 비슷한 생각을 했는데 그 부분을 정확히 짚어서 말씀해 주셨네요. 그래도 제가 짧게나마 이곳에 와서 느낀 점을 말씀드리자면 여기에선 무언가가 느껴집니다⋯⋯ 캘커타엔 뭔가 다른 게 있어요. 그게 정확히 무엇인지 모르겠습니다. 이상한 기운이랄까⋯⋯ 폭력의 기운 같은 게 있어요. 표면 바로 밑에서 부글부글 끓어오르는 폭력의 기운이 느껴집니다."

"혹시 광기 아닐까요?" 차터지가 덤덤히 물었다.

나는 대꾸하지 않았다.

"루잭 씨, 우리 도시를 두고 왈가왈부하며 해설가처럼 구는 자들은 캘커타 전역에 폭력이 스민 것 같다는 말을 합니다. 저쪽에 거리가 보이시나요?"

나는 그가 가리키는 손가락을 따라 바라보았다. 소달구지가 텅 빈 측면 도로를 따라 굴러가고 있었다. 느릿느릿 지나가는 우마차와 여기저기 가지가 잘린 벵골보리수 나무만 뺀다면 나머지 장면은 미국의 여느 누추하고 오래된 마을 같아 보이기도 했다. "네, 보입니다." 내가 대답했다.

"아주 오래전에, 제가 여기에 앉아 아침을 먹고 있는데 한 가족이 저쪽에서 살해 당했습니다. 아니, 살해라는 단어는 적절치 않네요. 도살 당했다고 하는 편이 맞겠습니다. 도살이요. 바로 저기에서요. 저기 지금 우마차가 지나가는 곳에서 말이죠."

"무슨 일이 있었죠?"

"힌두와 이슬람이 갈등을 빚던 때였습니다. 가난한 이슬람 가족이 동네 의사와 같이 살았었죠. 저희에겐 그들의 존재가 익숙했어요. 그 남자는 목수였고, 저희 아버지는 그자의 손을 여러 번 빌리셨죠. 그 집 아이들도 제 남동생과 같이 놀곤 했습니다. 그러던 1947년, 갈등이 최고조에 달하던 시기에 그들은 동파키스탄으로 이주하기로 결심했습니다.

그들이 저쪽 거리에 나타났어요. 막내까지 해서 모두 다섯 명이었죠. 어머니는 아기를 품에 안고 있었습니다. 다섯 명이 말이 끄는 마차에 타고 있었어요. 저는 아침을 먹고 있었는데, 갑자기 시끄러운 소리가 들렸어요. 사람들이 그들의 앞을 가로막았습니다. 이슬람 가족은 비명을 질렀습니다. 그런데 그 남자가 실수로 채찍을 잘못 휘두르는 바람에 맨 앞에 있던 사내가 그 채찍에 맞았어요. 순간, 사람들이 물밀듯 앞으로 달려들었습니다. 그때 전 지금 당신이 앉은 자리에 앉아 있었어요, 루잭 씨. 너무나 잘 보였습니다. 사람들은 몽둥이와 포석과 맨손을 썼습니다. 물론 이로도 잡아 뜯었죠. 일이 벌어지고 보니, 이슬람 목수와 그의 가족은 길바닥에 피

범벅이 되어 있었어요. 사람들이 말까지 죽었더라고요."

"세상에." 나는 이렇게 말한 후 입을 다물었다. "그럼 이 도시에 광기가 서려 있다는 사람들의 말에 동의하신다는 말씀이신가요, 차터지 씨?"

"그와 정반대입니다, 루잭 씨. 저는 그 사건을 이렇게 봅니다. 그 군중들은 그때나 지금이나 제 이웃입니다. 교사인 골왈카르 씨, 빵 가게 주인인 시르시크 씨, 당신이 묵는 호텔 인근 우체국에서 일하는 나이 많은 무히커지 씨, 그들은 모두 평범한 사람들이었습니다. 그 통탄스러운 사건이 일어나기 전에도 멀쩡한 삶을 살았고, 그 사건 이후에도 정상적인 삶으로 돌아갔습니다. 제가 이 말씀을 드리는 건 이 사건이 우리 캘커타를 보고 벵골의 광기가 어린 시끄러운 곳이라고 꼬집어 말하는 자들의 우둔함을 보여준다고 생각하기 때문입니다. 어느 도시나 '그 기저에 폭력이 부글부글 끓고 있다'고 할 수 있습니다. 오늘 자 영자 신문을 보셨습니까?"

"신문이요? 아니요."

차터지는 설탕 그릇 옆에 놓여 있던 신문을 펴서 내게 건넸다.

헤드라인 뉴스는 뉴욕발이었다. 지난밤 뉴욕에서 정전이 있었다. 1965년 대규모 정전 사태 이후 최악의 사태였다. 뉴욕 게토 지역과 빈민가에 약탈이 동시다발적으로 일어났다. 시민 수천 명이 정신을 놓고 공공 및 사유 재산을 파괴하고 약탈에 동참했다. 군중에게 응원을 받으며 가족들이 전부 상점 유리창을 깨고 들어가 텔레비전 세트나 옷가지, 들고 갈 수 있는 것을 집어 들고 달아났다. 수백 명이 체포되었다. 뉴욕 시장실과 경찰 대변인은 경찰이 이 문제를 정면으로 대응하는 데 무력했음을 시인했다.

미국의 여러 사설이 이 신문에도 실려 있었다. 진보주의자들은 이 사건이 사회적 항의가 부활해 일어난 것이라고 보고 이 사태를 촉발시킨 인종

차별, 가난과 기근을 매도했다. 보수파 칼럼니스트들은 배고픈 이들이라면 스테레오 세트부터 훔치지 않는다고 신랄하게 비판하면서 엄격한 법령의 시행을 촉구했다. 이 사건을 일그러진 방종이라는 관점에서 보면, 저마다의 논리를 내세운 논설들은 전부 공허하게 들린다. 전기라는 얄팍한 벽 하나가 전 세계 거대 도시들이 완벽한 야만의 상태로 추락하는 것을 막아 주는 듯했다.

나는 암리타에게 신문을 건넸다. "끔찍하네요, 차터지 씨. 이야기의 요점은 잘 알겠습니다. 저는 캘커타 문제에 대해 독선적으로 말하고 싶은 생각은 분명 없었습니다."

차터지는 미소를 지으며 손가락을 다시 삼각형 꼴로 만들었다. 그의 안경에 어스레한 빛과 짙은 내 머리칼이 반사됐다. 그는 가볍게 고개를 끄덕였다. "이것을 도시의 문제로 받아들이기만 하시면 됩니다, 루잭 씨. 캘커타의 극심한 빈곤과 이곳으로 물밀듯 밀려드는 난민들의 천성 때문에 문제가 더욱 악화된 것이죠. 캘커타는 못 배운 난민들에게 말 그대로 침공당하고 있습니다. 저희에게 문제가 있는 건 사실이나 이게 저희에게만 국한된 건 아니라는 말씀입니다."

나는 아무 말 없이 고개를 끄덕였다.

"전 동의하지 않아요." 암리타가 반박했다.

차터지와 나는 둘 다 놀라서 고개를 돌렸다. 암리타가 손목을 재빨리 꺾어서 신문을 내려놓았다. "전혀 동의할 수 없어요, 차터지 씨. 저는 이게 문화적 문제라고 생각해요. 여러 면에서 볼 때 단지 캘커타뿐만 아니라 인도 전역에서 일어나는 문제라고 생각합니다."

"오, 그렇습니까?" 차터지가 물었다. 그는 건반을 누르는 것처럼 손가락 끝을 분주히 움직였다. 그는 미소를 지으며 침착한 척 했지만 여자에게 반박 당한 사실에 놀라서 짜증이 난 듯 보였다. "그게 무슨 뜻입니까, 부인?"

"흠, 일화를 통해서 가설을 설명해야 할 시간 같군요." 암리타가 부드럽게 대꾸했다. "제가 어제 관찰한 두 가지 사건을 말씀드리겠어요."

"뭐든 좋습니다." 차터지는 미소 짓고 있었지만 그 표정 아래에는 짜증이 깔려 있었다.

"어제 저는 오베로이 가든 카페에서 아침을 먹었어요. 테이블에 빅토리아와 저 이렇게 단둘이 앉아 있었지만 레스토랑 안에는 사람들이 꽤 많았어요. 인도항공 기장 몇 명이 옆 테이블에 있었죠. 저희와 몇 걸음 떨어진 곳에서 불가촉천민 여자가 손가위로 잔디를 자르는 중이었죠……"

"잠시만요." 차터지가 끼어들었다. 그는 이제 부드럽게 생긴 얼굴로 대놓고 짜증스러운 표정을 지었다. "이곳에서는 '지정 카스트'라는 용어를 더욱 선호합니다."

암리타도 미소를 지었다. "네, 저도 알아요. 지정 카스트 혹은 '신의 자식들'이라는 뜻을 지닌 하리잔이라고도 부르죠. 저도 이런 전통 속에서 자랐어요. 그런데 그건 그저 완곡한 표현에 그칠 뿐이라는 걸 차터지 씨께서도 잘 알고 계실 텐데요. 그 여자는 '지정 카스트'였어요. 왜냐하면 카스트 계급에도 속하지 못한 채로 태어나 그 신분으로 죽을 테니 말이죠. 그녀의 아이들도 엄마처럼 그런 허드렛일을 하면서 평생을 보내게 될 것입니다. 그러니 그 여자는 불가촉천민이 맞습니다."

차터지는 굳은 얼굴로 애써 미소를 지어 보였지만 또다시 끼어들지 않았다.

"아무튼, 여자가 쪼그려 앉아서 잔디를 깎고 있었어요. 적어도 제 눈에는 상당히 고통스러워 보이는 오리걸음으로 정원을 가로지르고 있었어요. 그 여자에게 눈길을 주는 사람은 아무도 없었어요. 여자는 자기가 깎고 있던 잡초처럼 눈에 띄지 않는 존재였죠.

전날 밤, 현관에서 떨어진 전선 하나가 정원 잔디밭에 널브러져 있었어요. 그런데 아무도 그걸 수리하거나 전력을 차단해야 한다는 생각을 하지 못했어요. 웨이터들도 전선을 피해서 풀장 쪽으로 빙 돌아서 다녔죠. 그런데 불가촉천민 여자가 잔디를 깎다가 전선을 발견했고 그걸 한쪽으로 치울 요량이었는지 그쪽으로 다가갔어요. 전기가 통하는데도 말이죠.

전선을 쥐는 순간, 여자가 심하게 뒤로 나자빠졌습니다. 그러면서도 전선을 손에서 놓지 않았어요. 아마 고통이 상당했을 거예요. 그런데도 외마디 비명만 내지르고 말더라고요. 여자는 말 그대로 땅바닥에서 몸부림치며 괴로워했습니다. 우리 눈앞에서 사람이 감전을 당하고 있었다고요.

제가 지금 '우리'라고 말했습니다, 차터지 씨. 웨이터들은 팔짱을 낀 채서서 구경만 했고, 근처의 층계참에서 일하던 일꾼들도 무표정하게 그냥 내려다보고만 있더군요. 제 옆자리에 앉은 기장들 중 하나는 농담을 하더니 고개를 돌리고 다시 커피를 마셨어요.

저는 머리가 빨리 돌아가는 사람이 아닙니다, 차터지 씨. 저는 평생 제가 해야 할 아주 간단한 일조차 남들에게 떠넘기며 살았어요. 저는 기차표를 살 때조차 언니에게 대신 사 달라고 조르곤 했어요. 심지어 오늘 피자를 주문할 때도 남편에게 전화를 해 달라고 미뤘던 사람이에요. 그런데 한 30초쯤 지나자 저 불쌍한 여인의 감전사를 막지 못할 거라는 사실이 분명해졌습니다. 정원에 남자들이 최소 십수 명이 넘게 있었지만 말이에요. 순간, 저는 행동에 돌입했습니다. 별로 생각할 것도, 용기를 낼 것도 없는 일이었어요. 문 근처에 빗자루가 있더라고요. 저는 빗자루 나무 막대기를 들고 여자가 손에 움켜쥐고 있는 전선을 치웠어요."

나는 아내를 쳐다보았다. 암리타는 이 이야기를 내게 한 적이 없었다. 차터지는 혼란스러운 듯 고개를 끄덕였다. 순간 내 입에서 질문이 튀어나왔다. "여자가 많이 다쳤어?"

"그렇진 않았어." 암리타가 말했다. "여자를 병원에 보낸다는 소리가 들리긴 했는데, 한 15분쯤 후 여자가 다시 잔디를 깎고 있더라."

"네네. 꽤나 흥미로운 이야기이긴 한데 맥락에 벗어나는 얘기는 하지 마시지요." 차터지가 말했다.

"두 번째 사고는 그로부터 고작 한 시간 후에 일어났어요." 암리타는 유연히 말을 이어갔다. "친구와 엘리트 시네마 근처에 사리를 사러 갔습니다. 차가 몇 블록이나 꽉 막혀 있었죠. 늙은 소 한 마리가 도로 한복판에서 있었거든요. 사람들이 고함을 치고 경적을 울렸지만 소를 끌어내려고 하는 사람은 아무도 없었어요. 그런데 갑자기 소가 오줌을 싸기 시작했어요. 폭포수 같은 오줌이 거리로 쏟아졌습니다. 그때 저희가 있던 인도 근처에 한 소녀가 서 있었어요. 아주 작고 예쁘게 생긴 여학생이었는데 한 열다섯 살쯤으로 보였어요. 빳빳한 흰 블라우스를 입고 빨간 스카프를 하고 있었죠. 그 소녀가 재빨리 도로로 뛰어들더니 쏟아지는 오줌 줄기에 손바닥을 대고 그걸 자기 이마에 뿌리더라고요."

침묵 속에 나뭇잎이 바스락거리는 소리가 났다. 차터지는 자기 아내를 쳐다본 후 다시 암리타에게 시선을 옮겼다. 그는 조용히 손끝을 맞부딪고 있었다. "그게 두 번째 사건이라고요?" 그가 물었다.

"네."

"물론 부인께서 모국인 인도를 어릴 때 떠나셨다고 하더라도 우리나라, 우리 인도 종교의 상징적 존재로서 소를 경배한다는 사실을 분명 알고 계시지 않습니까?"

"압니다."

"그리고 서구 사람들이 생각하는 것처럼 인도 사람들은 그런 신분 계급의 차이를 모두 끔찍하게 여기지 않는다는 사실도 아실 텐데요?"

"알고 있어요."

"그렇다면 인도 사람들이 소변, 특히 인간의 소변에 강력한 영적 의학적 효험이 담겨 있다고 믿는 것도 아시지 않습니까? 모라지 데사이 현 총리께서 매일 아침 당신의 소변을 몇 잔씩 마시는 것도 아시죠?"

"네, 다 알고 있어요."

"그렇다면 솔직히, 부인께서 말씀하신 '사고'라는 게 대체 뭘 드러낸다는 것인지 모르겠습니다. 단지 부인께서 인도 전통에 대해 전부터 갖고 있던 문화적 충격과 혐오를 드러내려는 의도로밖에 보이지 않는군요."

암리타가 고개를 저었다. "단지 문화적 충격을 말하는 게 아니에요, 차터지 씨. 저는 수학자로서 각각 다른 문화를 이론적으로 바라보려는 경향이 있어요. 특정한 공통 요소를 지닌 인접 집합으로 보려고 합니다. 다시 말해, 어떻게 살고, 생각하며, 서로를 어떻게 대하느냐에 관한 일련의 인간 실험으로 받아들인다고 볼 수 있습니다. 저만이 가진 독특한 배경 때문에 혹은 제가 어린 시절 여기저기 이사를 많이 다녔기 때문에, 저는 제가 방문하거나 사는 곳의 각기 다른 문화를 객관적으로 바라보는 눈을 가졌다고 느껴요."

"그렇습니까?"

"네, 차터지 씨. 그리고 저는 인도의 일련의 문화적 고정관념 속에서 몇 가지 요소를 발견했는데요. 이건 다른 문화권에서는 거의 찾아보기 힘듭니다. 다시 말해, 타 문화권에서는 이미 폐기했거나 간직하지 않겠다고 포기한 것이라고 할 수 있어요. 여기 제 모국에서 뿌리 깊게 남아 있는 인종차별은 현재 타 문화권과의 비교를 넘어섰다고 봅니다. 저는 비폭력 철학이라는 틀 안에서 자랐고 지금도 그 원칙을 따를 때 가장 편안함을 느낍니다. 그런데 인도에 와서 보니 비폭력 철학을 추종한다고 하는 자들이 야만적인 행위를 태연하게 자행함으로써 오히려 그 철학을 지속적으로 파괴하고 있다는 사실을 알게 되었어요. 게다가 인도 총리가 매일 아침 본인의 소변을 몇 잔 마신다고 하는데, 차터지 씨, 아무리 그렇다 해도 저는 그런 습관을 받아들일 수 없습니다. 대부분의 나라에서도 이를 받아들이지 않을 걸요. 제 아버지는 종종 저에게 마하트마 간디께서 이 마을 저 마을 떠돌아다니며 제일 먼저 설교하신 말씀을 해 주셨어요. 그건 인류의 형제애도, 영국 지배층의 책략에 반대하라는 내용도, 비폭력도 아니었습니다. 마하트마 간디는 오로지 기본 중의 절대적 기본인 인간의 위생을 가장 강조하셨습니다.

차터지 씨, 인도인으로서 말씀드립니다. 저는 캘커타에 산재한 온갖 어려움이 다른 곳에서도 찾아볼 수 있는 도시 문제의 축소판이라는 말씀에 동의하지 않습니다."

차터지는 손가락 너머로 암리타를 응시했다. 차터지 부인도 불편한 듯 안절부절못했다. 빅토리아는 고개를 들어 엄마를 쳐다보았지만 소리를 내지 않았다. 바로 그때 축축한 포탄 같은 굵은 빗방울이 떨어지지 않았더라

169

면 그다음에 무슨 말이 나왔을지 나는 지금도 모르겠다.

"좀 더 편안한 실내로 들어가시는 게 좋겠어요." 소나기가 전속력으로 퍼붓기 시작하자 차터지 부인이 말을 꺼냈다.

암리타와 나는 호텔로 돌아오는 내내 차터지의 운전기사를 신경 쓰느라 말하기가 껄끄러웠다. 그래도 부부끼리만 아는 정교한 신호로 서로 의견을 주고받았다.

"당신 UN에서 일할 걸 그랬어."

"나 UN에서 일했잖아." 암리타가 말했다. "거기에서 여름에 통역관으로 일했다고 얘기한 거 잊었어? 우리가 만나기 2년 전에 말야."

"흠, 그래서 무슨 전쟁이라도 일으켰나?"

"아니, 그런 건 전문 외교관에게 맡겼지."

"아침 먹다가 본 감전사할 뻔한 여자 얘기는 왜 나한테 말 안했어?"

"당신이 안 물어봤잖아."

남편이라도 가끔은 언제 자기 입을 다물어야 할지 아는 때가 있다. 우리는 펄럭이는 커튼처럼 쏟아지는 빗줄기 사이로 보이는 슬럼가를 바라보았다. 슬럼가에 있는 어떤 이들은 폭우를 피할 생각은 아예 하지 않은 채 장대비 아래에서 고개를 숙이고 흙바닥에 한껏 쭈그려 앉아 있었다.

"아이들이 보여?" 암리타가 조용히 물었다. 내 눈엔 좀 전까지 보이지 않았지만 이젠 보였다. 여자아이 예닐곱 명이 자기보다 더 어린 아이를 업고 서 있었다. 이제야 나는 이것이 지난 이틀간 가장 많이 본 모습 중 하나라는 사실을 깨달았다. 애가 애를 보고 있었다. 비가 내리자, 아이들은 어닝이나 고가 도로 밑, 물이 뚝뚝 떨어지는 천막 아래에 서 있었다. 누더기

옷은 밝은 색으로 염색되어 있었다. 그러나 밝은 빨강이나 짙은 파랑으로 염색을 해도 더러움과 낡음은 가려지지 않았다. 소녀들은 깡마른 손목과 발목에 금붙이를 차고 있었다. 그건 그들의 미래 지참금이었다.

"애들이 참 많네." 내가 말했다.

"그런데 거의 없어." 아내가 부드럽게 말을 이었다. 거의 속삭이는 듯했다. 몇 초 후 나는 아내의 말이 맞았음을 깨달았다. 우리가 목격한 어린애들은 거의 다 이미 어린 시절을 떠나보냈다. 그들 앞에는 어린 동생들을 키워야 하는 미래가 놓여 있었다. 혹은 막중한 노동에 시달리거나, 조혼을 해야 하거나, 자기의 아이를 키워야 했다. 그보다 좀 더 어린 아이들은 알몸으로 진흙 사이를 뛰어다녔다. 어쩌면 저들은 몇 년 후 목숨을 부지하지 못할지도 모른다. 우리 나이까지 살아남을 아이들은 10억 인구가 사는 새로운 세기를 맞이하여 기근과 사회적 혼란을 겪어야 할 것이다.

"보비, 미국 초등학교에서는 수학을 쉽게 가르치지만, 중학교에 가면 유클리드 평면 기하학을 배운다며, 맞아?"

"응, 고등학교에서도 배워."

"그럼 비(非)유클리드 기하학도 알겠네?"

"그런 게 있다는 너저분한 소문은 들어봤지."

"농담이 아니야, 보비. 난 이곳에서 뭔가를 이해하려고 애쓰고 있다고."

"계속 말해 봐."

"음, 내가 차터지에게 인도와 외국의 차이를 집합에 빗대어 설명하고 나니 이런 생각이 들더라."

"으흠."

"만약 인도 문화가 하나의 실험이라면 내가 가진 서구적 편견은 그 실험이 실패했다고 말해 주고 있어. 적어도 인도 사람들을 적응시켜 보호하는 능력이란 관점에서는 그래."

"반박할 수 없네."

"그런데 만일 또 다른 집합이 존재한다면, 내 은유는 그보다 훨씬 안 좋은 가능성을 내포하고 있어."

"그게 뭔데?"

"집합 이론이란 관점에서 생각하면, 나는 이 두 가지 문화가 절대로 양립할 수 없다고 확신해. 그리고 나는 두 문화가 낳은 산물, 다시 말해 공통 요소를 갖지 못한 두 집합의 공통 요소인 셈이지."

"동양은 동양이고 서양은 서양이어서, 그 둘이 절대로 만날 수 없다는 뜻인가?"

"당신은 내 문제를 알고 있어, 그렇지, 보비?"

"훌륭한 결혼 카운슬러 정도는 되어야 알지 않을까……"

"그러지 마, 제발. 내가 은유를 들어 설명하고 나니 훨씬 섬뜩한 유추를 하게 됐어. 우리가 캘커타에서 서로 다른 반응을 보이는 게 그 문화가 또 하나의 집합이 아니라 다른 기하학의 결과 때문이라면 어떻게 될까?"

"그게 뭐가 달라?"

"당신, 유클리드 배웠다며?"

"맛만 봤지 기본 공리는 들어가지도 않았어."

암리타는 한숨을 쉬더니 창밖에 펼쳐진 끔찍한 악몽 같은 산업 현장을 바라보았다. 그 장면을 보니 피츠제럴드의 『위대한 개츠비』에 등장하는 황폐한 산업 부지가 또렷이 떠올랐다. 게다가 나만의 은밀한 문학적 수사가 암리타의 수학적 은유에 의해 오염되기 시작했다는 생각이 들었다.

한 남자가 변을 보려고 길가에 쭈그리고 앉은 모습이 보였다. 그는 셔츠를 들어 머리에 뒤집어쓰고 작은 청동 사발에 물을 담아 왼손을 닦을 준비를 해 두었다.

"집합과 수 이론은 겹쳐." 암리타가 설명했다. 나는 갑자기 아내의 목소리에 서린 긴장감을 눈치챘다. 아내가 진지하다는 뜻이었다. "그런데 기하학은 겹치지 않아. 서로 다른 기하학은 서로 다른 정리를 기본으로 하고, 각기 다른 공리를 진리로 받아들여 다른 현실을 낳지."

"다른 현실이라고?" 나는 되물었다. "어떻게 다른 현실이 있을 수 있어?"

"아마 존재하지 않을지 몰라. 오로지 딱 하나만 진실이겠지. 어쩌면 단 하나의 기하학만 참일 거야. 그런데 문제는, 만일 우리가 거짓을 고른다면 나에게, 우리 모두에게 무슨 일이 벌어질까?"

호텔에 도착하자 경찰이 우리를 기다리고 있었다.

"어떤 분이 기다리고 계십니다." 호텔 부매니저가 방 열쇠를 건네며 말했다. 나는 로비 쪽으로 몸을 틀면서 크리슈나가 왔다고 생각했다. 그런데 자두색 소파에서 어떤 남자가 일어났다. 터번을 쓰고 수염을 기른 키가 큰 남자였다. 누가 봐도 시크교도였다.

"럭자크 씨?"

"루잭입니다. 네, 그런데요."

"캘커타 시 경찰청 소속 싱 경위라고 합니다." 그는 배지와 누런 코팅한 종이 아래 들어 있는 뿌옇게 바랜 신분증 사진을 보여 주었다.

"경위시라고요?" 나는 악수를 청하지 않았다.

"루잭 씨, 저희 국에서 조사 중인 사건에 관해 묻고 싶은 게 있습니다."

크리슈나가 나를 곤경에 빠뜨렸군. "무슨 일이시죠, 경위님?"

"M. 다스 실종 관련해서요."

"아." 나는 이렇게 말하고 방 열쇠를 암리타에게 건넸다. 나는 이 경찰을 데리고 우리 호텔 방까지 올라갈 생각이 전혀 없었다. "집사람한테도 물으실 게 있습니까? 저희 아기에게 젖 먹일 시간이라서요."

"아닙니다. 1분이면 됩니다, 루잭 씨. 오후 시간을 방해해서 죄송합니다."

암리타는 빅토리아를 데리고 엘리베이터에 올랐다. 나는 주위를 둘러보았다. 부매니저와 몇몇 짐꾼이 호기심에 가득 찬 눈으로 쳐다보고 있었다. "그럼 라이선스 룸으로 가실까요, 경위님?" 인도 호텔에서는 바를 그렇게 불렀다.

"좋습니다."

바 안으로 들어가니 더욱 어두웠다. 나는 진 토닉을 주문했고 경위는 토닉만 시켰다. 나는 키가 큰 시크교도를 평가할 시간을 벌었다.

싱 경위는 복종이 몸에 밴 자에게서 보이는 겸손한 모습을 갖추고 있었다. 말투를 보니 영국에서 몇 년 지낸 듯한 느낌이 묻어났다. 옥스퍼드나 캠브리지 출신처럼 말을 길게 빼지 않고 샌드허스트(영국 육군 사관 학교의 소재지)에서 수학한 듯 짧게 끊어서 정확하게 발음했다. 어쩌면 다른 대학에서 배운 영어 같기도 했다. 그는 잘 재단된 황갈색 슈트를 입었지만 제복에는 살짝 못 미쳐 보였다. 터번은 자주색이었다.

그의 외모를 보니 내가 시크교도에 대해 아는 게 별로 없다는 생각이 들었다. 시크교도는 소수 종파로 인도 사회에서 가장 공격적이고도 생산적인 분야로 진출했다. 이들은 기계 계통을 잘 이해하는 성향을 지녔다. 대부분 펀자브 지방에 거주했지만 인도 전역에서 택시를 몰고 중장비를 움직였다. 장인어른께서는 불도저 기사의 90퍼센트가 시크교도라고 하셨다. 게다가 군경 고위직까지 진출한 자들도 시크교도였다. 암리타의 말에 따르면, 시크교도들끼리 모여 녹색 혁명과 최신식 농업 기술에 투자하여 인도 북부 지방에 대형 협동농장을 실험 중이라고 했다.

또한 분리전 당시, 이슬람 민간인을 대량 살상한 이들도 시크교도였다.

"건배." 싱 경위는 이렇게 말한 후 토닉 워터를 음미했다. 철제 팔찌가 두꺼운 손목시계에 부딪혔다. 팔찌는 그의 변함없는 믿음을 상징했다. 그가 수염을 기르고 제사용 작은 단도를 지니고 다니는 것도 그런 의미에서였다. 목요일에 봄베이 공항에서 안전 요원이 내 앞에 있던 시크교도에게 이렇게 물었다. "단도 말고 다른 무기를 소지하고 계십니까?" 그를 제외한 나머지 승객들은 몸수색을 당했지만 시크교도는 퉁명스레 없다고 대답한 후 무사통과했다.

"제가 뭘 도와드릴까요, 경위님?"

"M. 다스 시인의 행방에 대한 정보를 저희에게 알려주시면 됩니다."

"다스는 오래전에 실종된 상태입니다. 아직까지 관심을 갖고 계시다니 흥미롭네요."

"M. 다스 사건은 아직 미결 상태입니다. 1969년 조사 결과, 그가 살인의 희생양이 되었을 확률이 높다는 결론이 났죠. 미국에는 살인 공소시효가 있습니까?"

"아니요, 없을 걸요. 미국에서는 살인이 성립되려면 시신이 있어야 해요."

"정확합니다. 선생께서 저희에게 어떤 정보를 나누어 주셔도 감사한 이유죠. M. 다스는 영향력 있는 친구들을 남겼습니다. 루잭 씨, 그들 중 많은 이들은 현재 더욱 존경 받은 위치까지 올라갔습니다. 다스가 실종된 지 8년이 지난 후에요. 이 사건을 종결지을 수만 있다면 저희들 속이 다 후련하겠습니다."

"좋습니다." 나는 이렇게 말했다. 그리고 그에게 내가 『하퍼스 매거진』과 관련이 있고, 뱅골 작가 협회와 약속이 있다고 말했다. 그런 다음, 나는 크리슈나와 무크타난다지에 대해 얘기를 해야 할지 말아야 할지 고민했다. 그런 터무니없는 이야기는 오히려 경찰에게 혼란만 줄 뿐이라고 결론지었다.

"그렇다면 선생께서 작가 협회를 통해서 받기로 한 그 시 말고는 다스가 살아 있다는 확증은 없는 거네요?" 싱이 물었다.

"그것하고 마이클 레너드 차터지가 작가 협회 최고 위원 회의에서 읽어 준 편지가 있었어요." 내가 이렇게 말하자 싱은 그 편지를 잘 알고 있다는 듯 고개를 끄덕였다.

그가 물었다. "그럼 내일 원고를 받으러 가십니까?"

"네."

"어디에서 받으시나요?"

"모르겠습니다. 아직 말을 안 해줬어요."

"그럼 몇 시에 가시죠?"

"그것도 아직 못 들었어요."

"그럼 그때 다스를 만나시는 겁니까?"

"아니요, 적어도 그건 아닐 것 같아요. 아마 못 만날 겁니다."

"왜죠?"

"흠, 제가 그 위대한 시인을 만나게 해 달라고 그렇게 조르고, 그의 존재를 확인시켜 달라고 요청했지만 벽에 부딪혔어요."

"벽이요?"

"부정적인 대답을 들었다는 말입니다. 단칼에 거절 당했어요."

"아, 그럼 나중에라도 다스를 만날 계획은 없으시군요?"

"없습니다. 저도 만나고 싶어요. 기사를 쓰려면 인터뷰가 꼭 필요하거든요. 사실을 말씀드리자면, 경위님, 이젠 그 망할 원고만 받아서 아내와 아이를 데리고 내일 아침 캘커타를 떠나기만 한다면 정말 행복할 것 같습니다. 그게 다스가 쓴 시가 맞는지 아닌지는 문학 평론가들에게 맡기면 되니까요."

싱은 충분히 그럴 만도 하겠다는 듯이 고개를 끄덕였다. 그러고는 작은 스프링 노트에 뭔가를 적고 토닉을 마저 비웠다. "고맙습니다, 루잭 씨. 정말 도움이 많이 되었습니다. 토요일 저녁에 이렇게 시간을 빼앗아서 다시 한 번 사과드립니다."

"괜찮습니다."

"아, 한 가지 부탁드릴 일이 있습니다만……"

"네?"

"내일, 다스가 썼다고 하는 그 원고를 받으러 가실 때, 저희 시 경찰청 소속 경찰관들이 은밀하게 미행을 하려고 하는데, 여기에 이의 있으십니까? 저희가 조사하는 데 도움이 될 것 같습니다."

"미행이라고요?" 나는 되물었다. 남은 술을 마저 들이켰다. 만약 거부하면 스스로 문제를 자청하는 꼴이 될 테고, 내가 거절해도 경찰은 아무튼 내 뒤를 밟을 것이다. 게다가 경찰이 주변에 있어 준다면 내가 그들을 만날 때 느끼는 불안감이 잦아들지 모른다.

"다른 분들에게까지 알리실 필요는 없고요." 싱이 덧붙였다.

나는 고개를 끄덕였다. 개인적으로 차터지나 굽타, 아니면 작가 협회 전체가 연루되어 있다 해도 상관없었다. "좋습니다. 괜찮습니다. 수사에 도움이 된다면 말이죠. 사실 전 다스가 진짜 살아 있는지도 잘 모르겠습니다. 도움이 된다면야 저도 기쁘죠."

"아, 좋습니다." 싱 경위가 일어섰다. 우리는 마침내 악수를 나눴다. "즐거운 여행을 하시길, 루잭 씨. 쓰고 계신 작품에도 행운이 깃들길 바랍니다."

"고맙습니다, 경위님."

...

비가 저녁 내내 내렸다. 암리타와 나는 토요일 밤을 시내로 나가 보낼 생각이었다. 그런데 커튼을 열어젖히자 흙탕물과 몬순, 큰일을 보는 처참한 광경이 언뜻 시야에 들어왔다. 외출을 하려던 느긋한 생각이 사라져 버렸다. 비 내리는 회색 대낮이 비 내리는 검은 밤으로 순식간에 바뀌는 것이 열대 지방의 황혼이었다. 빗물이 넘치는 광장 너머 천막 아래에 랜턴 몇 개가 켜져 있었다.

빅토리아는 피곤했는지 칭얼거렸다. 우리는 아이를 일찍 재웠다. 그리고 룸서비스를 주문하고 한 시간이나 기다렸다. 저녁이 도착했다. 나는 힌두교를 믿는 나라에서는 차가운 로스트비프 샌드위치는 절대로 주문하면 안 된다는 커다란 교훈을 얻었다. 나는 암리타가 시킨 맛있는 중식을 한

입 달라며 애원했다.

9시, 암리타가 잠들기 전 샤워를 하고 있을 때 노크 소리가 들렸다. 사리 상점에서 천을 배달하는 소년이었다. 소년은 쫄딱 젖었지만, 물건은 커다란 비닐 백 안에 단단히 싸여 있어 조금도 젖지 않았다. 나는 그에게 10루피 한 장을 건넸다. 그런데 소년은 5루피 두 장으로 바꿔 달라고 우겼다. 내가 준 10루피가 약간 찢어져 있었는데, 인도에서는 화폐가 손상되면 양도가 되지 않았다. 그렇게 바꿔 주고 나니 기분이 씁쓸했다. 암리타가 비닐 백에서 실크 가운을 꺼내 입어 보더니 천이 다르다고 말했다. 상점에서 카마키야가 필로 산 천과 바뀐 것 같다고 했다. 우리는 20분간 전화번호부를 뒤져서 '브하라티'를 찾으려 했지만, 그건 뉴욕 전화번호부에서 존슨을 찾는 것만큼 흔하디흔한 이름이었다. 암리타는 카마키야의 집에는 분명 전화가 없을 거라고 했다.

"신경 쓰지 마." 내가 말했다.

"말이야 쉽지. 당신은 물건을 고르느라 한 시간씩 공들인 적이 없잖아."

"카마키야가 당신 물건을 가지고 오지 않을까?"

"흠, 우리가 월요일 아침 일찍 출발한다면 내일은 여기에 없을 텐데."

우리는 아침 일찍 일어났다. 빅토리아가 잠깐 깨서 칭얼거렸다. 꿈을 꾸다 놀랐는지 두 팔과 다리를 허우적거렸다. 나는 아이를 안고 호텔 방을 잠시 왔다 갔다 돌아다녔다. 아이는 이내 내 어깨에 기대어 침을 흘리며 도로 잠이 들었다. 그 후 두 시간 동안 방이 냉탕과 온탕을 오고 가는 듯했다. 벽 속에서 각종 기계 소음이 덜그럭거렸다. 바로 그곳에 수동식 소형 엘리베이터가 이리저리 얽혀 있는 듯 이쪽저쪽에서 체인과 도르래를 정신없이 잡아당기는 소리가 들렸다. 옆 옆방에 묵은 아랍 손님 여러 명이

고래고래 소리를 지르며 크게 웃었다. 그들은 방 안으로 들어가 문을 닫고 파티를 벌일 생각이 전혀 없어 보였다.

밤 11시 반이 되자, 나는 눅눅한 시트에서 일어나 창가로 갔다. 아직도 비가 컴컴한 도로를 적시고 있었다. 오가는 차는 보이지 않았다.

나는 가방을 열었다. 책은 딱 두 권만 넣어 왔다. 한 권은 최근에 출간된 내 책의 하드커버였고, 또 하나는 런던 서점에서 고른 다스의 펭귄 페이퍼백 시집이었다. 나는 문가에 놓인 의자에 앉아 독서등을 켰다.

사실 나는 내 책부터 폈음을 고백한다. 대표작인 「윈터 스피리츠」가 실린 페이지가 쫙 벌어졌다. 끝까지 읽으려 했는데, 눈이 쌓인 들판에 있는 버몬트 농가를 돌아다니며 거기에 사는 친절한 영혼들과 이야기를 나누는 노파라는 선명한 이미지가 후텁지근한 캘커타의 밤과 유리창을 때리는 무자비한 몬순 소리와는 어울리지 않았다. 나는 다른 책을 집어 들었다.

다스의 시는 순식간에 나를 사로잡았다. 시집 앞쪽에 실린 짤막한 작품들 중에서 나는 「가족 소풍」이 제일 마음에 들었다. 유머러스하면서도 유별난 친척들을 꾹 참아 내야 하는 결코 가볍지 않은 통찰력이 담겨 있었다. 조금 읽어보겠다. "⋯⋯벵골 만의 푸르고 상어처럼 예리한 물이여 / 돛으로도, 저 멀리 보이는 증기선 연기로도 가려지지 않네." 그리고 짤막한 묘사도 담겨 있다. "⋯⋯마하발리푸람 사원 / 수많은 세월과 기도에 닳아 버린 사암이여 / 이제는 모서리가 닳아 놀림감이 되었네 / 아이들이 무릎으로 기어오르고 삼촌 나니도 무릎으로 기네." 그리고 동인도를 배경으로 한 스냅 사진이 실려 있다.

나는 다스가 쓴 「테레사 수녀의 노래」를 새로운 눈으로 읽었다. 지금 보니 희망적인 주제 속에 담긴 타고르의 영향력이라는 문학적 반향은 덜 보였고, 오히려 직설적인 표현이 더 돋보였다. 이를테면 이런 구절이 그렇다. "······거리에서 죽고 / 인도에서 죽네 / 희망을 잃고 버려진 자들 사이를 그녀가 움직이네 / 따스한 체온이 남은 아이가 도움을 청하네 / 젖이 나오지 않는 이 도시의 차가운 젖가슴에 대고." 다른 일을 하러 가던 도중 자신의 소명을 깨닫게 된 어린 수녀가 캘커타에 와서 고통 받는 민중을 도와 그들이 죽을 때만이라도 편히 눈감을 수 있도록 안식처를 제공해 준다는 내용이 담긴 작품이었다. 나는 다스의 이 서사시가 연민을 불러일으키는 고전으로 인정받게 될지 궁금했다.

책장을 넘겨 다스의 사진을 바라보았다. 그리고 확신이 들었다. 볼록한 이마와 슬프고 촉촉한 눈매를 보니 자와할랄 네루(인도의 독립운동가이자 초대 총리)의 모습이 떠올랐다. 다스의 얼굴에는 그런 귀족적인 우아함과 위엄이 흘렀다. 입매만 보면 입술이 약간 두툼하고 입꼬리가 살짝 위로 올라갔는데, 그 모습이 관능적이면서도 약간 자기중심적으로 보였다. 이런 건 시인이라면 꼭 필요한 요소다. 나는 카마키야 브하라티가 어디에서 그런 관능적이고 아름다운 외모를 물려받았는지 알 것도 같았다.

독서등을 끄고 암리타 옆에 누우니 다가올 내일이 훨씬 편안히 느껴졌다. 창밖에는 비가 이 움츠린 도시를 갈기갈기 찢고 때리며 쉬지 않고 내렸다.

10

캘커타, 긴장감의 제왕이여.
그대는 왜 나를 완전히 부수려 하나이까?
내겐 말 한 필과 영원히 미무를 해외 거처가 있으니
나만의 장소로 가리다.
- 프라나벤두 다스 굽타(인도의 시인)

일요일 아침, 원고를 받으려고 모인 조합은 무언가 이상했다. 굽타가 8시 45분경에 나에게 전화했다. 암리타와 나는 이미 두 시간 전에 일어나 있었다. 가든 카페에서 아침을 먹을 때 아내는 이번 외출에 따라나서겠다고 했고, 나는 아내를 말리지 않았다. 사실, 그 말을 들으니 마음이 놓였다.

타의 추종을 불허하는 인도의 전화 회선을 통해 굽타가 말하기 시작했다.

"여보세요?" 내가 말했다.

"여, 여보세요, 여보세요." 우리는 몇 킬로미터짜리 실을 양쪽 끝에 매단 깡통 캔을 부여잡고 통화하는 것 같았다. 회선은 지지직거리고 뚝뚝 끊겼다.

"굽타 씨?"

"여보, 여보세요?"

"안녕하세요, 굽타 씨?"

"네, 안녕하세요. 루잭 씨? 여보세요?"

"네."

"여보세요. 약속이 잡혔……여보세요? 루잭 씨? 들립니까?"

"네, 듣고 있습니다."

"여보세요! 약속이 잡혔습니다. 오늘 오전 10시 30분에 저희가 호텔 로비로 갈 테니 혼자 내려오세요."

"죄송합니다만, 굽타 씨. 집사람도 같이 갑니다. 저희는 그렇게 결정했……"

"네? 뭐라고요? 여보세요?"

"아내와 아이도 같이 갑니다. 어디로 가는 겁니까?"

"아니, 아니, 안 됩니다. 다 정해졌어요. 혼자 오셔야 합니다."

"아니, 아니, 갈 겁니다. 저희 가족이 다 같이 움직이든지, 아니면 아예 안 가겠습니다. 솔직히 말씀드리자면, 굽타 씨, 이런 제임스 본드 짓거리가 이제 신물 납니다. 제가 비행기를 타고 지구 반 바퀴를 돌아 여기까지 온 이유는 원고를 받으러 온 거지, 캘커타에서 숨어서 혼자 돌아다니려고 온 게 아닙니다."

"그게 아니라, 혼자 가시는 게 훨씬 나을 텐데요, 루잭 씨."

"왜죠? 혹시 위험해서 그렇습니까? 그렇다면 알아야겠습니다."

"아닙니다! 물론 위험하진 않습니다."

"그럼 어디에서 만나는 겁니까, 굽타 씨? 이런 말도 안 되는 일에 시간 낭비하고 싶지 않습니다. 만일 제가 미국에 빈손으로 돌아간다 해도 기사를 쓰긴 쓸 겁니다. 그렇게 될 경우, 저희 잡지사 고문 변호사한테 연락을 받으실 겁니다." 사실 말도 안 되는 협박이었다. 그런데 이 말을 하자 수화기 너머에선 침묵이 흘렀고, 지지직, 타다닥, 철컥거리는 소리만 들렸다.

"여보세요, 여보세요, 루잭 씨?"

"네."

"좋습니다. 부인도 얼마든지 환영합니다. 타고르 생가에서 다스의 대리인을 만날 겁니다."

"타고르 생가라고요?"

"네, 박물관입니다."

"근사하네요! 타고르 생가에 가 보고 싶었는데 정말 잘됐네요."

"차터지 씨와 제가 10시 30분에 호텔로 모시러 가겠습니다. 여보세요, 루잭 씨?"

"네?"

"그럼 끊겠습니다."

굽타와 차터지는 11시가 지나도 나타나지 않았다. 그런데 크리슈나가 로비에 있었다. 일전에 입은 더러운 셔츠와 구겨진 바지 차림이었다. 그는 우리를 보더니 허풍스레 반기며 암리타에게 절을 하고, 빅토리아의 가느다란 머리칼을 헝클고, 나와는 악수를 두 번이나 했다. 그는 우리 둘의 '친구'인 무크타난다지 씨가 내가 건넨 소중한 선물 덕분에 고향인 안구다로 돌아갔다고 알려 주었다.

"저는 그 친구가 절대로 고향으로 돌아가지 못한다고 말했던 것으로 기억하는데요."

"아." 크리슈나는 어깨를 으쓱해 보였다.

"흠, 그 친구나 토머스 울프(미국의 소설가로 『그대 다시는 고향에 못 가리』라는 대표작이 있다)나 둘 다 틀렸네요." 내가 이렇게 말하자, 크리슈나

184

는 잠깐 멈칫하더니 박장대소했다. 얼마나 크게 웃었던지 빅토리아가 울음을 터트렸다.

"다스의 시는 받으셨습니까?" 그의 웃음도, 빅토리아의 울음도 모두 잦아들자 크리슈나가 물었다.

암리타가 대답했다. "아니요, 지금 받으러 갈 거예요."

"아." 크리슈나가 씩 웃었다. 나는 그의 눈이 번쩍이는 것을 목격했다.

나는 충동적으로 물었다. "같이 가실래요? 익사한 시신이 썼다는 원고가 대체 어떻게 생겼는지 보고 싶으시잖아요."

"보비!" 암리타가 소리쳤다. 크리슈나는 그저 고개를 끄덕였지만, 그의 미소는 그 어느 때보다 상어처럼 날카로웠다.

굽타와 차터지는 우리 일행을 보더니 별로 달가워하지 않았다. 나는 캘커타에서 가장 글을 잘 쓴다는 무명 회원도 따라간다고 얘기할 마음은 없었다.

"굽타 씨, 이쪽은 제 아내인 암리타입니다." 내가 소개하자 두 사람은 힌디어로 인사를 나누었다. "그리고 이쪽은 저희…… 가이드이신 M. T. 크리슈나 씨입니다. 이분도 저희와 같이 갑니다."

두 남자는 대충 고개를 끄덕였지만 크리슈나의 얼굴에는 화색이 돌았다. "저와 구면이시네요! 차터지 씨, 저 모르시겠어요?"

차터지는 인상을 구기고 안경을 매만졌다.

"아, 기억이 안 나시나 보네. 굽타 씨도 저 모르시겠어요? 한 몇 년 됐죠. 제가 루잭 씨의 모국인 미국에서 돌아왔을 무렵, 작가 협회에 입회 원서를 냈었거든요."

"아, 그렇군요." 차터지는 대답하면서도 전혀 기억하지 못하는 눈치였다.

"네네." 크리슈나가 웃으며 말했다. "제 작품은 '미성숙하고 개성이 없고 절제미가 부족하다'는 평가를 받았죠. 그래서 뭐, 입회가 허락되지 않았었어요."

다들 당황해서 어쩔 줄 몰라 했다. 크리슈나만 괜찮았다. 그리고 나도 그랬다. 난 이 모습을 즐기기 시작했다. 이미 크리슈나까지 끌어들인 사실에 기분이 좋았다.

우리는 소형 프리미어 승용차에 비좁게 탄 후 호텔에서 동쪽으로 이동하기 시작했다. 굽타, 차터지, 제복을 입은 차터지의 기사가 앞좌석에 끼어 앉았다. 기사는 한쪽 팔을 차창 밖으로 빼고, 다른 쪽 팔로 계속해서 모자를 매만졌다. 보아하니 그는 무릎으로 핸들을 조정하는 것처럼 보였다. 그래도 평소와 별다른 차이는 없었다.

나는 뒷자리에서 크리슈나와 암리타 사이에 끼어 앉았다. 아내는 빅토리아를 무릎에 앉혔다. 우리 모두 땀을 뻘뻘 흘렸다. 크리슈나가 가장 먼저 땀을 흘리는 것 같았다.

기가 찰 만큼 더웠다. 에어컨이 돌아가는 호텔에서 나오자마자, 암리타의 카메라 렌즈와 차터지의 안경에 김이 서렸다. 42도는 훌쩍 넘긴 것 같았다. 내가 입은 면 셔츠가 등에 찰싹 달라붙었다. 호텔 건너편 버려진 광장에는 사십에서 오십 명 정도 되는 사람들이 쭈그리고 앉아 뼈만 남은 무릎을 턱보다 높이 세운 채, 흙손, 모르타르 판자, 수직추를 앞쪽 시멘트 바닥에 늘어놓고 앉아 있었다. 보아하니 일감을 구하려고 줄을 선 것 같았다. 나는 크리슈나에게 저들이 왜 저기에 있는지 물었다. 그는 어깨를 으쓱하며 대답했다. "일요일 아침이잖아요." 나만 빼고 다들 저 난해한 말로 대답이 된 것 같았다. 그래서 나는 잠자코 있었다.

우리는 초링기를 따라 내려가 옛 주 정부 청사인 라즈 바반 앞에서 우회전을 한 후, 다람탈라 가를 타고 남쪽으로 이동했다. 열린 차창으로 들어오는 바람은 하나도 시원하지 않았다. 오히려 살갗이 뜨거운 사포에 쓸리는 것 같았다. 크리슈나의 머리는 헝클어져 뱀 둥지처럼 둘둘 휘감겼다. 신호등이나 교통경찰의 수신호에 걸릴 때마다 기사가 시동을 끄면, 우리는 차가 다시 움직일 때까지 침묵 속에 땀을 뻘뻘 흘렸다.

차는 동쪽으로 이동해 어퍼 서큘러 가로 진입한 다음 라자 디넨드라 가로 들어섰다. 이곳은 운하와 나란한 구불구불한 도로였다. 고인 물에서 올라오는 썩은 내가 코를 찔렀다. 아이들이 알몸으로 누런 물이 얕게 고인 곳에서 첨벙거렸다.

"저쪽을 보십시오." 차터지가 오른편을 가리키며 말했다. 알록달록한 색상으로 칠해진 커다란 사원이 우아하게 서 있었다. "자인 사원입니다. 상당히 흥미로운 곳이죠."

"자인교 사제들은 살생하지 않아요." 암리타가 말했다. "사원을 나설 땐 하인들에게 길을 쓸라고 하죠. 무심코 벌레를 밟지 않으려고요."

"게다가 수술용 마스크를 씁니다." 차터지가 거들었다. "자칫 생명이 있는 것들을 실수로라도 삼키지 않기 위해서죠."

"목욕도 하지 않습니다." 크리슈나가 나섰다. "몸에 붙어먹고 사는 세균을 존중하기 위해서죠."

나는 고개를 끄덕이면서 혹시 크리슈나가 이 특별한 자인 교리를 몸소 받드는 건 아닐지 생각했다. 캘커타 어디를 가나 진동하는 악취와 하수의 썩은 내를 맡으며 크리슈나 옆에 앉아 있으려니 나는 주체하기 힘든 기분이 들기 시작했다.

"자인교도들은 살아 있는 것들이나 살았던 것들을 절대로 먹지 않습니다." 크리슈나가 뿌듯하게 말했다.

"잠시만요. 그럼 먹을 수 있는 게 없는데, 그럼 저들은 뭘 먹고 삽니까?" 내가 물었다.

"아……" 크리슈나가 미소를 지었다. "좋은 질문입니다!"

우리는 계속 차를 타고 이동했다.

타고르의 생가는 치트푸르에 있었다. 좁은 샛길에 차를 대고 문으로 들어가니 더 좁은 정원이 나왔다. 우리는 좁은 대기실에서 신발을 벗고 2층 건물로 들어갔다.

"타고르에 대한 경배의 의미로 이 집은 사원 대접을 받고 있습니다." 굽타가 근엄하게 설명했다.

크리슈나는 발을 털며 샌들을 벗었다. "우리나라에 있는 공공 기념물은 좀 있으면 죄다 사원이 되죠." 그가 웃었다. "정부가 바라나시에 건물을 지어 그 안에 초대형 인도 입체 지도를 걸어 두고 무지한 소작농들에게 인도의 지형에 대해 교육을 했는데요. 그 건물도 이젠 신성한 사원이 되었죠. 사람들이 그 안에서 기도를 올리더라니까요. 게다가 사원의 축일까지 생겼습니다. 한갓 입체 지도인데 말이죠!"

"조용!" 차터지가 말했다. 그는 컴컴한 계단을 오르며 우리를 인도했다. 타고르의 생가에는 가구가 없었다. 대신 벽에 줄줄이 사진이 걸려 있었고 자필 원고 등 온갖 물품을 전시해 놓은 진열대가 있었다. 시성이 좋아하던

코담배 캔만 하더라도 값이 꽤 나갈 것 같았다.

"저희들밖에 없네요." 암리타가 물었다.

"그렇습니다." 굽타가 맞장구쳤다. 그가 웃자 얼굴이 쥐 상으로 변했다. "이곳은 원래 일요일에는 문을 닫습니다만, 저희가 특별히 오늘 오겠다고 조율을 해 두었습니다."

"좋네요." 나는 누구를 콕 집어서 말하지는 않았다. 갑자기 벽에 매달린 스피커에서 타고르의 육성 녹음이 흘러나왔다. 높고 삑삑거리는 목소리로 시의 한 구절을 읽어 주고 그가 직접 작곡한 노래를 불러 주었다. "대단하네요."

"M. 다스의 대리인이 곧 이리로 오실 겁니다." 차터지가 말했다.

"서두르지 마세요." 나는 말했다. 타고르가 그린 대형 유화가 몇 점 걸려 있었다. 그의 화풍을 보니 N. C. 와이어스(미국의 삽화가)가 떠올랐다. 인상주의를 삽화 버전으로 보는 듯한 느낌이 들었다.

"시성께서는 노벨상을 타셨습니다." 차터지가 말했다.

"네."

"인도 국가도 쓰셨습니다." 굽타가 말했다.

"아, 맞다. 제가 잊고 있었네요." 내가 말했다.

"훌륭한 희곡도 여러 편 쓰셨습니다." 굽타가 거들었다.

"명문대도 설립하셨습니다." 차터지가 덧붙였다.

"그리고 바로 저기에서 돌아가셨죠." 크리슈나가 끼어들었다.

다들 걸음을 멈추고 크리슈나가 가리키는 손가락을 따라갔다. 모서리에는 먼지 뭉치만 굴러다닐 뿐 텅 비어 있었다. "1941년이었습니다. 시성께서 죽음을 앞두고 있었습니다. 태엽이 다 풀려 가는 시계처럼 시들고 계셨던 거죠. 문하생 몇 명이 이곳에 모였습니다. 그리고 점점 더 많이, 더 많이 몰려들었죠. 그러자 이 안이 사람으로 꽉 차고 말았죠. 어떤 사람들은 아예 시성의 얼굴을 보지도 않았어요. 그렇게 며칠이 지났건만, 시성의 숨줄은 끊기지 않았습니다. 결국, 잔치가 열렸어요. 어떤 사람이 미군 본부에 들어갔어요…… 당시에는 이미 캘커타에 군대가 들어와 있었거든요. 그러고는 프로젝터와 영화 필름을 들고 나왔습니다. 그걸로 사람들은 코미디 듀오인 로렐과 하디를 보고, 미키마우스 만화도 보았습니다. 늙은 시성이 병석에 누워 사경을 헤매고 있는데 다들 방 한쪽 구석에 누운 그분을 잊은 거죠. 죽은 물고기가 수면 위로 고개를 빼듯, 이따금씩 그분이 사경에서 헤어나 잠시 의식이 들 때가 있었어요. 상상해 보십시오. 시성께서 얼마나 황당하셨을지요! 그분은 친구들의 등판과 낯선 이들의 뒤통수를 훑어본 후, 벽에 비친 깜빡이는 영상을 보셨습니다."

"타고르께서 유명한 희곡을 쓰실 때 사용한 펜이 바로 이쪽에 있습니다." 차터지가 큰 소리로 외치며 우리의 시선을 크리슈나에게서 떼어 내려고 애를 썼다.

"그래서 그것에 관한 시를 한 수 쓰셨죠." 크리슈나는 아랑곳하지 않고 말을 이었다. "로렐과 하디가 상영되는 동안 시성께서는 죽음에 관한 시를 쓰셨죠. 말년에 그분은 작품마다 날짜를 적으셨습니다. 어떤 작품이든 당신의 마지막 작품이 될 수도 있었으니까요. 혼수상태에서 제정신이 돌아온 그 짧은 시간마다 짬짬이 시성께서는 작품을 쓰셨습니다. 그분의 감상적인 낙관론이 사라졌습니다. 그동안의 유명작 대부분에서 찾아볼 수 있던 부드럽고 온화한 태도도 사라졌습니다. 시를 짓는 사이사이, 시성께서 죽음의 시커먼 민낯과 마주했기 때문입니다. 그분은 두려움을 느끼는 노인이었던 것입니다. 그런데 시는…… 루잭 씨…… 그분이 말년에 쓴 시들은 아름다우면서도 고통스럽습니다. 마치 죽어가는 당신처럼요. 타고르께서는 벽면에 비친 영화 장면을 쳐다보며 의아히 여겼습니다. '우리는 모두 환영인가? 하얀 벽면 위를 재빨리 스치고 지나가는 그림자는 따분한 신들의 얄팍한 즐거움인가? 이게 전부인가?' 그리고 세상을 뜨셨습니다. 바로 저 자리에서요, 저 구석에서요."

"이쪽으로 오시죠." 굽타가 말을 끊었다. "구경거리가 많이 있습니다."

정말 그랬다. 타고르의 친구와 동료들의 사진 중에는 아인슈타인과 조지 버나드 쇼, 젊은 윌 듀런트(미국의 문명사학자)도 있었다.

"시성께서는 예이츠에게 크나큰 영향을 끼치셨습니다." 차터지가 설명했다. "예이츠가 쓴「재림」이라는 시 속에 등장하는 '거친 야수'라는 구절, 혹시 아십니까? 사자의 몸에 사람의 얼굴을 하고 있는 야수요. 비슈누(우주를 유지하고 보존하는 신, 창조의 신 브라흐마와 파괴의 신 시바와 함께 힌두교 3대 신 가운데 하나다)의 다섯 번째 환생 모습(비슈누는 열 번 환생했다고 하는데, 그중 네 번째 환생한 모습이 반인반수 사자 인간이었다고 한다. 원작에는 다섯 번째라고 되어 있는데 이는 차터지가 잘못 설명한 것으로 보인다)을 타고르가 묘사했는데 그 구절을 읽고 예이츠가 작품을 쓴 거죠. 혹시 아셨나요?"

"아니요, 몰랐습니다." 내가 대답했다.

"그렇군요." 크리슈나가 말했다. 그는 먼지 낀 진열대 위를 손으로 훑더니 차터지를 보며 씩 웃었다. "타고르께서 예이츠에게 당신이 쓴 벵골 시 전집을 보냈는데, 그때 무슨 일이 있었는지 아십니까?" 크리슈나는 인상을 쓰는 굽타와 차터지를 보고도 못 본 척했다. 그는 갑자기 쭈그리고 앉더니 눈에 보이지 않은 칼을 양손으로 쥐고 휘둘렀다. "예이츠는 런던에 있는 자기 집 거실을 질주하며 선물로 받은 사무라이 칼을 들고 타고르의 전집을 짜개버렸습니다…… 이야아!"

"정말로요?" 암리타가 물었다.

"네, 정말입니다, 루잭 부인. 그다음 이렇게 외쳤죠. '망할 타고르! 피가 해답인데 평화와 사랑을 노래하다니!'"

타고르의 노랫소리가 뚝 끊겼다. 모두 뒤를 돌아보았다. 허름한 옷을 입은 소년이 방으로 들어왔다. 여덟 살 정도 되어 보였다. 소년은 작은 천 가방을 들고 있었는데, 원고를 담기엔 너무 작아 마땅치 않아 보였다. 아이는 한 명씩 쳐다보더니 나에게 가까이 다가왔다.

"루잭 씨, 맞죠?" 아이는 영어를 하지 못하는데 외워서 말하는 것 같았다.

"맞는데."

"따라오세요. 제가 M. 다스 님께 데려다 드릴게요."

• • •

인력거가 정원에서 기다리고 있었다. 소년 옆에 암리타와 빅토리아, 내가 탔다. 굽타와 차터지는 우리 뒤를 쫓으려고 서둘러 차에 올랐다. 크리슈나는 흥미를 잃은 듯 문 옆에 서 있었다.

"안 가십니까?" 내가 소리쳤다.

"다음에 가죠. 나중에 뵙죠." 크리슈나가 대답했다.

"저희 내일 아침에 떠나요." 암리타가 말했다.

크리슈나는 어깨를 으쓱했다. 소년이 인력거꾼에게 뭐라고 말하자, 인력거가 거리로 나섰다. 차터지가 탄 프리미어가 뒤를 따랐다. 반 블록쯤 뒤에 있던 회색 소형 세단 한 대가 갓길에 서 있다가 출발했다. 그 뒤에는 소달구지가 남루한 행색을 한 대여섯 명을 뒤에 태운 채 어슬렁대며 따라 오고 있었다. 나는 혹시 저 소달구지꾼이 미행을 명 받은 시 경찰청 소속 경찰관일지도 모른다는 상상을 하며 즐겼다. 소년이 벵골어로 외치자 인 력거꾼이 뭐라고 되받아치더니 걸음이 더욱 빨라졌다.

"지금 저 남자가 뭐래? 우린 어디로 가는 거지?" 내가 암리타에게 물었다.

"소년이 빨리 가자고 했더니 인력거꾼이 뒤에 탄 미국 사람들이 뚱뚱 보라고 그랬어." 암리타가 웃으며 말했다.

"흠."

우리는 차가 꽉 막힌 하우라 철교를 건넜다. 내가 지금껏 경험한 모든 교통 정체와 비교해 봐도 그곳은 새파랗게 질릴 정도였다. 바퀴 달린 차량 만큼이나 인도를 걷는 인파도 어마어마했다. 철교 최대 하중에 육박할 정 도로 차도와 인도가 모두 꽉 막혔다. 복잡한 퍼즐처럼 얽힌 회색 대들보와 철망이 황토색 물줄기가 널따랗게 흐르는 후글리 강 위로 700미터 이상 뻗어 있었다. 어린이 조립식 완구로 다리를 짜 맞춰 놓은 것 같았다. 나는 암리타가 들고 있던 미놀타 카메라를 건네받아 철교 사진을 찍었다.

"사진은 갑자기 왜?"

"장인어른하고 약속했거든."

소년은 나를 보더니 손사래를 치면서 뭔가 다급하고 화난 말투로 같은 말을 반복했다.

"지금 뭐라고 하는 거지?"

암리타가 인상을 찌푸렸다. "사투리라서 정확히는 모르겠는데 다리 사진을 찍는 게 불법이라고 하는 것 같아."

"아이한테 괜찮다고 전해 줘."

아내가 힌디어로 말하자 소년은 인상을 쓰면서 벵골어로 대답했다.

"안 괜찮대. 미국 사람들은 자기네 인공위성으로 자기네 나라나 감시하라고 말하네." 암리타가 통역해 주었다.

"세상에."

인력거는 끝도 없이 펼쳐진 벽돌 건물 앞에 멈춰 섰다. 하우라 역이었다. 다리를 건넌 혼잡한 차량들 틈에서 차터지의 프리미어도, 회색 세단도 보이지 않았다. "이제 뭘 어쩌라는 거지?" 나는 말했다.

소년이 나를 쳐다보더니 천 가방을 건넸다. 나는 그 무게에 놀라고 말았다. 끈을 풀어 안을 들여다보았다.

"이게 다 뭐지? 동전이네." 암리타가 말했다.

"그냥 동전이 아니야." 나는 동전 하나를 집어 들었다. "케네디 하프달러(하프 달러는 미국 달러의 2분의 1에 해당하는 50센트 동전으로, 1963년 미국의 케네디 대통령이 암살 당하자 그를 추도하기 위해 이듬해인 1964년부터 케네디 하프 달러가 주조되었다)야. 이 안에 오륙십 개 정도 들어 있어."

소년은 역사 입구를 손으로 가리키며 빠르게 말했다. "저 안으로 들어가서 이걸 다 주라고 하는데?" 암리타가 통역했다.

"이걸 다? 누구한테?"

"달라고 하는 사람이 있을 거래."

소년은 만족한 표정으로 고개를 끄덕이더니 가방 속에 손을 쑥 집어넣어 동전 네 개를 움켜쥐고 인력거에서 폴짝 내려서 인파 속으로 사라졌다.

빅토리아도 동전을 만지작거렸다. 나는 가방 끈을 단단히 조인 후 암리타를 쳐다보았다. "흠, 이젠 우리 손에 달린 것 같아."

"앞장서시죠, 선생."

어릴 적, 시카고에 있는 머천다이즈 마트는 내가 상상할 수 있는 가장
커다란 건물이었다. 그 후 1960년대 말, 나는 우연한 기회에 케네디 스페
이스 센터 내 동체 조립 빌딩에 들어가게 되었다. 내게 그곳을 보여준 친
구는 언젠가 사람들이 실내에서 구름을 만드는 날이 올 거라고 했다.

하우라 역은 그보다 훨씬 더 인상적이었다.

어마어마한 규모의 역사였다. 열두 개의 철로가 한눈에 들어왔다. 기차
다섯 대는 쉬는 중이었고, 나머지는 스팀을 뿜어댔다. 수백 개의 노점상들
이 매캐한 연기가 모락모락 피어오르는 수레에 이름 모를 물건들을 올려
놓고 팔았다. 수천 명이 땀을 흘리며 서로 밀치고 지나갔다. 행인들보다
더 많은 이들이 그곳에서 용변을 보고, 잠을 자고, 요리를 했다. 그들은 아
예 거기에서 사는 중이었다. 귀가 먹을 듯한 불협화음이 울려대는 통에 소
리를 질러도 내 목소리가 내 귀에조차 들리지 않았고, 제대로 생각을 할
수도 없었다. 그게 바로 하우라 역이었다.

"자비의 어머니시여." 나는 이렇게 말했다. 내 머리 바로 위에 있는 대들
보에 돌출되어 매달린 천장용 선풍기가 무거운 공기를 서서히 휘저었다.
비슷하게 생긴 십수 개의 선풍기도 파도치듯 소음을 내뿜으며 가세했다.

"뭐라고?" 암리타가 소리쳤다. 빅토리아가 엄마의 가슴에 얼굴을 파묻
었다.

"아냐!" 우리는 정처 없이 밀려오는 인파를 헤치며 걸었다. 암리타가
내 팔을 잡아끌었다. 나는 아내가 내 귀에 대고 말할 수 있게 몸을 기울였

다. "우리 여기에서 차터지 씨와 굽타 씨를 기다리면 안 될까?"

나는 고개를 저었다. "그 사람들도 직접 와서 케네디 하프달러를 받아가야지."

"뭐라고?"

"신경 쓰지 마."

키 작은 여인이 우리에게 다가왔다. 등에는 남편처럼 보이는 남자를 업고 있었다. 남자의 척추는 배배 꼬였고, 한쪽 어깨가 휘어진 등 복판으로 튀어나왔다. 다리는 흐물흐물한 척수처럼 여자가 입은 사리 속에 들어가 있었다. 남자는 뼈만 남은 시커먼 팔을 우리에게 쭉 내밀어 손바닥을 폈다. "바바, 바바."

나는 잠깐 망설이다가 가방에 손을 넣어 그에게 동전 하나를 건넸다. 여자의 눈이 휘둥그레지더니 우리에게 양손을 내밀었다. "바바!"

"이거 다 줘 버리면 안 되나?" 나는 암리타에게 소리쳤다. 그러나 그 대답을 듣기도 전에 십수 개의 손이 내 얼굴을 향하고 있었다.

"바바! 바바!"

나는 물러서려 했지만 구걸하는 손이 점점 더 늘어나며 내 등짝을 때렸다. 나는 재빨리 동전을 뿌리기 시작했다. 사람들이 하프달러 은화를 움켜쥐었다. 어떤 이는 동전 집기 싸움에 뛰어드느라 손을 거두었다가 더 달라며 내게 다시 내밀었다. 나는 3미터 정도 떨어져 있는 암리타와 빅토리아를 흘긋 쳐다보았다. 우리가 멀리 떨어져 있어서 다행이었다.

사람들이 마술처럼 불어났다. 1초 만에 열 명, 열다섯 명이 손을 내밀며 고함을 쳤고, 또 몇 초 만에 서른 명, 쉰 명으로 불어났다. 마치 오늘이 핼러윈데이라서 사탕을 달라고 찾아온 이들에게 내가 사탕을 뿌리고 있는 것 같은 착각마저 들었다. 내 순진한 환상이 깨지고 말았다. 바로 그때, 인파 속에 섞여 있던 나병 환자가 시커멓게 문드러진 팔을 뻗더니 자글자글한 손으로 내 얼굴을 후려갈겼기 때문이다.

"이봐요!" 나는 소리쳤다. 그러나 사람들이 내지르는 괴성을 막기엔 내 목소리는 보잘것없었다. 백 명 정도가 나를 구심점으로 삼아 동심원을 그리고 겹겹이 둘러싼 후 안으로 밀고 들어왔다. 더듬거리던 손이 내 셔츠를 찢고 가슴을 할퀴었다. 누군가 팔꿈치로 내 옆얼굴을 가격했다. 사방에서 밀고 들어오는 인파가 없었더라면 아마 나는 쓰러졌을 것이다.

"바바! 바바! 바바!" 인파가 플랫폼 가장자리를 향해 움직였다. 예닐곱 발자국만 더 디디면 철로로 떨어지게 생겼다. 곱사등 남편을 등에 업었던 여인이 비명을 내질렀다. 남편이 밀려드는 사람들 속으로 떨어졌기 때문이다. 내 옆에 있던 남자도 소리를 지르기 시작하더니 옆 사람의 따귀를 연달아 후려갈겼다.

"젠장, 이게 다 뭐야!" 나는 이렇게 말하고 동전이 든 천 가방을 허공에 내던졌다. 천 가방이 느릿느릿 호를 그리며 뒤집어지면서 몰려드는 사람들과 큰 소리로 쌀을 팔고 있던 상인의 머리 위로 동전이 흩뿌려졌다. 비명 소리가 최고조에 달했고 플랫폼 가장자리까지 밀고 오던 광기 어린 군중들이 밀물처럼 빠져나갔다. 그런데 그때, 사람인지 물건인지 모를 무언가가 철로 위로 떨어지는 소리가 들렸다. 어떤 여인이 내 면전에 대고 비명을 지르더니 얼굴에 침을 뱉었다. 누군가는 등을 후려갈겼다. 나는 앞으로 고꾸라지면서 누군가의 사리를 붙들며 무릎을 꿇었다.

사람들이 나를 둘러싸며 압박했다. 순간, 나는 겁에 질려 두 손으로 얼굴을 감쌌다. 더러운 바지와 누더기를 걸친 깡마른 무릎이 내 얼굴을 가격했다. 누군가 내 등에 걸려 넘어지는 순간, 사람들의 몸무게가 온통 등으로 쏠려 얼굴이 바닥에 처박히고 몸이 뭉개지기 시작했다. 짐승 같은 괴성이 울려 퍼지는 가운데 저 멀리에서 암리타가 절규하는 소리가 들렸다. 나는 입을 열어 비명을 내지르고 싶었지만 바로 그때 지저분한 맨발이 얼굴을 걷어찼다. 누군가 장딴지를 밟는 순간, 찢어지는 듯한 고통이 다리 근육을 타고 쭈뼛 올라왔다.

넘실거리는 형체들이 만든 어둠 속에서 나는 잠시 정신을 잃었다. 그다음, 틈새로 보이는 조각난 하늘에서 빛줄기가 쏟아져 내렸다. 암리타가 왼팔로 빅토리아를 안은 채 나를 굽어보면서 오른팔로 마지막까지 들러붙은 거지들을 떼어 냈다. 이제 인파가 다 빠져나갔다. 암리타는 내 상체를 일으켜 세워 더러운 플랫폼 바닥에 앉혔다. 느닷없이 파도가 밀려와 분풀이를 한 후 수많은 행인들이 지나가고 가족들이 모여 있는 쪽으로 다시 빠져나간 것 같았다. 근처에 있던 노인은 쭈그리고 앉아 커다란 통에 물을 끓이고 있었다. 이 와중에 물 한 방울 쏟지 않았다니 기적이다.

"미안, 정말 미안해." 나는 간신히 숨을 쉴 수 있게 되자 암리타에게 연신 사과했다. 이제 위험은 사라졌다. 암리타가 울다 웃다를 반복하더니 나를 안아 일으켜 세웠다. 우리는 혹시라도 빅토리아의 몸에 멍이나 할퀸 자국이 생겼을까 봐 요리조리 살폈다. 아이는 그제야 바락바락 울었고 우리는 빅토리아를 달래려고 안아 주고 입을 맞추었다. "정말 미안해. 내가 정말 멍청했어."

"저게 뭐지?" 암리타가 말했다. 내 발 옆쪽에 흔하디흔한 갈색 서류 가방이 놓여 있었다. 나는 가방을 집어 들고 역사 밖으로 나가 우리를 태우려고 호객하는 인력거꾼들을 지나쳤다. 우리는 길가에서 그나마 한산한 곳을 찾은 후 벽돌 기둥에 등을 기댔다. 행인들이 우리를 중심으로 양쪽으로 갈라지며 지나갔다. 나는 또다시 빅토리아를 살폈다. 아이는 괜찮았다. 실내보다 햇빛이 세서 그런지 아이는 또다시 울지 말지를 고민하고 있었다.

암리타가 내 팔을 붙들었다. "안에 뭐가 들었는지 확인한 다음 여기를 빠져나가자."

"나중에 열어 볼래."

"지금 열어 봐, 보비. 이 수모를 다 겪었는데 이게 누군가의 점심 도시락이라면 우리가 너무 바보 같지 않겠어?"

나는 고개를 끄덕이며 걸쇠를 열었다. 누군가의 도시락이 아니었다. 수백 페이지가 넘는 원고 뭉치가 들어 있었다. 어떤 건 타자기로 쳤고, 또 어떤 건 손으로 썼다. 크기도 색상도 제각각인 대여섯 종류의 종이를 사용했다. 대충 훑어보니 서사시였다. 원고는 영어로 쓰여 있었다. "됐다. 여기를 빠져나가자."

나는 서류 가방을 닫았다. 택시를 잡으려고 몸을 돌리는 순간, 프리미어가 천천히 다가오더니 정차했다. 차터지와 굽타가 흥분한 목소리로 외치며 차에서 후다닥 내렸다.

"안녕하십니까. 뭐 하다 이제들 오시나요?" 나는 진이 빠진 목소리로 인사했다.

11

"나는 내 몸과 마음으로

캘커타의 여인들을 생각한다……"

— 아난다 박치 (벵골 문예지 『크리티바스』 편집인)

거울에 비친 유령의 모습은 엉망진창이었다. 머리는 헝클어지고 셔츠는 찢어졌다. 흰 바지는 얼룩덜룩했고 가슴에는 손톱으로 할퀸 자국투성이였다. 나는 인상을 쓰며 찢어진 셔츠를 벗어서 바닥에 내동댕이쳤다. 암리타가 면봉에 소독약을 묻혀 상처에 바르자 나는 또다시 얼굴을 찌푸렸다.

"당신 때문에 차터지 씨도, 굽타 씨도 기분이 언짢은 것 같더라." 아내가 말했다.

"벵골어로 쓴 원고가 없는 게 내 탓인가?"

"영어 원고라도 좀 더 살펴보게 두지 그랬어, 보비."

"흠, 나중에 『하퍼스 매거진』에 실릴 발췌문을 봐도 되고, 아니면 좀 기다렸다가 『아더 보이시스』 봄 호를 봐도 되잖아. 이게 진짜라면, 그러니까 모로 쪽 평론가들이 이게 진짜 다스의 원고가 맞다고 하면 실릴 거 아냐. 난 의심이 가지만."

"그럼 오늘은 원고 안 읽을 거야?"

"응, 내일 비행기 안에서 훑어보고 집에 가서 제대로 읽어 볼 생각이야."

암리타는 고개를 끄덕이고 내 가슴에 난 상처 소독을 끝냈다. "집에 가면 하인즈 박사님한테 치료 받자."

"좋아." 우리는 옆방에 가서 침대에 걸터앉았다. 정전으로 에어컨이 꺼지자 호텔 방은 마치 사우나 같았다. 창문을 여니 저 아래에서 올라오는 시궁창 악취와 소음만 스멀스멀 밀려왔다. 빅토리아는 바닥에 깔린 퀼트 이불 위에 앉아 있었다. 기저귀와 방수 팬티만 입은 채 여러 개의 종이 들어 있는 커다란 공과 씨름 중이었다. 아이가 공 아래에 깔렸다. 이번 판은 공이 이길 것 같았다.

나는 지금 당장 원고를 읽지 않는 내가 참으로 신기했다. 나는 호기심을 누르는 사람도 아니고, 즐거운 일은 그게 뭐든 뒤로 미루지 않는 걸로 소문난 사람이다. 그런데 진이 빠지고 울적해서 그런지 우리 세 식구가 이 나라를 안전하게 빠져나가기 전까지는 이 원고를 쳐다보기만 해도 터무니없는 반감이 거세게 일었다.

대체 경찰은 어디 있었던 걸까? 그 회색 세단은 또다시 보이지 않았다. 나는 경찰이 진짜 미행을 하긴 한 건지조차 의심스러웠다. 하긴, 캘커타에서는 제대로 돌아가는 일이 하나도 없어 보였다. 경찰이라고 예외일 리 없다.

"그럼 우리 오늘 뭐해?" 암리타가 물었다.

침대 위에 앉은 나는 뒤로 몸을 털썩 넘겨 여행 책자를 집어 들었다. "인상적인 윌리엄 요새(영국 동인도회사가 캘커타에 지은 요새)에 가도 좋고, 웅장한 나코다 모스크(캘커타에 있는 이슬람 사원)를 구경하는 것도 좋지. 이 사원이 말이야. 악바르(16~19세기 인도 무굴제국의 제3대 왕)의 무덤을 본떠서 만든 거래. 악바르가 누군지는 모르겠지만. 아니면 강 건너에 있는 식물원으로 갈까?"

"너무 더워." 암리타가 투덜거렸다. 그녀는 반바지에 티셔츠 차림으로 갈아입었다. 셔츠에는 '여성의 자리는 의회와 상원에 있다'고 적혀 있었다. 나는 차터지가 아내의 차림을 보면 무슨 생각을 할지 궁금했다.

"빅토리아 기념관에 갈까?"

"거긴 분명 선풍기도 없을걸. 어디로 가야 시원할까?"

"바?"

"오늘은 일요일이잖아."

"맞다. 전부터 진심으로 묻고 싶었는데, 왜 힌두교 국가에서는 일요일에 몽땅 문을 닫는 거야?"

"공원이 좋겠다!" 암리타가 소리쳤다. "택시에서 봤는데 경마장 근처에 있는 마이단을 산책하면 좋을 것 같아. 그쪽엔 바람이 불거야."

나는 한숨을 쉬었다. "그래, 가 보자. 여기보단 시원하겠지."

그곳은 호텔보다 시원하지 않았다. 우리가 어디를 가든 거지들이 모여들었다. 이걸 보니 오늘 아침에 겪은 흉한 일이 되살아나 가슴이 아팠다. 갑자기 세찬 비가 한바탕 쏟아져도 이들은 포기하지 않았다. 나는 벌써 오래전에 주머니에 든 동전을 싹 비웠지만 이들의 지치지 않는 아우성은 점점 커져 갔다. 우리는 2루피를 내고 공원 안에 있는 동물원으로 급히 들어갔다. 우리 안에는 동물이 거의 보이지 않았다. 어쩌다 보이는 녀석들은 처량하게 꼬리를 이리저리 흔들어 구름처럼 몰려드는 벌레 떼를 쫓으며 폭염에 혀를 쭉 내밀고 있었다. 동물 냄새와 이곳을 지나는 강 지류에

202

서 풍기는 지독한 악취가 뒤섞였다. 우리는 지쳐 보이는 호랑이와 뚱한 표정의 원숭이를 가리키며 빅토리아에게 보라고 했지만 아이는 그저 내 축축한 셔츠에 몸을 기대어 잠을 청했다. 또다시 비가 퍼붓는 바람에 우리는 작은 가건물 밑으로 들어갔다. 그곳에는 예닐곱 살 정도 된 소년이 갈라진 돌 위에 갓난아이를 뉘어 놓고 쳐다보고 있었다. 소년은 이따금씩 손을 휘저어 아기의 얼굴로 날아드는 파리를 쫓았다. 암리타가 소년에게 인사를 건넸으나 소년은 아무 말 없이 쪼그리고 앉아 커다란 갈색 눈망울로 아기를 바라보고만 있었다. 아내는 루피 몇 장과 볼펜을 소년의 손에 쥐어 주었고 우리는 그곳을 떠났다.

호텔에 전기가 들어왔지만 힘겹게 돌아가는 에어컨은 방을 제대로 식히지 못했다. 암리타가 먼저 샤워하고 나는 땀에 전 셔츠를 막 벗었다. 그때 누군가 문을 쾅쾅 두드렸다.

"아, 루잭 씨! 나마스테!"

"나마스테. 크리슈나 씨." 나는 문을 막고 섰다.

"일은 성공적으로 끝내셨습니까?"

"네, 덕분에요."

그의 짙은 눈썹이 위로 올라갔다. "아직 다스의 시는 안 읽으셨군요?"

"네, 아직 안 읽었습니다." 나는 원고를 빌려 달라고 할까 봐 미리 마음의 준비를 해 두었다.

"귀찮게 해 드리려고 온 건 아닙니다. 나중에 선생께서 다스 씨를 만날 때를 대비해 이걸 드리러 왔습니다." 크리슈나가 구깃구깃한 종이 가방을 건넸다.

"그럴 계획은 없는데요……"

203

"아무렴요." 크리슈나는 상체를 끌어 올리며 어깨를 으쓱했다. "그래도 혹시 누가 압니까? 안녕히 계세요, 루잭 씨." 나는 크리슈나가 내민 손을 잡고 악수했다. 내가 가방 속을 들여다보기도 전에 그는 휘파람을 불며 복도를 내려가 엘리베이터 쪽으로 사라졌다.

"누구야?" 암리타가 욕실에서 물었다. 나는 침대에 앉았다.

"크리슈나." 나는 종이 가방을 열며 말했다. 무언가가 누더기 천 조각에 느슨하게 둘둘 말려 있었다.

"무슨 일로?"

나는 내 손에 들린 그것을 노려보았다. 자동 권총이었다. 크롬으로 장식된 작은 쇠총이었다. 내가 어릴 때 가지고 놀던 장난감 권총만큼 작고 가벼웠다. 그런데 총구가 제법 그럴싸했다. 슬라이드를 밀어서 클립 탄창을 꺼내 보니 재킷에 덮인 실탄도 진짜 같았다. 손잡이 위쪽에는 작은 글씨로 '주세페 .25 칼리버'라고 적혀 있었다. "젠장, 빌어먹을." 나는 나지막이 내뱉었다.

"무슨 일로 왔냐고 물었는데?" 암리타가 외쳤다.

"별일 아니야!" 나는 큰 소리로 대답한 후 주위를 살피고 네 걸음을 옮겨 옷장으로 갔다. "그냥 작별 인사였어."

"자기, 방금 전에 뭐라고 그랬어?"

"아무 말도 안 했는데." 나는 권총과 탄창을 누더기 천으로 단단히 말아 종이 가방 속에 따로따로 넣고 행거 위쪽 널찍한 선반 안쪽으로 최대한 멀리 밀어 넣었다.

"당신이 방금 뭐라고 중얼거렸는데?" 암리타가 욕실에서 나오며 또다시 물었다.

"당신 서두르라고 그랬지." 나는 옷장에서 녹색 니트 셔츠와 갈색 바지를 꺼내 입고 문을 닫았다.

우리는 새벽 4시 45분 공항행 택시를 예약한 후 일찍 잠자리에 들었다. 나는 몇 시간 동안 뒤척거렸다. 눈이 어둠에 적응하자 검은 실루엣으로만 보이던 가구들이 천천히 제 모습을 드러냈다.

내 모습이 못마땅했다는 말로는 부족하리라. 끈끈했던 캘커타의 그날 밤, 나는 침대에 누워 있다가 이 사실을 깨달았다. 나는 캘커타에 머무는 내내 우왕좌왕, 혹은 머뭇거리기만 했던 것 같았다. 어쩌면 양쪽 다였을 것이다. 그중 절반은 얼빠진 여행객처럼 돌아다녔고, 나머지 절반은 이곳 사람들이 나를 그렇게 취급하는데도 그냥 내버려 두었다. 대체 기사를 어떻게 써야 하지? 어쩌다 나는 뚜렷한 이유도 없이 캘커타에서 겁을 먹고 있었을까? 두려움…… 이름 모를 터무니없는 공포…… 바로 이것이 논리적으로 따지려는 그 어떤 시도보다 내 반응을 쥐고 흔들었다.

크리슈나. 그 미친 놈. 대체 총을 어디에다 쓰라는 거지? 나는 총이라는 존재가 크리슈나의 생각 없고 허풍스러운 행동의 일면을 보여 주는 거라며 내 자신을 납득시키려고 애를 썼다. 그런데 만일 이게 그가 공들여 짜 놓은 농간의 일부라면? 만약 그 작자가 경찰과 짜고 미국인이 불법 무기를 소유했다고 신고하면 어쩌지? 나는 침대에 일어나 앉았다. 살갗이 땀으로 끈적끈적했다. 그럴 리 없어. 그런다고 크리슈나에게 득이 될 게 없잖아? 캘커타에서는 총이 불법인가? 내가 알기로는 전 인도 총기협회(총기 규제에 반대하는 단체)의 본사가 캘커타에 있다.

자정이 채 되지 않은 시간, 나는 일어나 독서등을 켰다. 암리타가 뒤척

205

거렸지만 깨지는 않았다. 빅토리아는 얇은 이불을 덮고 엉덩이를 치켜든 채 잠에 빠져 있었다. 서류 가방 자물쇠가 고요한 방 안에서 살짝 달그락 거렸다.

서류 가방 속에는 누렇게 바래고 찢어진 원고가 흐트러져 있었다. 그래도 굵은 만년필로 페이지 번호를 매겨 놓아서 단 몇 분 만에 원고를 순서 대로 정리할 수 있었다. 500페이지가 넘는 방대한 분량의 시였다. 이 500 페이지짜리 시를 읽어야 할 미국 문예지 편집장들을 떠올리고 나는 가련한 미소를 지었다.

표지나 제목, 소개 글도 없었다. 작가의 이름도 적혀 있지 않았다. 내가 이 어마어마한 분량의 원고를 다스가 썼을 거라는 사실을 몰랐더라면, 원고만 보고 이걸 맞추기는 도저히 불가능했을 것이다.

첫 장은 복사가 엉망으로 된 종이처럼 보였다. 나는 독서등에 원고를 바싹 갖다 댄 후 읽기 시작했다.

악신 마히샤수라(모습을 자유자재로 바꿀 수 있는 악신)가 악의 구렁텅이에서 깨어나 그 수많은 이들을 소환한다

데비(시바의 배우자 신, 힌두교에서 가장 강력한 여신으로 수많은 화신을 가지고 있다), 브하바니(파르바티의 현신으로 창의력을 주는 신), 카트야야니(파르바티의 아홉 번째 현신), 여러 옷을 입은 파르바티(시바의 두 번째 배우자 신)가 시바에게 작별을 고한 후 악신과 결전하기 위해 나아간다

이 다듬어지지 않은 부분 뒤로 이어지는 몇 개의 연에서는 소스라칠 듯한 악신 마히샤수라의 모습을 묘사하고 있었다. 강력하고 악랄한 이 악신

은 다른 신들에조차 위협적인 존재였다. 그다음, 3페이지에 이르자 이 시의 운율과 태가 급격히 바뀌었다. 나는 페이지 여백에 휘갈겨 쓴 글귀를 "칼리다사(인도 문학 사상 최대의 작가로 칭송 받는 5세기경에 활동한 인도의 시인):「쿠마람삼브하바」(전쟁 신의 탄생이라는 뜻으로 시바 신과 파르바티의 아들 쿠마라의 탄생에 관한 서사시) 400 A.D. 새 번역"이라고 해석했다.

소름 끼치는 사악한 새 떼가 모여
여러 악령들을 먹어 치울 즐거움을 기다리다
신들이 모인 머리 위로 날아올라
태양을 가렸도다

숯가루처럼 새카맣고 추악하게 생긴 뱀들이
갑자기 대가리를 높이 쳐들고 독을 내뿜으며
섬뜩한 모습으로 파르바티 앞에 나타났네

태양은 서로 뒤엉킨 굵고 끔찍한 뱀들을
섬뜩한 옷 삼아 걸쳤네
신이든 악령이든 누가 죽든
그 죽음을 보며 기쁨을 만끽하려는 것 같구나

하품이 나왔다. '소름 끼치는 사악한 새 떼'라니…… 이 원고를 쳇 모로에게 내밀 때 신이시여, 절 도와주소서. 내가 이걸 '다스의 신작 서사시'라고 에이브 브론스타인에게 가지고 간다면 그 무엇도 날 돕지 못할 것이다.

나는 엇비슷해 보여서 따분한 몇 페이지를 건너뛰었다. 내가 그때 그 부분을 읽지 않은 유일한 이유는 파르바티가 천하무적 악령 마히샤수라를 어떻게 꺾을지에 대해서는 별로 관심이 없었기 때문이다. 각각의 연마다 신과 악령이 전쟁을 개시하는 모습이 그려졌다. 로드 맥퀸(미국의 시인이자 가수)을 통해 고전 호메로스의 작품을 노래로 듣는 것 같았다.

하늘 끝에서 끝까지 번쩍이면서
온 천지에 불꽃이 내리꽂히자
끔찍한 굉음에 심장이 두려움으로 찢기네
구름 한 점 없는 하늘에 벼락이 치네

적들이 무리 지어 있네
육중한 코끼리가 넘어지고 말이 쓰러지네
하인들이 두려움에 떨며 한데 모였네
땅이 출렁이고 바다가 솟구치며
산이 흔들리네

신들의 적들 앞에서
개들이 재갈을 벗고 태양을 올려다보다가
다 같이 울부짖는 순간 고막이 찢기자
애처롭게 슬금슬금 사라지는구나

나는 어떤 작품에서 따왔는지 알아볼 수 있었다. 그래도 계속 읽어 내려갔다. 여신 파르바티가 수세에 몰렸다. 위대한 신 시바가 도와준다 해도, 파르바티는 막강한 마히샤수라를 능가하지 못했다. 파르바티는 여전사 두르가로 다시 태어나 열 개의 팔로 전쟁 무기를 휘둘렀다. 1천 년이 지나도 전투는 계속되었다. 그럼에도 마히샤수라를 다스릴 수 없었다.

　　원반 모양의 태양 앞에
　　자칼들이 모여 거칠게 울부짖네
　　전투에서 쓰러진 전지전능한 신들의
　　피를 핥아먹고 싶어서 안달이 났네

　신들은 전장에서 물러나 어떤 패가 있는지를 점검했다. 미천한 인간들은 마히샤수라의 손에 당하지 않게 이 땅을 버리지 말아 달라고 신들에게 간청했다. 암울한 결정이 내려졌다. 신들의 의지가 모두 어두운 목적으로 모아졌다. 두르가의 이마에서 악신보다 더욱 악한 여신이 튀어나왔다. 그녀는 힘의 화신이자 폭력의 화신이며 다른 신들과 미천한 인간들이 얽매인 시간의 속박에서 해방된 존재였다. 이 여신은 밤보다 더 깊은 어둠을 몸에 두르고 천국을 거닐면서 자신을 낳아준 신들의 심장에까지 두려움을 찔러 넣었다.

　여신이 전투에 소환되었다. 여신은 부름에 수락했다. 그런데 마히샤수라와 미쳐 날뛰는 악마 군단에 맞서기에 앞서, 여신은 제물을 요구했다. 그리고 그것은 끔찍했다. 갓 생겨난 지구에 있는 마을이란 마을마다 남자와 여자, 어린이와 노인, 처녀와 타락한 자를 데려다가 이 굶주린 여신에게 바치라는 것이다. 나는 다스가 여백에 적어 놓은 메모를 간신히 해석할 수 있었다. 그 내용은 바바부티(8세기경에 활동한 인도의 극작가)가 쓴 「말라티마다바」('말라티와 마다바'라는 뜻으로 산스크리트 고전극의 대표작)이었다.

이제 떼로 모인 악랄한 악귀들에게 시달리며
그곳의 공포를 깨운다
화장터 장작에 인 불꽃이 가까스로 음침한 빛을 피우자
살찐 제물이 타들어가는 연기가 천지를 꽉 메워
섬뜩한 어둠에 악귀늘을 가두었다.
겁에 질린 영혼들이 사악한 도깨비와 같이 날뛰자
떠들썩한 불협화음이
찬란한 비명 속에서 소름 끼치게 메아리친다

모두 칼리의 시대를 찬양하라
칼리의 시대가 열렸도다
모두 칼리의 시대를 찬양하라
지금 칼리의 노래가 불린다

여기까지였다면 하룻밤으로 충분했을 것이다. 그다음 부분 때문에 나는 의자에 앉아 눈을 껌뻑이며 계속 읽어 내려갔다.

수취인: 중앙 건축 사무소
발신인: 독일 에르푸르트, I. A. 토프 앤 선스
주제: 화장로 2와 3

보내주신 3중 화장로 5기에 대한 주문서를 잘 받았습니다.

시신 운구용 엘리베이터 2대,

비상용 엘리베이터 1대에 대한 주문서 역시 잘 받았습니다.

석탄을 때는 실용적인 연소 설비와

유골 운반용 장치에 대한 주문 역시 확인되었습니다.

저희 회사는 언급하신 화장로 및 주연소로의

효율성과 내구성을 보장합니다.

최고의 자재를 사용하고

저희 회사의 완벽한 장인 기술을 동원할 것을 약속드립니다.

답신 기다리겠습니다.

언제든 달려가겠습니다.

독일 에르푸르트에서

I. A. 토프 앤 선스

그런 다음, 접속사 없이 5세기 「쿠마람삼브하바」의 문체로 되돌아갔다.

하늘에서 시뻘겋게 달아오른 재가 폭우처럼 쏟아지자

천국의 양쪽 끝까지 불타며 연기가 자욱할 때까지

피와 인간의 뼈가 재와 함께 뒤엉킨다

그러자 재가 한풀 꺾여 뿌연 색을 품도다

찬양하라, 찬양하라! 차문다(죽음과 공포의 여신) 칼리,

강인한 여신을 찬양하라!

그대가 춤을 추며 벌이는 놀이를 우리가 찬양하네

그것은 시바의 정원을 기쁨으로 채우며

그대는 발을 내려 속된 지구를 차 버리네

그대가 둘러 몸을 숨긴 어둠이

그대의 발걸음에 따라 앞뒤로 휘청거리네

머리 위를 맴도는 맹금이 발톱으로

그대의 이마에 초승달을 그리면

찢거진 머리통에서 즙이 뚝뚝 흐르네

그대가 목에 찬 해골 목걸이가 진절머리 나는 삶을 비웃는다네

칼리의 시대가 열렸도다

이제 그대의 노래를 부를 수 있다네

이 모든 것은 아직 피지 않은 어둠의 꽃처럼 그저 서곡에 불과했다. 다스의 강력한 시적 목소리가 이따금씩 등장하다가 사라지면 고전 『베다』가 그 자리를 채우거나, 자료실에 꺼내 온 뉴스나 뻔한 논조의 기사로 대체되었다. 그럼에도 노래는 변함이 없었다.

시간을 거슬러 그 오랜 세월 동안, 신들은 그들이 빚어낸 이 흑력을 억누를 음모를 짜냈다. 그래서 그것을 신전에 가두어 달래고 감춰 두었다. 그러나 그 본질적 정수만은 부인할 수 없었다. 다른 신들은 인간의 기억에서 지워졌으나 그것만은, 이 여신만은 더욱 세졌다. 본질적으로 선한 우주의 어두운 이면을 칼리만이 구현했기 때문이다. 무려 1천 년이라는 시간을 거치면서 신들과 인간 모두 의식적으로 우주의 현실을 속여 왔기 때문이다.

그런데 이 여신은 의식의 산물이 아니었다. 그녀는 1만 년 동안 인간이

의식적으로 잊기를 바랐던 인간 본연의 욕구와 행위의 중심이자 잔재였다.

이 서사시는 숱한 이야기와 일화와 설화를 통해 전개되었다. 전부 다 그것이 진실인지 설명할 수 없는 풍미를 지녔다. 각각의 이야기는 감각을 마비시키는 현실이라는 천에 구멍이 뚫렸음을 보여 주었고, 그 구멍을 통해 칼리의 노래가 희미하게 새어 나올 수 있게 되었다고 말했다. 사람과 장소, 시점은 강력한 에너지가 쏟아져 들어오는 통로가 되었다.

지금 20세기가 되자 칼리의 노래는 합창이 되었다. 제물에서 피어오르는 연기가 칼리 사원에 뿌옇게 차올랐고, 여신은 자신의 찬가를 들으며 잠에서 깨어났다.

매 페이지마다 이어졌다. 어떤 페이지는 누군가 키보드를 주먹으로 치면서 타이핑한 것처럼 통째로 횡설수설했다. 또 다른 부분에서는 영어를 온통 휘갈겨 써서 도저히 알아볼 수 없었다. 중간의 빈 공간에 적힌 산스크리트어와 벵골어 문구가 페이지 가장자리 여백까지 이어졌다. 그렇다 해도 두서없는 이미지는 여전했다.

- 서더 가의 창녀가 연인을 살해한 후 사랑이라는 이름으로 그의 몸을 게걸스레 먹어 치운다.

칼리의 시대가 시작되었다.

- 우리가 사는 이 시대에 죽임을 당한 수백만의 배에서 비명이 찢겨져 나온다. 20세기를 비옥하게 해 주는 광활한 무덤 터에서 분노의 합창이 들린다.

지금 칼리의 노래가 불린다.

– 폭탄이 떨어지면서 순식간에 콘크리트를 시커멓게 그슬리자 뛰어놀던 아이들의 실루엣이 산산이 부서진 벽면에 영원히 아로새겨졌다.

칼리의 시대가 열렸다.

– 아버지가 네 딸 중 막내가 학교에서 돌아오기를 꾹 참고 기다렸다. 그는 막내딸의 관자놀이에 총구를 살포시 대고 두 번 발사한 후, 막내의 따뜻한 시신을 어머니와 언니들 옆에 뉜다. 경찰은 말없이 누운 시신들에게 다정히 자장가를 불러 주는 아버지의 모습을 발견한다.

지금 칼리의 노래가 불린다.

읽어야 할 페이지가 겨우 100장쯤 남았을 때, 나는 그만 읽기로 했다. 눈이 저절로 감겼다. 정신을 차려 보니 두 번이나 턱을 가슴팍에 떨구고 있었다. 나는 원고를 주섬주섬 서류 가방에 넣고 서랍장 위에 놓인 시계를 확인했다.

새벽 3시 45분. 몇 분만 있으면 알람이 울릴 것이다. 우리는 공항에 갈 택시를 타기 위해 준비해야 한다. 귀국 비행 편은 런던을 경유하는 것까지 다 합치면 스물여덟 시간이나 걸리는 대장정이 될 것이다.

나는 녹초가 되어 낑낑거리며 암리타 옆으로 기어들어갔다. 처음으로 방이 쾌적하게 느껴질 만큼 시원했다. 나는 이불을 당겨 잠깐이나마 눈을 감왔다. 몇 분만이라도 눈을 붙이고 있다가 알람이 울리면 옷을 입어야 한다.

딱 몇 분만.

눈을 떠 보니 다른 곳이다. 누군가가 날 이리로 데려왔다. 캄캄하지만 나는 지금 여기가 어딘지 금방 알겠다.

여기는 칼리 사원이다.

여신이 내 앞에 서 있다. 여신은 한쪽 발을 허공에 들고 있다. 네 개의 손도 모두 텅 비어 있다. 나는 여신상 옆쪽 바닥에 누워 있기 때문에 여신의 얼굴을 쳐다볼 수가 없다.

나는 두렵지 않다.

내가 알몸이라는 걸 알았지만 상관없다. 돗자리가 깔려 있어서 살갗이 닿으니 시원하게 느껴진다. 초 몇 개가 여신상을 비춘다. 사향과 향내가 진동한다. 어딘가에서 남성들이 높다란 목소리로 부르는 찬가가 은근하게 들려온다. 아니, 강물이 흐르는 소리인가. 그건 중요치 않다.

신상이 움직인다.

칼리가 고개를 돌려 나를 바라본다.

그저 경이로움만 느껴진다. 아름다운 칼리가 감탄스럽다. 여신의 얼굴은 흠잡을 데 없는 완벽한 달걀형이다. 볼이 발그스름하다. 입술은 도톰하고 촉촉하다. 여신이 나를 보며 웃는다.

나는 일어선다. 돗자리의 짜임이 맨발에 전해진다. 산들바람이 불자 내복부에 전율이 흐른다.

칼리가 몸을 휘젓는다. 손가락을 움직인다. 팔을 구부려 중심을 잡는다. 발을 주춧돌에 내리고 두 발로 가벼이 선다. 빛나는 눈동자가 내 눈에서 떠나지 않는다.

나는 눈을 감는다. 그럼에도 그 모습이 여전히 아른거린다. 여신의 살갗을 비추던 고운 빛이 보인다. 여신의 봉긋한 젖가슴은 부풀어 올라 기대감에 가득 차 있다. 큼지막한 유두가 보드라운 유륜 속에서 솟아올랐다. 높이 달린 허리는 기가 막히게 가늘지만 엉덩이 쪽으로 내려가면 밀고 들어오는 남성의 골반을 품을 수 있도록 풍만하게 벌어져 있다. 아랫배는 보드라운 초승달처럼 볼록 튀어나와 그 아래 음부로 그림자를 드리운다. 춤을 추는 칼리의 허벅지는 서로 맞닿지 않지만 관능적으로 굴곡져 살에서 만난다. 두 발은 작고 발바닥이 옴폭 패였다. 발목에는 발찌를 차고 있다. 여신이 움직이면 발찌가 쩔렁거린다. 여신이 두 다리를 벌려 세모 그림자 속 겹겹이 포개진 부위를 나에게 보인다. 부드럽게 안으로 빨려 들어가다 갈라져 있다.

내 음경이 움찔거리며 딱딱해지더니 밤공기 속으로 고개를 뻣뻣이 든다. 몸의 기가 온몸을 관통하여 중심에 모이자 음낭이 탱탱하게 당겨진다.

칼리가 주춧돌에서 살포시 내려온다. 목걸이가 나지막이 달그락거리고 발목에 찬 발찌도 흐릿하게 젱그렁거린다. 맨발이 돌바닥에 닿자 부드럽고 신선한 소리가 들린다.

나와 여신은 다섯 걸음 거리에 있다. 두 팔의 움직임이 실루엣으로 보인다. 바람이 불어오는 것을 느끼지 못했는데 흔들리는 농염한 갈대 같다. 찰싹이는 강물이 펄떡거리는 박자에 맞춰 여신이 몸 전체를 흔든다. 왼쪽 무릎이 점점 들리더니 팔꿈치와 뒤틀린 팔에 닿는다. 향내 나는 여인의 살갗에서 향기가 피어올라 나를 감싼다.

여신에게 다가가고 싶다. 그런데 몸이 움직이지 않는다. 심장이 쿵쾅거리며 찬가 북소리와 같이 가슴을 가득 채운다. 엉덩이가 제멋대로 움직이더니 의지와 상관없이 앞으로 찌르는 동작을 한다. 정신이 온통 움찔거리는 성기 뿌리로 집중된다.

칼리가 왼쪽 다리를 빙글빙글 돌리더니 아래로 내린다.

여신이 내게 한 걸음 더 다가온다. 발찌가 젱그렁거린다.

강물이 노래한다.

움날라 나브히 팜케 루하

나는 무슨 말인지 완벽히 이해한다.

고요한 춤사위 속에서 여신이 네 개의 팔을 휘휘 젓는다. 손가락이 꼬여 손끝에 맞닿더니 나를 향해 불어오는 달콤한 바람을 가르며 우아하게 움직인다. 젖가슴도 터질 듯 부풀었다.

설산의 딸 앞에 승리를

여신이 한 걸음 더 다가온다. 손가락을 흔들며 내 뺨을 어루만지더니 내 어깨를 살짝 스치고 간다. 욕정에 눈이 반쯤 감긴 채, 여신이 고개를 뒤로 젖힌다. 나는 여신의 완벽한 이목구비를 바라본다. 발그레한 뺨과 떨리는 입매가 보인다.

카마키야?

이바 에나바바티 삼부르 아피

자야티 푸루사이타야스 타다나남 사일라 카냐야

칼리가 몇 걸음 다가와 나에게 팔을 두른다. 여신의 기다란 머리칼이
어깨 위로 흘러넘친다. 완만한 언덕을 흐르는 개울 같다. 반짝이는 피부에
서 향내가 살짝 감돈다. 보드라운 젖가슴골 사이에서 땀이 반짝인다. 여신
은 두 손으로 내 양쪽 팔뚝을 잡고, 세 번째 손으로 뺨을 어루만진다. 마지
막 손으로 고환을 부드럽게 감싸 위로 움직인다. 가느다란 손가락이 빳빳
한 음경을 따라 올라가 귀두 주위를 은근살짝 굴린다.

나는 비슈누의 모습을 한 샴부 시바다
연꽃과 줄기가 내 배꼽에서 자라난다

나는 신음 소리조차 낼 수 없다. 발기한 음경이 여신의 어름을 건드린
다. 여신이 내려다보다가 풍성한 속눈썹 사이로 아름다운 눈을 치켜뜨며
나를 음탕하게 바라본다. 까칠까칠하고 부드러운 치구를 내 몸에 문대다
가 뒤로 뺐다 도로 갖다 댄다.

비로소 나는 움직일 수 있다. 여신의 품에 안겨 있으면서도 곧장 여신
에게 두 팔을 두른다. 부드러운 젖가슴이 내 몸에 납작하게 눌린다. 여신
이 손으로 내 등을 위아래로 쓸고, 오른쪽 다리를 들어 엉덩이를 감싼 후
손으로 부여잡고 내게 올라탄다. 여신의 발목이 들썩이는 내 엉덩이 밑을
조인다.

칼리, 칼리, 발로, 바하이

우리의 리듬감 넘치는 행위와 함께 찬가가 이 세상을 채운다. 여신의 온기가 내 몸을 데운다. 여신이 입을 벌려 축축하게 내 목을 핥으며 올라와 혀를 찾는다. 나는 여신을 잡고 들어 올린다. 그녀의 젖가슴이 땀범벅이 된 내 가슴에서 이리저리 쓸린다. 나는 두 다리를 활 모양으로 벌리고 서서 장딴지에 힘을 준다. 칼리의 몸속으로 더 깊이 찔러 넣으려고 애를 쓴다.

우주가 내 안에서 피어오르는 하나의 불꽃으로 모여들어 커지더니 내 몸을 관통하며 폭발한다.

나는 시바다
칼리, 칼리 발로 바하이
칼리 바이 아레 가테 나이
내가 신이다

"제길!" 나는 침대에서 벌떡 일어났다. 이불이 땀에 흠뻑 젖었다. 방금 사정을 했는지 젖은 원 모양이 점점 커지며 파마자 아랫도리를 적셨다.

"이런 망할……" 나는 두 손으로 머리를 부여잡고 흔들었다. 암리타가 보이지 않았다. 뜨거운 햇살이 커튼을 뚫고 쏟아졌다. 여행용 시계는 10시 48분을 가리키고 있었다.

"젠장, 빌어먹을!" 나는 욕실로 가서 파자마를 세탁 바구니에 집어 던지고 쏟아지는 샤워 물줄기에 몸을 문질렀다. 15분이나 지났는데도 팔다리가 여태 벌벌 떨렸다. 머리가 찢어질 듯 쑤셨고 시야 주변에 작은 점들이 돌아다녔다.

나는 잽싸게 옷을 입고 아스피린 네 알을 먹었다. 하얗게 질린 뺨에 거 뭇거뭇 올라온 수염이 도드라져 보였지만 면도는 하지 않을 생각이었다. 내가 욕실에서 나오는 순간, 암리타가 빅토리아와 함께 돌아왔다.

"젠장, 당신이 왜 여기에 있어?" 내가 불쑥 물었다.

반색하던 미소가 점점 사라지면서 아내는 그 자리에 그대로 얼어붙었 다. 빅토리아는 나를 낯선 사람 보듯 쳐다봤다.

"응?"

암리타가 등을 꼿꼿하게 세웠나. 목소리는 차분했다. "카마키야 주소를 얻으려고 사리 가게에 갔다 왔어. 전화를 하려고 했는데 전화가 모두 불통 이었어. 우리가 여기에서 하루 더 묵게 되었으니 물건을 바꾸고 싶었거든. 내가 남겨 둔 메모는 못 봤어?"

"지금쯤이면 우리가 런던 가까이까지 갔어야 할 시간이잖아. 대체 무슨 일이 있었던 거야?" 내 목소리는 날카로웠지만 화는 이미 누그러지기 시 작했다.

"그게 무슨 소리야, 보비? 방금 그게 무슨 말이냐고?"

"빌어먹을 자명종은 어찌 된 거고, 우리가 예약한 택시랑, 영국해외항 공 비행기는 다 어떻게 된 거지? 그게 궁금하다는 뜻이었어."

암리타는 서둘러 아기를 내려놓았다. 아내는 창가로 걸어가더니 커튼 을 젖히고 팔짱을 꼈다. "그 '빌어먹을' 자명종이 새벽 4시에 울렸어. 내가 일어나서 아무리 흔들어 깨워도 당신이 못 일어나겠다며 버텼어. 당신을 겨우 일으켜 앉혔더니 당신이 뭐랬냐면, '하루 더 있다 가자'고 그랬어. 당 신이 밤새 원고를 읽는 바람에 일이 이렇게 된 거야."

"내가 그랬다고?" 나는 고개를 저으며 침대 모서리에 걸터앉았다. 이 세상 최악의 숙취 때문에 아직도 머리가 욱신거리며 토할 것 같았다. 대체 마신 것도 없는데 무슨 숙취일까? "내가 정말 그랬어?"

"당신이 그랬어." 암리타의 목소리는 냉랭했다. 결혼 생활을 하는 동안, 나는 아내 앞에서 욕을 한 적이 거의 없었다.

"제길, 미안해. 잠이 안 깼나 봐. 그 망할 놈의 원고 때문에."

"원고는 비행기에서 읽겠다고 했잖아."

"그랬지."

암리타는 팔을 풀고 거울로 가서 앞으로 삐져나온 머리칼을 매만졌다. 아내의 입술색이 돌아왔다. "괜찮아, 보비. 하루 더 있어도 난 상관없어."

내 목구멍에서 다급함이 치고 올라왔다. 내 목소리가 내 귀에 낯설게 느껴졌다. "이런, 난 상관있어. 당신과 빅토리아는 여기 하루라도 더 있으면 안 돼. 인도항공 델리행 비행기가 몇 시에 있지?"

"오전 9시 30분, 그리고 오후 1시 30분. 왜?"

"당신은 1시 30분 비행기를 타고 델리로 가서 팬암항공 밤 비행기로 갈아타고 가."

"보비, 대체 그게 무슨 소린데? '당신'이라니? 그럼 당신은 함께 안 간다는 소리야? 원고는 이미 받았잖아."

"오늘 둘이서 가. 나는 이 구린 기사 때문에 마무리 지어야 할 일이 있어. 하루면 충분해."

"오, 보비. 빅토리아를 데리고 혼자 비행기 타는 건 정말 싫어……"

"알아, 자기. 그런데 어쩔 수 없어. 빨리 짐을 싸."

"짐은 벌써 다 싸 두었어."

"좋아, 그럼 당신은 빅토리아 준비시키고 가방도 챙겨. 내가 아래에 내려가서 택시와 짐꾼을 알아볼게." 나는 아내의 뺨에 입을 맞췄다. 평소 같았으면 내가 독단적으로 굴었다간 언쟁으로 번졌을 것이다. 그런데 암리타는 내 목소리에서 뭔가를 감지했다.

"알았어. 대신 당신도 서둘러. 인도에서는 전화로 비행기 표 예약이 안 되더라. 공항에 일찌감치 나가서 줄을 서야 해."

"응, 나도 곧 따라갈게."

"굽타 씨?" 로비에 있는 전화기는 통화가 가능했다.

"여보세요. 네, 여보세요?"

"굽타 씨, 로버트 루잭입니다."

"네, 루잭 씨, 여보세요?"

"잘 들어요, 굽타 씨. M. 다스와의 만남을 주선해 주십시오. 사적인 만남을 원합니다. 저와 단둘이요."

"네? 뭐라고요? 그건 불가능합니다. 여보세요?"

"가능해야 좋을 텐데요, 굽타 씨. 무슨 수단을 써서라도 다스에게 전하세요. 제가 오늘 꼭 만나야 하겠다고요."

"안 됩니다. 루잭 씨, 이해를 못하시나 본데 M. 다스는 절대로 그 누구와도……"

"네, 들어서 알고 있습니다. 다스가 절 만나야 할 겁니다. 빨리 서둘러 주세요, 굽타 씨."

"대단히 죄송합니다만……"

"잘 들으세요. 상황을 설명해 드리죠. 제 아내와 딸아이가 잠시 후 캘커타를 떠납니다. 저는 내일 출발할 겁니다. 만일 제가 다스를 만나지 못하고 떠나도 『하퍼스 매거진』에 실릴 기사를 써야 합니다. 그렇다면 어떤 내용이 실리기를 원하십니까?"

"루잭 씨, 저희는 M. 다스와의 만남을 주선해 드릴 수가 없습니다. 여보세요?"

"그렇다면 제 기사는 이렇게 나가게 될 겁니다. 오로지 벵골 작가 협회 회원들만의 사정으로 인해 협회는 클리포드 어빙(1970년대 미국의 기인 하워드 휴즈의 가짜 전기를 쓴 작가)의 사기극 이후 문학계 최고의 사기를 도모했다. 또한 오로지 협회 회원들만이 아는 사유로 인해 그들은 어떤 원고를 8년 전 사망한 것으로 알려진 작가의 작품이라고 우겨서 돈을 받고 넘겼으며, 또한……"

"전혀 사실이 아닙니다. 루잭 씨! 사실이 아니기에 행동을 취할 수 있습니다. 고소는 저희가 하겠습니다. 원고가 가짜라는 증거가 없지 않습니까?"

"또한, 이 협회는 캘커타 악신에게 바치는 음탕한 찬가를 만들어 위대한 시인의 이름에 먹칠을 했다. 캘커타의 권위 있는 정보통에 따르면, 작가 협회가 이런 일을 벌인 이유는 카팔리카라고 하는 단체와 관련이 있기 때문이라고 한다. 카팔리카는 캘커타의 범죄계에 연루된 불법 컬트 단체로 그들이 섬기는 광폭한 여신에게 인간을 제물로 바치는 것으로 유명하다. 자, 어떻습니까, 굽타 씨? 여보세요? 굽타 씨? 여보세요?"

"네, 루잭 씨."

"어떻게 생각하십니까, 굽타 씨? 제가 이렇게 쓸까요, 아니면 M. 다스와 인터뷰를 할까요?"

"제가 시간을 잡아 보겠습니다. 세 시간 후에 다시 전화하세요."

"아…… 그런데 굽타 씨?"

"네."

"그런데 제가 이미 첫 번째 기사를 써서 뉴욕에 있는 편집자에게 우편으로 보내 놓았습니다. 그러면서 제 귀국이 늦어지지 않는 한 열어 보지 말라는 메모도 같이 남겼죠. 제가 쓴 그 첫 번째 기사가 필요 없으면 좋겠습니다. 저는 다스 이야기를 훨씬 더 많이 쓰고 싶거든요."

"첫 번째 기사는 필요 없을 겁니다, 루잭 씨."

덤덤 공항을 오가는 택시는 모조리 1971년 인도·파키스탄 전쟁 참전 용사들이 몰았다. 우리 기사는 오른쪽 뺨에 흉터가 패였고 한쪽 눈을 검은 안대로 가리고 있었다. 택시가 꽉 막힌 VIP 전용 고속도로 위를 요리조리 빠져나가는 동안, 나는 한가하게 한쪽 눈으로 보는 시력과 원근감에 대해 생각하고 있었다.

또 비가 내렸다. 모든 것이 황토색이었다. 구름도, 도로도, 마대와 양철을 덕지덕지 쌓아 올린 축사 같은 집들도, 저 멀리 보이는 공장도 모두 황토색이었다. 간혹 가다 보이는 길가 벵골보리수 나무 둘레를 빨간 색과 흰색 페인트로 칠한 덕분에 내 시야에 색상이 더해졌다. 마을 외곽에 새로 짓는 아파트가 올라가고 있었다. 대나무 비계가 매여 있고 불도저가 근처 진흙 속에 서 있는 것을 보니 새로 짓고 있는 중임을 알 수 있었다. 그러나 골조는 캘커타 도심에 있는 낡은 유적처럼 썩어 죽죽 금이 가 있었다. 불도저 너머로 옹기종기 모인 사람들이 사는 가건물이 잔뜩 보였다. 건설 노동자 가족인가? 아니면 새로 입주하기를 기다리는 사람들일까? 판잣집처럼 보이는 대부분은 새로운 촐의 구심점일 뿐이었다. 그곳을 중심으로 구제 불가능한 650제곱킬로미터에 달하는 슬럼이 번져 나갔다.

왼편으로는 밤길에 얼핏 보았던 흰색 간판이 보였다. 거기엔 이렇게 적혀 있었다.

캘커타가 여러분의 안녕과 건강을 빕니다

부채를 들고 머리에는 커다란 청동 주전자를 이고 있는 여인이 간판 밑 흙탕물 아래에 쭈그리고 앉아 있었다.

공항은 북적였으나 우리가 도착하던 날 밤처럼 미친 듯이 혼잡하지는 않았다. 델리행 비행기는 이미 만석이었지만 방금 취소석이 나왔다. 이제, 팬암항공 비행기가 저녁 7시면 뉴델리에서 출발한다. 우린 꼭 표를 구할 것이다.

우리는 수화물을 부치고 청사를 돌아다녔다. 빈 의자가 없어서 한참을 오가던 끝에 조용한 구석을 찾아 아기 기저귀를 갈았다. 그런 다음 작은 커피숍에 들어가 음료를 마셨다.

둘 다 별로 할 말이 없었다. 암리타는 나름 생각에 잠겨서 정신없어 보였고, 나는 여전히 지독한 두통에 시달렸다. 때론 내가 꿨던 꿈이 한 조각씩 떠오를 때마다 긴장감과 수치심에 창자 근육이 뭉치는 것 같았다.

"만약 상황이 이것보다 더 나빠져서 오늘 밤 팬암항공 연결 편을 놓치면, 뉴델리에 계시는 당신 이모님 집에서 하룻밤 신세를 져."

"알았어."

"아니면 공항 근처에 있는 괜찮은 호텔에서 하루 묵든가."

"응, 그럴게."

225

벨기에 단체 관광객이 커피숍으로 밀려 들어왔다. 그중 정말 못생긴 여자 하나가 망사 바지를 입은 채 코끼리 두상을 한 가네샤 석고 신상을 들었다. 다들 큰 소리로 웃었다.

"보스턴에 도착하면 댄이랑 밥에게 전화해." 내가 말했다.

"알았어."

"내가 당신보다 하루 늦게 도착할 거야. 히드로 공항에서 처가에 전화드릴 거지?"

"보비, 하루 더 있어도 난 정말 상관없어. 혹시 내 도움이 필요할 수도 있잖아…… 번역이라든가. 원고 때문에 이러는 거잖아, 맞지?"

나는 고개를 저었다. "너무 늦었어, 자기. 이미 짐도 다 부쳤고, 당신은 갈아입을 옷이 없어도 그만이지만, 빅토리아는 일회용 기저귀가 없으면 큰일이잖아."

암리타는 웃지 않았다.

"진심이야." 나는 이렇게 말하고 아내의 손을 잡았다. "굽타와 저 바보들하고 남은 일을 매듭지어야 해. 빌어먹을, 기사에 쓸 내용이 아직도 부족해. 하루면 충분할 거야."

암리타는 고개를 끄덕인 후 내 반지를 만지작거렸다. "알았어. 대신 몸조심해. 병에 들어 있는 생수만 마셔. 혹시 카마키야가 와서 물건 바꿔 달라고 하면, 맞는지 제대로 확인해줘."

나는 씩 웃었다. "응."

"보비, 왜 호텔 방 청소를 거부하는 거야?"

"뭐?"

"방 청소 말이야. 우리가 떠나기 직전에 직원이 와서 당신이 내일까지 청소하지 말라고 했다던데."

"다스 원고 때문에 그렇지. 혹시 누가 뒤지고 다닐까 봐."

암리타가 고개를 끄덕였다. 나는 미지근한 환타를 마저 마셨다. 작은 도마뱀 한 마리가 벽을 가로지르는 모습을 바라보면서 호텔 옷장 선반 속에 넣어 둔 25구경 자동 권총을 생각했다.

비행기 탑승 수속을 시작하자, 나는 암리타와 빅토리아에게 작별의 키스를 했다. 그때 암리타가 뭔가를 떠올렸다. "아, 혹시 카마키야가 호텔로 오지 않으면, 그 집에 들러서 물건을 가져다 줄 수 있어?" 아내는 지갑을 뒤적거리기 시작했다.

"그게 그렇게 중요해?"

"그건 아니지만, 그래도 혹시 바꿀 수 있으면 좋잖아."

"왜 사리 상점에서 교환하지 않았어?"

"천을 잘라서 사 왔잖아. 게다가 카마키야를 다시 만날 줄 알았지. 분명 여기에 쪽지를 넣어 두었는데. 괜찮아, 내가 주소를 외우고 있어." 암리타는 프린스 룸에서 집어 온 성냥갑을 꺼내고 커버 안쪽에 주소를 적었다. "혹시 당신이 시간이 나면……" 아내가 말했다.

"알았어." 나는 시간이 나지 않을 것이다. 우리는 다시 입을 맞추었다. 빅토리아가 인파와 소음에 놀라 우리 둘 사이에서 몸부림쳤다. 나는 손으로 아이의 머리를 감싸면서 한없이 보드라운 머리칼을 느꼈다. "둘 다 비행 잘 해. 이틀 후에 만나."

덤덤 공항에는 비행기로 직접 연결되는 탑승 램프가 없었다. 승객들은 넓고 축축한 아스팔트를 가로질러 계단을 올라 대기 중인 인도항공 비행기에 탑승했다. 암리타는 몸을 돌려 빅토리아의 통통한 팔을 흔들며 작별 인사를 한 후 프랑스산 에어버스 속으로 사라졌다. 평소 같았더라면 나는 비행기가 이륙할 때까지 거기에 서서 기다렸을 것이다.

나는 시계를 보았다. 재빨리 공항 청사를 빠져나와 공중전화 박스로 갔다. 전화벨이 다섯 번 울리자 굽타가 받았다.

"약속이 잡혔습니다, 루잭 씨. 주소를 알려드리죠……" 나는 뒤적거리며 메모장을 찾았지만 암리타가 주고 간 성냥갑만 나왔다. 나는 카마키야의 주소 옆에 그 주소를 받아 적었다.

"음…… 저기요…… 루잭 씨……"

"네?"

"이번엔 진짜 혼자 오셔야 합니다."

택시에서 내리자 비가 그쳤다. 물안개가 거리에서 피어올라 낡은 건물 사이로 흩어졌다. 나는 여기가 어딘지 전혀 감을 잡을 수 없었다. 굽타가 알려준 주소는 캘커타의 오래된 구역에 있는 길가 모퉁이였다. 여기까지 오는 동안 눈에 익은 건물 하나 보이지 않았다.

비 폭풍이 내린 후라 거리와 인도에는 사람들로 넘쳤다. 자전거가 벨을 울리며 지나갔다. 오토바이 매연까지 가세하자 김이 모락모락 피어올랐고 공기는 더욱 텁텁해졌다. 등에 딱지가 잔뜩 앉고 여기저기 생채기가 난 늙은 황소가 복잡한 도로 한복판에 떡 버티고 서 있었다. 차들은 소를 피해 방향을 틀었다.

나는 서서 기다렸다. 인도는 물길에서부터 낡은 건물들이 있는 벽까지 폭이 네 걸음 정도 되는 울퉁불퉁한 진흙 길이었다. 건물과 건물 사이는 세 걸음 정도 떨어져 있었다. 나는 끔찍한 악취의 공격을 받으며 걸어가 벽에 난 작은 구멍으로 안을 들여다보았다.

쓰레기와 유기물 더미가 약 3미터 높이로 쌓여 있는 긴 골목이 펼쳐졌다. 여기 사는 사람들이 수년간 저 위에서 쓰레기를 창밖으로 내던진 게 분명했다. 어두운 형체가 악취가 진동하는 더미 사이를 누볐다. 나는 재빨리 몸을 구멍에서 뗀 후 빗물과 하수구가 쓸려 내려가는 물길 옆에 섰다. 그 물길로 인도와 차도가 나뉘었다.

나는 행인들의 얼굴을 하나하나 쳐다보았다. 대도시에 사는 사람들은 누구나 그렇듯 서투르고 초조해하는 기색의 가면을 얼굴에 쓰고 다닌다. 꽤 많은 남자들이 뻣뻣한 폴리에스테르 셔츠에 밑위가 긴 폴리에스테르 바지를 입었다. 나는 그걸 보고 놀랐다. 세계 최고급 품질의 면을 가장 저렴하게 생산하는 나라에서 중산층이라는 혜택의 표식이 값은 더 비싼데 통풍은 되지 않는 폴리에스테르라니. 이따금씩 땀으로 범벅된 얼굴에 기름을 발라 머리를 뒤로 빗어 넘긴 행인이 내 쪽을 흘깃 바라보았지만, 아무도 발걸음을 멈추지 않았다. 몇몇 아이들은 더러운 카키색 반바지만 입은 채 내 주위에서 몇 분간 '바바! 바바!'라고 외치며 낄낄거렸다. 내가 빈손을 펴 보이자 아이들은 잠시 후 물길을 헤치고 물을 튀기며 사라졌다.

"루잭?"

나는 화들짝 놀랐다. 내가 차가 지나가는 모습을 쳐다보고 있는 사이, 남자 둘이 내 뒤쪽에서 나타났다. 한 명은 평범한 폴리에스테르를 입었고, 다른 한 명은 서비스 계층이 입는 얼룩진 카키색 옷을 입었다. 둘 다 인상이 어둡고 우울했다. 키가 크고 마른 남자는 무늬 있는 셔츠를 입었는데 광대뼈가 도드라진 각진 얼굴에 턱이 뾰족했다. 카키색 옷을 입은 남자는 키가 작고 퉁퉁했으며 옆에 있는 남자보다 멍청해 보였다. 졸린 듯 경멸하는 시선을 보는 순간, 나는 그동안 알던 불량배들의 모습이 떠올랐다.

"내가 루잭입니다."

"따라오시오."

두 사람은 사람들 사이를 바삐 뚫고 갔다. 나는 두 사람을 따라가려고 폴짝거렸다. 내가 몇 가지 질문을 했지만 그들은 침묵했다. 시끄러운 거리를 걷다 보니 나는 조용히 그들을 따라가야 한다는 확신이 들었다.

우리는 30분 넘게 걷고 또 걸었다. 나는 처음부터 어디가 어딘지 분간할 수 없었지만 이제는 아예 방향 감각을 잃었다. 온통 구름이 끼어 있어서 해를 이용한 추측 항법(위치를 알고 있는 출발점에서 현재 위치까지의 거리 및 방향을 계산하여 현재의 위치를 추측하는 위치 추적 기술)을 쓸 수도 없었다. 우리는 골목길만 한 너비의 복닥거리는 인도를 따라 걸었다. 골목골목 사람과 쓰레기가 그득했다. 두 남자는 여러 번 짧은 터널을 통과해 사람들이 사는 건물 정원으로 들어갔다. 아이들이 뛰놀고 비명을 지르고 아무 데서나 일을 보았다. 여자들은 사리로 얼굴의 절반을 가린 채 의심을 품은 검은 눈길로 우리를 주시했다. 터널을 하나 더 통과하니 또 다른 정원이 나왔다. 늙은 남자들이 녹이 슨 철제 난간 너머에서 우리를 내려다보며 놀라워했다. 아기들이 빽빽 울었다. 조리용 불꽃이 콘크리트 화로에서 불타오르자 연기가 뿌연 공기 속으로 피어올랐다.

짧은 터널을 하나 더 지나자 미국의 일반 도로보다 훨씬 넓고 기다란 길이 몇 블록 이어졌다. 이 길을 따라가니 건물들이 부서지고 텐트와 임시 오두막이 잔해 더미 사이사이에 세워진 구역이 나왔다. 건물의 지하실처럼 보이는 커다란 구멍으로 집중 호우로 내린 빗물과 더러운 하수가 넘쳐흘렸다. 남자와 아이들 수십 명이 거기에 몸을 담그고 첨벙거리며 소리쳤다. 어떤 이들은 황토색 웅덩이 주변 건물 2층 창에서 뛰어내렸다. 알몸을 한 소년 둘이서 웃으며 물에 퉁퉁 불어 죽은 쥐를 막대기로 찔러댔다.

이제 우리는 사람들이 살고 있는 건물을 완전히 빠져나와 대충 쌓아 올린 돌담으로 지은 촐 지대로 들어갔다. 이곳에는 마대로 지은 건물과 낡은 판자와 양철판, 잡목을 쌓아 올려 지은 다층 주택이 있었다. 텅 빈 마당에는 스물에서 서른 명 정도 되는 남자들이 쪼그리고 앉아 대변을 보았다. 좀 더 걸으니, 어린 소녀들이 돌투성이 테라스에 앉아 더 어린 동생들을 앞에 앉혀 놓고 헝클어진 머리 속에서 이를 꼼꼼히 잡아 빼고 있었다. 우리가 지나가자 뼈만 앙상히 남은 개 한 마리가 슬그머니 몸을 움츠렸다. 이곳에선 본능적으로 영역 표시를 하는 개도 없는 것 같았다. 오두막 문 앞에 짙게 드리운 그늘 속에서 인간의 눈이 우리를 응시했다. 아이가 뛰어나와 손을 내밀기도 했지만, 보이지 않는 어른이 고함치며 아이를 불러들였다.

갑자기 향내가 공기를 가득 채우고 눈을 찔렀다. 우리는 금방이라도 무너질 것 같은 녹색 건물을 지났다. 저 안뜰에서 종소리와 멜로디 없이 단조로운 노랫가락이 새어 나왔다. 사원 같았다. 녹색 사원 바깥에서는 할머니와 손녀가 저녁불을 때려고 커다란 통 안에 잔뜩 담긴 소똥을 주물러 햄버거 패티만 한 크기로 빚었다. 9미터가 넘는 사원 벽면에는 손으로 빚은 둥근 소똥이 덕지덕지 들러붙어 말라 가고 있었다. 진흙 길 건너편에는 남자 몇 명이 대나무를 세워 접이식 대형 텐트만 한 오두막을 짓고 있었다. 남자들은 기분 좋게 외치던 목소리를 멈추고 우리가 지나가는 모습을 조용히 지켜보았다. 앞서 가는 두 남자가 카팔리카가 아닐지도 모른다는 의심이 들었지만, 우리가 지나가는 길을 따라 사람들이 입을 다무는 모습을 보니 그런 의심은 사그라들었다.

"한참 더 가야 합니까?" 다시 비가 내리기 시작했다. 나는 호텔에 우산을 두고 왔다. 입고 있던 하얀 바지의 무릎께까지 흙탕물이 들었다. 더러워진 가죽신은 절대 예전 상태로 되돌리지 못할 것이다. 나는 걸음을 멈췄다. "한참 더 가야 하냐고 물었습니다."

카키색 옷을 입은 뚱뚱한 사내가 뒤를 돌아보며 고개를 저었다. 그는 바다처럼 넓게 깔린 판잣집 벌판 너머 회색 산업용 건물들을 두르고 있는 벽을 손가락으로 가리켰다. 마지막 100미터 정도는 질척거리는 언덕을 기어올라야 했다. 나는 두 번이나 무릎을 찧었다. 언덕 정상에는 철망 울타리가 높게 둘러져 있고, 그 위엔 가시철조망이 걸려 있었다. 나는 안을 들여다보았다. 녹이 슨 기름통과 텅 빈 대피용 철로가 건물들 사이에 놓여 있었다.

"이제 뭐요?" 나는 뒤돌아서서 촐의 광경을 보며 감탄했다. 셀 수 없이 많은 돌멩이가 양철 지붕을 누르고 있었다. 검은 돌들이 은색 지붕 위에 얹혀 있었다. 여기저기 시커먼 입구에서 화톳불이 타올랐다. 우리가 올라온 방향에서 저 멀리까지, 굵은 보슬비 속에서 공동 주택이 끝도 없이 뻗어 있었다. 백 가지 방식으로 지핀 불에서 연기가 피어올라 회갈색 하늘에 섞였다.

"따라오시오." 마르고 날카로운 얼굴을 한 남자가 울타리의 한쪽 부분을 벗겨냈다.

나는 망설였다. 언덕을 오를 때부터 심장이 쿵쾅거렸다. 속이 들끓고 창자가 팔랑팔랑 꼬이는 듯한 느낌이 가득 찼다. 높은 다이빙 보드의 맨 끝으로 걸어갈 때와 비슷한 기분이었다.

나는 고개를 끄덕인 후 울타리를 넘었다.

공장 부지는 고요했다. 그동안 내가 쉬지 않고 밀려드는 대화 소리, 움직임…… 그리고 이 과밀 도시에 사는 사람들에게 적응했음을 깨달았다. 어두운 골목을 지나 그다음 골목으로 접어들자 눅눅한 공기만큼 묵직한 고요함이 점차 커졌다. 나는 이 공장 부지가 아직도 살아 있다는 게 믿기지 않았다. 작은 벽돌 건물들은 웃자란 잡초와 덩굴 식물에 거의 뒤덮여 있었다. 어떤 벽은 저 위쪽에 창이 하나 있었다. 한때 그곳엔 백 개의 유리창이 끼워져 있었겠으나 지금은 고작 여남은 개 정도만 멀쩡했다. 나머지는 삐죽삐죽 깨져서 검게 구멍이 뚫렸고 그 사이로 간혹 작은 새들이 들락날락했다. 곳곳에 텅 빈 기름통이 나뒹굴었다. 예전엔 밝은 빨강, 노랑, 파랑으로 칠해져 있었으나 지금은 녹슬어 조잡해 보였다.

우리는 훨씬 더 좁은 골목에 들어섰다. 막다른 골목이었다. 나는 순간 멈칫했다. 한쪽 손을 사파리 셔츠 오른쪽 아래 주머니에 넣고 손바닥만 한 크기의 묵직한 돌멩이를 매만졌다. 아까 언덕을 오를 때 주워 온 것이다. 믿기지 않았지만 내가 여기에 있다는 사실이 조금도 두렵지 않았다. 그저 두 남자가 앞으로 무엇을 할지 호기심만 강하게 일었다. 나는 어깨너머를 힐끔 보고 내 등 뒤에 아무도 없음을 확인했다. 그리고 아까 미로처럼 얽힌 골목을 마음속으로 거꾸로 더듬어 갔다. 그런 다음, 두 명의 카팔리카를 다시 쳐다보았다. '뚱보 녀석을 조심해.' 내 마음 한구석에서 경종이 울렸다.

"저쪽이요." 카키색 옷을 입은 자가 좁다란 외부 나무 계단을 가리켰다. 계단 꼭대기에 달린 문은 일반적인 2층 높이보다 조금 더 높았다. 담쟁이 덩굴이 벽돌 벽을 뒤덮고 있어서 창문이 하나도 보이지 않았다.

나는 움직이지 않았다. 손으로 돌멩이를 감싸 쥐었다. 남자 둘이 한참을 기다리며 서로 시선을 주고받더니 아까 우리가 왔던 길로 되돌아가려고 몸을 홱 돌렸다. 나는 한쪽 벽에 등을 기댄 채 그들이 지나가도록 길을 터주었다. 두 남자는 내가 그들을 따라가리라고 기대하지 않는 눈치였다. 그들이 자갈을 밟고 내려가는 소리가 잠시 들렸다. 그러더니 헉헉거리는 내 숨소리만 남았다.

　　나는 가파른 계단을 올려다보았다. 높은 벽들 사이로 길게 조가난 하늘이 보이자 머리가 핑 돌았다. 비둘기 떼가 지붕 밑에 시커멓게 뚫린 구멍 속에서 갑자기 총알처럼 쏟아져 나오더니 날개를 펄럭이며 저 멀리 육중한 하늘에 원을 그렸다. 오후 3시 반 치고는 너무 어두웠다.

　　나는 골목과 골목이 맞닿은 곳까지 걸어가서 양쪽 방향을 살폈다. 최소 백 걸음 안쪽으로는 아무것도 보이지 않았다. 손에 쥔 차가운 돌멩이는 석기 시대 인간이 도구로 사용할 수 있을 만큼 적당히 묵직했다. 뻘건 진흙이 매끈한 표면에 여전히 들러붙어 있었다. 나는 돌멩이를 한쪽 뺨까지 들어 올린 다음 풀로 뒤덮인 9미터 높이의 벽에 달린 문을 다시금 올려다보았다. 문에는 판유리가 달려 있었지만 아주 오래전에 누군가 그 위에 페인트칠을 해 놓았다.

　　나는 눈을 잠시 감고 숨을 천천히 골랐다. 그다음 돌멩이를 다시 셔츠 주머니에 집어넣었다. 그리고 저 위에 무엇이 기다리고 있든 그것을 만나기 위해 썩어 가는 나무 계단을 올랐다.

12

"이 망할 캘커타

황달 걸린 오줌처럼 누런 나병을 싸지르네.

위대하고 예술적인 프레스코처럼……"

— 투샤르 로이(인도의 시인)

방 안은 굉장히 좁고 어두웠다. 작은 기름 램프가 사각 나무 테이블 중앙에 놓여 있었다. 산패한 기름이 담긴 종지 위로 불꽃이 피어오르며 타들어갔지만 사방에 걸린 찢어진 검은 커튼이 램프의 흐릿한 불빛을 집어삼켰다. 방은 검은 장막에 덮인 지하 묘지보다 작았다. 테이블에 의자 두 개가 있었고, 쪼개진 나무 상판에 책이 한 권 놓여 있었다. 컴컴해서 책 제목이 잘 보이지 않았지만, 무슨 책인지 알아보려고 굳이 표지를 읽을 필요가 없었다. 그것은 내가 쓴 시집 『윈터 스피리츠』이었다.

문을 열자 복도가 나왔다. 얼마나 좁고 컴컴하던지 그 옛날 리버뷰 파크에 있던 유령의 집이 떠올라 슬쩍 미소를 지을 뻔했다. 내 양쪽 어깻죽지가 벗겨진 회반죽에 쓸렸다. 나무 썩은 내와 곰팡내로 공기가 퀴퀴했다. 덕분에 격자 난간이 달린 현관 밑으로 기어들어가 눅눅한 흙바닥에 주저앉아 어둠을 즐기며 놀던 어린 시절 추억이 떠올랐다. 기름 램프에서 나오는 흐릿한 불빛이 보이지 않았더라면 나는 그 좁은 공간으로 들어가지 않왔을 것이다.

검은색 거즈면 커튼이 입구 바로 안쪽에 걸려 있어서 내가 안으로 들어가자마자 얼굴에 커튼이 걸렸다. 손으로 치우자 커튼이 한쪽으로 스르륵 쏠리면서 주인 없는 거미줄처럼 허물어졌다.

내 책으로 날 유인할 의도였다면 그건 성공이었다. 대신 내 책으로 날 안심시키려 했다면 그건 실패였다.

나는 테이블에서 네 걸음 뒤에 서 있었다. 손으로 다시 돌멩이를 쥐었지만 어쩐지 애들이나 하는 멍청한 짓처럼 느껴졌다. 리버뷰 파크의 유령의 집이 다시금 떠올랐다. 이번에는 나도 모르게 미소가 새어 나왔다. 만약 커튼 뒤 어둠 속에서 무언가가 불쑥 내게 달려든다면, 얼굴에 화강암 돌을 제대로 맛보게 될 것이다.

"저기요!" 검은 커튼이 램프 불빛을 쭉 빨아들인 것처럼 내 고함도 집어삼켰다. 불꽃이 공기의 움직임에 따라 춤을 췄다. "이봐! 못 찾겠다, 꾀꼬리! 게임 끝! 나와!" 이런 바보 같은 상황에 웃음이 낄낄 터질 것 같았다. 또 한편으론 비명을 지르고 싶었다.

"좋아, 그럼 이 쇼를 계속 해 보든가." 나는 이렇게 말하고 앞으로 걸어가 의자를 빼고 테이블에 앉았다. 나는 투박한 돌멩이를 문진 삼아 내 책 위에 놓았다. 그다음 팔짱을 끼고 등을 꼿꼿이 세운 채 입학식에 온 신입생처럼 가만히 앉아 있었다. 몇 분이 흘렀다. 아무 소리도 들리지 않았다. 너무 더워서 턱에 맺힌 땀방울이 먼지 낀 테이블 위로 떨어지며 작은 원을 그렸다. 나는 기다렸다.

순간 공기가 정체되어 있는데 불꽃이 휘어지는 게 보였다.

누군가 검은 커튼 사이로 들어오고 있었다.

키가 큰 형체가 커튼을 쓸며 나오다가 그림자 속에 잠깐 멈춰 섰다. 그러더니 빛이 쏟아지는 쪽으로 머뭇거리며 발을 끌며 나왔다.

나는 눈동자부터 쳐다보았다. 세월과 인간의 고통에 시달릴 만큼 시달려 누그러진 촉촉하고 지적인 눈동자였다. 의심할 여지가 없었다. 두 눈은 분명 시인의 것이었다. 나는 M. 다스를 쳐다보았다. 그가 더 가까이 왔다. 나는 경기를 일으킬 것 같아서 테이블 양쪽 모서리를 꽉 움켜쥐었다.

나는 무덤에서 걸어 나온 그것을 보는 중이었다.

그것은 자투리 수의처럼 보이는 회색 누더기를 걸치고 있었다. 웃고 싶지 않겠지만 웃을 수밖에 없는 벌어진 입술 사이로 치아가 번쩍였다. 입술은 썩어 문드러져서 없어졌고 걸쭉한 살이 용종처럼 뭉쳐 있었다. 코도 조금씩 뜯어 먹혔는지 거의 없어져서 펄떡거리고 축축한 피부막만 남았고 두개골에 뻥 뚫린 구멍 두 개는 그대로 보였다. 한때는 보기 좋았을 이마는 남아 있었고 얼굴 하관은 거의 뭉그러졌다. 그런데 두피 전체가 군데군데 칼로 포를 뜨듯 벗겨져 있었고, 그나마 남아 있는 허연 머리카락 다발이 기괴한 각도로 삐죽 서 있었다. 왼쪽 귀는 형체 없는 살덩어리만 남아 있었다.

M. 다스는 앉으려고 반대편 의자를 뺐다. 나는 그의 오른손 손가락 두 개가 중간 마디에서부터 사라진 것을 눈치챘다. 남은 손을 누더기로 둘둘 싸서 동여맸지만, 그런다고 손목 군데군데 살갗이 떨어져 나가 근육과 힘줄이 적나라하게 드러난 모습을 감추지는 못했다.

그는 의자에 털썩 주저앉았다. 무거운 머리가 위아래로 덜렁거렸다. 가느다란 목이 그 무게를 이기지 못하는 것처럼 보였다. 방 안에는 우리가 거칠게 내뱉는 숨소리로 가득 찼다.

"나병이다." 나는 혼자서 조용히 속삭였으나 정작 그 소리는 고함처럼 크게 들렸다. 작은 불꽃이 세차게 휘청이며 스스로 끝장내겠다고 위협하는 것 같았다. 촉촉한 갈색 눈망울이 기름 램프 너머에서 나를 노려보았다. 나는 그의 눈꺼풀 일부분이 뜯겨져 나간 것을 알아챘다. "세상에." 나는 나지막이 읊조렸다. "오, 신이시여. 다스 씨, 대체 무슨 일을 당하신 겁니까? 나병이죠?"

"네……"

나는 그 목소리가 어땠는지 지금도 제대로 설명할 수 없다. 입술이 망가져서 어떤 소리를 제대로 내는 게 불가능했지만, 겉으로 드러난 치아 뒤쪽을 혀로 때려서 치찰음을 혀 짧은 소리로만 간신히 낼 수 있었다. 나는 그가 어떻게 소리를 낸 건지 지금도 모르겠다. 게다가 그 광기의 순간, 바람 새는 소리로 힘겹게 말하면서도 옥스퍼드식 악센트와 우아함이 여전히 또렷하게 들렸다. 침이 치아를 적시며 램프 불빛 속으로 튀었다. 그럼에도 말씨는 지적이었다. 나는 움직일 수도, 시선을 돌릴 수도 없었다.

"네, 나병이 맞습니다." 시인 M. 다스가 대답했다. "그런데 요즘엔 한센병이라고 부르죠, 루잭 씨." 그는 말꼬리를 길게 빼면서 우아하게 발음했다.

"맞아요, 죄송합니다." 나는 눈을 껌뻑이며 사과하면서도 시선을 뗄 수 없었다. 나는 아직도 테이블 모서리를 꽉 쥐고 있다는 사실을 깨달았다. 갈라진 상판을 보니 비로소 이 상황이 현실이라는 게 실감 났다. 나는 멍하니 물었다. "어쩌다 이렇게 된 거죠? 제가 어떻게 도와드릴까요?"

"당신 책을 읽었습니다, 루잭 씨." 그가 바람 빠지는 소리를 내며 말했다. "감성이 풍부한 시인이시더군요."

"제 책은 어떻게 구하셨죠?" 이 바보, 멍청이! 정신 똑바로 차려! "그러니까 제 말은, 왜 제 시가 감성적이라고 보시는 거죠?"

다스는 천천히 눈을 껌뻑였다. 얼마 남지 않은 눈꺼풀이 해진 창문 블라인드처럼 서서히 내려왔지만 흰자위를 온전히 덮지 못했다. 지적인 눈빛이 가려지자, 내 앞에 앉은 허깨비가 천 배는 더 섬뜩해 보였다. 나는 뛰쳐나가고픈 충동을 억누르며 숨을 멈추었다. 다스가 다시 나를 쳐다보았다.

다스의 목소리에 아쉬움이 섞여 있었다. "버몬트에 정말 그렇게 눈이 많이 내립니까, 루잭 씨?"

"네? 아…… 그러니까…… 네, 그럼요. 늘 그런 건 아니지만 폭설이 오는 겨울이 있습니다. 특히 산악 지역은 그래요. 그래서 길가와 우체통에 기다란 막대기를 꽂고 작은 주황색 깃발을 매달아 표시를 하죠." 나는 주절주절 떠들었다. 딴소리를 하지 않으려면 이렇게 중얼거리거나, 입을 주먹으로 틀어막는 수밖에 없었다.

"아……" 다스가 한숨을 내쉬었다. 죽어가는 바다 생물의 몸에서 바람이 빠지는 소리처럼 들렸다. "저도 보고 싶군요. 정말로요."

"저도 당신의 시를 읽었습니다, 다스 씨."

"네?"

"'칼리의 시'요. 물론 알고 계시겠지요. 그걸 저한테 보내셨잖아요."

"맞습니다."

"왜죠?"

"왜라뇨, 루잭 씨?"

"왜 그 작품을 외국에서 출간하려고 하시는 겁니까? 그걸 왜 저에게 주셨나요?"

"그 작품은 꼭 출간되어야 합니다." 다스의 기괴한 목소리에 처음으로 감정이 실렸다. "작품이 마음에 안 드셨습니까?"

"네, 마음에 들지 않았습니다. 하나도 맘에 들지 않았어요. 그런데 굉장히…… 기억에 남는 부분이 있습니다. 너무 끔찍해서 기억에 남아요."

"그렇군요."

"그걸 왜 쓰셨죠?"

다스는 다시 눈을 감았다. 그 흉측한 머리가 앞으로 숙여졌다. 나는 잠시 그가 잠이 든 건 아닐까 의심했다. 두피에 난 상처가 램프 불빛을 받자 회녹색으로 빛났다. "그 시는 꼭 출간되어야 합니다." 그는 거친 숨을 쌕쌕 몰아쉬며 말했다. "당신은 나를 도울 겁니다."

나는 머뭇거렸다. 그가 방금 한 말이 질문인지 아닌지 확실하지 않아서였다. "좋습니다." 마침내 입을 열었다. "그럼 그걸 쓴 이유를 말씀해 주시죠. 여기에서 뭘 하고 계신지도요."

다스는 내게 시선을 돌렸다. 우리의 시선이 맞닿은 짜릿한 순간, 그는 여기에 우리 둘만 있는 게 아니라고 신호를 보내는 것 같았다. 나는 옆을 살폈지만 오로지 암흑뿐이었다. 폭염 속에서 땀방울이 뺨을 타고 흘러내려 뚝뚝 떨어졌다. "어쩌다……" 나는 주저하다 말을 이었다. "어쩌다 이 지경이 되셨습니까?"

"나환자니까요."

"네."

"저는 몇 년간 나병을 앓았습니다, 루잭 씨. 그러면서도 그 증상을 무시했죠. 양손에 군데군데 피부가 벗어지면서 통증이 계속되다가 아예 감각을 잃었어요. 투어를 다니면서 사인을 하고 대학에서 세미나를 했지만 손과 얼굴의 감각이 사라지고 있었습니다. 살갗이 벌어지는 상처가 생기기 한참

전부터 저는 이 사실을 알고 있었습니다. 선친의 장례식에 참석하기 위해 동부로 가기 한참 전부터 제가 나병에 걸린 걸 이미 알고 있었어요."

"이젠 치료약이 있습니다! 약이 있다는 걸 분명 아시잖아요! 지금이라도 고칠 수 있습니다!"

"아니요, 루잭 씨. 고칠 수 없습니다. 치료약이 있다고 믿는 이들조차 약으로 증상을 통제하거나 늦출 수 있다고만 말하죠. 사실 저는 간디의 건강철학을 신봉하던 사람이었습니다. 그래서 발진과 통증이 시작되자, 금식을 하고 식단을 준수하며 관장을 통해 제 몸과 마음을 정화시켰습니다. 몇 년간 그렇게 했습니다. 그런데 도움이 되지 않았어요. 전 완치가 불가능하다는 걸 알았습니다."

나는 깊은 한숨을 내쉰 후 손바닥을 바지에 대고 문질렀다. "그럼, 혹시……"

"잘 들으세요." 시인은 낮은 음성으로 말했다. "시간이 별로 없습니다. 제가 얘기를 하나 해드리죠. 1969년 여름이었습니다. 이젠 저에게 다른 시대, 다른 세상 얘기지만요. 제가 태어난 작은 마을에서 아버지를 화장했습니다. 몇 주간 피고름이 선명해지자 저는 형제들에게 알레르기 때문에 그렇다고 둘러댔습니다. 그리고 되도록 혼자 지냈습니다. 뭘 해야 할지 막막했습니다. 캘커타까지 기차를 타고 한참을 오는 동안 저는 온전히 생각할 시간을 가졌습니다. 당신 나라에서 나병 환자를 보신 적이 있습니까, 루잭 씨?"

"아니요."

"당신은 보고 싶지 않을 겁니다. 물론, 저도 외국으로 나갈 수도 있었죠. 돈이 있었으니까요. 당신네 나라처럼 선진국 의사들은 증상이 상당히 진행된 한센병 환자를 볼 일이 거의 없습니다. 나병은 대다수의 현대 국가에서 사실상 퇴치되었습니다. 나병은 더럽고 분뇨가 나뒹구는 비위생적인 환경에서 창궐하는 질병이라서 중세 이후 서구에서는 사라졌습니다. 그런데 인도에서는 잊히지 않은 질병이죠. 제가 사랑하는 인도에서는요. 나병 환자가 벵골에만 무려 50만 명이 있다는 사실을 아십니까, 루잭 씨?"

"아니요."

"저도 몰랐습니다. 그리고 이런 얘기도 들었습니다. 그 환자 대부분은 나병이 진행되기도 전에 다른 사인으로 죽는다고 하더군요. 잠깐, 제가 어디까지 얘기했었죠? 아, 맞다. 저는 저녁에 하우라 역에 도착했습니다. 어떤 행동을 할 것인지 이미 마음의 결정을 내렸죠. 외국에 가서 치료를 받을까도 생각했습니다. 병이 서서히 진행되기에 몇 년간 고통을 참고 견딜까도 생각했습니다. 치료 받을 경우 겪어야 할 수모와 외로움에 제 몸을 맡길까도 고민했습니다. 모든 걸 고려했습니다, 루잭 씨. 그러나 마음을 접었습니다. 일단 그렇게 결심하자 마음이 굉장히 차분해졌습니다. 기차 일등석 창문으로 하우라 역 불빛이 보이던 그날 밤, 저는 제 자신도, 이 세상도 굉장히 평화롭게 느껴졌습니다.

신의 존재를 믿으시나요, 루잭 씨? 저는 과거에도, 지금도 믿지 않습니다. 빛을 밝혀 주는 그 어떤 신이 있다고 믿지 않습니다. 이 세상엔…… 아, 제가 어디까지 말씀드렸나요? 맞다, 기차에서 내릴 때 마음이 상당히 평화로웠습니다. 저는 병약한 자가 겪어야 할 고통도 피하고, 헤어짐의 아픔 또한 피하기로 했습니다. 전 그렇게 생각했습니다.

그래서 역에 있던 거지에게 제 짐 가방을 주었습니다. 거지가 놀라더군요. 아, 맞다. 어제 제가 그런 식으로 원고를 넘겨 드린 일 말입니다. 용서를 빌겠습니다, 루잭 씨. 제게 남은 즐거움이 몇 되지 않는데 그중 하나가 아이러니입니다. 저도 그 장면을 봤더라면 얼마나 좋았을까요. 우리가 어디까지 얘기했었나요? 아, 그렇습니다. 저는 하우라 역에서 나와 경이로운 구조물이라 불리는 하우라 철교로 걸어갔습니다. 보셨습니까? 물론 보셨겠죠. 제가 멍청한 소리를 했군요. 저는 철교를 볼 때마다 하우라 철교가 가슴을 벅차오르게 하는 추상적 구조물임에도 불구하고 진정한 예술 작품으로 인정받지 못하고 있다는 생각이 듭니다. 그날 밤 철교는 비교적 한산했습니다. 행인이 고작 몇 백 명밖에 없었으니까요.

저는 철교 한가운데에 멈춰 섰습니다. 오래 망설이진 않았어요. 생각할 시간을 갖고 싶지 않았기 때문이죠. 고백하건대, 저는 짧은 시 한 수를 썼습니다. 작별의 시죠. 저도 한때는 감성이 풍부한 시인이었으니까요.

철교 중앙에서 뛰어내렸습니다. 후글리 강 수면까지는 족히 30미터도 넘었을 겁니다. 한도 끝도 없이 떨어지는 것 같았어요. 만약 자살 실행에 서부터 마무리까지 그렇게나 오래 걸릴 줄 알았더라면, 아마 다른 계획을 세웠을 겁니다.

그 높이에서 떨어졌기 때문에 수면에 닿는 강도는 콘크리트 바닥에 떨어지는 것과 정확히 일치했습니다, 루잭 씨. 그 충격으로 제 두개골이 꽃처럼 활짝 피어나는 것 같았습니다. 등과 목 쪽에 무언가가 뚝 꺾였어요. 아주 큰 소리가 났는데 굵은 나뭇가지가 부러지는 것 같았습니다.

그런 다음에야 제 시신이 가라앉았습니다. 제가 '시신'이라고 말했는데, 그땐 이미 죽었기 때문입니다, 루잭 씨. 그건 의심할 여지가 없습니다. 그런데 기이한 현상이 일어났어요. 사람의 영혼은 죽자마자 몸에서 떠나는 게 아니더군요. 뭐랄까, 오히려 무관심한 행인처럼 일련의 상황을 그저 관망한다고 할까요. 이걸 어찌 설명해야 할까요? 뒤틀린 몸뚱이가 후글리 강바닥 개흙 속으로 잠기는 모습을 바라보는 기분을요? 물고기가 내 눈과 내 몸의 보드라운 부위를 파먹는 것을 바라보는 느낌을요? 그 꼴을 다 보고도 아무런 근심이나 두려움도 느끼지 못하는 무덤덤한 기분을 뭐라 설명해야 할까요? 그 경험이 바로 그렇습니다, 루잭 씨. 죽어가는 그 무시무시한 행위가…… 시시하더군요. 우리 가여운 존재가 생존을 위해 꼭 해야하는 다른 필수적인 행위만큼이나 시시했어요.

제 몸뚱이가 강바닥 개흙 속에 얼마나 오래 누워 있었는지는 모르겠습니다. 물살 때문인지 배가 지나가다 남긴 흔적 때문이지 모르겠지만 제가 강가로 밀려 나왔습니다. 아이들이 절 발견했죠. 아이들은 막대기를 들고 제 살을 쿡쿡 찌르며 좋다고 웃었어요. 그때 카팔리카가 나타나 저를 데리고 갔죠. 조심스럽게요. 뭐 그렇게 특별 대우를 받았다 해도 제겐 아무 의미가 없었죠. 카팔리카들은 그들의 숱한 사원 중 한 곳에 절 데려다 놓았습니다.

저는 칼리의 품 안에서 깨어났습니다. 그분은 죽음과 시간을 되돌릴 수 있는 유일한 신이십니다. 여신께서 저를 일으켜 세우셨습니다, 루잭 씨. 그런데 오로지 당신만을, 오로지 여신만을 위한 목적으로 절 되살리셨습니다. 아시다시피, 어둠의 어머니이신 칼리께서는 제 몸에 숨을 불어넣으시면서 제가 앓고 있는 병을 없애실 생각은 아니었습니다."

"그럼 그 목적이라는 게 뭐였죠, 다스 씨?" 내가 물었다.

시인은 형체가 거의 없어진 입술을 찡그려 미소를 지으려 했지만 흉측한 흉내에 그쳤다. "제 미천한 힘이 무슨 목적으로 쓰였는지는 자명할 텐데요." 다스가 말했다. "저는 칼리 여신의 시인입니다. 이렇게 보잘것없는 제가 여신을 섬기는 시인이자 사제이자 아바타르(신의 화신이라는 뜻의 산스크리트어)가 되었습니다."

대화를 나누는 내내, 나는 마음 한구석에서 다스가 한 말을 냉철히 따지고 있었다. 내 의식의 반쪽이 천장 근처를 맴돌며 태연함의 경계에 서서 우리가 나눈 대화 전체를 냉혹하게 평가하며 바라보는 것 같았다. 나머지 반쪽은 신경질적으로 웃고 고함치고 싶어 했다. 이 믿을 수 없는 얘기에 버럭 화내며 테이블을 뒤집어엎은 다음 사악한 어둠에서 달아나길 원했다.

"제 사연을 말씀드렸네요. 자, 어떠신가요, 루쟉 씨?"

"나병이 당신을 광기로 몰고 가는 것 같군요, 다스 씨."

"뭐라고요?"

"그게 아니라면, 당신은 제정신임에도 누군가를 위해 연극하는 게 분명합니다."

다스는 아무 말도 하지 않았지만 악의에 찬 눈빛으로 한쪽 옆을 잽싸게 힐끔거렸다.

"이 이야기에 문제가 하나 더 있습니다." 나는 이렇게 말했다. 단호한 목소리에 나조차 놀랐다.

"그게 뭐죠?"

"만약 당신의…… 만약 당신의 시신이 작년에서야 발견되었다면, 남아 있는 게 별로 없었을 겁니다. 7년이나 지났으니 뭐가 얼마나 남아 있었겠습니까?"

다스는 장난감 상자 속에서 용수철처럼 튀어 오르는 끔찍한 인형처럼 고개를 쳐들었다. 커튼 뒤 어둠 속에서 뭔가 부스럭거리는 소리가 들렸다.

"아, 작년에 제 시신이 발견되었다고 누가 그러던가요, 루잭 씨?"

내 목청이 죄어들었다. 나는 별생각 없이 말을 이었다. "무크타난다지 씨에 따르면, 시신이 되살아났다는 신화가 작년 일이라고 하더군요."

뜨거운 바람에 불꽃이 흔들리자 그림자가 다스의 뭉개진 얼굴 위에서 춤을 췄다. 끔찍한 미소가 그대로 굳었다. 그림자 속에서 또다시 부스럭거리는 소리가 들렸다.

"아……" 다스가 숨을 내쉬었다. 천을 두른 망가진 손으로 테이블을 문지르며 의미 없는 동작을 했다. "아…… 네, 그렇군요. 때로는……그런 재현을 하는 경우도 있습니다."

나는 몸을 앞으로 숙여 돌멩이 옆에 손을 놓았다. 나는 테이블 맞은편에 앉은 나병이 창궐한 살덩어리 속에서 인간의 존재를 찾고 있었다. 내 목소리는 진심 어리면서도 다급했다. "왜죠, 다스? 젠장, 왜죠? 하필 왜 카팔리카입니까? 이 세상을 지배하려고 귀환한 칼리의 이 외설적인 서사시는 다 뭡니까, 이 쓰레기 같은 내용은 다 뭐냐고요? 당신은 위대한 시인이었습니다. 진실과 순수를 노래하는 시인이었다고요." 내 말이 무미건조하게 들렸지만 달리 말할 길이 없었다.

다스가 몸을 뒤로 세게 젖혔다. 벌어진 입과 뚫린 콧구멍으로 나오는 숨소리가 고르지 못했다. 인간이 이런 상태로 얼마나 오래 버틸 수 있을까? 나병에 파먹히지 않은 살이 대체 어디에 있을까? 피부는 양피지처럼 속이 거의 들여다보일 정도로 멀겋게 뭉그러지기 직전이었다. 이 남자는 햇빛을 본 지 얼마나 되었을까?

"여신에게는 고귀한 아름다움이 있습니다." 그가 속삭였다.

"죽음과 타락 속에 있는 아름다움이요? 아니면 폭력 속의 아름다움입니까? 다스, 타고르의 제자가 대체 언제부터 폭력을 찬미하는 노래를 부른 겁니까?"

"타고르는 눈이 멀었습니다!" 바람이 새는 낮은 목소리에 또 다른 기운이 느껴졌다. "타고르는 앞을 보지 못했습니다. 죽어 가는 순간엔 그랬을 겁니다. 만약 마지막 순간까지 시력이 남아 있었더라면 타고르 역시 그분께 몸을 맡겼을 겁니다, 루잭 씨. 죽음이 우리가 자는 방으로 들어와 손을 붙드는 순간, 우리는 모두 여신께 의지하게 됩니다."

"특정 종교로 귀의한다 해도 폭력을 정당화할 수 없어요. 당신이 아무리 찬양해도 악을 정당화할 수는 없습니다."

"악이라니, 카악!" 다스는 누런 가래를 바닥에 내뱉었다. "당신은 아무것도 모릅니다. 악이라니! 악은 없소. 폭력도 없소. 오로지 힘만 있을 뿐입니다. 힘이야 말로 우주를 관장하는 가장 위대하고 유일한 원칙입니다. 루잭 씨, 힘은 오로지 선험적 현실입니다. 모든 폭력은 힘을 행사하기 위한 시도입니다. 폭력은 힘입니다. 우리는 모든 것을 두려워하는데, 어떤 세력이 힘을 행사해서 우리를 짓누르기 때문입니다. 우리는 모두 그런 두려움에서 벗어날 수 있는 자유를 갈망합니다. 모든 종교는 우리를 억압할지 모를 세력을 이기기 위한 힘을 얻고자 노력합니다. 그러나 여신만이 우리의 유일한 피난처입니다. 루잭 씨, 영혼의 포식자이신 그분께서만 우리에게 아바야 무드라(아무런 두려움이 없다는 뜻으로 양손을 밖으로 뻗는 동작)를 내리시고 두려움을 모두 없애 주실 수 있습니다. 여신만이 절대적 권능을 가지고 계시기 때문이죠. 칼리께서는 힘의 화신이자 시간과 근심을 뛰어넘는 권능이십니다."

"그건 저속한 겁니다. 잔인함에 대한 저급한 변명일 뿐이라고요." 내가 반박했다.

"잔인함이라니요?" 다스가 크게 웃었다. 텅 빈 단지 속에서 돌멩이 여러 개가 달그락거리는 것 같았다. "잔인함이라? 물론, 감수성이 풍부한 시인조차 영원한 진리를 떠드시지만, 선생이 말한 잔인함이라는 것이 이 우주가 인지하는 유일한 현실임을 반드시 명심하셔야 합니다. 삶에는 폭력이 깔려 있습니다."

"그건 받아들일 수 없습니다."

"그래요?" 다스가 눈을 천천히 두 번 껌뻑였다. "선생은 권력이라는 술을 한 번도 맛보지 못했군요. 선생은 폭력을 시도한 적이 단 한 번도 없습니까?"

나는 머뭇거렸다. 내 삶의 대부분이 화를 다스리기 위한 하나의 긴 여정이었다고 그에게 말할 수는 없었다. 세상에, 지금 우리가 무슨 얘기를 하는 걸까? 나는 여기에서 뭘 하고 있는 것일까?

"없습니다."

"말도 안 됩니다."

"진짭니다. 몇 번 싸운 적은 있지만 저는 늘 폭력을 피하려고 노력하고 있습니다." 내가 아홉 내지 열 살 무렵이었다. 새라는 일곱 살인가 여덟 살인가 그랬다. 우리는 보안림 인근 숲 속에 있었다. '바지 내려, 당장!'

"그건 사실이 아닙니다. 누구나 칼리 여신이 주는 피의 술을 맛보죠."

"아니요, 당신이 틀렸어요." 나는 새라의 뺨을 갈겼다. 한 번, 두 번. 새라는 눈물을 줄줄 흘리며 천천히 시키는 대로 했다. 내가 손을 떼자 새라의 가녀린 팔뚝에 벌겋게 피멍이 들었다. "사소한 사고만 몇 번 있었을 뿐이죠, 애들 장난 같은."

"사소한 잔인함이란 없습니다." 다스가 반박했다.

"말도 안 됩니다." 끔찍하면서도 미칠 것 같은 흥분에 도달했다. 새라의 창백한 알몸 때문만은 아니었다. 뭔가 낯선 성적인 짜릿함까지 가세했기 때문이었다. 그게 다가 아니었다. 완전히 무너져 내린 새라 때문이기도 했다. 새라의 굴복. 나는 뭐든 할 수 있었다. 내가 원하는 건 뭐든.

"두고 봅시다."

내가 원하는 건 뭐든.

다스가 힘겹게 일어섰다. 나도 의자를 뒤로 뺐다.

"시를 출간하실 거죠?" 그의 목소리가 갈라지며 바람 소리를 냈다. 점점 식어가는 화톳불 속 장작 같았다.

"안 그럴 것 같은데요." 나는 이렇게 말했다. "저와 같이 나갑시다. 다스, 여기에 있을 필요 없잖아요. 저와 같이 갑시다. 가서 당신 손으로 직접 출간하세요."

내가 열일곱 살 때 또 한 번 일이 있었다. 아둔한 사촌이 겁도 없이 나더러 아버지의 리볼버로 러시안룰렛을 하라고 시켰다. 사촌은 그 안에 탄환 한 알을 집어넣고 나를 대신해 탄창을 돌렸다. 나는 아무 생각도 없이 허세를 떨며 곧장 총을 들어 총구를 내 관자놀이에 대고 방아쇠를 당겼다. 공이치기가 빈 탄창을 때렸다. 그러나 그날 이후 나는 총이라면 근처에 얼씬도 하지 않았다. 이제, 캘커타의 어둠 속에서 나는 아무 이유 없이 총구를 내 머리에 또다시 대고 있는 듯한 기분이 들었다. 침묵이 길어졌다.

"아니요. 선생이 내 주셔야 합니다. 그것이 굉장히 중요합니다."

"왜죠? 당신은 왜 여길 떠날 수 없는 거죠? 저들이 여태 아무것도 안 했는데 이제와 당신한테 뭘 해 줄 수 있단 말입니까? 저와 같이 나가요, 다스."

다스는 눈을 반만 감았다. 내 앞에 선 살덩이가 더는 사람처럼 보이지 않았다. 무덤 속 흙에서 풍기는 악취가 그가 입은 누더기에서 풍겼다. 내 뒤쪽 어둠 속에서 알 수 없는 소리가 들렸다.

"저는 여기에 있기로 했습니다. 그러나 당신은 꼭 「칼리의 노래」를 가지고 당신네 나라로 돌아가는 게 중요합니다."

"왜죠?" 내가 되물었다.

다스의 혀는 반지르르한 치아에 닿자마자 몸을 움츠리는 작고 벌건 벌레 같았다. "그건 제 마지막 작품 그 이상의 의미가 있습니다. 그걸 하나의 선언으로 여겨 주세요. 일종의 탄생 선언이라 해 두죠. 출판해 주시겠습니까?"

나는 아무 말 없이 입을 다물었다. 심장이 열 번쯤 뛰고 나자 나는 어딘지 모를 어떤 어두운 구덩이 언저리에 서 있게 되었다. 그리고 고개를 살짝 끄덕였다. "그러죠. 출간하겠습니다. 전부는 아니더라도 조만간 출간되는 모습을 보시게 될 겁니다."

"좋습니다." 시인은 이렇게 말하고 자리를 뜨려고 몸을 돌렸다. 그런데 그가 머뭇거리며 수줍게 몸을 도로 돌렸다. 나는 그의 목소리에서 인간의 갈망이 담긴 기색을 처음으로 느꼈다. "저기…… 한 가지 더 있습니다…… 루잭 씨."

"네?"

"여기에 다시 한 번 들러주실 수 있습니까?"

지하 묘지 같은 이곳을 빠져나갔다가 도로 돌아올 생각만 해도 양쪽 무릎이 들러붙는 것 같은 기분이 들었다. "무엇 때문에요?"

그는 여태 테이블 위에 있는 『윈터 스피리츠』를 슬쩍 가리켰다. "읽을거리가 별로 없어서요. 제가 책 제목을 알려 주면 저를 보살피는 이들이 가끔 책을 가져옵니다만, 잘못 가져오는 경우가 왕왕 있습니다. 게다가 새로운 시인 중에는 제가 아는 이가 거의 없습니다. 혹시…… 가능하시다면 책을 몇 권 골라 주실 수 있을까요?"

노인이 휘청거리며 세 걸음 앞으로 나왔다. 그 소름 돋은 순간, 나는 그가 손마디 두 개가 썩어서 떨어져 나간 손으로 악수를 하려는 줄 알았다. 그는 도중에 걸음을 멈추었다. 그가 천에 둘둘 감긴 손을 내미는 모습을 보니 무기력하게 애원하는 것 같아 가슴이 더욱 짠했다.

"네, 몇 권 가져다 드리겠습니다." 나는 속으로 이렇게 생각했다. '난 여기에 다시는 오지 않을 거야. 당신의 카팔리카 친구들을 통해 책만 건네주고, 여기로 되돌아오는 헛짓은 절대로 안 할 거라고.' 그런데 내가 이 생각을 입 밖으로 내기도 전에 다스가 다시 입을 열었다.

"특히 에드윈 알링턴 로빈슨(1869~1935, 퓰리처상을 수상한 미국의 시인)이라는 새로 등단한 미국 시인의 작품을 읽고 싶습니다." 그가 서둘러 말했다. "그가 쓴 신작 중에서 「리처드 코리」 단 한 편만 읽었을 따름이지만, 결말이 너무 아름답고 제 상황과도 딱 맞아떨어질 뿐만 아니라, 제 꿈과도 일치해서 그런지 그걸 끊임없이 꿈꾸고 있습니다. 그 작품 좀 부탁드려도 될까요?"

나는 입을 벌린 채 다스를 바라보았다. 로빈슨더러 새로 등단한 미국 시인이라니! 결국, 난 달리 할 말을 찾지 못해서 혹시나 말실수를 할까 봐 겁내며 고개를 끄덕였다. "알겠습니다." 나는 간신히 대답했다. "구해 보죠."

애처롭게 뒤틀린 형체가 몸을 돌려 방을 떠났다. 잠시 후 나도 방을 나갔다. 검은 커튼이 가지 말라고 나를 막으려는 듯 잠시 내 몸에 들러붙었지만, 나는 자유의 몸이 되었다. 자유다!

캘커타가 아름다워 보였다. 구름에 한 번 걸러진 흐릿한 햇빛, 북적거리는 인파, 오후에 북새통을 이룬 차량들. 안도의 기쁨을 만끽하며 이 모든 것을 바라보자 눈앞에 펼쳐진 광경에 한 줄기 빛이 내리는 것 같았다. 다스의 마지막 말과 의구심이 나를 괴롭히고 있다는 사실이 떠올랐다. 아니, 그건 나중에 생각해야겠다. 지금 난 자유다.

카팔리카 두 명이 계단 밑에서 나를 기다리고 있었다. 그들의 가이드 서비스는 고작 몇 분 만에 끝났다. 그들은 나를 데리고 홀을 빠져나가 큰 대로까지 인도했다. 나는 대로에서 손을 흔들어 간신히 택시를 잡았다. 나와 헤어지기 전에, 둘 중 한 명이 내게 지저분한 명함을 내밀었다. 거기에는 '오후 9시 칼리가트 앞'이라고 적혀 있었다. "여기로 책을 가져오란 얘깁니까?" 나는 마른 남자에게 물었다. 그는 고개를 끄덕였다. 그것은 긍정이기도 했고 작별 인사이기도 했다.

이제 검고 노란 택시가 꼼짝달싹하지 않는 도로 위를 쑤시고 다녔다. 나는 긴장된 상황에서 풀려난 기쁨을 10분 정도 누렸다. 젠장, 무슨 경험이 이래! 모로는 절대로 믿지 않을 것이다. 나조차도 믿기지 않았다. 캘커타 길바닥에 난무하는 정신 나간 폭력 단체에 둘러싸여 그곳에 앉아 이 세상 최고의 시성 중 한 명이라고 하는 자의 남은 형상과 얘기했다니…… 젠장, 무슨 경험이 이렇단 말인가!

이런 종류의 기사는 『하퍼스 매거진』에는 절대로 통하지 않을 것이다. 『내셔널 인콰이어러』라면 모를까 『하퍼스 매거진』은 어림없었다. 나는 크게 소리 내어 웃었다. 땀을 흘리던 왜소한 기사가 앞좌석에서 고개를 돌려 정신 나간 미국인을 쳐다보았다. 나는 씩 웃었다. 그리고 몇 분간 앞으로 쓸 기사의 도입부를 구성하고 기사에 무게감을 주어 모로가 보기에 적당히 건조하고 냉소적인 느낌이 나도록 했다. 내가 어디에 있었는지 그 위치를 기록해 두었어야 했다는 생각이 뒤늦게 들었다. 그런 생각이 떠올랐을 무렵, 나는 이미 택시를 잡아탄 곳에서 몇 킬로미터나 멀어진 후였다.

마침내 고층 빌딩이 보였다. 차가 캘커타 도심 가까이에 왔다는 뜻이었다. 호텔에서 두 블록쯤 떨어진 곳에 '매니스 서점'이라고 적힌 커다란 간판과 허물어진 입구가 보였다. 나는 그 앞에 내려 달라고 했다. 안으로 들어가니 철제 선반이 정신없이 매여 있고, 책이 산더미처럼 쌓여 있었다. 오래된 책과 신간이 있고 먼지 낀 두툼한 책도 보였는데, 대부분 미국 출판사에서 발행한 것이었다.

나는 30분 정도 최근에 나온 괜찮은 시집 여덟 권을 골랐다. 로빈슨의 단독 시집은 없었다. 대신 『현대 시 포켓북』에 「리처드 코리」는 물론 「다크 힐스」와 「월트 휘트먼」까지 로빈슨이 쓴 세 편의 시가 실려 있었다. 나는 손에 들고 있던 누런 표지를 뒤집은 다음 인상을 찌푸렸다. 내가 다스의 메시지를 오해한 건 아니었을까? 그건 아닌 것 같았다.

아무것도 결정하지 않은 채, 나는 몇 분간 책 크기에 맞추어 나머지 두 권을 더 골랐다. 서점 주인이 이상하게 생긴 동전을 잔돈으로 거슬러 주었다. 나는 그에게 약을 파는 데가 어딘지 물었다. 그는 인상을 쓰면서 고개를 저었다. 그래도 나는 몇 번이고 내가 필요한 것을 설명했다. "아, 알왔다. 그 '약' 말고 약 말입니까?" 그는 서점과 호텔 사이에 약국이 있다고 알려 주었다.

오후 6시가 다 되었다. 나는 오베로이 그랜드 호텔로 돌아왔다. 공산당 피켓 시위대가 길가에 쪼그리고 앉아 작게 불을 피워 차를 우리고 있었다. 나는 그들에게 힘차게 손을 흔들면서 에어컨이 나오는 또 다른 안전한 세상으로 다시 들어갔다.

캠커타가 저녁을 향해 가는 동안, 나는 비몽사몽 한 상태로 누워 있었다. 한껏 들떴다가 마음 놓이는 기분은 빠져나가고 그 자리엔 묵직한 노곤함과 망설임이 가득 찼다. 나는 오늘 오후의 만남을 다시 떠올리면서 끔찍한 다스의 모습에서 풍기던 믿을 수 없는 공포심을 떨치려 했다. 그러나 소용없었다. 눈을 감아도 아른거리는 모습을 부정하면 할수록, 그들의 현실이 더 참혹하게 느껴졌다.

"…… 결말이 너무 아름답고 제 상황과도 딱 맞아떨어질 뿐만 아니라 제 꿈과도 일치해서 그런지 그것을 끊임없이 꿈꾸고 있습니다."

나는 새로 산 책을 들춰 보지 않아도 다스가 어떤 시를 말하는지 알았다.

그래서 리처드 코리는 어느 고요한 여름밤
집으로 돌아가 총알을 머리에 관통시켰다네
– 에드윈 알링턴 로빈슨, 「리처드 코리」 중에서

한 10년 전 사이먼 앤 가펑클은 바로 이 구절에서 영감을 얻어 누구나 따라 부를 수 있는 노래로 만들었다.

'그것을 끊임없이 꿈꾸고 있다.'

7시경이 되었다. 나는 바지를 갈아입고 씻은 다음 아래층에 내려가 커리 라이스와 튀김 빵으로 가볍게 저녁 식사를 했다. 암리타는 이 빵을 늘 '푸리'라고 불렀는데, 메뉴판에는 '루치'라고 적혀 있었다. 저녁을 먹으면서 시원한 봄베이 맥주를 두 병 들이켰더니 울적함이 살짝 가셨다. 한 시간 정도 지나 호텔 방으로 올라갔다. 복도를 걷고 있는데 내 방 전화기가 울리는 것 같았다. 그런데 열쇠를 주섬주섬 꺼내는 사이 전화벨이 끊겼다.

옷장 선반 속에 넣어둔 갈색 종이 가방은 그대로 있었다. 25구경 자동 권총은 내 기억보다 작았다. 작은 권총이 장난감 같다 보니 나는 다음과 같은 행동을 저지르고 말았다.

나는 약국 봉투에서 면도칼과 풀을 꺼냈다. 그다음 크기가 좀 더 큰 책 세 권을 시험 삼아 대보았다. 로렌스 더럴(영국의 시인이자 소설가)의 하드커버 시집이 유일하게 딱 맞는 것 같았다. 나는 망설이다가 작업에 돌입했다. 나는 일평생 책을 망가뜨린다는 생각만 해도 치를 떨었던 사람이다.

칼질을 다 끝내고 나니 40분이나 걸렸다. 손가락이 베일까 봐 걱정하며 작업했지만 이제 다 끝냈다고 말할 수 있게 되었다. 휴지통 절반이 종잇조각으로 찼다. 책은 쥐가 몇 년 동안 파먹은 것처럼 보였다. 내가 도려낸 구멍 속에 작은 자동 권총이 완벽하게 쏙 들어갔다.

그걸 보기만 해도 심장이 벌렁거렸다. 나는 언제라도 마음이 바뀌면 아무 골목에나 이걸 내다 버리면 된다고 스스로에게 계속해서 말했다. 사실 호텔 밖으로 들고 나가 버리기엔 책이 현명한 방법이었다. 나는 그렇게 혼잣말을 했다.

나는 구멍에서 권총을 꺼내 총이 달각하고 잠길 때까지 신중히 클립을 장전했다. 이리저리 뒤져 봤지만 안전장치는 보이지 않았다. 그래서 총을 도로 책 속에 넣고 책장이 서로 들러붙도록 몇 군데 꼼꼼히 풀을 발랐다.

'그것을 끊임없이 꿈꾸고 있다.'

나는 고개를 저은 다음, '매니스 서점'이라고 적힌 갈색 종이 가방 속에 책을 집어넣었다. 더럴의 시집은 밑에서 세 번째에 있었다.

8시 50분이 되었다. 나는 문을 닫고 복도를 따라 서둘러 걸었다. 바로 그때 엘리베이터 문이 열리면서 암리타가 빅토리아를 품에 안은 채 걸어 나왔다.

13

"그리고 자정이 되자 짐승들이 울부짖는다……
이 거짓된 도시의 잔혹함 속에서
누가 누구의 적인가, 누가……"
— 시데스와르 센(인도의 시인)

"보비, 정말 끔찍했어. 오후 1시 비행기가 3시로 지연되는 바람에 기내에서 대기 중이었어. 그런데 에어컨이 내내 작동하지 않는 거야. 승무원은 기체 결함 때문이라고 안내하는데, 옆자리에 앉은 봄베이 사업가 말로는 기장과 항공 엔지니어와의 갈등 때문에 몇 주 전부터 이런 일이 여러 번 있었대. 그러다 비행기가 청사로 되돌아가더니 전부 내리라더라. 빅토리아가 내 옷에 온통 토했는데 가방에 든 블라우스로 갈아입을 시간도 없었어. 정말 힘들었어, 여보."

"그랬구나." 나는 대답하며 시계를 들여다보았다. 정확히 오후 9시였다. 암리타는 침대에 앉아 있었고, 나는 문을 열어 놓은 채 그대로 서 있었다. 아내와 아이가 여기에 있다니 믿기지 않았다. 망할! 망할! 망할! 나는 암리타를 부여잡고 세차게 흔들고 싶었다. 피곤과 혼돈으로 머리가 어지러웠다.

"항공사에서는 나보고 델리행 다른 비행기를 타라고 했어. 바라나시와 카주라호(인도 중부에 있는 도시)를 경유하는 편이었거든. 그거라도 정시에 뜨기만 하면 팬암 연결 편을 탈 수 있을 것 같았어."

"그랬는데 못 탔구나." 내가 덤덤히 말했다.

"물론이지. 수하물이 그쪽 비행기로 아예 넘어갈 생각을 않더라고. 그래도 난 7시 30분에 출발하는 봄베이행 비행기를 타고 가서 런던행 영국 항공 편으로 갈아탈 계획을 짰어. 그런데 캘커타 공항 착륙 유도등에 문제가 생기는 바람에 봄베이에서 들어와야 할 비행기가 마드라스(인도 남동부에 있는 도시)로 회항했지 뭐야. 그래서 비행기 출발 시간이 밤 11시로 또다시 늦춰졌어. 나도 너무 지쳤고, 빅토리아도 하루 종일 울어서……"

"잘했어." 나는 말했다.

"오, 보비. 내가 여러 번 방으로 전화했는데 안 받더라. 내 메시지를 당신한테 전해 달라고 호텔 매니저에게 부탁해 놓았는데."

"호텔로 들어오다가 만났는데 매니저가 아무 말도 안 하던데."

"'마티에리에비에츠!'" 암리타가 웅얼거렸다. "꼭 전해 준다고 그랬다고!" 암리타는 욕을 하지 않는 편이었지만, 가끔 이렇게 아무도 모르는 외국어로는 욕을 하곤 했다. 아내는 내가 러시아 말을 모르는 줄 알았다. 아내가 모르는 사실이 있는데, 바로 이 욕은 폴란드 태생이셨던 내 조부께서 러시아인들을 싸잡아 부를 때 가장 많이 쓰시던 단어였다.

"상관없어." 나는 이렇게 말했다. '이것 때문에 모든 게 뒤바뀌는군.'

"미안해. 찬물에 샤워하고 빅토리아에게 젖을 먹이고 내일 당신하고 같이 떠날 생각만 머릿속에 가득하더라고."

"물론 그랬겠지." 나는 이렇게 말한 후 몸을 숙여 아내의 이마에 입을 맞췄다. 나는 암리타가 이토록 격분한 모습을 본 적이 없었다. "괜찮아. 내일 아침에 같이 출발하지 뭐." 나는 다시 시계를 보았다. 9시 8분이었다. "나 잠깐 나갔다 올게."

"꼭 가야 해?"

"응, 몇 분이면 돼. 이 책을 누구한테 전해 주러 가야 하거든. 얼마 안 걸릴 거야, 자기." 나는 복도로 나섰다. "명심해. 방문은 꼭 잠그고 걸쇠까지 걸어 놔. 알았지? 나 말고 아무한테도 문 열어 주면 안 돼. 혹시 전화가 와도 그냥 울리게 놔둬, 받지 말고. 알았지?"

"그런데 왜 그래야 하는⋯⋯"

"그냥 시키는 대로 해, 좀! 한 30분 정도 걸릴 거야. 제발, 암리타, 내가 시키는 대로 해. 나중에 다 설명할게."

나는 몸을 돌리다 말고 발걸음을 멈췄다. 암리타가 기저귀를 갈아 준 담요 위에서 빅토리아가 팔다리를 휘젓고 있었다. 나는 방을 가로질러 아이를 번쩍 들어 올리고 뱃살에 입을 댄 후 바람을 불어 부르르 소리를 냈다. 벌거벗은 우리 공주님, 보드라운 살갗. 아이는 좋다고 옹알거렸다. 빅토리아는 나를 보고 벙긋 웃더니 통통한 손으로 내 코를 만졌다. 아이에게서 존슨앤존슨 베이비 샴푸 냄새가 풍겼다. 아이의 살은 상상할 수 없을 만큼 만질만질했다. 나는 아이를 도로 뉘인 다음 손으로 두 발을 잡고 공중에서 자전거타기 자세를 취해 주었다. "아빠가 올 때까지 엄마를 잘 돌보고 있어. 알았지, 공주님?"

빅토리아는 웃음을 거두고 나를 심각하게 쳐다보았다.

나는 아이의 배에 다시 입을 맞추고 암리타의 뺨을 어루만진 다음 서둘러 방을 나섰다.

나는 칼리가트로 가지 않았다. 방금 전 호텔 정문으로 나와서 더럴의 책을 내다 버릴 방법을 고심하고 있었다. 그때 검은 프리미어 승용차가 바로 옆에 정차했다. 카키색 옷을 입은 뚱뚱한 남자가 운전대에 앉아 있었고, 낯선 남자가 뒷문을 열었다.

"타세요, 루잭 씨."

나는 뒤로 물러서며 책이 들어 있는 종이 가방을 가슴에 품었다. "저는…… 음…… 칼리가트에서 만나기로 했는데요." 나는 바보처럼 웅얼거렸다.

"타시라고요."

나는 몇 초간 얼어붙고 말았다. 그다음, 거리 이쪽저쪽을 살폈다. 호텔 입구까지는 스무 걸음 정도. 부유해 보이는 젊은 인도 커플이 어닝 밑에서 웃고 있었다. 짐꾼들이 회색 벤츠에서 짐을 꺼내는 중이었다.

"여기요, 이게 제가 다스 씨에게 약속했던 겁니다." 나는 종이 가방 위쪽을 척 접어서 뒷자리에 앉은 남자에게 건넸다.

그 남자는 책을 받을 생각이 전혀 없어 보였다. "제발 타시라고요, 루잭 씨."

"왜요?"

남자는 한숨을 쉬더니 코를 매만졌다. "시인께서 몸소 만나고 싶어 하십니다. 금방 끝날 겁니다. 루잭 씨도 그렇게 하겠다고 동의하신 걸로 시인께 들었습니다."

뚱뚱한 운전수가 인상을 쓰며 뭔가 할 말이 있는 듯 몸을 옆으로 틀었다. 뒷자리에 앉은 남자가 운전대에 앉은 그의 팔목을 한 손으로 가볍게 쥐더니 이렇게 말했다. "시인께서 당신에게 직접 주고 싶은 게 있으시답니다. 어서 타세요, 루잭 씨."

나는 차를 타려고 몸을 숙이는 내 모습에 깜짝 놀랐다. 차 문이 닫히고 우리는 속도를 올려 차량들 사이로 들어갔다. 캘커타의 밤으로 들어갔다.

비와 장작불, 고속도로와 옆길, 좁은 골목과 잡초가 무성한 폐허 위를 지나는 질척거리는 바퀴자국. 랜턴의 불빛과 반사되는 도시의 조명. 이 모든 것을 거친 후 나는 카팔리카가 내게 시선을 돌리기를 기다렸다. 그들은 내가 가져온 책을 검사하겠다고 했다. 나는 곧이어 호통과 주먹이 날아오기를 기다렸다.

우리는 아무 말 없이 차를 타고 갔다. 나는 책이 든 종이 가방을 무릎에 올리고 고개를 돌려 창밖을 바라보았다. 기억에 남는 거라곤 차창에 비친 파리한 내 얼굴이 나를 쏘아보던 모습 말고는 없다. 마침내 차가 높다란 철문 앞에서 멈추었다. 근처 어딘가에서 높이 솟은 벽돌 굴뚝 두 개가 시뻘건 불꽃을 밤하늘로 쏘아 올리고 있었다. 전에는 이 길로 오지 않았다. 검은 옷을 입은 남자가 보슬비를 맞으며 나와 철문을 열고 차를 들여보냈다.

헤드라이트를 비추자 텅 빈 벽돌 건물과 대피용 철로와 폐트럭 한 대가 보였다. 트럭은 잡초에 절반쯤 파묻혀 있었고 뒤에는 산더미만한 흙이 실려 있었다. 누런 전구가 켜진 넓은 문 앞에서 마침내 차가 멈춰 섰다. 벌레들이 불빛을 향해 몸을 내던지고 있었다.

"내리세요."

문과 복도가 여러 개 보였다. 검은 옷을 입은 남자 둘이 손전등을 들고 우리 일행에 합류했다. 저 멀리 어딘가에서 낮게 깔리는 통기타 소리와 시끄러운 시타르(옛 페르시아의 기타를 개량한 인도의 현악기) 소리, 북소리가 들렸다. 우리는 좁은 계단을 올라 맨 위에서 걸음을 멈추었다. 검은 옷을 입은 자가 운전수에게 까칠하게 말했다. 그다음 몸수색이 이어졌다.

그들 중 하나가 책이 든 종이 가방을 가져갔다. 나는 가만히 서 있었고, 남자는 거친 손으로 내 옆구리를 더듬고 허벅지 안쪽을 찌르더니 잽싼 손놀림으로 내 다리를 위아래로 훑었다. 운전수는 종이 가방을 열어서 맨 위에 놓인 책 세 권을 꺼냈다. 그는 화난 표정으로 책장을 훌훌 넘긴 후 도로 가방 속에 넣었다. 그다음, 좀 더 큰 하드커버 한 권을 꺼냈다. 그는 그 책을 나머지 셋에게 보여 주었다. 더럴의 시집은 아니었다. 카키색 옷을 입은 남자가 책을 넣은 종이 가방을 접어서 아무 말 없이 내게 돌려주었다.

거기에 서 있던 나는 다시 숨을 쉬기 시작했다.

검은 옷을 입은 카팔리카가 손전등을 들고 손짓했다. 나는 그를 따라 짧은 계단을 하나 더 오른 후, 오른쪽으로 난 좁다란 복도를 따라 내려갔다. 그가 문을 붙들고 있었고, 나는 그 안으로 들어갔다.

방은 처음 우리가 만났던 곳과 엇비슷한 크기였지만 커튼은 보이지 않았다. 등유 랜턴이 나무 선반 위에 피워져 있고, 그 옆에 도자기 컵, 나무 그릇 여러 개, 책 몇 권, 작은 부처 청동상이 놓여 있었다. 칼리의 아바타르 중에 부처를 닮은 모습이 있다는 사실이 낯설었다.

다스는 나지막한 협탁 옆에서 몸을 웅크리고 정좌 자세로 바닥에 앉아 있었다. 그는 얇은 책 한 권을 보고 있다가 내가 다가가자 고개를 들었다. 좀 더 밝은 불빛에서 보자 고통 받은 그의 모습이 더욱 적나라하게 드러났다.

"아, 루잭 씨."

"다스 씨."

"고맙게도 돌아와 주셨군요."

나는 작은 방을 둘러보았다. 뒤쪽 열린 문 뒤로는 까마득한 암흑이었다.

어디에선가 향냄새가 풍겼다. 음이 맞지 않는 시타르를 튕기는 소리도 희미하게 들렸다.

"이게 그 책들인가요?" 다스가 물으면서 천에 둘둘 말린 손을 어색하게 내밀었다.

"네." 나는 마룻바닥에 무릎을 꿇고 앉아서 협탁 위에 종이 가방을 올려놓았다. 랜턴이 쉬 소리를 냈다. 허물이 벗겨지며 뭉그러진 시인의 오른쪽 뺨에 파리하게 누런빛이 둥그런 원을 그렸다. 두피 여기저기에 푹 팬 흉터는 거무죽죽한 살갗과 대조되어 허예 보였다. 끈끈한 점액이 다스의 뭉그러진 콧구멍을 틀어막았다. 쉬 소리를 내며 타들어가는 랜턴 소리보다 그의 숨소리가 더 크게 들렸다.

"아." 다스가 한숨을 내쉬었다. 그는 거의 받드는 듯한 자세로 구겨진 종이 가방 위에 손을 올렸다. "매니스 서점이군요. 사실 매니와 잘 아는 사이였습니다, 루잭 씨. 예전 전쟁 때였죠. 제가 갖고 있던 낭만주의 시인들의 시집을 매니에게 팔았어요. 돈이 궁해서요. 그런데 매니는 제가 팔았던 책을 따로 빼 두었다가 몇 년 후 제가 그 책을 도로 사들일 수 있게 해 주었어요." 다스는 큼지막하고 촉촉한 눈동자를 위로 들어 나를 올려다보았다. 그의 모습에 서린 고통을 통감하자 나는 또다시 가슴이 먹먹해졌다. "에드윈 알링턴 로빈슨 작품도 가져오셨죠?"

"그럼요." 내 목소리가 떨렸다. 나는 목청을 거칠게 가다듬었다. "사실 저는 당신만큼 로빈슨을 그렇게 높이 치지 않습니다. 재고해 보시지요. 그가 쓴 「리처드 코리」는 사실 시인이 쓸 만한 작품이 아니죠. 희망을 깡그리 지워 버리니까요."

"때론 희망이 아예 존재하지 않는 경우도 있습니다." 다스가 조용히 말했다.

"희망은 언제나 존재합니다, 다스 씨."

"아니요, 루잭 씨. 그렇지 않아요. 때론 오로지 고통만이 존재합니다. 그리고 그 고통을 묵인할 뿐이죠. 어쩌면 그런 고통을 강요하는 이 세상에 대한 반항일 수도 있습니다."

"반항도 일종의 희망입니다. 안 그렇습니까?"

다스는 나를 지그시 쳐다보았다. 그러더니 등 뒤쪽 어두운 공간을 재빨리 힐끔거린 후 읽고 있던 책을 들이 올렸다. "이거 받으세요, 루잭 씨." 그는 이렇게 말하고 책을 협탁 위에 올려놓았다. 덕분에 나는 그에게 직접 그 책을 받지 않아도 되었다.

아주 낡고 얄팍한 책이었다. 도톰하고 묵직한 양피지로 제대로 제본되어 있었다. 나는 협탁에 덮인 오돌토돌한 식탁보 위로 손을 뻗어 책을 폈다. 두툼한 속지는 오래되었어도 누렇게 바래거나 바스라지지 않았다. 책등도 뻣뻣하지 않았다. 이 얇은 책은 진정한 장인 정신과 관리가 무엇인지를 모든 면에서 보여 주고 있었다.

어떤 시는 벵골어로 쓰였고, 영어로 쓰인 작품도 보였다. 나는 영어로 쓰인 작품을 한눈에 알아보았다. 백지에는 벵골어로 긴 문구가 쓰여 있었다. 바로 그 필체로 마지막 부분에 영어로 이렇게 적혀 있었다. "나의 '여덟 수제자' 중 가장 촉망 받는 젊은 다스에게, 애정을 담아." 만약 최근에 유리 액자 속 노벨상 수락 연설문 밑에 휘갈겨 쓴 서명을 보지 않았더라면 난 그게 누구의 서명인지 알아보지 못했을 것이다. 1939년 3월. 라빈드라나드 타고르.

"이건 받을 수 없습니다."

다스는 그저 나를 바라보고만 있었다. 두 눈은 세월을 뛰어넘어 늙을 대로 늙었고 서글퍼 보였다. 그러면서도 내가 전에 미처 깨닫지 못한 어떤 목적이 서린 듯 번뜩였다. 그는 나를 응시했고 나는 또다시 토를 달지 않았다.

시인의 온몸에 경련이 일었다. 나는 그가 말하기 위해, 집중하기 위해 온몸에 힘을 쥐어짜고 있는 것임을 깨달았다. 나는 나가려고 자리에서 일어섰다.

"아니." 다스가 나지막이 말했다. "가까이 오십시오."

나는 한쪽 무릎을 꿇었다. 이 불쌍한 사내의 살이 썩는 악취가 올라왔다. 그에게 가까이 갈수록 내 온몸에 소름이 오싹 돋았다.

"오늘……" 그가 숨을 몰아쉬었다. "나는 힘에 대해 말씀드렸습니다. 모든 폭력은 힘입니다. 여신께서 바로 그 힘입니다. 그분은 한계를 모르십니다. 칼리 여신에게 시간은 무의미합니다. 고통을 통해 달콤한 향기가 나는 제물을 여신께 바치는 거죠. 지금이 칼리의 시대입니다. 여신의 노래는 그 끝을 모릅니다. 이제 다시 여신의 시대가 열렸습니다." 다스는 벵골어로 무언가 읊더니 프랑스어를 조금 내뱉고 다시 힌디어를 쏟아냈다. 그는 열변을 토하는 중이었다. 어딘가에 두 눈의 초점을 맞추고 있지만 힘겹게 내뱉은 치찰음은 그 어디에도 닿지 못했다.

"그렇군요." 내가 서글프게 대답했다.

"폭력은 힘이요, 고통도 힘입니다. 이제 칼리 여신의 시대가 열렸습니다. 보입니까? 보입니까?" 그의 목소리가 점점 커지더니 호통으로 변했다. 나는 카팔리카들이 들이닥치기 전에 그의 입을 틀어막고 싶었다. 그러나 나는 그곳에서 한쪽 무릎을 꿇은 채 그저 듣고만 있었다. 그가 격렬히 내뱉은 소리에 맞춰 랜턴도 리듬감 있게 타닥 타올랐다. "중심이 지탱되지 아니한다. 그저 무질서가 이 세상에 풀렸도다! 칼리의 노래가 막 시작됐다……"

늙은 시인이 몸을 앞으로 숙였다. 메마른 호흡이 씨근거리며 망가진 폐에서 올라왔다. 그는 다시 제정신이 든 것 같았다. 거칠고 산만했던 모습이 빠져나간 두 눈에는 지독히 지친 기색만 남았다. 그는 나병으로 뭉그러진 손으로 고양이를 쓰다듬듯 협탁 위에 올린 책 더미를 쓸었다. 그가 입을 열었다. 목소리는 차분하고 거의 대화하는 톤에 가까웠다. "명심하세요, 루잭 씨. 이제 입에 담지 못할 시대가 되었습니다. 말로 표현할 수 없는 행동들이 넘실댈 것입니다."

나는 그를 응시했으나 그는 나를 쳐다보지 않았다. 그는 방 안에 있는 그 무엇과도 시선을 맞추지 않았다.

"우리는 말로 표현할 수 없는 것들을 자행할 능력을 늘 갖고 있었습니다. 칼리 여신께서는 상상할 수 없는 것들을 자행할 수 있는 분입니다. 이제 우리가 마음껏 따르면 됩니다."

다스는 말을 멈추었다. 침이 턱을 적셨다. 나는 그가 마음에 상처를 입었다는 사실을 깨달았다. 침묵이 몇 분간 이어졌다. 마침내 그가 갖은 애를 써서 마음을 추스르더니 나와 시선을 맞추었다. 그는 더럽고 썩은 내나는 천에 싸인 뭉그러진 손가락을 들어 조용히 감사 표시를 했다.

"가세요, 지금. 가세요."

나는 복도를 따라 비틀거리며 걸었다. 온몸이 미친 듯이 벌벌 떨렸다. 위아래로 정신없이 흔들리는 전등 불빛이 나를 비추었다. 누군가 거친 손으로 타고르의 책을 빼앗아 이리저리 뒤집어 보더니 도로 돌려주었다. 나는 책을 양손으로 부여잡고 둥근 불빛을 따라 복잡하게 얽힌 복도와 계단을 내려갔다.

우리는 열린 문 앞에 섰다. 차가 한 대 보였고 비 냄새가 났다. 그때 갑자기 총성이 들렸다. 날카로운 총성 두 발이 거의 동시에 울렸다. 총성은 어둠 속에서 단호히 쐐기를 박는 듯했다.

남자 넷이 동작을 멈추더니 벵골어로 뭐라고 서로 소리친 후 계단으로 후다닥 뛰어올라갔다. 몇 분 동안, 나는 열린 문 앞에 홀로 남겨졌다. 비 내리는 어두운 밤을 멍하니 바라보았다. 그저 망연자실, 믿기지 않았다. 겁이 나 움직일 수도, 아무 생각도 할 수 없었다. 그때 카키색 옷을 입은 뚱뚱한 사내가 계단을 뛰어내려 오더니 내 셔츠 앞섶을 잡고 다른 이들과 같이 나를 계단 위로 질질 끌고 올라갔다.

랜턴 불빛은 여전히 차가운 흰빛을 내뿜고 있었다. 손전등 불빛이 여기저기 부산하게 돌아다니다가 한곳에 모였다. 누군가 내 등을 떠밀었다. 나는 사람들의 어깨를 쓸면서 앞으로 나아가 웅성거리는 원을 지나 침묵의 정중앙에 섰다.

다스는 협탁에 고개를 박고 자는 것처럼 보였다. 크롬으로 도금된 작은 권총을 왼손에 단단히 쥔 채 입 안 가득 흉하게 쑤셔 넣고 있었다. 한쪽 눈은 거의 감았고, 다른 쪽 눈은 흰자위를 내보인 채 툭 불거져 있었다. 박살난 두개골이 아직도 속에서 어마어마한 압력을 받는 것 같았다. 입과 귀, 콧구멍에서 흐르는 피가 이미 검게 고일 대로 고인 피 웅덩이 안으로 흘러들었다. 향내와 코르타이트 폭약 냄새가 방 안에 진동했다.

고성이 들렸다. 최소 여덟아홉 명의 남자들이 방으로 모여들었고, 어두운 복도에는 그보다 더 많은 이들이 모여 있었다. 어떤 이는 비명을 질렀다. 어떤 이는 팔을 휘저으며 걸어 들어오다가 실수로 내 가슴을 쿡 찔렀다. 카키색 옷을 입은 남자가 몸을 숙여 다스의 앙다문 입에서 권총을 당겨 뺐다. 그 과정에서 다스의 앞니가 부러졌다. 남자는 피 묻은 권총을 흔들며 가늘고도 높게 탄식했다. 그의 탄식은 기도이거나 욕일지도 모르겠다. 남자들이 방 안으로 속속 밀고 들어왔다.

이건 꿈이야. 나는 아무것도 느껴지지 않았다. 귓가에 윙윙 허밍이 크게 울려 퍼졌다. 그 허밍은 주위로 울려 퍼지더니 점점 멀어지며 동떨어진 것이 되어 버렸다.

또 다른 남자가 들어왔다. 그는 나이가 지긋했고 대머리에 소작농이 입는 단순한 도티를 걸치고 있었다. 그런데 그의 평범해 보이는 외모와는 달리 사람들이 그가 지나가도록 양쪽으로 갈라져 존경을 표했다. 그는 다스의 시신을 잠시 내려다본 후 나병이 집어삼킨 그의 머리를 경배하듯 부드러운 손길로 어루만졌다. 시인이 내가 선물로 준 책을 쓰다듬을 때와 비슷했다. 그러더니 남자는 검은 눈동자를 내가 있는 쪽으로 돌리더니 사람들에게 뭔가 나긋나긋하게 명령했다.

남자들이 내 셔츠와 팔뚝으로 손을 뻗었다. 그리고 나를 어둠 속으로 끌고 갔다.

나는 텅 빈 방에 앉아 있었다. 얼마나 있었는지는 모르겠다. 문 뒤에서 소리가 들렸다. 작은 기름 램프가 나를 비추고 있었다. 나는 바닥에 앉아 암리타와 빅토리아를 떠올리려 했지만 도저히 할 수 없었다. 무엇에도 집중할 수 없었다. 머리가 아팠다. 한참 후 나는 사람들이 놓고 간 책을 집어들고 타고르의 영시를 몇 편 읽었다.

얼마 후 남자 셋이 들어왔다. 한 명이 내게 작은 컵을 받침과 함께 내밀었다. 검은 차 위로 김이 모락모락 피어올랐다.

"아니, 됐습니다." 나는 이렇게 말하고 다시 책을 읽으려 했다.

뚱뚱한 남자가 말했다. "마셔."

"싫습니다."

카키색 옷을 입은 남자가 내 왼손을 잡더니 새끼손가락을 뒤로 꺾어 분질렀다. 나는 비명을 내질렀다. 책이 바닥에 떨어졌다. 나는 다친 손을 부여잡고 극심한 고통에 이리저리 흔들었다. 남자가 다시 차를 내밀었다.

"마셔."

나는 컵을 받아 들고 마셨다. 씁쓸한 차에 혀를 데었다. 나는 기침을 하면서 몇 모금을 내뱉었지만 세 남자가 지켜보고 있어서 남김없이 들이켰다. 새끼손가락이 우스꽝스럽게 꺾여 있었다. 손목에서부터 팔을 타고 올라가 목덜미까지 불이 붙은 듯 신경이 욱신거렸다.

누군가 빈 잔을 받아 들더니 둘이 밖으로 나갔다. 뚱뚱한 남자가 씩 웃으며 아이를 대하듯 내 어깨를 토닥였다. 이제 다들 나가고 나 홀로 남았다. 입 속엔 씁쓸한 차 맛과 더불어 비겁함이 감돌았다.

나는 새끼손가락을 당겨 제자리에 맞추려 했지만, 건드리기만 해도 비명이 튀어나오고 혼절할 지경이었다. 땀이 물처럼 줄줄 흐르고 살갗이 차갑고 서늘해졌다. 나는 오른손으로 책을 들고 읽던 장을 다시 펴서 시에 집중하려 했다. 기차 안에서의 우연한 만남에 관한 내용이었다. 여전히 손을 살살 흔들며 고통스러운 신음을 낮게 내뱉었다.

차 안에 뭐가 들었는지 목구멍이 타들어갔다. 몇 분 후 책에 쓰인 글자가 미친 듯이 왼쪽으로 쏠리더니 모조리 내달리기 시작했다.

나는 똑바로 서려고 했다. 바로 그때, 기름 램프가 눈이 멀 정도로 활활 타오르더니 이내 꺼졌다. 주위가 칠흑처럼 어두워졌다.

어둠. 고통과 어둠.

고통은 나만을 위로해 주던 어둠에서 날 끄집어내 그보다 덜 자애로우나 못지않게 어두운 칠흑 속으로 내던졌다. 나는 차가운 돌바닥에 누워 있었다. 빛이라곤 희미한 줄기 하나 보이지 않았다. 고통이 내 왼팔을 타고 올라가자 나는 일어나 앉아 목 놓아 울었다. 통증은 심박과 박자를 맞춰 점점 더 욱신거렸다.

오른손으로 주변을 더듬거렸다. 아무것도 없었다. 차디찬 돌과 뜨겁고 텁텁한 공기만 느껴질 뿐이었다. 내 눈이 어둠에 적응하지 못했다. 나는 빛 하나 들어오지 않는 완벽한 어둠을 겪었던 적이 있었다. 친구들과 같이 미주리 주에 있는 동굴 탐험을 했던 그때 딱 한 번뿐이었다. 우리는 동굴로 들어가 들고 있던 카바이드 램프를 몽땅 꺼 버렸다. 폐소 공포증을 유발하듯 마음속에서 바깥으로 밀고 나오는 어둠이 느껴졌다. 그때 어떤 생각이 스치는 순간, 입에서 신음 소리가 흘러나왔다. 혹시 저들이 내 눈을 멀게 했나?

나는 다급히 눈가를 더듬거렸다. 눈은 멀쩡했다. 얼굴에 아픈 데는 없었고, 차를 마신 이후 욕지기가 올라와 어지러울 뿐이었다. '아니, 됐습니다'라니. 나는 킥킥거리면서도 거친 웃음소리를 최대한 틀어막았다.

욱신거리는 왼손을 가슴에 대고 기기 시작했다. 손에 벽이 만져졌다. 매끈한 벽돌 벽이거나 석조 벽인 것 같았다. 지하실인가?

자리에서 일어섰다. 어지러움이 더 심해졌다. 벽에 몸을 기댄 채 차가운 벽면에 뺨을 댔다. 재빨리 손으로 훑으니 저들이 내 옷은 그냥 입혀둔 것 같았다. 나는 주머니 속을 뒤지기로 했다. 셔츠 주머니에는 비행기 티켓 영수증, 작은 수첩 두 권, 사인펜 하나, 아침에 주운 돌멩이에서 떨어진 진흙이 만져졌다. 바지 주머니에는 호텔 방 열쇠, 지갑, 동전, 종이 한 장, 암리타가 준 성냥갑이 들어 있었다.

'성냥이다!'

욱신거리는 왼손으로 성냥갑을 간신히 들고 성냥을 그어 손으로 감싼 채 들어올렸다.

방이 아니라 반침이었다. 세 면은 단단한 벽이었고, 한쪽 면엔 검은 장막이 드리워져 있었다. 마음속에서 데자뷔가 일었다. 나는 장막 한쪽 끝자락을 살짝 들추고 저 너머 더 넓은 어두운 공간을 살폈다. 성냥불에 손끝을 그을렸다.

숨을 죽인 채 귀를 기울였다. 바람이 뺨에 느껴졌다. 혹시나 더 큰 공간에서 누군가 대기 중일까 봐 차마 성냥을 하나 더 긋지 못했다. 거칠게 내쉬는 내 숨소리 너머로 부드럽게 속삭이는 소리가 낮게 깔렸다. 거인이 숨 쉬는 소리인가, 아니 강물 소리인가.

나는 시험 삼아 두꺼운 장막 밑으로 한쪽 발을 내디딘 다음 넓고 탁 트인 공간으로 나갔다. 내 눈엔 아무것도 보이지 않았지만 그곳이 어마어마하게 넓다는 느낌을 받았다. 공기는 약간 더 시원했고 특정한 방향 없이 바람이 제멋대로 불었다. 바람에 향내가 실려 왔다. 일주일 묵은 쓰레기 냄새처럼 묵직하고 지독한 악취도 같이 밀려왔다.

나는 짧게 몇 걸음 내디딘 다음 오른손을 앞으로 살짝 뻗었다. 그리고 그 모습을 기억하지 않으려 했다. 단조로운 영어를 떠올려 한 번 걸렀는데도 그 모습은 여전히 마음속에서 고개를 들었다. 스물다섯 걸음을 내딛었지만 아무것도 만져지지 않았다. 카팔리카들이 언제든 들이닥칠지 모른다. 어쩌면 지금 이 안에 있을지도 모른다. 나는 달리기 시작했다. 어둠 속에서 아무 생각 없이 입을 헤 벌린 채 왼손을 부여잡고 내달렸다.

무언가가 내 머리를 후려쳤다. 바람개비처럼 알록달록한 색상이 눈앞에 아른거렸다. 나는 바닥에 쓰러지면서 돌에 부딪힌 다음 또다시 쓰러졌다. 왼손이 깔리면서 쓰러지는 바람에 고통과 충격에 비명을 내질렀다. 성냥갑이 손에서 미끄러졌다. 나는 고통에도 아랑곳하지 않고 무릎을 꿇고 앉아 그걸 찾으려고 미친 듯이 더듬었다. 언제든 또다시 한 방이 날아올지 모른다.

오른손에 네모난 성냥갑이 걸렸다. 손이 하도 벌벌 떨려서 성냥을 세 번이나 그은 끝에 처음으로 불을 붙일 수 있었다. 성냥을 들어 올리면서 고개도 따라 들었다.

나는 칼리 신상의 주춧돌에 무릎을 꿇고 있었다. 여신이 앞으로 쭉 뻗은 아래쪽 손에 내 머리가 부딪힌 것이다. 나는 눈을 껌뻑였다. 이마에 맺힌 피가 오른쪽 눈으로 타고 들어왔다.

나는 머리가 터질 듯한 어지러움을 느끼면서도 자리에서 일어났다. 이딴 것 따위 앞에서 무릎 꿇지 않을 것이다.

"들리느냐, 이년아?" 나는 내 머리에서 1미터가량 위로 보이는 검게 굳은 얼굴을 향해 크게 외쳤다. "네 앞에선 무릎 꿇지 않아. 듣고 있냐고?" 여신의 멍한 시선은 내가 있는 쪽을 아예 쳐다보지도 않았다. 치아와 혀는 아이들의 만화책에 나오듯 끔찍해 보였다.

"망할 년." 나는 이렇게 말했다. 성냥이 다 탔다. 낮은 단상에 발이 걸리

272

는 바람에 나는 여신상 멀리 어둡고 텅 빈 구역으로 튀어 나갔다. 열 걸음 만에 발걸음을 세웠다. 이제 어둠 속 주위를 더듬을 필요가 없다. 시간도 거의 없다. 나는 성냥개비를 하나 켜서 높이 치켜든 채 비행기 티켓 영수 증을 더듬거리며 찾았다. 내가 만든 작은 횃불이 지름 5미터짜리 원형 빛 웅덩이를 그렸다. 나는 그것을 높이 들고 문이든 창문이든 찾았다. 영수증 이 타들어 가다가 내 손을 그을릴 때까지 그대로 서 있었다.

칼리가 사라졌다.

여신이 방금 전까지 밟고 섰던 주춧돌과 단상이 텅 비었다.

희미해지는 원형 빛 웅덩이 너머에서 무언가가 비비고 긁적거렸다. 내 왼쪽에서 움직임이 감지되는 순간, 나는 타들어 가는 종이를 떨어뜨릴 수 밖에 없었다. 다시 칠흑 같은 어둠이 찾아왔다.

성냥개비를 하나 더 긁었다. 퀭한 불빛이 간신히 나를 비추었다. 사파리 셔츠 주머니에서 스프링 수첩을 꺼내 입에 물고 종이를 찢어서 손에 쥐었 다. 성냥불이 죽었다. 앞으로 열 걸음도 떨어지지 않은 어둠 속에서 무언 가가 부스럭거렸다.

성냥을 하나 더 켰다. 나는 무릎을 꿇고 구겨진 종이 여러 장을 쫙 깔아 놓고 파란 불꽃이 죽기 전에 종이에 불을 놓았다. 작은 종이 더미에서 불 이 훨훨 타올랐다.

칼리는 움직이다 말고 동작을 멈추었다. 그것은 팔다리 여섯 개로 몸을 웅크리고 있어서 마치 초대형 민둥 거미처럼 보였다. 손가락이 팔 끝에서 더듬거리다가 비비 꼬인 채 달려 있었다. 여신은 목을 구부려 수척한 얼굴 을 내게 들이밀었다. 젖가슴은 거미 배에 매달린 알집처럼 축 처져 있었다.

'넌 진짜가 아니야.'

칼리가 입을 벌려 나를 향해 쉭쉭 소리를 냈다. 여신의 턱이 쩍 벌어졌다. 시뻘건 혀가 스르륵 미끄러져 나왔다. 15센티미터, 아니 30센티미터나 되었다. 칼리는 녹아내리는 시뻘건 밀랍처럼 혀를 스르륵 내밀었다. 혀끝이 바닥에 닿자, 먹잇감을 찾는 뱀처럼 혀끝을 말아 올린 채 차가운 돌바닥 위를 미끄러져 내게 다가왔다.

그 순간, 나는 비명을 내질렀다. 또다시 비명을 지르면서 남은 수첩에 마저 불을 놓은 다음, 불붙은 표지를 들어 올려 쉭쉭거리는 악귀를 향해 걸음을 옮겼다.

칼리의 혀가 옆쪽을 훑다가 내 발을 가까스로 비껴갔다. 악귀는 여섯 개의 팔다리를 뒤로 쑤석거리더니 껌뻑거리는 내 횃불이 만든 원형의 빛 웅덩이 너머 어둠 속으로 몸을 숨겼다. 수첩이 이미 내 손가락을 태우고 있었다. 나는 부스럭거리는 소리가 나는 쪽으로 꺼져 가는 횃불을 던진 후 몸을 홱 돌려 반대편으로 냅다 뛰었다.

전속력으로 달렸다. 아무것도 보이거나 느껴지지 않았다. 양팔을 안으로 끌어 모았다. 뛰는 동안 성냥을 하나 더 켜지 않았더라면 뛰다가 앞에 있는 벽에 머리부터 박았을 것이다. 성냥이 꺼지자 나는 머리를 부딪치면서 비명을 질렀다. 성냥을 하나 더 켜고 주위를 뱅그르르 돌았다. 오른쪽에서 눈동자 두 개가 차갑게 빛났다. 고양이가 토할 때 내는 소리도 들렸다.

나는 나무 벽면에 등을 기댔다. 커튼처럼 불이 잘 붙는 물건이 있었다면 거기에 불을 놓았을 것이다. 어둠 속에서 칼리와 함께 외롭게 죽느니 차라리 훨훨 타오르는 건물 속 화려한 빛을 받으며 타죽는 게 나을 것이다.

벽에 기댄 채 등으로 벽을 쓸면서 왼쪽으로 움직였다. 성냥을 연달아 켜고 또 켰다. 이제 성냥이 몇 개 남지 않았다. 눈도 더는 보이지 않았다.

다친 손끝에 판자와 파편, 못이 만져졌지만 그건 문이 아니었다. 창문도 없었다. 부스럭거리는 소리가 사방에서 들렸다. 돌과 나무 위에 연골이 쓸리는 듯한 소음이 들렸다. 현기증이 극심해지자 나는 어지러워서 바닥에 쓰러질 것 같은 위협을 느꼈다.

'분명 어딘가에 나가는 문이 있을 거야.'

나는 걸음을 멈추고 오그라드는 성냥을 든 채 숨을 골랐다. 그리고 남은 성냥에 몽땅 불을 붙였다. 순식간에 불이 확 하고 타오르는 순간, 내 머리 위로 1미터 위쯤 벽면에 있는 창문틀이 보였다. 창유리는 깨지지 않고 멀쩡했지만 유리 위에 검은색으로 페인트칠이 되어 있었다. 사그라지는 불꽃이 손을 데운 후 점점 작아졌다.

나는 불타는 성냥갑을 내던지고 몸을 웅크렸다가 훌쩍 뛰어올랐다. 끼워 넣은 창틀이라 손끝에 잡을 만한 데가 만져졌다. 나는 두 다리로 매끈한 벽면을 차면서 지렛대 삼을 만한 곳을 찾았다. 어찌어찌해서 한쪽 팔꿈치를 창틀에 걸친 채 온몸을 끌어 올렸다. 검게 칠한 유리창에 뺨이 닿았다. 나는 거기에서 균형을 잡았다. 양팔이 미친 듯이 벌벌 떨렸지만 팔뚝으로 페인트가 발린 유리창을 깰 준비를 했다.

무언가가 내 다리를 붙들었다.

체중이 온전히 실린 팔뚝이 부러진 새끼손가락 위로 내리꽂혔다. 본능적으로 몸을 웅크리려는 찰나 몸이 뒤로 쏠리더니 아슬아슬하게 잡았던 균형을 잃고 벽면을 훑으며 내려가 딱딱한 바닥에 대자로 뻗었다.

완전한 암흑이었다.

무언가의 존재가 가까이에서 느껴지자 나는 무릎으로 섰다.

네 개의 손이 내게 몰려왔다.

···

네 개의 팔이 나를 거칠게 들어 옮기고 있었다.

'사람의 영혼은 죽자마자 몸을 뜨는 게 아니더군요. 뭐랄까, 오히려 무
관심한 행인처럼 일련의 상황을 그저 관망한다고나 할까요.'

저 멀리에서 여러 목소리가 들렸다. 감고 있던 눈꺼풀을 통해 한 줄기 빛
이 느껴졌지만 이내 사라졌다. 차가운 비가 내 얼굴과 팔에 내려앉았다.

'비가 오나?'

점점 더 많은 목소리가 들리더니 이제는 언쟁하듯 커졌다. 어디선가 낡
은 차에 시동이 걸리자 덜커덩거리는 소리가 울려 퍼졌다. 타이어 밑에 깔
린 자갈이 으스러졌다. 이마가 아팠다. 왼손은 참지 못할 만큼 욱신거렸다
고 코가 근지러웠다.

'죽는 게 이럴 리 없어.'

4기통 엔진 소리는 굉장히 요란했다. 나는 주위를 둘러보려 애를 썼지
만 오른쪽 눈이 떠지지 않았다. 이마에 난 상처에서 흐른 피가 말라붙어
단단히 굳었기 때문이다.

'칼리 여신의 손에 부딪혔었지.'

나는 왼쪽 눈으로 실눈을 떴다. 나는 지금 카키색 옷을 입은 뚱뚱한 남
자와 다른 카팔리카들에게 들린 채, 아니 반쯤은 질질 끌린 채 옮겨지는
중이었다. 흰옷을 입은 대머리 남자를 포함한 다른 남자들은 비를 맞으며
신나게 떠들고 있었다.

'도로 잠이나 자. 안 돼!'

비가 내리고 손이 욱신거리고 미칠 듯이 가려운 탓에 나는 시커먼 급류

처럼 밀려드는 졸음에 휩쓸리지 않았다. 나를 옮기던 남자가 내 쪽으로 얼굴을 돌리는 순간, 나는 다급히 눈을 감았다. 그럼에도 녹색 화물차를 살짝 보았다. 운전석 문은 찌그러졌고 뒤쪽 화물칸에는 창문이 없었다. 그게 무엇인지 알아본 순간 역겨움이 온몸을 관통했다.

남자들은 계속해서 말다툼을 하더니 목소리가 날카로워졌다. 나는 듣고만 있었다. 그런데 갑자기 내가 벵골어에 능통하다는 착각이 들었다. 남자들은 대머리 남자의 명령에 따라 나를 처리하고 난 후 내 몸뚱이를 어찌할지를 두고 다투는 게 분명했다.

마침내 카키색 옷을 입은 자가 투덜거리자 그와 또 다른 카팔리카가 나를 화물차 뒤에 실었다. 내 발등이 자갈밭에 질질 끌렸다. 두 사람은 공기가 통하지 않은 화물칸에 나를 고꾸라뜨렸다. 내 머리가 트럭 한쪽에 쑤셔 박혔다가 다시 철제 바닥에 부딪혔다. 나는 각오하고 한쪽 눈을 떴다. 뚱뚱한 남자와 다른 카팔리카가 나와 같이 화물칸에 탔고, 또 한 명이 왼쪽 조수석에 훌쩍 올라탔다. 운전수가 고개를 돌려 뭔가 묻자, 뚱뚱한 남자가 내 옆구리를 세게 걷어찼다. 입에서 헉하며 바람이 빠졌지만 나는 몸을 뒤척이지 않았다. 카팔리카는 웃더니 '나이'로 시작하는 말을 건넸다.

'내가 두 번이나 신세졌네, 이 뚱보 새끼야.'

분노는 도움이 되었다. 그 뜨거운 불씨 덕분에 정신이 맑아졌고 마음속에 잔뜩 끼었던 공포라는 안개가 가라앉았다. 차가 움직이기 시작하자 자갈을 밟고 지나가는 소리가 바닥에 대고 있던 귀를 통해 들렸다. 그럼에도 나는 이제 뭘 해야 할지 아무 생각이 들지 않았다. 그동안 봤던 천 편의 영화에 따르면, 바로 지금이 주인공이 격렬한 싸움을 벌인 끝에 악당을 힘으로 제압해야 할 타이밍이었다.

나는 그들과 싸울 수 없었다.

도움을 받지 않고는 혼자 일어나 앉지도 못할 것 같았다. 내가 약해서가 아니라 그들이 차에 약을 탔기 때문에 그렇다. 게다가 이미 다치기까지 했다. 저치들에게 더는 두드려 맞고 싶지 않았다. 내 유일한 무기는 계속 의식을 잃은 척하면서 저들이 또다시 공격하기 전까지 몇 분이라도 시간을 벌게 해 달라고 기도하는 것뿐이었다.

'저 놈이 내 손가락을 분질렀어.' 나는 뼈가 부러진 적이 한 번도 없었다. 어렸을 때도 그런 적이 없었다. 그건 내가 학교 나닐 때 개근상을 받은 것처럼 은근히 뿌듯해하던 일이었다. 땀을 찔찔 흘리는 저 개자식은 텔레비전 채널 다이얼을 돌리듯 아무 생각 없이 힘도 쓰지 않고 내 손가락을 분질러 버렸다. 그런 비정한 모습을 보니 저 작자들이 나를 아무데다 내다 버려서 내가 호텔로 돌아가는 꼴을 두고 보지 않을 거란 확신이 들었다.

'모든 폭력은 힘을 행사하는 겁니다, 루잭 씨.'

만일 내가 훨씬 더 큰 두려움에 휩싸이지 않았더라면, 저들에게 싹싹 빌면서 제발 보내 달라고 애원했을 것이다. 나는 저들이 앞으로 무슨 짓을 벌일지 모른다는 음울한 불안감에 사로잡혀 사지가 마비되었다. 그럼에도 온갖 두려운 생각이 꼬리를 물고 지나가는 그 아래 어디에선가 이런 자각이 들었다. 저들이 나에게 분노를 쏟아붓는 한, 아무도 암리타와 빅토리아를 건드리지 않을 것이다. 그래서 나는 아무 말도, 아무 짓도 하지 않았다. 그저 숨 막히게 무더운 어둠 속에 누워서 차 안에 말라붙은 똥 냄새와 누군가 오래전 내뱉은 토사물에서 올라오는 악취를 맡으며 카팔리카 네 명이 욕하고 코를 킁킁거리는 소리를 듣고 있을 수밖에 없었다. 그리고 다시 고통 받지 않고 지나가는 금쪽같은 1분 1초를 찬양할 수밖에 없었다.

차는 포장도로 위로 올라 신속히 기어를 바꾸며 속도를 올렸다. 여러 번 굉음 같은 배기음이 메아리치는 것으로 보아 차는 건물 사이를 지나는 것 같았다. 간혹 가다 트럭이 으르렁대는 소리도 들렸다. 나는 한 번 더 슬쩍 눈을 떴다. 네모난 헤드라이트가 차 내부 벽면을 훑으며 지나갔다. 잠시 후, 카키색 옷을 입은 카팔리카가 내가 누운 쪽을 쳐다보며 비웃는 듯한 벵골어로 나지막이 지껄였다. 내 심장이 펄떡거리기 시작했다.

그때 차가 멈췄다. 브레이크에서 끽 소리가 났다. 나와 같이 화물차 뒤칸에 탄 카팔리카는 몸이 앞으로 홱 쏠리자 화가 나 고함을 쳤다. 운전수가 욕을 퍼부으며 신경질적으로 손바닥 전체로 빵빵 경적을 울렸다. 바깥에서 고성으로 대답하는 소리가 내 귀에 들렸다. 짝 하는 채찍 소리가 나더니 화난 황소의 울음소리가 잇달아 들렸다. 운전수는 상스러운 소리를 내뱉으며 경적을 몸통으로 눌렀다.

1분 후, 차 앞쪽 문이 열리고 운전수와 조수석에 앉은 카팔리카가 뛰어내려 우리 앞길을 막은 뭔지 모를 그것에 향해 계속 고함치는 소리가 들렸다. 욕이 끝없이 쏟아졌다. 세 번째 카팔리카가 몸을 쭉 빼고 튀어나가더니 눈에 보이지 않고 소리만 들리는 언쟁에 끼어들었다. 이제 차에 남은 자는 카키색 옷을 입은 뚱뚱보와 나, 둘뿐이었다.

'지금이다!'

행동에 옮겨야 한다는 걸 알면서도 몸이 따라 주지 않았다. 내 옆에 쪼그리고 앉은 남자를 때려눕히고 저 열린 문으로 튀어 나가야 한다는 것을 알았다. '뭐라도 해!' 지금이 도망칠 수 있는 마지막 기회라는 확신이 들었지만 생각을 행동으로 옮길 수 없었다. 그냥 화물칸에 누워 있는 게 그나마 아무런 갈등도, 또다시 고통당할 일도, 죽임을 당할 일도 없이 고작 몇 분이라도 보장 받는 길처럼 보였다.

갑자기 뒷문이 벌컥 열렸다. 뚱뚱한 남자가 한쪽 옆으로 세차게 밀리며 바닥으로 푹 쓰러졌다. 누군가 팔뚝을 붙들며 나를 거칠게 세워 앉혔다. 두 다리가 바깥으로 툭 떨어지자 나는 고통스럽게 눈을 껌뻑였다. 오른쪽 눈이 피딱지 사이로 움찔 벌어졌다.

"나와요! 서라고요! 서둘러요!" 크리슈나의 목소리였다. 그의 얼굴이 내 얼굴 위로 드리웠다. 머리칼을 흩날리며 그가 환희에 찬 미치광이처럼 씽긋 웃자 날카로운 치아가 드러났다. 그는 삐쩍 마른 오른팔로 나를 똑바로 세우더니 내가 앞으로 고꾸라지는 순간 단단히 붙들었다.

"나힌!" 카팔리카가 소리치면서 화물칸에서 튀어나왔다. 카팔리카는 덩치가 크리슈나의 두 배였고, 얼굴은 분노로 일그러져 있었다. "뮤테!"

크리슈나는 교차로에서 차량을 세우는 경관처럼 왼팔을 쭉 뻗어 올려 벽돌처럼 단단하고 두툼한 손바닥으로 달려드는 카팔리카의 얼굴을 치받았다. 카팔리카의 코가 과일 과육처럼 뭉그러졌다. 그는 비명을 지르며 몸을 뒤로 빼며 웅크리다가 머리를 차의 뒷문에 박았다. 카팔리카는 무릎을 꿇고 주저앉더니 앞으로 고꾸라졌다. 크리슈나는 여전히 오른팔로 나를 붙들어 세운 채, 왼쪽 다리를 잽싸게 들어 뻣뻣하게 호를 그리더니 뚱뚱한 남자의 턱 밑에 움푹 팬 부분을 정강이로 가격했다.

얄팍한 플라스틱이 박살 나는 소리가 들리더니 카팔리카의 비명 소리가 졸지에 끊겼다.

"갑시다! 어서!" 크리슈나가 나를 잡아끌었다. 내 몸이 한쪽으로 쏠리자 그는 나를 붙들어 똑바로 세웠다. 나는 다리를 질질 끌면서 최대한 빨리 움직였다. 두 다리로 중심을 잡으려고 애를 썼지만, 양쪽 다리에 마취

제를 잔뜩 맞은 것 같은 기분이 들었다. 나는 쓰러진 남자를 어깨 너머로 힐끔 쳐다보았다. 차에 있는 문이란 문은 부러진 날개처럼 모조리 열려 있었다. 저 너머로 황소 달구지 하나가 교차로와 좁은 도로를 꽉 틀어막고 있었다. 카팔리카 셋이 달구지 옆에 가만히 서 있었다. 그들은 잠시 우리를 멍하니 쳐다보다가 달려오기 시작했다. 고함을 치며 팔을 휘적였다. 한명은 벌써 기다란 칼처럼 보이는 무기를 손에 들고 있었다. 황소 달구지가 삐거덕거리며 어둠 속으로 사라졌다.

"뛰어!" 크리슈나가 고함쳤다. 그가 나를 잡아당기자 셔츠가 찢어졌다. 나는 순간 쓰러질 뻔했다. 두 팔을 허우적거리며 앞으로 몸이 쏠리는 순간, 그가 찢어진 내 셔츠의 목덜미 부분을 낚아채 나를 다시 일으켜 세웠다.

우리 둘은 칠흑 같은 골목으로 뛰어 들어가 랜턴 불빛이 흥건한 정원으로 들어갔다. 우리가 뛰어 들어가자 늙은 여인이 놀란 표정으로 고개를 들었다. 크리슈나가 비즈로 엮은 발을 옆으로 치웠다. 우리는 어두운 방바닥에서 자는 사람들을 뛰어넘어 뒷문으로 빠져나갔다.

우리가 또 다른 정원으로 들어가자 괴성과 비명 소리가 뒤에서 들렸다. 건물 사이로 난 더 좁은 골목에 막 들어서는 순간, 카팔리카 셋이 어두운 입구에 나타났다. 거기엔 쓰레기가 발목 높이까지 차올라 있어서, 우리는 풀썩이는 쓰레기를 헤치며 나아갔다. 그런 곳에서도 이불을 덮고 가만히 누워 있는 사람들이 있었다. 일을 보거나 아직도 처마에서 떨어지는 물을 피해 옹기종기 앉은 사람들도 보였다. 떨어진 물이 여기저기 얕게 고였다. 사람이라기보다 오히려 송장에 가까운 형체가 무릎을 감싸고 쭈그려 앉아 있었는데, 크리슈나는 그를 뛰어넘기도 했다.

나는 크리슈나를 도저히 따라잡을 수가 없었다. 우리가 나무 계단을 두

칸씩 뛰어올라간 후, 나는 결국 컴컴한 계단참에서 무릎을 꿇고 쓰러져 숨을 몰아쉬었다. 카팔리카들이 저 아래 정원에서 서로 소리쳤다.

크리슈나가 나를 열린 문 안으로 밀어 넣었다. 방에는 열 명 남짓한 사람이 화롯불 옆에 쭈그리고 있거나, 부서진 벽체에 몸을 웅크리고 앉아 있었다. 천장의 일부가 무너져 방 한복판에 내려앉았다. 부서진 벽돌과 석고를 작게 쌓아 올려 거기에 불을 피워 놓았다. 연기 자국이 벽면과 처진 천장을 그을렸다.

크리슈나가 낮은 목소리로 재빨리 뭐라고 말했다. 내 귀엔 그가 '칼리'라고 말하는 소리를 들은 것 같았다. 아무도 우리를 올려다보지 않았다. 사람들은 초점 없는 눈으로 낮게 피어오르는 불꽃을 계속 바라보았다.

계단을 오르는 발걸음 소리가 들렸다. 사내 하나가 고함쳤다. 크리슈나가 내 팔꿈치를 꽉 잡더니 나를 좁은 방으로 끌고 들어갔다. 텅 빈 그곳에는 청동 냄비 몇 개와 작은 가네샤 상만 보였다. 열린 창으로 보니 건물 사이로 난 좁다란 골목길이 보였다.

크리슈나가 창문턱에 오르더니 뛰어내렸다. 나도 낮은 창틀에 발을 디디고 섰지만 망설였다. 골목은 너비가 1.5미터도 되지 않았다. 게다가 바닥까지 6미터 정도 높이를 뛰어내려야 저 시커먼 어둠 속으로 들어갈 수 있었다. 크리슈나가 뛰어내린 바로 그 자리에서 뭔가 질퍼덕한 소리만 들렸다. 나는 저렇게 빛 한 점 없는 새카만 구덩이 속으로 뛰어내리지 못할 것 같았다.

갑자기 카팔리카가 방 바깥쪽 입구에서 고함치는 소리가 들렸다. 여인이 비명을 내질렀다. 나는 왼쪽 팔을 가슴에 품고 냅다 뛰어내렸다.

내가 뛰어내린 곳에는 쓰레기 더미가 2미터도 넘게 쌓여 있었던 것 같다. 나는 허벅지까지 차오른 쓰레기 더미 속으로 들어갔다가 뭔가 보드랍고 사악한 것들이 있는 옆으로 쓰러졌다. 쥐들이 찍찍거리며 벽면을 타고 돌아다녔다. 내 눈엔 아무것도 보이지 않았다. 내가 좁은 공간에서 몸을 밀며 앞으로 나아가려고 애쓰며 다리를 움직일 때마다 보드랍게 헐떡거리는 소리가 들렸다. 허리춤까지 말랑말랑하면서도 썩는 내 나는 덩어리가 차오르기 시작하자 나는 겁에 질려 버둥거리기 시작했다.

"쉿." 크리슈나가 내 어깨를 잡더니 날 가만히 붙들었다. 우리 머리 위로, 한 남자가 창밖으로 몸을 쑥 빼자 희미하게 빛나던 사각 창틀이 가려졌다. 그는 방 안으로 도로 몸을 집어넣었다.

"서둘러요!" 크리슈나가 내 팔을 붙들었다. 우리는 악취 나는 도랑을 헤치며 걷기 시작했다. 나는 벽에서 몸을 떼어 물컹물컹한 유기물을 헤치며 힘겹게 나아갔다. 서로의 팔을 지렛대 삼아 마구 흔들었지만, 마치 허리 높이까지 차오른 개흙을 헤치며 건너는 기분이었다.

갑자기 누군가 우리가 뛰어내린 창문에서 불타는 나무판을 내던졌다. 타다 남은 나무판을 똥이 가득 찬 골목으로 일부러 내던진 것이다. 나무판이 한 번 튕기며 멈추더니 기름에 찌든 누더기로 불이 옮겨 붙었고 연기가 피어오르기 시작했다. 크리슈나와 나는 얼어붙었다. 우리는 쓰레기 더미에 파묻혀 그림자보다 더한 존재로 남을 수밖에 없었다. 카팔리카 하나가 우리가 있는 쪽을 가리키며 다른 둘에게 고함쳤다.

칼을 든 남자가 뛰어내린 건지 아니면 등이 떠밀린 건지는 모르겠지만, 아무튼 그가 비명을 지르며 우리가 있는 골목으로 떨어졌다. 축축한 쓰레기와 인분 속에서 불이 타다닥 소리를 내기 시작했다. 그런데 나무판과 불붙은 누더기에 불꽃이 활활 피어오르는 순간, 수백 마리 털복숭이 쥐 떼가 몸부림치는 모습이 드러났다. 어떤 녀석은 고양이만큼 컸다. 녀석들은 연기를 피해 도망치기 시작했고 쓰레기 더미를 넘어 우리가 있는 쪽으로 몰려왔다.

혐오감이 파도치듯 실제로도 내 살갗이 일렁거렸다. 나는 그런 반응이 실제로 몸에서 일어날 수 있다는 사실을 몰랐다. 크리슈나는 우리가 왔던 길로 되돌아갔다. 풀장 수면 위로 고개를 내민 다이빙 선수처럼, 카팔리카가 쓰레기 더미 위로 고개를 쑥 내밀었다. 그가 양팔을 허우적거리지 오른손에 든 철제 칼이 번쩍 빛났다. 이제 불꽃은 거의 사그라졌다. 크리슈나가 그림자보다 못한 존재가 되어 카팔리카에게 다가갔다. 두 사람이 용을 쓰는 소리가 찍찍거리며 도망치는 쥐 떼 소리에 묻혀서 잘 들리지 않았다. 통통하고 축축한 몸뚱어리들이 내 양쪽 팔을 쓸고 지나갔다. 순간 나는 욕지기가 밀려오면서 지린내가 진동하는 어둠 속에 파묻혀 하릴없이 빽빽거렸다.

위에 있던 카팔리카 둘이 몸을 쭉 빼고 보려고 애를 썼지만, 골목은 또다시 완벽한 어둠 속으로 빨려 들어갔다. 크리슈나와 다른 남자가 기괴하게 경련을 일으키며 빙글빙글 도는 모습이 내 눈에 보이는 것 같았다. 몸치 둘이서 느린 동작으로 춤을 추는 것 같았다. 칼을 쥔 카팔리카의 손이 연달아 벽돌 벽에 가격 당하는 순간, 번쩍 불빛이 일었다. 그때, 나는 크리슈나가 카팔리카 뒤쪽에서 그의 긴 머리칼을 움켜잡아 얼굴을 비옥한 웅덩이 속으로 쑤셔 넣는 모습을 처음 본 것 같다는 생각이 들었다. 나는 어둠 속에서 눈을 가늘게 뜬 채, 크리슈나가 무릎으로 카팔리카의 웅크린 등을 가격해 그를 똥물 속으로 더욱 깊이 쑤셔 넣는 모습을 봤다고 생각했다. 그런데 어느새 크리슈나가 내 옆으로 와서 나를 잡아끌며 창문에서 멀리 끌고 갔다.

두 명의 카팔리카가 우리 위쪽에 있는 어둑어둑한 창문에서 사라졌다. 우리의 움직임은 악몽처럼 굼떴다. 둘 중 하나의 몸이 어딘가에 걸리면 다른 하나의 몸을 지렛대 삼아 그곳에서 벗어났다.

골목길을 거의 다 빠져나왔을 무렵, 어떤 생각이 문뜩 떠오르자 나는 또다시 구역질을 해댔다. 우리 앞엔 등이 하나도 보이지 않았다. '만약 우리가 잘못된 길로 들어서 벽돌 벽, 아니 막다른 벽에 다다랐으면 어쩌지?'

그렇지 않았다. 다섯 발자국을 더 헤치고 가니 골목길이 갑자기 오른쪽으로 확 꺾이면서 쓰레기 더미의 수위가 낮아졌다. 열다섯 발자국을 더 걷자, 우리는 오물 더미에서 완전히 빠져나왔다.

우리 둘은 비틀거리며 축축하고 텅 빈 거리로 나왔다. 쥐들이 우리 발목을 쓸고 지나갔다. 쥐들도 놀랐는지 폴짝거리면서 빗물이 고인 배수로를 첨벙첨벙 지나갔다. 나는 좌우를 살폈지만 나머지 카팔리카 두 명의 흔적은 보이지 않았다.

"서둘러요, 루잭 씨." 크리슈나가 속삭였다. 우리는 거리를 가로질러 기울어진 인도를 따라 재빨리 움직인 후 철제 차양 아래 검게 그늘진 곳에 몸을 숨겼다. 우리는 상점에서 상점으로 옮겨 다녔다. 간혹 축축한 문 앞에 누워 자는 사람들이 있었지만 아무도 소리치지 않았다. 아무도 우리를 막으려 하지 않았다.

우리는 다른 길로 들어간 다음 짧은 골목을 빠져나와 더 넓은 도로로 나왔다. 저 멀리 트럭 한 대가 지나가고 있었다. 여기엔 가로등도 있고, 수없이 많은 창에서 전깃불이 흘러나왔다. 머리 위엔 빨간 깃발이 바람에 펄럭였다. 인근 도로를 지나가는 차량 소리도 들렸다.

우리는 셔터가 내려진 컴컴한 상점 입구에 잠시 섰다. 둘 다 헐떡거리면서 도망치느라 고생한 탓에 허리를 굽히고 있었다. 그런데 크리슈나의 뾰족한 얼굴은 신나 보였다. 내가 첫날 버스에서 봤을 때처럼 유혈 스포츠를 즐기는 희열의 가면을 뒤집어쓴 것 같았다. 그는 입을 열었다가 숨을 고른 다음 허리를 폈다.

"이제 가 보겠습니다, 루잭 씨." 그가 말했다.

나는 그를 쳐다보았다. 그는 합장하며 허리를 살짝 숙이더니 몸을 돌려 걷기 시작했다. 그가 신은 샌들이 물웅덩이를 밟고 지나가자 경쾌한 소리가 났다.

"잠깐만요!" 나의 외침에도 그는 멈추지 않았다. "잠깐만, 이봐요!" 그가 거의 그림자 속으로 사라지기 직전이었다.

나는 한 걸음 내딛어 가로등이 비추는 흐릿한 원 안으로 들어섰다. "정지! 산자이, 멈춰요!"

그가 멈췄다. 그러더니 뒤로 돌아 내가 있는 쪽으로 두 걸음 다가왔다. 그의 기다란 손가락에 경련이 인 것 같았다. "방금 뭐라고 했습니까, 루잭 씨?"

"산자이." 내가 다시 말했다. 그러나 이번엔 속삭임이 아니라 크게 말했다. "내 말이 맞죠, 아닌가요?"

그가 그 자리에 섰다. 검은 머리 주위에 거친 빛무리가 비추며 바실리스크(유럽 신화와 전설에 등장하는 상상의 괴물로 닭의 머리에 뱀의 몸을 하고 있으며 눈을 마주치는 것만으로도 죽음에 이르게 하는 힘이 있다고 여겨진다)처럼 흉악한 눈초리로 나를 쳐다보았다. 그다음, 미소가 피어오르더니 상어가 얼굴을 찌그리듯 입이 점점 크게 벌어졌다. 굶주린 악귀의 미소였다.

"내 말이 맞죠, 산자이?" 나는 숨을 고르려고 말을 멈추었다. 이제 무슨 말을 해야 할지 몰랐지만 뭐라도 말을 하긴 해야 했다. 그를 궁지에 몰아넣으려면 무슨 말이라도 해야만 했다. "지금 무슨 게임을 하는 겁니까, 산자이? 대체 이게 무슨 짓이냐고요?"

그는 잠시 꼼짝하지 않았다. 나는 그가 슬며시 다가와 기다란 손가락을 내 목에 대고 조를지 모른다는 의구심이 반쯤 들었다. 그 대신 그는 고개를 뒤로 젖히더니 화통하게 웃었다. "네네." 그가 말했다. "게임은 여러 개죠. 이 게임은 아직 끝나지 않았습니다. 안녕히 가세요, 루잭 씨."

그는 몸을 돌려 어둠 속으로 총총 사라졌다.

14

"캘커타는 내 심장에 박힌 끔찍한 돌이네."
— 수닐 강고파드히야이(인도의 시인이자 소설가)

택시를 좀 더 빨리 잡았더라면……

곧장 호텔로 갔었더라면……

나는 30분 후에야 호텔로 돌아갔다. 처음에는 비틀거리며 거리거리를 누볐다. 그림자가 진 곳에 서 있기도 하고 누가 내 쪽으로 걸어오면 얼어붙은 채 그 모습을 지켜보았다. 텅 빈 정원을 가로질러 더 넓은 도로에 닿자 차들이 지나가는 소리가 들렸다.

한 남자가 그림자 진 문에서 휘청거리며 나오더니 내게 다가왔다. 나는 소리치며 화들짝 물러서면서 본능적으로 주먹을 휘둘렀다. 나는 새끼손가락도 같이 구부리려고 하다가 또다시 비명을 질렀다. 그 남자는, 아니 그 노인은 누더기를 걸치고 머리에는 빨간 반다나를 쓰고 있었다. 그는 휘청이며 뒷걸음칠 치면서 '바바'라고 하더니 겁에 질려 비명을 내질렀다. 우린 정원에서 서로 반대편으로 나갔다.

대로변으로 나가니 트럭이 지나가는 모습이 보였다. 승용차들이 자전거 무리를 피해서 지나갔다. 무엇보다 반갑게도 버스 한 대가 대로를 따라 천천히 지나가고 있었다. 나는 버스를 타야겠다는 간절한 심정으로 달리는 버스 옆면을 쾅쾅 두드렸다. 내가 주머니에 있던 동전을 죄다 꺼내 쏟아붓자, 운전수는 나를 쳐다보았다. 버스 요금 말고도 내가 낸 미국 돈까지 합치면 그의 며칠치 품삯은 훌쩍 뛰어넘었을 것이다.

버스는 붐볐다. 나는 서 있는 승객들을 밀치고 바깥에서 잘 들여다보이지 않는 곳에 자리를 잡았다. 손잡이는 하나도 없었다. 덜컹거리는 버스가 기어를 바꿔 가며 정거장에서 요동칠 때마다 나는 철제 봉을 붙들고 매달렸다.

잠시나마 나는 비몽사몽에 빠졌다. 지난 몇 시간 동안 과부하가 걸린 탓에, 몸에서 진이 완전히 빠져나가고 그저 여기에 서서 무사히 있고 싶은 마음뿐이었다. 버스가 몇 블록을 지나고 나서야 나는 내 주위가 휑하게 비어 있고 다들 나를 쳐다보고 있음을 깨달았다.

'미국 사람, 처음 보나?' 나는 그들을 보며 이렇게 생각했다. 그런 다음 내 몸을 내려다보았다. 옷은 도저히 입에 올릴 수도 없는 유기물 곤죽을 헤치고 나오느라 흠뻑 젖어 악취가 진동했다. 셔츠는 최소 두 군데 이상 찢어져 있었는데, 이게 원래 흰색이었다는 것을 아무도 상상하지 못할 것이다. 양쪽 팔에는 더껑이가 엉겨 붙었고, 오른쪽 팔뚝에는 내 토사물이 들러붙어 냄새를 폴폴 피우고 있었다. 왼쪽 새끼손가락은 기괴한 각도로 꺾여 있었다. 눈썹과 이마 쪽에는 짙은 멍이 올라오는 것 같았고, 말라붙은 피딱지가 눈썹과 눈두덩에서부터 뺨까지 이어졌다. 내 머리와 표정은 크리슈나가 가장 엉망이었던 몰골보다 훨씬 더 엉망진창일 것이다.

"안녕들 하세요." 나는 이렇게 말하고 사람들에게 손을 살짝 흔들었다. 여자들이 사리를 들어 얼굴을 가렸다. 사람들이 뒷걸음질 치자 버스 운전사는 소리치면서 자기 쪽으로 밀지 말라고 했다.

순간, 어떤 생각이 문득 스쳤다. 젠장, 지금 여기가 어디지? 이 버스는 뉴델리행 야간 고속버스일지도 모른다. 만에 하나 그렇다면, 내가 엉뚱한 데로 가고 있을 가능성이 상당했다.

"영어 할 줄 아는 사람 누구 없어요?" 내가 물었다. 나를 쳐다보고 있던 승객들은 내게서 더욱 멀어졌다. 나는 몸을 숙여 가로대가 달린 차창 밖을 내다보았다. 몇 블록을 지나자 호텔인지 카페인지 모를 곳의 네온사인이 켜진 건물 전면이 보였다. 검고 노란 택시 몇 대가 그 앞에 대기 중이었다.

"차 세워요! 내려 주세요!" 나는 고함쳤다. 나는 순식간에 양쪽으로 쩍 갈라지는 승객들 사이로 움직였다. 운전수가 도로 한복판에서 끼익 브레이크를 밟았다. 열어야 할 문도 없었다. 나는 승객들이 터준 길로 내렸다.

잠시 택시 기사들과 입씨름을 하던 중 아직도 내 수중에 지갑이 있다는 사실을 떠올렸다. 기사 셋은 나를 힐끔 보더니 나한테 시간을 허비할 필요가 없다고 일찌감치 판단한 것 같았다. 그래서 난 지갑에서 20달러 지폐를 꺼내 흔들었다. 갑자기 세 명 모두 미소를 지으며 절을 하고 택시 문을 활짝 열었다. 나는 첫 번째 택시에 올라서 오베로이 그랜드 호텔로 가자고 한 후 눈을 감았다. 택시는 비가 내려 미끄러운 도로를 달렸다.

몇 분이 지났을까. 나는 아직도 손목시계를 차고 있음을 깨달았다. 시곗바늘을 읽기가 힘들었다. 가로등이 켜진 사거리를 지나는 순간, 몇 시인지 보였다. 11시 28분. 말도 안 돼! 내가 다스를 만나러 가려고 차에 올라탄 지 고작 두 시간밖에 지나지 않았다니. 그때부터 지금까지 일평생이 흐른 것 같았다. 나는 시계 유리를 두드렸지만, 초침은 쉬지 않고 움직이고 있었다.

"빨리 가 주세요!" 나는 기사에게 말했다.

"앗차!" 그가 기분 좋게 대꾸했다. 우리는 서로의 언어를 전혀 이해하지 못했다.

...

호텔 부매니저가 로비로 들어서는 나를 발견하고 경악스러운 눈으로 쳐다보았다. 그가 손을 들었다. "루젝 씨!"

나는 그에게 손을 흔들고 엘리베이터에 올랐다. 그와 말을 섞고 싶지 않았다. 아드레날린이 치솟고 얼빠진 행복함이 서서히 닳아 없어지더니 구역질과 피곤함과 욱신거림이 몰려왔다. 나는 엘리베이터에 몸을 기댄 채 왼손을 계속 움켜쥐고 있었다. '암리타에겐 뭐라고 둘러대지?' 머리가 뻑뻑하게 굴러갔다. 그냥 강도를 당했다고 말하기로 했다. 아내에겐 언젠가 마저 얘기할 생각이었다. 아마도.

자정이 되었는데도 복도에 사람들이 있었다. 우리 방문이 열려 있었다. 무슨 파티가 열리고 있는 것처럼 보였다. 이윽고 샘 브라운 벨트를 찬 경찰관 두 명과 싱 경위의 낯익은 수염과 터번이 눈에 들어왔다. '암리타가 경찰서에 신고한 모양이구나. 내가 30분 안에 온다고 했으니 그랬겠지.'

몇 명이 고개를 돌려 내가 걸어오는 모습을 쳐다보았다. 싱 경위가 다가왔다. 나는 강도 당한 사연을 구체적으로 둘러댈 준비를 시작했다. 캘커타에 하루 더 붙들려 있어야 할 만큼 심각하게 꾸밀 필요는 전혀 없도록! 나는 경쾌하게 싱에게 손을 흔들었다. "경위님! 필요할 때 찾으면 경찰이 하나도 안 보인다고 누가 그랬나요?"

싱은 아무 말도 하지 않았다. 그 광경이 지친 내 마음속에 각인되었다. 다른 호텔 투숙객들이 분주히 움직이며 열려 있는 우리 방을 쳐다보고 있

었다. '문이 열려 있네.'

나는 싱 경위를 황급히 제치고 방 안으로 뛰어 들어갔다. 어떤 모습을 기대했었는지는 나도 모른다. 암리타가 침대에 걸터앉아서 경관과 얘기 중이었고, 경관은 그걸 받아 적고 있었다. 그 모습을 보자 쿵쾅거리던 심장이 가라앉았다.

나는 안도감에 문에 몸을 기댄 채 그대로 주저앉았다. 다 괜찮아 보였다. 그때 암리타가 나를 쳐다보았다. 아내는 창백하고 무표정한 얼굴로 억지로 냉정을 유지하고 있었다. 그걸 보는 순간 나는 모든 게 괜찮지 않다는 사실을 깨달았다. 결코 다시는 괜찮지 않을지도 모른다.

"그 사람들이 빅토리아를 데려갔어. 우리 아기를 훔쳐 갔다고!"

"그 여자를 안으로 왜 들였어? 내가 말했잖아. 아무도 들이지 말라고. 왜 그 여자를 방 안에 들어오게 했냐고?" 나는 이미 세 번이나 같은 질문을 했고, 암리타는 세 번이나 대답했다. 나는 주저앉은 그 자리에서 벽에 등을 기댄 채 무릎을 세우고 그 위에 양쪽 팔을 올렸다. 부러진 새끼손가락이 허옇게 꺾여 있었다. 암리타는 침대 모서리에 허리를 꼿꼿이 세우고 앉아 손을 곱게 포갰다. 싱 경위는 옆에 놓인 의자에 앉아 우리 부부에게 자세히 물었다. 호텔 방문은 닫혀 있었다.

"그 여자가 물건을 다시 가져왔다고 그랬어." 암리타가 말했다. "물건을 바꾸자고 그랬다고. 우리가 아침에 떠나야 하니까."

"그래도…… 젠장. 여보……" 나는 말을 멈추고 고개를 숙였다.

"그 여자하고 말하지 말란 얘기는 당신이 안 했잖아, 보비. 카마키야와는 모르는 사이도 아니었고."

싱 경위가 목청을 가다듬었다. "그런데 꽤 늦은 시간이었는데 그건 마음에 걸리지 않으셨나요, 부인?"

"걸리긴 했었죠." 암리타는 이렇게 대답한 후 싱 쪽으로 몸을 돌렸다. "체인 걸쇠를 건 채로 문을 살짝 열고, 카마키야에게 왜 이렇게 늦게 왔냐고 물었어요. 그랬더니 여자가 굉장히 부끄러워 하면서 이렇게 말했어요, 경위님…… 아버지가 주무시기 전까진 집을 빠져나올 수 없어서 그랬다고요. 그러면서 그전에 두 번이나 호텔로 전화를 했었다고 그랬어요."

"정말로 전화를 했었나요, 루잭 부인?"

"전화가 두 번 울리긴 했어요. 그런데 남편이 받지 말라고 해서 안 받았죠."

두 사람이 나를 쳐다보았다. 나와 싱의 시선이 마주쳤다. 나는 암리타와는 눈을 맞출 수 없었다.

"병원에 안 가셔도 정말 괜찮으시겠습니까, 루잭 씨? 호텔 담당 의사가 있어서 전화하면 올 텐데요."

"괜찮습니다." 몇 분 후, 싱은 내게 무슨 일이 있었는지를 물었다. 나는 엉겁결에 모두 털어놓았다. 상당히 앞뒤가 맞지 않는 얘기였을지 모르지만 하나도 빼지 않고 다 말했다. 단, 다스에게 권총을 건넨 사람이 나란 얘기는 하지 않았다. 싱 경위는 고개를 끄덕이며 허구한 날 듣는 얘기라는 듯 메모했다.

그건 중요하지 않았다.

경위가 암리타 쪽으로 다시 몸을 틀었다. "같은 질문을 또 드려서 굉장히 죄송합니다만, 방을 얼마나 오래 비우셨나요?"

암리타는 냉정함을 발휘했지만 몸이 약간 떨렸다. 그 냉정함 밑에 히스

테리와 회한이 잔뜩 고여 있는 게 보였다. 아내에게 다가가 품에 안고 싶었다. 그러나 나는 그러지 않았다.

"1분이요. 1분도 채 안 됐을 거예요. 카마키야와 얘기하던 도중 갑자기 어지러웠어요. 그래서 양해를 구하고 화장실에 가서 얼굴에 찬물을 뿌리고 나왔으니…… 한 45초쯤?"

"그때 아기는요?"

"빅토리아는…… 빅토리아는 저쪽에서 자고 있었어요. 창가 옆 침대 위에서요. 아이가 워낙에 아늑한 걸 좋아해서 서희가 베개와 쿠션으로 주위를 둘러 주거든요. 빅토리아는 어디든 머리를 기대고 있는 걸 좋아해요. 또 그렇게 하면 쿠션이 있어서 굴러떨어지지 않으니까요."

"네."

나는 일어나 암리타가 앉은 침대 발치로 걸어갔다. 다른 쪽 침대를 쳐다볼 필요가 없었다. 침대에는 온통 빅토리아가 덮고 자던 파랗고 하얀 담요와 베개로 만든 휑한 원이 그려져 있었다. 빅토리아가 잠잘 때 얼굴을 폭 파묻고 자던 담요는 여전히 구겨진 채 눅눅했다.

"이미 다 물어보셨잖아요, 경위님." 내가 말했다. "대체 언제쯤 심문을 끝내고 우리 아기를 데려간 작자를 잡으러 가실 거냐고요?"

싱은 검은 눈으로 나를 쳐다보았다. 나는 다스의 눈에 서렸던 고통이 떠올랐다. 이제 아픔에는 그 끝이 없다는 사실을 조금은 더 이해하게 되었다.

"지금 찾고 있습니다, 루잭 씨. 캘커타 시 경찰청에 수색 명령이 내려졌습니다. 호텔에서 이 여자가 나가는 걸 본 사람이 아무도 없습니다. 거리에 있던 사람들도 아이나 무슨 뭉치를 들고 가는 여자를 봤다는 사람이 아무도 없습니다. 루잭 부인이 사리 상점에서 받았다는 그 주소로 차를 보냈습니다. 또한 양 옆방에 전화 회선을 별도로 따서 이 방 전화는 비워둔 채 연락을 주고받고 있습니다."

"비워두다니요, 왜죠?"

싱은 시선을 내리더니 엄지로 양쪽 바지 주름을 쫙 잡은 다음 고개를 들었다. "혹시 몸값을 요구할 경우를 대비해서죠, 루잭 씨. 이번 유괴 사건 은 분명 몸값 때문일 거라고 보고 있습니다."

"아." 나는 침대에 털썩 주저앉았다. 날카로운 철 조각을 삼키는 것처럼 그 말이 내 온몸을 베며 지나갔다. "알겠습니다. 좋습니다." 나는 암리타의 차갑게 늘어진 손을 잡았다. "그럼 카팔리카는요? 그들이 연루된 게 아닐 까요?"

싱이 고개를 끄덕였다. "그 부분도 확인 중입니다, 루잭 씨. 너무 늦었다 는 걸 명심하세요."

"제가 다스를 만났다는 공장 부지에 대해 설명해드렸잖아요."

"네, 어쩌면 그게 큰 도움이 될 수도 있겠죠. 그러나 후글리 강에 인접 한 구캘커타 지구에는 그런 곳이 수십 군데도 넘습니다. 북쪽 창고나 선 창까지 포함하면 수백 곳은 족히 될 겁니다. 게다가 거긴 모두 사유지이고 외국 자본 소유인 곳도 많아요. 거기가 후글리 강 근처라는 게 확실합니 까?"

"아니요, 그건 아닙니다."

"기억나는 특정 지물이 있습니까? 거리 이름도 기억 못하시죠? 쉽게 알 아볼 수 있는 특이점도 없고요?"

"없어요. 굴뚝이 두 개 있었다는 것만 기억나요. 그리고 슬럼가였 고……"

"카팔리카가 거기에서 오래 거주한 흔적이 보였습니까? 장기간 거주한 흔적 같은 거요?"

나는 인상을 찌푸렸다. 다스의 소지품을 올려 둔 빈약한 선반 말고는 그런 흔적은 보이지 않았다. "신상이 있었어요." 나는 마침내 입을 열었다. "거길 사원으로 사용하고 있었어요. 신상이 얼마나 큰지 아마 옮기기 쉽지 않았을 겁니다."

"그 걸어 다녔다는 신상 말이죠?" 싱이 물었다. 그의 질문에 조금이라도 빈정거리는 느낌이 섞여 있었다면 나는 손가락이 부러졌든 말든 그에게 달려들었을 것이다.

"네."

"그렇다면 그들이 연루되었는지는 우리로선 알 수 없는 거네요. 맞습니까, 루잭 씨?"

나는 왼손을 감싸 쥔 채 그를 노려보았다. "그 여자가 M. 다스의 조카라고요, 경위님. 그 여자도 아무튼 관련 있을 겁니다."

"아닙니다."

"그게 무슨 뜻이죠, 아니라뇨?"

싱은 금박 담뱃갑을 꺼냈다. 나는 담배를 담뱃갑에 툭툭 친 다음 불을 붙이는 사람은 태어나서 처음 보았다. "제 말은, 아니요, 그 여잔 다스의 조카가 아닙니다."

암리타가 따귀를 맞은 듯한 표정으로 헉 하는 소리를 냈다. 나는 계속 노려보았다.

"루잭 부인, 카마키야 브하라티가 시인 M. 다스의 조카라고 하셨죠? 다스 여동생의 딸이라고 하는 말을 그 여자에게서 직접 들었다고 하셨는데,

맞습니까?"

"네."

"M. 다스에겐 누이가 없습니다, 루잭 부인. 있긴 있었지만 어릴 때 모두 사망했습니다. 다스에겐 남자 형제만 넷이 있습니다. 다들 농부라서 방글라데시의 한 마을에 살고 있죠. 아시다시피 제가 M. 다스 실종 사건을 8년째 담당하고 있어서 다스의 형편에 대해서 꿰고 있습니다. 우리가 만났을 때 이 여자가 연락을 해 왔다는 얘기를 제게 하셨더라면, 루잭 씨, 제가 이 사실을 귀띔해 드렸을 텐데요." 싱은 담배 연기를 내뿜더니 혀끝에서 담배를 떼었다.

전화가 울렸다.

우리는 모두 그쪽을 쳐다보았다. 별도로 딴 전화선 중 하나였다. 싱이 전화를 받았다. "하?" 긴 침묵이 이어졌다. "슈크리야." 그는 이렇게 말하더니 덧붙였다. "잘했어, 경사."

"뭡니까?" 내가 물었다.

싱 경위는 담뱃불을 끄고 일어섰다. "유감스럽게도, 오늘 밤 저희가 해 드릴 수 있는 일은 거의 없습니다. 내일 아침에 다시 오겠습니다. 저희 경찰들이 옆방에서 밤을 새울 것입니다. 이 방으로 무슨 전화가 걸려 와도 아래층 전화 교환대에 잠복 중인 경관이 다 모니터할 겁니다. 방금 전은 저희 경사 전화였는데요, 카마키야 브하라티가 사리 상점에 주고 간 주소는 예상했던 대로 가짜랍니다. 그 여자가 직접 상점에 와서 물건을 찾아갔답니다. 경찰이 여자가 주고 간 주소를 찾기까지 시간이 좀 걸렸습니다. 건물이 거의 없는 구역의 주소였기 때문이죠." 그는 잠시 머뭇거리더니 나를 쳐다보았다. "여자가 알려준 주소는 공공 세탁 공원이랍니다. 세탁 공원과 화장터가 같이 있는 곳이요."

암리타는 그 후 며칠, 몇 시간 동안 나보다 훨씬 용감하고 영리하게 행동했다. 나라면 싱이 떠나고 난 후 몇 시간 그냥 침대에 걸터앉아 있었을 것이다. 암리타는 나서서 악취가 진동하는 내 옷을 벗긴 후, 작은 칫솔을 부목 삼아 부러진 새끼손가락에 댔다. 나는 아내가 손가락뼈를 제자리에 맞추는 사이 또다시 토했다. 이젠 토할 게 남아 있지 않았다. 만일 암리타가 나를 샤워기 밑으로 밀어 넣지 않았더라면 나는 헛구역질을 하다가 곧장 분노하고 절망하다 흐느끼고 말았을 것이다. 미적지근하고 수압도 약한 물이었지만 그래도 좋았다. 나는 30분 동안 샤워기 밑에 서 있었다. 사실 잠깐 졸기도 하면서 공포스러운 기억이 물줄기와 같이 씻겨 내려가도록 내버려 두었다. 애통함과 당혹스러움이 강렬한 심지처럼 박혀서 녹초가 된 내 몸속을 관통하며 훨훨 타올랐다. 나는 깨끗한 면 옷으로 갈아입고 암리타와 같이 묵묵히 불침번을 섰다.

화요일 아침이 되었다. 우리는 캘커타의 태양이 뜨는 걸 같이 지켜보았다. 창백하고 어둑어둑한 빛이 커튼을 걷어 젖힌 창으로 들어왔다. 사원의 종소리, 손수레의 종소리, 노점상이 외치는 소리, 거리에서 들리는 온갖 소음이 아침 햇살에 실려 우리에게 전해졌다. "빅토리아는 괜찮을 거야." 나는 뜸을 들였다가 말했다. "정말 잘 있을 거야. 괜찮을 거라고."

암리타는 아무 말도 하지 않았다.

정확히 새벽 5시 35분. 전화벨이 울렸다. 호텔 전화기였다. 나는 방을 가로질러 가서 수화기를 들었다.

"여보세요?" 전화기 너머로 뭔가 횅한 소리가 섞여 들렸다. 마치 땅속

동굴에 대고 말하는 것 같았다.

"여보세요? 여보세요? 루잭 씨? 여보세요?"

"네, 누구시죠?"

"여보세요? 마이클 레너드 차터지입니다, 루잭 씨."

"네?" 당신이 이번 사건의 중개인이야? 너도 이번 일에 관여했지? 이 나쁜 놈.

"루잭 씨, 경찰이 어젯밤 저희 집으로 전화했습니다. 따님이 실종되었다고 하더군요."

"네?" 그가 지금 위로의 전화를 한 거라면 나는 끊을 생각이었다. 그런데 이건 위로의 전화가 아니었다.

"경찰 때문에 자다가 깼습니다. 경찰이 저희 가족을 다 깨웠다고요. 게다가 집으로 찾아오기까지 했습니다. 경찰은 제가 이번 사건과 무슨 연관이라도 있는 것처럼 여기던데요. 한밤중에 취조까지 했습니다."

"네? 그래서요?"

"이번 일이 제 인격과 사생활을 침해했음을 강력히 항의하려고 전화했습니다." 차터지가 떠들었다. 그가 호통치기 시작하자 목소리가 더욱 날카롭고 예민해졌다. "제 이름을 거론하시면 안 되는 거죠, 루잭 씨. 저는 이 지역에서 위상이 있는 사람입니다. 제 인격이 이렇게 비방 당할 수는 없습니다. 당신한텐 그런 권한이 없어요."

"뭐라고요?" 나는 그저 이 말밖에 할 수 없었다.

"당신에겐 그럴 권리가 없다고요. 경고합니다. 당신의 사적인 문제에 저를 어떤 식으로든 비난하거나 제 이름을 거론하거나 우리 작가 협회를 끌어들이면, 루잭 씨, 제 법정 변호사를 통해서 법적 조치를 취하겠습니다. 경고합니다, 선생."

차터지가 전화를 끊는 순간 공허하게 탁 하는 소리가 들렸다. 전화선은 몇 초간 지지직거리는 잡음이 섞였다. 전화 교환대에 근무 중인 경찰이 연달아 전화를 끊자 두 번째 탁 하는 소리가 들렸다. 암리타가 내 옆에 서 있었다. 나는 잠시 아무 말도 할 수 없었다. 그 자리에 선 채 수화기를 차터지의 모가지 삼아 꽉 움켜쥐었다. 혈관이 터지고 힘줄이 끊길 것 같은 지점까지 분노가 치밀었다.

"뭔데!" 암리가 내 팔을 흔들며 물었다. 나는 암리타에게 설명했다.

그녀는 고개를 끄덕였다. 아무튼 그 전화 때문에 암리타는 정신을 차리고 곧장 행동에 돌입했다. 일단, 별도의 전화선을 이용하여 아내는 뉴델리에 사는 이모에게 전화했다. 이모는 벵골에는 아는 사람이 아무도 없지만 친구의 친구가 하원에 있다고 했다. 암리타는 유괴 사건에 대해 담담히 설명하며 부탁했다. 나는 저런 도움이 구체적으로 어떤 형태로 나타나게 될지 짐작할 수 없었지만, 암리타가 행동을 개시했다는 사실만으로도 기분이 나아졌다.

그다음, 암리타는 봄베이에 있는 삼촌에게 전화했다. 삼촌은 건설 회사를 운영하고 있어서 인도 아대륙 서부 해안 쪽에서는 꽤 영향력이 있었다. 삼촌은 곤히 자다가 10년도 넘게 연락이 끊겼던 조카 때문에 잠에서 깼다. 그래도 삼촌은 다음 비행기를 타고 캘커타로 오겠다고 했다. 암리타는 아직은 그러지 마시라고 만류하면서, 대신 도움이 될 만한 벵골 공무원에게 연락해 달라고 부탁했다. 삼촌은 그렇게 하겠다며 약속했고 계속 연락하자고 했다.

나는 이방인처럼 앉아서 우아한 힌디어를 들으며 아내를 바라보았다.

아내가 나중에 전화 내용을 말해 주자 나는 안심이 되었다. 어른들끼리 중요한 얘기를 나누는 것을 듣기만 해도 아이가 안심한다는 게 뭔지 알 것 같은 기분이 들었다.

싱이 아침 8시 반에 오기 전까지 암리타는 캘커타에 있는 종합병원 세 곳에 전화를 돌렸다. 그쪽에서는 밤사이 아내가 설명한 미국 국적의 밝은 피부색을 가진 아이가 입원하지 않았다고 했다.

그다음, 아내는 시신 안치소에 전화했다.

나는 차마 거기까진 전화하지 못했을 것이다. 게다가 아내처럼 등을 꼿꼿이 세운 채 전화기 앞에 서 있지도 못했을 것 같았다. 아내는 차분한 목소리로 잠이 덜 깬 직원에게 혹시 우리 아이 시신이 어두워진 캘커타의 밤사이에 들어오지 않았느냐고 물었다.

아니라는 대답이 돌아왔다.

아내는 직원에게 감사를 표하고 전화를 끊었다. 동시에 아내의 두 다리가 풀리더니 온몸이 떨리고 손까지 벌벌 떨렸다. 암리타가 두 손으로 얼굴을 감쌌다. 나는 옆으로 가서 아내를 품에 꼭 안았다. 아내는 여전히 긴장을 풀지 않았지만 고개를 내 목덜미에 파묻었다. 우리는 서로를 부둥켜안고 앞뒤로 몸을 흔들었다. 아무 말 없이 고통을 공유하며 같이 아파했다.

싱 경위는 별다른 소식을 가져오지 않았다.

그는 호텔 방에서 우리와 작은 탁자에 둘러앉아 커피를 마셨다. 헬멧을 쓴 남자들이 들락날락하며 서류를 전달하고 지시를 받았다.

싱은 공항과 철도 안전 요원들에게도 지시가 내려졌다고 말했다. 그러면서 혹시 아이 사진을 가지고 있는 게 있느냐고 물었다. 물론 있었다. 두 달 전에 찍은 사진이었다. 그때만 해도 빅토리아는 머리숱이 별로 없었고 이목구비도 덜 또렷했다. 살이 포동포동해서 보조개가 잡힌 것처럼 보이는 다리 밑에 주황색 이불이 깔려 있었다. 우리가 아주 오래전 아무 근심 없이 메모리얼 데이에 소풍을 다녀왔음을 일깨워 준 잊고 있던 흔적이었다. 나는 이 사진을 정말 내어 주고 싶지 않았다.

싱 경위는 몇 가지를 더 물었고 우리를 안심시킨 후 떠났다. 깡마른 경사 하나가 머리를 쏙 내밀며 어설픈 영어로 자기가 옆방에 있겠다고 했다. 우리는 고개를 끄덕였다.

오전이 지났다. 암리타가 방으로 점심을 시켰지만 우리 둘 다 입에 대지도 않았다. 나는 길게 두 번 샤워했다. 욕실 문을 열어 놓아서 암리타의 목소리나 전화벨이 들리도록 했다. 어젯밤에 몸에 찌든 똥내가 여태 가시지 않았다. 나는 너무 피곤해서 몸과 정신이 분리된 것 같았다. 생각이 뱅글뱅글 맴돌았다. 마치 멈추지 않고 영원히 돌아가는 테이프처럼.

'내가 나가지 않았더라면…… 그 차를 타지 않았더라면…… 조금 더 빨리 돌아왔더라면……'

나는 샤워기 꼭지를 잠그고 주먹으로 타일을 내리쳤다.

오후 3시에 싱 경위가 시 경찰청 경관 둘과 함께 왔다. 한 명은 영어를 전혀 하지 못했다. 또 한 명은 런던 사투리가 섞인 영어를 구사했다. 그들의 보고는 도움이 되지 않았다.

M. T. 크리슈나라는 이름으로 그 대학에서 강의한 자는 아무도 없었다. 지난 10년간 그 대학에서 강의한 강사 중에 크리슈나라는 이름을 가진 사람은 다섯 명이었다. 그중 두 명은 은퇴했고, 다른 두 명은 지금 오십 대

중후반이었다. 나머지 한 명은 여자였다.

재인도 미국 교육 협회와 관련된 사람 중 크리슈나라는 자에 관한 기록은 전혀 없었다. 사실, 캘커타엔 재인도 미국 교육 협회 사무실도 없었다. 가장 가까운 지부는 마드라스에 있었다. 전화번호가 있었지만 마드라스 지부에 있는 사람 중 크리슈나 혹은 산자이에 대한 정보를 갖고 있는 사람은 전무했다. 그쪽에서는 캘커타 공항으로 우리를 마중할 사람을 보내지도 않았다. 재인도 미국 교육 협회에서는 내가 인도에 온 줄도 모르고 있었다.

캘커타 대학에는 산자이라는 이름을 지닌 학생들이 꽤 됐다. 내가 경찰에게 설명했던 모습과 딱 맞아떨어지는 사람은 지금껏 한 명도 없었다. 경찰관들이 지금 알아보고 있지만, 산자이라는 이름을 가진 현재 재학 중인 학생들에게 모두 연락을 취하려면 몇 주는 걸릴 것이다. 학기 중간 방학이기 때문이다.

자야프라케슈 무크타난다지가 캘커타 대학에 재학했었다는 사실은 확인되었다. 그러나 그는 지난 학기에 등록하지 않았다. 대학 커피 하우스에서 일하는 웨이터가 바로 이틀 전에 무크타난다지를 보았다고 증언했다.

"내가 그를 거기에서 만난 후군요." 내가 말했다.

그런 것 같았다. 무크타난다지는 웨이터 친구에게 그가 구매한 기차표를 보여 주며 고향인 안구다로 돌아간다고 했다고 했다. 웨이터는 그 후론 그를 보지 못했다. 싱은 잠셰드푸르에 있는 경찰청장에게 전화를 걸었다. 청장은 두르가푸르 관할 지역 경찰관에게 전보를 치겠다고 했다. 경찰관이 안구다로 가서 무크타난다지를 찾은 다음 그를 두르가푸르로 데려와 심문하겠다고 했다. 수요일 오후 늦게까지는 심문을 하겠다고 했다.

"내일이라뇨!"

"루잭 씨, 워낙 마을이 멀어서요."

캘커타 전화번호부에는 브하라티 성을 가진 사람이 너무나 많았다. 연락이 된 사람들 중에 이십 대의 딸이 있고 그 딸의 이름이 카마키야인 집은 단 한 곳도 없었다. 사실 그 이름은 상당히 특이하다고 했다.

"왜 그렇죠?" 내가 물었다.

"나중에 차차 설명하겠습니다." 싱이 말했다.

지하 조직 군다 소속 밀고자들과도 연락을 취해 보았다. 쓸 만한 정보는 나오지 않았다. 그래도 조사는 계속되었다. 또한 경찰은 왕초 연합도 심문할 것이라고 했다.

그 말을 듣는 순간 나는 창자가 뒤집어졌다. "카팔리카는요?"

"그게 뭐죠?" 다른 경찰이 물었다.

싱은 뱅골어로 설명한 후 내게 시선을 돌렸다. "이해해 주셔야 합니다. 루잭 씨, 카팔리카 종파는 엄밀히 말하면 미신에 불과합니다."

"말도 안 돼! 미신이 아닙니다. 어젯밤 누군가가 저를 죽이려 했다니까요. 우리 딸이 실종된 것도 미신이 아니라고요."

"아니죠." 싱이 대답했다. "그러나 저희는 떠기나 군다, 소위 카팔리카가 이번 사건에 연루되었다는 구체적 증거를 아직 찾지 못했습니다. 게다가 다양한 범죄 분자들은 신입 회원들에게 강렬한 인상을 남기고 일반인들을 공포에 떨게 할 목적으로 부패하고 신비로운 탄트라 형상에게 빌고, 그 지방에서 섬기는 신 같은 것들을 종종 불러내는 바람에 일이 복잡하게 꼬입니다. 이번 건은 칼리가 되겠죠."

"그렇군요." 내가 대답했다.

암리타가 팔짱을 낀 채 세 남자를 쳐다보았다. "그래서 새로운 소식은 없는 거군요?"

싱이 나머지 두 경찰을 쳐다보았다. "진척된 사항은 없습니다."

암리타는 고개를 끄덕이더니 전화기를 들었다. "네, 여보세요. 612호입니다. 뉴델리에 있는 미 대사관으로 전화 연결 부탁드립니다. 네, 굉장히 중요한 일입니다. 고맙습니다."

세 남자가 눈을 껌뻑였다. 암리타가 전화를 기다리는 동안, 나는 세 남자가 문으로 향하는 모습을 쳐다보았다. 내가 싱을 잠시 붙들자 복도에 있던 나머지 두 경관이 자리를 떴다. "대체 카마키야 브하라티라는 왜 이름이 흔치 않다는 거죠?"

싱은 수염을 만지작거렸다. "카마키야는…… 벵골에서 흔한 이름이 아닙니다."

"왜죠?"

"종교적 색채를 띠는 이름입니다. 파르바티의 현신(現身)이기도 합니다."

"그렇다면, 칼리라는 소리군요."

"그렇습니다."

"그런데 그게 왜 흔하지 않습니까, 경위님? 라마스나 크리슈나라는 이름은 꽤 흔하잖아요."

"맞습니다." 싱은 이렇게 대답하고 소매에 붙은 보푸라기를 떼었다. 손목에 찬 철제 팔찌가 번쩍거렸다. "그런데 카마키야, 혹은 그 변형인 카마크시라는 이름에서 아삼 주의 대형 사원이 섬기던 섬뜩한 칼리 여신이 연상됩니다. 그들이 올리던 제사의 상당 부분은 대단히 비도덕적이었습니다.

몇 년 전 이런 광신적 행위가 법으로 금지되면서 그 사원도 폐쇄되었죠."

나는 고개를 끄덕였다. 그 소리를 듣고도 아무런 반응을 보이지 않았다. 나는 도로 방으로 들어가 암리타가 통화를 끝내기를 차분히 기다렸다. 그러는 동안 광기 어린 웃음이 내 안에서 차곡차곡 치밀어 오르고 분노의 절규가 뛰쳐나오겠다며 철창을 흔들었다.

• • •

끝나지 않을 것 같은 그날 오후 5시 무렵, 나는 로비로 내려갔다. 폐소 공포증이 가슴을 꽉 채워 숨을 쉴 수 없었다. 로비로 왔지만 더 나을 것도 없었다. 나는 선물 가게에서 담배를 샀는데, 직원이 나를 뚫어져라 보았다. 부매니저가 동정 어린 눈길을 보내는 순간, 나는 화가 치밀었다. 로비에 있던 이슬람 커플이 내 얘기로 쑥덕대는 모습이 눈앞에 그려졌다. 그건 내 상상에 그치지 않았다. 웨이터 몇 명이 가든 카페에서 나오더니 나를 가리키며 내가 걸어가는 쪽으로 목을 길게 뺐다.

나는 허겁지겁 6층으로 다시 올라왔다. 계단을 총총 오르며 힘이 빠졌다. 영국에서는 2층을 1층이라고 부르는 관습이 있어서 나는 한 층을 더 올라가야 했다. 나는 헉헉거리고 땀을 줄줄 흘리며 우리 방이 있는 복도로 들어섰다. 암리타가 나를 향해 정신없이 달려왔다.

"무슨 일이야?"

"중요한 사실이 떠올랐어." 아내는 숨을 몰아쉬며 말했다.

"그게 뭔데?"

"에이브 브론스타인! 우리가 첫날 공항을 나설 때, 크리슈나가 에이브 브론스타인 얘기를 했었어. 크리슈나는 분명 재인도 미국 교육 협회나 거기에 있는 누군가와 연줄이 있을 거야."

암리타는 614호에서 근무 중인 경사한테 이 사실을 전하러 갔다. 나는 그사이 미국으로 전화를 넣었다. 전화 교환대에 있는 경찰이 서둘러도 국제 전화가 연결되기까지 30분이나 걸렸다. 내 속이 너덜너덜해지기 직전에 익숙한 잔소리가 뉴욕에서 들려왔다. "보비, 굿모닝! 대체 어디에서 전화하는 건가? 달에서 싸구려 무전기 교신으로 전화하는 것처럼 들리는데."

"에이브, 잘 들어요. 제발." 나는 최대한 빨리 얘기했다. 나는 빅토리아가 실종된 얘기를 했다.

"이런 젠장." 에이브가 신음했다. "젠장, 말도 안 돼! 제길!" 수만 킬로미터 떨어져 회선 상태가 좋지 않았지만, 나는 그의 목소리에서 깊은 아픔을 느꼈다.

"저기, 에이브. 내 말 들려요? 이번 사건 용의자 중에 크리슈나라는 사람이 있어요. M. T. 크리슈나…… 아마 본명은 산자이 뭐시기인 것 같아요. 그 남자가 지난주 목요일에 공항으로 우리를 마중 나왔어요. 듣고 있어요? 좋아요. 크리슈나 말로는 자기가 재인도 미국 교육 협회에서 일했다고 했어요…… 네…… 그러더니 자기 상사 지시로 우리를 데리러 왔다고 했어요. 저도 암리타도 그 상사 이름이 뭐였는지 기억나지 않아요. 아무튼 그 녀석이 당신 이름을 말했다고요, 에이브. 그가 콕 집어 당신 이름을 얘기했다니까요. 여보세요?"

"샤야." 에이브가 윙윙 울리는 회선을 통해 말했다.

"뭐라고요?"

"샤라고, A. B. 샤. 자네가 런던으로 출발하자마자 내가 샤에게 전보를 쳤어. 혹시 필요할 경우 자네를 도와줄 수 있느냐고."

"샤." 나는 재빨리 받아 적으며 반복해서 말했다. "좋아요. 어디로 가면 그 사람을 만날 수 있죠? 에이브, 그 사람이 캘커타 전화번호부에 나오나요?"

"아니, 보비. 그 사람은 캘커타에 없어. 샤는 『타임스 오브 인디아』 편집인이야. 뉴델리에 있는 재인도 미국 교육 협회에서 문화 고문으로도 일하고 있지. 샤가 콜롬비아에 강의하러 왔을 때 처음 만났으니 나와 알고 지낸 지 몇 년 됐어. 크리슈나라고 하는 미친놈 얘기는 한 번도 못 들어 봤어."

"고마워요, 에이브. 도움이 많이 됐어요."

"젠장, 보비. 정말 미안하네. 암리타는 잘 버티고 있나?"

"아주 잘 버티고 있어요. 바윗덩이 같아요, 에이브."

"아…… 잘될 거야, 보비. 꼭 믿어. 경찰이 빅토리아를 찾아서 자네에게 되돌려 줄 걸세. 아이는 무사할 거야."

"그럼요."

"어떻게 되고 있는지 알려줘. 난 어머니 집에 있을 거야. 알지, 집 번호? 도움이 필요하면 알려 줘. 이런, 다 잘될 거야, 보비."

"안녕, 에이브. 고맙습니다."

암리타는 싱에게 알리는 것에 그치지 않고, 캘커타의 3대 일간지 중 세 번째 신문사와 통화 중이었다. 아내는 단호한 어조의 힌디어를 구사하며 지시 사항을 또박또박 내뱉었다.

"좀 더 일찍 이랬어야 했어." 아내는 전화를 끊으며 말했다. "내일 자에 실린대." 암리타는 신문 각 면에 반쪽가량 실리는 광고를 펼쳤다. 사환이 우리가 경찰에게 빌려준 사진의 복사본을 가져갈 것이다. 이번 사건과 관련 있는 정보를 제공한 자에게 1만 달러, 빅토리아를 안전하게 돌려주거나 아이의 무사 귀환에 기여한 정보를 제공한 자에게는 이유 불문하고 5만 달러의 보상금을 제시했다.

"젠장." 나는 멍청하게 말했다. "어디에서 5만 달러를 구하지?"

암리타는 창밖으로 혼잡한 저녁 거리 풍경을 내다보며 말했다. "그 두 배를 걸려고 했어. 그렇게 되면 거의 1백만 루피나 되는데. 아무튼 5만 달러가 더 신뢰가 가고, 돈 욕심 있는 자들에겐 훨씬 구미가 당길 거야."

나는 고개를 저었다. 아무 생각도 할 수 없었다. 나는 재빨리 싱에게 전화를 걸어 샤에 대한 정보를 일러 주었다. 경위는 당장 추적하겠다고 했다.

나는 한 시간 정도 깜빡 졸았다. 그럴 마음은 아니었다. 1분 정도 창가 의자에 앉아서 마지막 남은 회색 저녁 햇살이 사라지는 모습을 바라보고 있었는데, 그다음 순간 고개가 뒤로 꺾였다. 유리창을 세차게 때리며 밤하늘에서 폭우가 쏟아지고 있었다. 경찰 회선 중 하나가 울렸다. 암리타가 복도에 있다가 들어왔지만 나는 아내를 물리치고 전화를 받았다.

"루잭 씨?" 싱 경위였다. "뉴델리에 있는 A. B. 샤 씨의 집과 통화를 했습니다."

"그래서요?"

"브론스타인 씨가 보낸 전보를 받은 사람이 샤 씨가 맞았어요. 샤 씨는 당신 친구를 굉장히 존경하고 있더군요. 그래서 곧장 재단에 있는 부하 직원에게 연락을 했다고 합니다. 그 젊은 직원 이름이 R. L. 다반인데요. 당신 가이드 겸 통역관 역할을 하라고 샤 씨가 다반을 캘커타로 보냈다고 했어요.”

“보냈다니요? 델리에서 캘커타로요? 정말입니까?”

“정확합니다.”

“그럼 그 사람은 어디 있습니까?”

“샤 씨는 거기에서부터 궁금해하고 있습니다. 저희도 그 부분이 의아하고요. 그래서 다반을 마지막으로 봤을 당시 그 직원의 외모와 옷에 대해 자세히 설명을 들었습니다.”

“그래서요?”

“그랬더니, 루잭 씨. R. L. 다반 씨의 소재는 저희가 이미 파악하고 있었습니다. 그의 시신이 지난 목요일 오후 하우라 역사 안 트렁크 속에서 발견되었습니다.”

밤 10시가 막 지나자마자 정전이 되었다. 밖에서 쏟아지는 몬순 폭우는 내가 경험한 선을 넘어 어떤 극악한 영역으로 접어들었다. 번개가 몇 초 간격으로 밤하늘을 갈랐다. 덕분에 짐꾼이 가져다 준 촛불 두 개보다 방이 더 훤해지는 장점도 있었다. 거리는 단 몇 분 만에 대홍수로 침수되었다. 불 켜진 가로등이 초롱기 가까지 하나도 보이지 않았다. 나는 삼베로 지은 오두막 속에서 쪼그리고 앉아 있을 수백만의 사람들과 노숙하는 이들이 이런 밤을 버텨낼 수 있을지 궁금했다.

빅토리아가 저기 바깥 어딘가에 있을 텐데.

나는 절규하며 방 안을 돌아다녔다. 싱에게 전화하려고 이쪽 수화기를 들었다가 다시 또 다른 수화기를 들었다. 둘 다 먹통이었다.

부매니저가 올라와서 옆방에서 졸음을 참고 있는 경찰관에게 설명한 후, 우리에게도 사과했다. 이 지역 수천 개의 회선이 모조리 고장이라고 했다. 사환을 전화국에 보냈는데 그곳 문이 닫혔다고 했다. 언제 전화가 개통될지는 아무도 몰랐다. 때론 며칠이 걸릴 수도 있다고 했다.

직원이 나가자, 나는 옷장에 걸린 옷들을 꺼내 욕실 샤워 봉에 걸었다.

"뭐하는 거야?" 암리타가 물었다. 아내의 목소리가 약간 흐리멍덩했다. 아내는 사십 시간이 넘도록 깨어 있었다. 눈가가 시커멓고 퀭했다.

나는 아무 말도 하지 않았다. 옷장 행거로 쓰던 굵고 둥근 나무를 빼냈다. 길이가 대략 1.2미터 정도 되었다. 손에 쥐니 꽤 단단했다. 나는 그것을 문가 의자 뒤에 기대어 놓았다. 바깥에서 번개가 근처에 내리꽂히자 순간 방전된 전구가 번쩍 터지듯 물바다가 된 풍경이 보였다.

11시 10분경, 세찬 노크 소리가 들렸다. 의자에 앉아 있던 암리타가 화들짝 깼다. 나는 일어나 막대기를 집어 들었다. "누구세요?"

"싱 경위입니다."

시크교도인 싱 경위는 토피 헬멧을 쓰고 빗물이 뚝뚝 떨어지는 검은 우비를 입고 있었다. 물에 흠뻑 젖은 경찰관 두 명도 복도에 서 있었다. "루잭 씨, 중요한 안건으로 저희와 같이 가 주셔야겠습니다."

"어디로요, 경위님?"

싱이 머리를 흔들어 빗물을 헬멧에서 털어냈다. "시순 시신 안치소입니다." 암리타가 자기도 모르게 숨을 헉 들이켰다. 싱이 말을 이었다. "살인 사건이 있었습니다. 피해자는 남성입니다."

"남성이라고요? 이게 그 사람과 상관이 있습니까? 이름이 뭐더라⋯⋯ 다반?"

싱은 어깨를 으쓱했다. 물이 카펫으로 뚝뚝 떨어졌다. "저희도 모릅니다. 살인 방식을 보면…… 군다의 짓일 가능성이 농후합니다. 선생님 말씀대로 카팔리카의 소행일 수도 있고요. 시신의 신원을 확인하는 데 선생님의 도움이 필요합니다."

"누구의 시신이라고 보십니까?"

그는 다시 어깨를 으쓱했다. "가실 겁니까, 루잭 씨? 차가 대기 중입니다."

"아니요. 절대로 안 갑니다. 암리타 곁을 떠나지 않을 겁니다. 없던 걸로 해 주세요."

"그런데 신원 확인을 해야……"

"사진을 찍어 오세요, 경위님. 경찰서에 카메라가 있을 거 아닙니까? 사진을 찍을 수 없다면 좀 기다렸다가 조간신문에 실리는 클로즈업 사진을 보면 되겠네요. 미국 사람들이 신문에 실린 만화를 보고 좋아하는 것처럼 캘커타 사람들은 시신 사진을 즐기는 것 같던데요."

"보비!" 암리타가 소리쳤다. 아내의 목소리는 날것 그대로였다. 우리는 둘 다 진이 빠져 있었다. "경위님께서 지금 도와주려고 하시는 거잖아."

"맞아, 힘드시겠지. 그런데 난 다시는 당신 곁을 떠나지 않을 거야."

암리타가 가방과 우산을 챙겼다. "저도 같이 갈게요."

싱과 나는 암리타를 쳐다보았다.

"전화도 모두 먹통이라서 우리한테 전화할 사람이 아무도 없어. 벌써 스물네 시간이 지났는데 아직까지 몸값을 요구하는 전화도 없었고, 그 어떤 종류의 연락도 없었어. 만약 우리가 가서 도움이 된다면, 지금 가자."

번개가 치자 판자를 댄 창문과 좀 더 순수했던 이전 시대의 유물인 돌사자 두 마리가 물에 젖은 채 빛났다. 시신 안치소 입구로 들어가려면 어둡고 물이 뚝뚝 떨어지는 건물들과 폭우에 쏠려 내려가는 쓰레기 더미 사이로 난 굽은 뒷길을 지나야 했다. 우글우글한 지붕 돌출부가 사순 시신 안치소로 들어가는 넓은 문을 비호해 주었다.

구겨진 셔츠를 입은 남자가 외부 사무실에서 나와 우리를 맞이했다. 바깥에 있는데도 고등학교 생물 실험실에서 풍기던 포름알데히드 냄새가 짙게 진동했다. 등유 랜턴이 파일 캐비닛 뒤로 그림자를 드리웠다. 책상마다 잔뜩 쌓인 폴더 더미 뒤로 그림자가 졌다. 남자는 나를 보더니 합장하며 건성으로 고개를 숙인 후, 물에 젖은 경위에게 뱅골어로 싫은 소리를 쏟아 냈다.

"직원이 부인께서는 여기에서 기다리시라고 하네요." 싱이 통역했다. "저희는 옆방으로 가겠습니다."

암리타는 고개를 끄덕이며 이렇게 말했다. "게다가 시신 안치소에는 비상 발전기가 필요하다고도 했죠, 경위님. 시청에 있는 정치인들을 초대해서 엉덩이를 걷어차며 저 아래로 내려가 장미 냄새를 맡아 보게 하겠다는 말도 했죠, 맞나요? 관용어일 테고요."

"맞습니다." 싱은 이렇게 말하고 못 말리겠다는 듯 찝찝한 미소를 지었다. 그는 안치소 직원에게 뭔가를 말했고, 덩치 작은 직원은 얼굴을 붉히더니 싱과 나를 여닫이문으로 데리고 들어가 타일이 발린 짧은 복도로 안내했다.

벽에 걸린 랜턴이 잭 더 리퍼(1888년 영국 런던에서 발생한 매춘부 연쇄 살인범)가 일을 저질렀을 법한 수술실처럼 보이는 공간을 비추었다. 그곳은 너저분했다. 종이와 컵, 각종 폐기물이 여기저기 널려 있었다. 칼과 메스, 뼈 톱이 얼룩진 트레이와 수술대 위에 널브러져 있었다. 이제는 켜지

313

지 않는 크고 둥근 조명과 배수구가 뚫린 번쩍거리는 철제 침대를 보니 이 방이 뭐하는 곳인지 그 목적이 확실했다. 바로 저 철제 침대 위에 시신이 알몸으로 누워 있었다.

"아." 경위가 이렇게 말을 내뱉고 가까이 다가갔다. 그는 나에게 빨리 오라며 조급하게 손짓했다. 검시관이 벽 고리에 걸린 랜턴을 빼내 둥근 수술실 조명 손잡이에 걸었다. 랜턴이 흔들거리면서 미끈한 철제 침대 위에 빙글빙글 무늬를 그려 넣었다.

내가 어렸을 적 부모님은 큰돈을 들여 『콤프턴 백과사전』을 사주셨다. 내가 제일 좋아했던 부분은 인체를 다룬 장이었다. 거기엔 반투명으로 된 덮개 페이지가 삽입되어 있었다. 온전한 인체에서 시작한다. 피부와 모든 것이 멀쩡한 신체에서부터 반투명 종이를 들출 때마다 빽빽하게 들어찬 신비로운 몸속으로 더 깊이 파고들어간다. 모든 것이 깔끔하게 색으로 분류되어 있었고, 참고용 라벨도 붙어 있었다.

내 앞에 있는 시신은 두 번째 페이지, 근육과 힘줄 부분이었다. 목에서부터 피부가 홀떡 벗겨져 뒤집혀 있었다. 피부는 마치 축축하고 주글주글한 망토처럼 시신 아래쪽에 주름 잡힌 채 놓여 있었다. 이 시신의 근육에는 깔끔한 라벨 작업이 되어 있지 않아서, 그저 인간의 형상을 한 날고기 덩어리처럼 보였다. 미끈거리는 유액이 조명에 반사되었다. 도톰하고 허연 조직은 사라지고 선홍색으로 줄이 죽죽 간 부분이 드러났다. 누런 힘줄이 피 묻은 가죽 끈처럼 뻗어 나갔다.

싱과 직원은 나를 쳐다보았다. 만약 저들이 내가 울부짖거나 구역질할 거라 기대했다면 실망했을 것이다. 나는 목을 가다듬었다. "이미 부검을 하셨습니까?"

싱이 짧게 직원에게 통역했다. "아니요, 루잭 씨. 두 시간 전에 이 상태로 들어왔습니다."

나는 그런 다음 반응했다. "젠장, 왜 사람을 죽여서 이렇게 가죽까지 벗기는 겁니까?"

싱은 고개를 저었다. "처음 발견되었을 때는 숨이 붙어 있었습니다. 목격자에 따르면 망자는 서더 가에서 비명을 지르며 달리고 있었다고 합니다. 누군가 신고해서 경찰 수레가 출동한 거죠."

나는 나도 모르게 뒤로 두 걸음 물러났다. 폴라스키 거리에 있는 3층 계단참에서 외치는 어머니의 목소리가 메아리쳤다. '로버트 루잭, 당장 이리로 오지 않으면 산 채로 가죽을 벗겨 버리겠다!' 그게 가능하다니……

"이 사람을 아십니까?" 싱이 초초하게 물었다. 그는 조명을 더 비춰 달라고 손으로 말했다. 시신의 머리는 뒤로 젖혀져 있었다. 사망 후 초기 사체 경직으로 최후의 고통을 겪던 그 모습 그대로 굳어 버렸다.

"아니요." 나는 이를 갈며 말했다. "잠깐만요." 나는 내키지 않았지만 랜턴이 비추는 원 안으로 들어갔다. 다른 곳은 손상되었지만 얼굴은 멀쩡했다. 주먹으로 두드려 맞은 듯 나는 누구인지 단박에 알아보았다.

"아는 사람이군요." 싱이 물었다.

"네." 내가 이자의 이름을 말했었어. 오, 신이시여. 제가 다스와 얘기하면서 이자의 이름을 말했습니다.

"크리슈나입니까?"

"아니요." 나는 이렇게 말하고 밝게 비추는 검시대에서 시선을 거두었다. 내가 그의 이름을 말했다니. "안경이 없네요. 원래 안경을 썼거든요. 이름은 자야프라케슈 무크타난다지입니다."

암리타와 나는 오전 9시에 기상했다. 우리 둘 다 꿈은 꾸지 않았다. 열린 창 밖으로 폭우가 쏟아지는 소리가 꿈을 꾼 기억까지 지워 버렸다. 새벽 무렵, 전기가 들어와 에어컨이 작동했던 것 같았다. 그러나 우리는 그 사실을 알지 못했다.

오전 11시, 싱은 우리가 경찰청 본부로 타고 갈 차를 보냈다. 호텔 방으로 전화가 오면 무조건 우리에게 연결될 것이다. 경찰청 본부는 어둡고 미로 같은 건물 속에 있는 또 하나의 어둡고 동굴 같은 공간에 있었다. 파일 폴더가 산처럼 쌓여 있고 누런 서류가 책상을 점령해 웅크리고 타자를 치는 사람들의 얼굴을 모조리 가려 버렸다. 타자기는 빅토리아 시대에서부터 지금까지 쓰는 것 같았다. 암리타와 나는 두꺼운 사진첩을 보면서 몇 시간을 보냈다. 수백 명의 여자 사진을 보고 나니, 여기에 카마키야 브하라티의 사진이 있다 해도 과연 알아볼 수 있을지 의심스러웠다. 아니, 난 알아볼 수 있어.

딱 한 사람을 찾아냈다. 어둡고 색이 바랜 사진 속에서 회색 죄수복을 입은 뚱뚱한 남자를 자세히 살펴보니, 이자가 내 새끼손가락을 부러뜨린 카키색 옷의 카팔리카일지도 모른다는 생각이 들었다.

"그런데 확실하진 않다는 거죠?" 싱이 물었다.

"네, 사진보다 더 늙고 뚱뚱했고 머리도 더 길었어요."

싱은 투덜거리면서 그 사진을 누군가에게 주며 지시했다. 그는 그 남자의 이름이 뭔지, 그가 왜 감옥에 있었는지에 대해서는 일절 말하지 않았다. 깨지기 쉬운 플라스틱이 박살 나는 소리.

정오를 넘긴 지 얼마 되지 않아 우리는 호텔로 돌아왔다. 우리가 신문사에 낸 경찰 전화번호로만 무려 백 통이 넘는 전화가 걸려온 것을 보니 놀라웠다. 그러나 구체적인 정보를 제보한 전화는 단 한 통도 없었다. 아이를 여기저기에서 봤다는 전화가 가뭄에 콩 나듯 이어졌다. 그러나 경위는 비관적이었다. 전화는 대부분 자기 아이를 팔아 보상금을 챙기려는 어른들에게서 걸려 온 것이다.

나는 문을 쾅 닫았다. 우리는 둘이 침대에 같이 누워서 기다렸다.

그 주 수요일 저녁 시간을 어떻게 보냈는지 대부분 생각나지 않는다. 그 모습들은 지금도 또렷이 기억나지만, 장면 하나하나가 서로 무관해 보인다. 그중 일부는 그날 이후 반복해서 꾸는 꿈속 장면과 분간이 되지 않는다.

오후 8시경, 나는 자리에서 일어나 졸고 있는 암리타에게 작별의 키스를 하고 호텔을 나섰다. 모든 것을 해결할 방안이 갑자기 명확하게 떠올랐다. 호텔을 떠나 캘커타 시내로 들어가 카팔리카를 찾을 것이다. 그런 다음 그들에게 미안하다고, 원하는 게 뭐든 다 하겠다고 말하면 그들이 아이를 돌려줄지도 모른다. 간단했다.

만약 실패하면, 칼리 여신을 찾아가 그년을 죽일 것이다.

꽤 많은 블록을 걸었던 기억이 난다. 그러다 어느 지점에서 택시를 타고 인도 위를 걷는 행인들을 얼굴을 바라보았다. 분명, 다음에 걸어오는 사람이 카마키야일 거야, 아니면 크리슈나, 아니 다스일지도 몰라.

이번엔 택시가 벵골보리수 나무 밑에서 하염없이 기다리고 있었다. 그동안 나는 뾰족한 철문을 넘어 껑충 뛰어내린 다음 몸을 수그린 채 꽃이 늘어선 진입로를 따라 올라갔다. 집은 컴컴했다. 셔터를 덜그럭거리고 문을 쾅쾅 두드렸다. "차터지!" 나는 소리쳤다. 집은 컴컴했다.

또 다른 시각, 나는 강가를 걸었다. 진정한 어둠이 내려앉기 직전 나는 마지막 황혼을 맞았다. 하우라 철교가 저 너머로 어렴풋이 보였다. 포장도로였던 길이 진흙 길로 바뀌고, 또다시 컴컴한 슬럼가로 이어졌다. 아이들이 내 주위에서 동동거렸다. 나는 갖고 있던 잔돈을 몽땅 내던졌다. 나는 딱 한 번 뒤돌아본 후 몰려든 아이들을 더 이상 쳐다보지 않았다. 그런데 남자 몇 명이 내 뒤를 따라왔다. 그들의 입이 움직였다. 그런데 내 귀엔 아무 소리도 들리지 않았다. 그들은 반원 대열로 서서 내게 조심스레 다가오며 팔을 어중간하게 들어 올렸다.

"카팔리카?" 나는 희망에 부풀어 물었다. 이렇게 말했던 것 같다. "카팔리카 맞지? 칼리? 당신들 카팔리카 맞아?"

그들은 머뭇거리더니 용기를 내려고 서로를 쳐다보았다. 나는 그들이 걸친 누더기와 굶주려 말라비틀어진 몸을 쳐다보았다. 기대감에 부풀어 근육까지 긴장이 되었다. 그러나 그들은 카팔리카가 아니었다. 떠기도, 군다도 아니었다. 그저 가난하고 배고파서 외국인의 돈을 노리고 사람을 죽일 준비가 된 자들이었다.

"좋아!" 나는 이렇게 외치며 웃었다. 웃음이 멈추지 않았다. 웃는 동안 뭔가 날카로운 무언가가 내 몸을 후벼 파 구멍을 내는 것 같았다. 요사이 며칠 밤과 낮, 빅토리아, 이 모든 것들이 하나로 모여들어 지금 이 모습에 올곧이 환호하며 하나의 매듭으로 단단히 묶였다.

"좋다!" 나는 소리쳤다. "덤벼! 덤비라고! 제발!" 나는 양팔을 쫙 벌렸다. 그들을 감싸 안을 기세였다. 땀 냄새 나는 라커룸에서 포옹하듯 나는 저들을 꼭 안고서 저들의 팽팽한 목덜미를 내 치아로 즐겁게 잡아 뜯었던 것 같다.

그랬던 것 같다. 사실 모르겠다. 남자들이 서로 시선을 주고받더니 뒤로 물러나 어두운 도로로 사라졌다. 남자들이 사라지자 나는 울 뻔했다.

남자들을 만나기 전인지 후인지 잘 모르겠다. 아무튼 나는 작은 상점이 앞에 있는 사원으로 들어갔다. 빨갛고 허연 목걸이를 한 검은 소가 무릎을 꿇고 있는 조악한 동상이 보였다. 노인들은 연기가 피어오르는 어둠 속에 쪼그리고 앉아 침을 뱉더니 겁에 질린 얼굴로 나를 보았다. 케케묵은 허수아비처럼 생긴 노인이 계속해서 내 발을 가리키며 지껄였다. 아마 신발을 벗으라고 하는 것 같았다.

"집어치워." 나는 차분하게 말했다. "그게 뭐가 중요해. 저들이 이겼다고 말해, 알아들었어? 저들한테 내가 시키는 대로 하겠다고 말을 전하라고, 알았어? 내가 약속할게. 진심이야. 신에게 약속할게, 맹세코." 나는 그때부터 울기 시작했던 것 같다. 눈물이 프리즘처럼 번진 시선으로 보니, 앞니가 거의 다 빠진 노인이 나를 보며 헛헛하게 웃고 있었다. 그는 살가죽만 남은 궁둥이로 앉아 몸을 앞뒤로 흔들며 내 어깨를 토닥였다.

오두막과 폐타이어가 빗속에 나뒹구는 광활한 폐허 구역으로 갔다. 나는 진흙 바닥을 몇 킬로미터 헤치며 높이 솟은 굴뚝 여러 개에서 시뻘건 불이 솟아오르는 쪽을 향해 걸어갔다. 이 세상이 모두 시뻘건 색으로 물들었다. 그런데 아무리 거리를 좁히려 해도 굴뚝은 계속 뒤로 물러났다. 나는 이곳이 실재한다고 믿는다. 사실 모르겠다. 이곳은 꽤 오랫동안 내 꿈에 등장하고 있다.

어스름한 새벽 첫 햇살 속에서 나는 작은 소녀를 발견했다. 소녀는 길에 누워 있었다. 대로로 나가려면 지나가야 하는 진흙 골목길이었다. 소녀는 채 다섯 살도 되지 않아 보였다. 아이는 검고 긴 헝클어진 머리를 하고 색이 바랜 얇은 퀼트 이불을 덮은 채 몸을 말고 있었다. 이불은 간밤에 내린 소나기로 아직도 축축했다. 나는 정신없이 잠에 빠진 아이의 모습에 이끌렸다. 진흙 골목길에서 한쪽 무릎을 꿇었다. 사람들과 자전거가 벌써부터 돌아다니기 시작하더니 좁은 골목에서 우리를 피해서 갔다.

소녀는 눈을 꼭 감고 있었다. 마치 집중하는 것 같았다. 아이의 입은 살짝 벌어져 있었다. 작은 주먹을 말아 쥐고 뺨에 대고 있었다. 이제 소녀는 잠에서 깨어나 불을 살피고 남자들을 섬기고 자기보다 더 어린 애들을 돌보다가 소녀가 거의 누리지 못한 어린 시절의 끝자락과 마주해야 할 것이다. 곧 소녀는 아버지가 아닌 다른 사내의 소유물이 될 것이다. 그날부터 전통으로 내려오는 힌두교의 축복을 받게 될 것이다. '여덟 명의 아들을 낳을 것이다.' 그러나 지금, 소녀는 그저 잠에 빠져 있었다. 주먹을 말고 갈색 뺨을 흙바닥에 대고 밝아 오는 아침 햇살을 피해 두 눈을 꼭 감았다.

나는 머리를 털며 주위를 둘러보았다. 새벽이 다 되었다. 비에 씻겨서인지 공기는 쾌청했다. 갓 피어난 꽃과 축축한 흙에서 풍기는 향기가 고통스러울 정도로 완벽했다.

내가 인력거를 타고 호텔로 돌아온 건 확실히 기억난다. 소리와 색상도 너무나 선명해서 내 오감을 공격했다. 정신도 맑았다. 내가 나간 사이 무슨 일이 생겼다면…… 만약 암리타가 나를 찾는 일이 있었다면……

새벽이었다. 암리타가 복도에서 나를 맞이했다. 아내는 너무 좋아서 두 손을 꼬고 있었다. 일이 벌어진 후, 아내의 눈에 처음으로 눈물이 고여 있었다.

"보비, 여보. 싱 경위님이 지금 막 전화하셨어. 우리를 데리러 오신대. 금방 도착하실 거야. 우리를 데리고 공항으로 간대. 찾았대, 여보. 경찰이 우리 빅토리아를 찾았대."

우리는 거의 텅텅 빈 VIP 전용 고속도로를 따라 속도를 올렸다. 수평선
에서 올라오는 풍성한 광채가 이 세상 만물 위로 크나큰 위안을 흩뿌렸다.
우리가 탄 차의 그림자가 축축한 대지 위에서 보조를 맞추었다.

"정말 무사한 거 맞습니까?" 내가 물었다.

"네네." 싱 경위는 앞자리에서 고개를 돌리지 않고 대답했다. "25분 전
에 전화가 왔어요."

"빅토리아가 확실하대요?" 아내가 물었다. 우리는 둘 다 몸을 앞으로
기울이고 두 팔을 앞좌석 시트 뒤에 걸쳤다. 암리타는 아무 생각 없이 두
손으로 크리넥스를 접었다 폈다를 반복했다.

"공항 안전 요원 말로는 그런 것 같답니다." 싱이 말했다. "아이를 안고
통과하려는 부부를 붙들고 있다고 했어요. 그런데 그들은 지금 자신들이
억류된 걸 모르는 상태입니다. 수석 안전 요원이 그 부부에게 여행 비자에
사소한 문제가 생겼다고 둘러댔거든요. 그래서 그들은 지금 비자에 도장
을 찍어 줄 직원이 오기를 기다리고 있습니다."

"왜 체포하지 않는 거죠?" 내가 물었다.

"무슨 죄목으로요? 아이의 신분을 확인하기 전까지 그들은 무죄입니
다. 런던행 비행기에 오르려고 했던 것밖에 없으니까요."

"누가 빅토리아를 알아본 건가요?" 암리타가 물었다.

"공항 안전 요원이라고 말씀드렸는데요." 싱은 대답하며 하품했다. "두
분이 낸 신문 광고를 봤대요." 싱의 목소리에 뭔가 미심쩍어 하는 기색이
살짝 느껴졌다.

나는 암리타의 손을 쥐었다. 그리고 이제 스쳐 지나가는 익숙한 풍광을 바라보았다. 우리 둘 다 이 작은 차를 좀 더 빨리 가게 하려고 마음으로 애쓰고 있었다. 목동이 양 떼를 몰고 가다 젖은 도로를 한참 동안 가로막자 우리는 기사에게 경적을 울리라고, 그냥 뚫고 가라고 호통을 쳤다. 그다음, 차는 기어를 바꾸고 사탕수수를 잔뜩 싣고 덜컹거리며 지나가는 마차를 추월한 후, 또다시 왼쪽 차선으로 홀로 질주했다. 현란한 트럭이 오른쪽 차선에서 속도를 올리며 마을로 향하자, 하얀 셔츠를 입은 남자들이 우리를 보고 갈색 팔을 흔들었다.

나는 억지로 등을 대고 앉아서 숨을 길게 들이마셨다. 이 풍성한 일출광을 다른 때 보았더라면 정말 경이로웠을 것이다. 휑하게 부서진 고층 빌딩과 진흙 더미 위에 세워진 가건물들조차 태양이 쏟아붓는 축복에 정화되는 것 같았다. 키가 큰 청동 단지를 이고 가는 여자들이 풀이 무성한 도랑 위에 3미터짜리 그림자를 드리웠다.

"우리 애가 정말 무사한 거죠?" 내가 또 물었다.

"거의 다 왔습니다." 싱이 대답했다.

우리는 검고 노란 택시들을 지나 굽은 도로를 따라 올라갔다. 택시 지붕에는 빗방울이 맺혀 있었다. 택시 기사들이 앞좌석에 널브러진 채 자고 있었다. 우리가 탄 차는 한참을 더 간 후에야 문이 열렸다.

"어느 쪽이죠?"

싱은 차에서 돌아 나와 손가락으로 가리켰다. 우리는 재빨리 청사로 들어갔다. 다급히 뛰어가는 우리를 따라 잡으려고 싱은 더러운 타일 바닥에서 대자로 뻗어서 이불을 덮고 자는 사람들을 돌아서 뛰어왔다. "이쪽이요." 그는 이렇게 말하며 닳고 닳은 문을 열었다. 문에는 '관계자 외 출입 금지'라고 영어와 벵골어로 쓰여 있었다. 불가촉천민 여인이 복도에 쪼그리고 앉아서 작은 쓰레받기에 먼지와 종잇조각을 쓸어 담고 있었다. 열다섯 걸음을 더 걸으니 더 넓은 사무실이 나왔다. 그곳은 파티션과 카운터로 나뉘어 있었다. 텔레타이프 소리와 타자 치는 소리가 들렸다.

두 사람의 모습이 한눈에 들어왔다. 인도인 부부가 저쪽 구석에 웅크리고 있었다. 젊은 여자는 아이를 가슴에 품고 있었다. 두 사람 다 이곳 사람이 아니었다. 게다가 이제 막 성인이 된 듯한 나이였다. 남자는 키가 작았고 눈빛이 교활했다. 몇 초마다 한 번씩, 남자는 오른손을 들어 어설프게 붙인 콧수염을 쓸었다. 여자는 남자보다 더 어렸다. 평범하다 못해 박색이었다. 여자는 스카프를 둘렀지만 헝클어진 머리도, 이마 정중앙에 찍힌 붉은 점도 가리지 못했다.

우리는 6미터 정도 떨어진 곳에서 멈춰 섰다. 암리타와 나는 오로지 여자가 재빨리 흔들고 있는 묵직한 보따리만 쳐다보았다. 아이의 얼굴이 보이지 않았다. 그저 창백한 뺨만 살짝 보일 뿐이었다.

우리는 좀 더 가까이 다가갔다. 찢어질 듯한 통증이 횡격막에서 시작되어 가슴으로 번졌지만 나는 무시했다. 싱 경위는 재빨리 차려 자세를 하는 제복을 입은 안전 요원에게 손짓했다. 요원은 젊은 남자에게 무뚝뚝하게 뭔가를 말했다. 남자는 벤치에서 발딱 일어나더니 신경질적으로 카운터로 걸어왔다. 그가 일어서자 여자는 그가 지나가도록 몸을 틀었다. 순간, 천에 여러 겹 싸인 아이의 얼굴이 힐끔 보였다.

빅토리아였다. 자고 있었다. 반짝이던 얼굴이 거의 창백해지긴 했지만 의심할 여지없이 빅토리아였다.

그 순간, 암리타가 비명을 질렀다. 다들 동시에 행동을 개시했다. 젊은 남자가 도주를 시도했던 것 같았다. 왜냐하면 안전 요원과 카운터 뒤에 있던 남자가 재빨리 그의 팔을 뒤에서 붙들었기 때문이다. 여자는 벤치에서 옆으로 몸을 밀어 구석으로 가더니 아이를 가슴에 품고 몸을 숙였다. 그리고 재빨리 몸을 흔들면서 자장가 같은 소리를 중얼거렸다. 암리타, 싱 경위, 나, 이렇게 세 사람이 다가갔다. 여자가 도망갈지도 모를 경로를 모조리 차단할 태세였다. 그런데 여자는 그저 고개를 녹색 벽 쪽으로 돌리고 점점 크게 울부짖기 시작했다.

싱은 암리타를 진정시키려 했지만, 암리타는 성큼성큼 세 걸음을 걸어 여자의 머리채를 잡고 뒤로 홱 젖힌 다음, 품에 안긴 빅토리아를 왼쪽 팔로 낚아챘다.

다들 소리를 질렀다. 무슨 이유에서인지 나는 뒷걸음질 쳤다. 암리타가 우리 딸을 높이 들고 더러운 보라색 숄을 벗기기 시작했다.

암리타가 다른 소리들을 누르며 처음 비명을 내지르자 사무실이 침묵에 잠겼다. 나는 계속 뒷걸음질 치다가 결국 카운터에 부딪혔다. 암리타의 통곡이 시작되자 나는 천천히 고개를 돌렸다. 그리고 얼굴을 숙이고 주먹을 차가운 카운터 위로 내리쳤다.

"어어어……" 나는 소리를 냈다. 조용하고 부드러운 소리였다. 내가 아주 어릴 때 내던 소리였다. "어어어…… 아, 안 돼. 제발." 나는 카운터에 얼굴을 부비며 주먹으로 귀를 쾅쾅 내리쳤다. 그럼에도 암리타의 통곡이 흐느낌으로 바뀌는 소리가 또렷이 들렸다.

나는 아직도 어딘가에 사건 보고서를 갖고 있다. 싱 경위가 델리로 보낸 보고서의 복사본이다. 인도의 모든 면모가 그렇듯, 이 종이도 저렴하고 질이 떨어진다. 글자도 너무 흐려서 거의 투명해질 지경이다. 아둔한 아이가 비밀 메모를 이렇게 적을 것 같았다. 그래도 상관없다. 정확한 내용을 기억하려고 보고서를 볼 필요도 없다.

1977년 7월 22일 캘커타 시 경찰청 / 덤덤 공항 보안국 2671067

공항 보안 요원 자그모안(야슈팔, 덤덤 공항 보안 요원 1113)이 용의자 부부를 발견.

부부는 서류상 수가타 쵸두리와 데비 쵸두리로 확인됨. 부부는 유아를 동반하고 휴가차 영국 런던으로 출국할 예정이었음.

공항 보안 요원 자그모안이 부부를 세관 B-11 구역에 억류시킴. 사유는 상기 유아가 미국인 루잭의 실종된 자녀일지도 모른다고 인지했기 때문임[참고: 캘커타 시 경찰청 1977년 7월 18일 사건 번호 117(S.R. 50/)싱].

경위 야쉬완 싱(캘커타 시 경찰청 26774)과 루잭 부부(로버트 C., 암리타 D)가 1977년 7월 21일 05:41에 도착하여 아이의 신원을 확인. 아이는 빅토리아 캐롤린 루잭(1977년 1월 22일 생)으로 확인됨.

이후 아이 모친이 확인한 결과, 상기 유아 빅토리아 C. 루잭은 몇 시간 전 사망한 것으로 추정됨. 추후 수가타 쵸두리와 데비 쵸두리로 확인된 부부를 유아 납치 및 살인죄, 장물 해외 밀반출 혐의로 체포해 초링기에 있는 캘커타 시 경찰청 본부로 이송함.

부검 결과[참고: 루잭 – 캘커타 시 경찰청 / M. E. 2671067 1977년 7월 21일] 유아 루잭은 최대 5시간에서 최소 3시간 전에 사망한 것으로 추정. 또한 상기 유아의 신체는 장물 운반 도구로 사용됨.

장물 목록 및 추정가

첨부:

루비(6점)	1,115,000루피
사파이어(4점)	762,000루피
오팔(4점)	136,000루피
자수정(2점)	742,000루피
전기석(5점)	380,000루피

추후 세부 사항 연락은 싱(아쉬완. 캘커타 시 경찰청 26774)에게.

끝.

15

"캘커타는 나를 죽였도다."
- 카비타 신하(인도의 시인이자 소설가)

캘커타는 우리를 보내지 않으려 했다. 그 악취 나는 손으로 우리를 이틀간 더 붙들었다.

암리타와 나는 빅토리아를 그들에게만 맡겨 둘 수 없었다. 경찰이 부검을 하고, 장의사가 염을 하는 동안에도 우리는 옆방에서 기다렸다.

싱은 우리가 앞으로 몇 주는 캘커타에 더 있어야 할 거라고 했다. 적어도 심리가 끝나기 전까지는 있어야 한다고 했다. 나는 그에게 그러지 않겠다고 말했다. 우리는 따분한 표정을 하고 있는 속기사에게 증언서를 각각 제출했다.

뉴델리에 있는 미 대사관 직원이 도착했다. 그는 거만하면서도 약간 어설퍼 보였다. 이름은 돈 워든이었다. 그가 비협조적인 인도 관리들을 상대하는 방법은 그들에게 사과하는 것이었다. 워든은 우리가 빅토리아의 시신을 서둘러 모국으로 송환하려고 떼쓰는 바람에 일을 더 복잡하게 만들었다고 설명했다.

토요일에 우리는 마지막으로 공항으로 향했다. 워든, 암리타, 그리고 나까지 낡은 쉐보레 렌터카 뒷자리에 비좁게 탔다. 밖에는 비가 세차게 내렸다. 꽉 닫힌 차 안은 무더웠고 굉장히 습했지만 나는 그런 줄도 몰랐다. 내 눈은 오로지 뒤따르는 작고 흰 구급차만 쫓고 있었다. 구급차는 꽉 막힌 도로에서 비상등을 켜지 않았다. 서두를 이유가 없었기 때문이다.

공항에 도착하니 막판까지 비행기가 지연되었다. 공항 관계자가 나와서 워든을 맞이했다. 두 사람은 서로 고개를 저었다.

"무슨 일입니까?" 내가 물었다.

인도 관리는 지저분한 흰 셔츠를 털면서 짜증스러운 톤으로 힌두스타니어(북부 인도와 파키스탄에서 널리 쓰이는 언어) 문장을 내뱉었다.

"뭐래?" 내가 되물었다.

암리타가 통역했다. 아내는 완전히 진이 빠져서 고개를 들지도 못했다. 목소리도 거의 들리지 않았다. "우리가 구입한 관을 비행기에 실을 수 없대." 아내는 지친 목소리로 말했다. "항공기용 철제 관은 여기에 있는데, 필요한 서류…… 그러니까…… 시신을 운송할 때 필요한 서류에 관계자의 서명이 없대. 그래서 우리더러 월요일에 시청에 가서 필요한 서류를 발급받아 오라고 그러는 거야."

나는 몸을 일으켜 세웠다. "워든?"

대사관 직원이 어깨를 으쓱했다. "우리 미 대사관은 상대국의 법령과 문화적 가치를 존중해야 합니다. 제가 줄곧 생각했습니다만, 만일 여기 인도에서 시신을 화장하는 데 선생께서 동의해 주신다면 일이 훨씬 쉬울 것 같은데요."

칼리는 모든 화장터의 여신이다.

"이쪽으로 오시죠." 나는 이렇게 말했다. 나는 두 남자를 데리고 몇 개의 문을 거쳐 빅토리아의 시신이 놓인 옆방 사무실로 들어갔다. 인도 관계자는 지겹고 짜증나 보였다. 나는 워든의 팔을 잡고 그를 사무실 한쪽 구석으로 끌고 갔다.

"워든 씨." 나는 조용히 말했다. "난 이제 옆방으로 가서 내 딸아이의 시신을 항공사 규격에 맞는 관으로 옮길 겁니다. 만약 당신이 저 방으로 들어오거나 나를 어떤 식으로든 방해한다면 죽여 버리겠습니다. 아시겠습니까?"

워든은 눈을 몇 번 껌뻑이더니 고개를 끄덕였다. 나는 인도 관계자에게 걸어가 상황을 설명했다. 나는 조용히 말하면서 손가락으로 그의 가슴을 살살 건드렸다. 그런데 그는 내 눈을 쳐다보다가 그 속에서 뭔가를 감지했는지 잠자코 가만히 있었다. 나는 말을 끝내고 여닫이문을 밀어 어둑어둑한 방으로 들어갔다. 그곳에서 빅토리아가 기다리고 있었다.

방은 길고 거의 텅 비어 있었다. 박스 몇 개와 주인 없는 가방 몇 점뿐이었다. 방 한쪽 끝에 항공용 철제 관이 있었다. 철제 롤러 컨베이어 벨트 옆 카운터 위에 뚜껑이 열린 채 얹혀져 있었다. 반대편 끝 적재 플랫폼 옆 벤치 위에는 우리가 캘커타에서 구입한 회색 관이 놓여 있었다. 나는 거기로 걸어갔다. 그리고 망설이지 않고 관 뚜껑을 열었다.

빅토리아가 태어나던 날 밤, 내가 몇 주간 조바심을 내며 준비하던 의식이 하나 있었다. 엑서터 병원은 초보 아빠들에게 분만실에서 바로 옆에 있는 간호사실까지 신생아를 데려다주는 일을 장려했다. 그러면 간호사실에서는 아이의 몸무게를 재고, 조치를 취한 다음 회복실에 있는 산모의 품에 아이를 되돌려 주었다. 나는 그걸 알고 한참을 걱정했었다. 자칫 아이를 떨어뜨리면 어쩌나 싶어 두려웠다. 바보 같은 반응이긴 했다. 출산이라는 기쁘고 흥분되는 감정을 겪은 후에도 내 심장은 긴장감에 콩닥콩닥 뛰였다. 의사가 암리타의 배에서 빅토리아를 꺼내 들더니, 나더러 직접 공주님을 안고 복도를 걸어가겠느냐고 물었다. 내 기억엔 웃으며 고개를 끄덕였지만 겁먹었던 것 같다. 나는 아이의 조막만 한 머리통을 감싼 다음, 배에서 나오느라 아직도 축축한 몸을 내 가슴과 어깨에 대고 분만실에서부터 서른 걸음을 떼어 간호사실에 데려다주었다. 거기까지 가는 사이 점차 자신감과 기쁨이 차올랐다. 빅토리아가 나를 도와주는 것 같은 기분이 들었다. 내 아이를 안고 있다는 사실을 완전히 실감한 순간, 바보처럼 빙그레 웃었던 기억이 지금도 난다. 그 순간은 내 인생에서 가장 행복했던 기억으로 여전히 남아 있다.

이번에는 전혀 긴장하지 않았다. 나는 딸아이를 살포시 들어 올려서 머리를 감싸고 내 가슴과 어깨에 댔다. 예전에도 꽤 많이 했던 자세였다. 그리고 서른 걸음을 떼어서 항공용 철제 관까지 데려갔다. 그 안에는 하얀 비단이 깔린 작은 침대가 마련되어 있었다.

비행기는 여러 번 지연 끝에 이륙했다. 암리타와 나는 90분간 대기하는 내내 손을 잡고 있었다. 커다란 747 기체가 마침내 이륙을 시작했고, 우리는 창밖을 보지 않았다. 우리의 모든 생각은 기체에 싣는 모습을 지켜봤던 작은 관에 쏠려 있었다. 우리는 비행기가 순항 고도에 다다를 때까지 아무 말도 하지 않았다. 구름이 캘커타의 마지막 모습을 가리는 순간에도 내다보지 않았다. 우리는 우리 아기를 데리고 집으로 갔다.

16

"분명 어떤 계시가 다가왔다."

- 윌리엄 버틀러 예이츠

1977년 7월 26일 화요일. 빅토리아의 장례를 치렀다. 딸아이는 엑서터가 내려다보이는 언덕의 작은 가톨릭 묘지에 묻혔다.

환한 햇살에 작고 하얀 관이 빛났던 것 같다. 나는 그쪽을 쳐다보지 않았다. 짧은 의식을 치르는 동안, 신부님 머리 위로 보이는 조각난 파란 하늘만 쳐다보고 있었다. 숲에서 잠시 쉬면서, 대학의 낡은 건물 중 한 곳에서 솟은 벽돌 타워를 응시했다. 비둘기 떼가 머리 위에서 원을 그리다가 방패처럼 펼쳐진 여름 하늘을 가르며 날아갔다. 장례식이 끝나기 직전, 아이들의 함성과 웃음소리가 들려왔다. 그런데 그들은 우리 일행을 보더니 갑자기 입을 다물었다. 암리타와 나는 고개를 돌려 아이들이 정신없이 자전거 페달을 밟으며 길고 미끈한 비탈길을 따라 마을로 내려가는 모습을 지켜보았다.

암리타는 가을 학기부터 다시 대학에서 강의하기로 했다. 나는 아무것도 하지 않았다. 귀국한 지 사흘 후, 아내는 빅토리아의 방을 싹 비우고 그곳을 재봉틀 방으로 변신시켰다. 아내는 그 방에서 단 한 번도 작업하지 않았고, 나도 절대로 들어가지 않았다.

마침내 캘커타에서 가져온 옷가지 중 일부를 버리기로 결정한 후, 나는 다스에게 책을 전해 주던 날 입었던 너덜너덜해진 사파리 셔츠 주머니를 뒤져야겠다고 생각했다. 성냥갑은 그 어느 주머니에서도 발견되지 않았다. 나는 흡족한 듯 고개를 끄덕였지만, 잠시 후 다른 주머니에서 작은 수첩이 나왔다. 그날 밤 내가 수첩을 두 권 다 가져갔던 것 같다.

에이브가 10월의 어느 늦은 날 찾아왔다. 그는 빅토리아의 장례식에도 참석했지만 우리는 필요한 위로의 말만 건네고 다른 말은 하지 않았다. 요전 날, 내가 그에게 말을 걸었던 적이 있었다. 나는 술에 취해서 늦은 밤에 뜬금없이 그에게 전화했다. 에이브는 30분 정도 듣고 있다가 다정히 말했다. "이제 자, 보비. 자라고."

10월의 어느 일요일, 우리는 거실에 앉아 화이트 와인을 마시며 『아더 보이시스』를 계속 발간할 것인지, 원유 부족 해결을 위한 카터 대통령의 새로운 에너지 개발 프로그램이 과연 성공할 것인지를 두고 얘기를 나누었다. 암리타는 예의 바르게 고개를 끄덕이다 간혹 웃기도 했다. 그러나 대화하는 내내 아주 먼 곳에 정신이 팔려 있었다.

에이브가 집 뒤에 있는 숲으로 산책을 가자고 했다. 나는 눈을 껌뻑거렸다. 에이브는 운동이라면 질색하는 타입이었다. 이렇게 아름다운 가을 날에도 그는 늘 입고 다니던 구겨진 회색 정장에 얇은 넥타이를 하고 늘 신고 다니던 검은색 윙팁 구두를 신었다.

"그럽시다." 나는 하나도 신나지 않은 목소리로 대답했다. 에이브와 나는 연못으로 이어진 오솔길을 따라 걷기 시작했다.

숲은 온통 장관이었다. 오솔길에는 샛노란 느릅나무 낙엽이 폭신히 깔려 있었다. 고개를 돌릴 때마다 단풍나무와 옻나무의 타는 듯이 붉은 잎이 우리를 맞이했다. 산사나무가 한 줄로 늘어서서 가시 돋친 줄기에 맺힌 빨간 사과 같은 열매를 내밀었다. 자작나무는 완벽하게 파란 하늘을 배경 삼아 하얀 가지를 뻗고 있었다. 에이브는 피다가 만 시가를 코트 주머니에서 꺼낸 후 멍하니 질겅질겅 씹으며 무거운 발걸음으로 고개를 숙인 채 걸었다.

우리는 2.5킬로미터 정도 되는 순환 산책로를 3분의 2쯤 걸은 후, 산책로가 내려다보이는 작은 언덕 정상까지 거의 다 올라갔다. 에이브는 쓰러진 자작나무 위에 앉아 신발에 묻은 흙과 잔가지를 꼼꼼히 털기 시작했다. 나는 그 옆에 앉은 후에 우리가 수로 근처에서 한 바퀴 돌았던 연못 쪽을 뒤돌아보았다.

"아직도 다스 원고를 갖고 있지?" 그가 뜬금없이 물었다.

"네." 만약 그가 내가 동의하든 말든 간에 『아더 보이시스』 다음 호에 이 원고를 싣자고 부탁하는 거라면 우리 우정은 끝이다.

"흠." 에이브는 목청을 고르더니 침을 뱉었다. "『하퍼스 매거진』에서 그 기사를 못 썼다고 자네한테 욕을 하던가?"

"아니요." 길 건너편 어딘가에서 딱따구리가 나무를 쪼는 소리가 들렸다. "착수금으로 받았던 건 돌려줬어요. 그쪽에선 아직도 여행 경비를 내겠다고 하더군요. 그리고 아시겠지만 모로는 거기를 그만뒀어요."

"응." 에이브가 시가에 불을 붙였다. 냄새가 바삭한 가을날과 완벽하게 어울렸다. "그 망할 놈의 시를 어떻게 할지 결정 못했지?"

"네."

"공개하지 마, 보비. 어디에도, 나중에라도." 그는 아직도 타고 있는 성냥을 나뭇잎 더미로 내던졌다. 나는 성냥을 도로 주워서 손가락으로 꾹 눌렀다.

"안 할 겁니다." 우리는 한참 아무 말이 없었다. 선선한 산들바람이 밀려오자 잘게 부서진 이파리들이 서로 몸을 비볐다. 저 멀리 북쪽에서 다람쥐 한 마리가 불법 침입자를 시끄럽게 꾸짖는 듯한 소리가 들렸다.

"내가 홀로코스트 때 우리 가족을 거의 다 잃었다는 거 아나, 보비?" 에이브가 나를 쳐다보지도 않고 불쑥 말했다.

"아니요, 몰랐습니다."

"어머니는 빠져나오셨지. 어머니하고 잰이 나를 보러 오던 길에 런던에 묵은 덕분이었어. 잰은 모쉬, 무티, 나머지 식구를 데려오겠다며 되돌아갔지. 그러곤 다시는 아무도 만나지 못했어."

나는 아무 말도 하지 못했다. 에이브는 시가 연기를 푸른 하늘로 내뱉었다. "내가 이 말을 하는 건, 보비, 다 지나고 나면 모든 게 피치 못할 일처럼 보이기 때문이야. 무슨 말인지 이해하겠나? 자네는 자네가 상황을 바꿀 수 있었을 거라고 계속 생각하고 있어. 이를테면, 해야 할 일을 잊었는데 하필 모든 게 딱딱 맞아떨어진 거지. 내가 무슨 말을 하는지 알겠어?"

"네."

"그런데 그건 피치 못할 일이 아니야, 보비. 그냥 재수가 지독히 없는 거지. 그게 다야. 누구의 잘못도 아니라고. 다만, 그 지저분한 짓거리를 해서 먹고사는 야비한 놈들의 잘못일 뿐이야."

나는 아무 말 없이 한참을 앉아 있었다. 낙엽이 우리 주위에서 나선형을 그리며 떨어졌다. 낙엽의 서글픈 아름다움이 이미 그 아래 깔린 카펫 위에 더해졌다. "잘 모르겠어요, 에이브." 내가 마침내 입을 열었다. 목구멍이 더는 말할 수 없을 만큼 아팠다. "제가 처음부터 끝까지 다 잘못했어요. 두 사람을 그리로 데려간 죄. 미친 짓거리가 벌어지는 걸 보고도 그곳을 뜨지 않은 죄. 둘이 탄 비행기가 제대로 떴는지 확인하지 않은 죄. 하나도 이해가 안 가요. 누구 책임이죠? 그들은 누구였을까요? 크리슈나? 카마키야라는 여자는 그 짓으로 뭘 얻어야 했을까요…… 어쩌다 그 여자가 적격이었던 거죠? 무엇보다 저는 왜 다스에게 권총을 건네는 어이없는 실수를 저질러서 그 총이……"

"두 방이라……" 에이브가 말했다.

"네?"

"자네가 전화했던 날 밤, 총성을 두 발 들었다고 그랬어."

"네, 자동 권총이었거든요."

"그게 뭐? 자네는 자기 머리에 대고 총을 한 방 갈긴 후, 확인차 또 한 방을 쏠 수 있을 것 같아? 그래?"

"지금 무슨 소릴 하고 싶은 거죠, 에이브?"

"다스를 죽인 건 자네가 아냐, 보비. 다스는 자살하지 않았어. 잘 챙겨주던 카팔리카들 중 하나가 그렇게 일을 꾸며야 할 이유가 있었나 보지. 그 작자 이름이 뭐라고 했더라…… 크리슈나였거나, 산자이였거나. 아무튼 이름이 뭐든 간에 그 자식이 잠시나마 계관 시인이 되고 싶었을 수도 있고."

"왜……" 나는 말을 멈추고 수백 미터 창공 위 상승 기류를 타고 오르는 바다 갈매기를 보았다. "그렇다면 빅토리아가 대체 뭘 어찌 해야 했을까요? 오, 신이시여. 에이브…… 빅토리아를 해쳐서 대체 누가 득을 봤을까요? 하나도 모르겠습니다."

에이브는 자리에서 일어나더니 또다시 침을 뱉었다. 침이 그의 옷에 튀었다. "보비, 이제 가지. 보스턴행 버스를 잡아타야 그 망할 기차에 오를 수 있어."

내가 앞장서서 언덕을 내려가려는 순간, 에이브가 내 팔을 붙들더니 나를 뚫어져라 보았다. "보비, 이것만은 꼭 알아 두게. 이해할 필요는 없어. 아마 자네는 이해하지 못할 거야. 잊지도 못할 테고, 잊겠다는 생각도 하지 말게. 못 잊을 테니. 그래도 앞만 보고 계속 가야 하네. 내 말 들리나? 어쩌면 하루하루 살아야 할 거야. 그래도 꾸역꾸역 가야 하네. 그렇게 하지 못하면 그놈들이 이기는 거야. 우리가 그 꼴은 못 보지, 보비. 내 말 알지?"

나는 고개를 끄덕인 후 재빨리 몸을 돌려 흐릿한 오솔길을 따라 걸었다.

11월 2일. 나는 싱 경위가 보낸 짧은 편지를 받았다. 남자 용의자 수가타 쵸두리가 재판정에 서지 않을 거라는 내용이었다. 후글리 감옥에 수감되어 있던 쵸두리가 '배신 당했다'고 했다. 정확히 말하면, 그가 잠든 사이 누군가 수건으로 그의 숨통을 틀어막았다고 했다. 데비 쵸두리로 확인된 여자는 한 달 안에 재판을 받을 거라고 했다. 싱은 내게 계속 연락해 주겠다고 약속했다. 그러나 다시는 소식을 듣지 못했다.

11월 중순, 혹독한 겨울에 처음으로 폭설이 내린 직후, 나는 다스의 원고를 다시 읽었다. 캘커타에서 읽지 못한 나머지 100페이지도 마저 읽었다. 이것이 하나의 탄생 선언이라고 짧게 요약했던 다스의 말이 맞았다. 이 글의 요지를 알고 싶다면 예이츠의 「재림」을 추천하겠다. 예이츠가 훨씬 나은 시인이다.

나는 다스의 원고를 어떻게 처리할까를 두고 골머리를 앓다가, 이것이 망자의 시신 처리를 고민하던 파시교도(페르시아에서 쫓겨나 인도 봄베이로 이주한 조로아스터교도)의 문제와 비슷하다는 생각이 언뜻 들었다. 인도에서 신도수가 점점 줄어들고 있는 파시교도들은 흙과 공기, 불과 물, 이 모든 것을 신성하게 섬겨 망자의 시신으로 더럽히지 않으려 했다. 그들의 해결책은 독특하다. 몇 년 전, 암리타는 봄베이의 어느 공원에서 맹금류가 천천히 맴도는 침묵의 탑에 대해 설명해 주었다(조로아스터교의 장례 풍습은 새들이 시체를 쪼아 먹게 하는 조장(鳥葬)을 따른다).

나는 원고를 태우고 싶지 않았다. 연기가 피어오르는 게 싫었기 때문이다. 내 온전한 정신을 둘러싼 얄팍한 벽면 바로 뒤에 도사리고 있는 암흑의 존재에게 제물을 바치는 것 같았기 때문이다.

결국 내 해결책은 침묵의 탑보다는 시시했다. 나는 종이에서 피어오르는 캘커타의 악취를 맡으며 수백 페이지의 원고를 손으로 갈기갈기 찢었다. 그다음, 쓰레기 봉지에 찢어진 종잇조각을 담고 혹시나 슬쩍 집어갈 이들을 실망시키기 위해 썩은 채소까지 집어넣었다. 그리고 한참 차를 몰고 광활한 쓰레기 매립장으로 가서, 시커먼 쓰레기 봉지가 가파른 쓰레기 협곡으로 굴러떨어져 냄새 나는 침출수 속으로 사라지는 모습을 지켜보았다.

집으로 돌아오는 길, 내 손으로 직접 원고를 없앴으나 마음속에 울려 퍼지는 칼리의 노래가 멈추지 않았음을 깨달았다.

암리타와 나는 여전히 그 집에 살았다. 우리는 친구들에게 조언을 듣고 한결같은 관심과 연민을 받았지만, 매서운 겨울이 깊어지자 사람들을 띄엄 띄엄 만나게 되었다. 게다가 우리가 서로를 마주하는 시간도 점점 줄었다.

암리타는 박사 학위를 마무리 짓기로 한 후, 아침 일찍 일어나 강의를 하고 도서관에 갔다. 저녁에는 학생들이 제출한 과제를 채점하고 좀 더 공부를 하다가 일찍 잠자리에 들었다. 나는 느지막이 일어나 종종 저녁을 먹으러 나가 저녁 내내 집을 비웠다. 암리타가 밤 10시경 서재에서 나오면, 나는 그제야 서재를 차지하고 앉아 새벽까지 책을 읽었다. 해가 나지 않는 몇 달간 닥치는 대로 읽었다. 슈펭글러(독일의 철학자), 로스 맥도널드(미국계 캐나다 출신의 범죄 소설 작가 케네스 밀러의 필명), 맬컴 라우리(영국의 시인이자 소설가), 헤겔, 스탠리 엘킨(미국의 소설가), 브루스 캐턴(미국의 역사학자이자 저널리스트), 이언 플레밍(영국의 소설가로 007시리즈의 작가), 싱클레어 루이스(미국 최초의 노벨문학상 수상 작가) 등이었다. 나는 수십 년째 책장에 꽂아만 두고 읽지 않았던 고전도 섭렵했다. 마트에서 베스트셀러를 사가지고 오기도 했다.

2월이 되자 한 친구가 보스턴 북부에 있는 대학에서 계약직으로 강의를 하는 게 어떻겠느냐고 제안했고, 나는 그 일을 수락했다. 처음에는 매일 출퇴근했다. 얼마 후, 학교 근처에 가구가 딸린 작은 아파트를 하나 구했고 엑서터에는 주말에만 들렀다. 주말에도 가지 않는 날이 잦아졌다.

암리타와 나는 캘커타를 입에 올리지 않았다. 빅토리아의 이름도 꺼내지 않았다. 암리타는 숫자 이론과 불 대수(영국의 수학자 조지 불이 창안한 논리 수학)의 세계로 빠져들었다. 아내에게는 그곳이 안락해 보였다. 모든 규칙이 지켜지고 진리표(진리식 및 논리 회로에 대한 입출력 결과를 기록하는 표)가 논리적으로 결정되는 세계였다. 나는 그 세상 바깥에 남겨졌다. 나에게는 언어라는 까다로운 도구와 혼란스럽고 터무니없이 기계적으로 돌아가는 현실만 있을 뿐, 내 옆에는 아무도 없었다.

내가 그 대학에서 강의한 지 4개월째 되었을 때였다. 만일 아내가 입원했다는 전화를 받지 않았더라면 나는 엑서터로 돌아가지 않았을지도 모른다. 병원에서는 아내의 병명을 기력 소진으로 인한 급성 폐렴이라고 진단했다. 아내는 8일간 입원했다. 약해질 대로 약해져 그다음 일주일 동안은 집 안에서도 침대 밖으로 나오지 못했다. 나는 그동안 집에 머물며 아내를 세심히 보살폈다. 그러는 사이 우리가 처음 나누었던 다정함이 내 가슴속에서 메아리치는 느낌이 들기 시작했다. 그러나 아내는 몸이 많이 좋아졌다며 6월 중순부터 컴퓨터 작업을 다시 시작했다. 나는 내 아파트로 돌아왔다. 나는 우유부단했고 갈팡질팡했다. 뭔가 어마어마하고 시커먼 구멍이 입을 더 크게 벌려 나를 집어삼키려는 것 같았다.

나는 그해 6월에 루거(독일제 자동 권총)를 샀다.

말수가 적고 키가 작은 생물학과 교수 로이 베넷이 4월에 그의 사격 클럽에 나를 초대했다. 나는 그를 대학에서 처음 만났다. 몇 년간 나는 총기 소지 금지법을 찬성해 왔고 권총을 생각만 해도 치를 떨었지만, 그해 학기 말이 되자 토요일마다 베넷과 함께 사격장에서 시간을 보냈다. 사격장에서는 아이들조차 영화에 나오는 자세처럼 다리를 넓게 벌리고 양손으로 능수능란하게 사격했다. 과녁을 당기는 사람이 있으면, 다들 정중히 총을 거두고 미소를 지으며 사격선에서 한 걸음 물러났다. 과녁은 대부분 사람 모습을 하고 있었다.

내가 총을 하나 장만하고 싶다고 하자, 로이는 전도에 성공한 선교사처럼 속으로 쾌재를 부르며 미소를 짓더니 22구경 피스톤(탄창식 자동 권총)

이 초심자에게 적당할 거라며 추천했다. 나는 그렇게 하겠다고 고개를 끄덕였다. 그다음 날, 운이 따랐는지 빈티지 7.65구경 루거를 구하게 되었다. 내게 이 총을 판 여인은 이 탄창식 자동 권총이 먼저 세상을 떠난 남편의 자랑이자 기쁨이었다고 하면서 근사한 휴대용 케이스까지 함께 주었다.

나는 내가 선호하는 양손 사격 자세를 마스터하지 못했지만, 18미터 떨어진 과녁에 구멍을 내는 건 꽤 숙달됐다. 길게 그림자 지는 저녁에 사람들이 과녁을 향해 총을 쏘면서 무슨 생각을 하고 어떤 기분을 느끼는지는 나는 전혀 알지 못했다. 그래도 매번 기름칠이 되고 균형이 잘 잡힌 총을 들 때마다, 독한 위스키 한 잔을 들이켜는 것처럼 억눌렸던 기운이 내 몸을 타고 도는 듯한 기분을 느꼈다. 천천히 조심스레 방아쇠를 당긴다. 귀가 먹을 듯한 총성. 뻣뻣한 팔뚝을 따라 반동이 밀려오면 내 안에서 황홀감을 자아내는 무언가가 생성된다.

암리타가 몸을 추스르고 난 어느 주말, 나는 루거를 들고 엑서터로 간 적이 있었다. 어느 늦은 밤, 아내는 아래층으로 내려오다가 내가 기름이 갓 발린 장전된 총을 요리조리 만지작거리는 모습을 보았다. 암리타는 아무 말도 하지 않고 나를 지그시 바라보다가 도로 2층으로 올라갔다. 다음 날 아침, 우리 둘 다 총 얘기는 꺼내지 않았다.

"인도에서 새 책이 나왔습니다. 난리가 났어요. 서사시라죠, 아마. 칼리 여신에 관한 거라는데, 인도에서 섬기는 수호신 중에 하나래요." 책 영업 사원이 말했다.

나는 더블데이 출판사에서 여는 파티에 참석하러 뉴욕에 갔다. 다른 무엇보다 주류 무료 제공이라는 말이 제일 솔깃했다. 내가 발코니에서 위스키를 네 잔째 마실까 말까 고민하던 중, 영업 사원이 도서 유통업자 둘에게 얘기하는 소리가 들렸다. 나는 그리로 가서 영업 사원의 팔을 붙든 다음 발코니 한쪽 구석으로 데려갔다. 남자는 뉴델리 무역 박람회에서 막 돌아왔고, 내가 누군지 모르는 눈치였다. 나는 인도 현대시에 관심이 많은 시인이라고 둘러댔다.

"유감스럽게도 그 책에 대해 별로 말씀드릴 게 없습니다. 그 책이 인도에서 그렇게까지 잘 팔릴 것 같지 않아 보였기에 제가 말씀을 드린 겁니다. 사실 아주 긴 장편 시에 지나지 않을 뿐인데 그것 때문에 인도 지식층이 난리가 났거든요. 보나 마나 우리 미국 사람들은 관심조차 갖지 않겠지만요. 미국에서는 시가 팔릴 리 없으니까요. 아무리 그게……"

"제목이 뭐죠?" 내가 물었다.

"재미있는 제목이던데, 사실 기억이 안 나요. '칼리삼브하' 아니면 '칼리사브하' 뭐 비슷한 제목이었어요. 제가 켈리 서머스라는 여자랑 일한 적이 있는데 이름이 비슷해서 기억하고 있어요. 그런데 제가……"

"작가가 누굽니까?"

"작가요? 죄송합니다만, 그것도 기억을 못하겠어요. 그 책에 대해 기억나는 거라곤 서점에서 대대적으로 전시를 해 놓았는데도 사진 한 장이 없더라고요. 그저 책만 잔뜩 쌓여 있었어요. 델리에 있는 호텔 서점마다 파란색 책 커버가 온통 쫙 깔렸어요. 인도에 가 보셨나요?"

"다스?"

"네?"

"혹시 작가 이름이 다스였습니까?"

"아니요, 다스는 아니었어요. 제 기억엔 아니었던 것 같아요. 뭔가 인도

색채가 강하고 발음하기 힘든 이름이었어요."

"혹시 산자이였나요?" 내가 물었다.

"죄송합니다만, 전혀 모르겠어요." 영업 사원이 대답했다. 그가 점점 짜증을 내기 시작했다. "저기요, 그게 무슨 상관있습니까?"

"아니요, 아무 상관없죠." 나는 그와 헤어진 후 발코니 난간에 몸을 기댔다. 두 시간쯤 더 발코니에 있었다. 마침내 달이 톱니처럼 생긴 빌딩 스카이라인 위로 떠올랐다.

7월 중순, 나는 그 사진을 받았다.

소인을 보기도 전에 인도에서 온 편지라는 걸 알았다. 인도 특유의 냄새가 조잡한 봉투에서 풍겼다. 캘커타 소인이 찍혀 있었다. 나는 집으로 들어가는 도로 맨 끝에 있는 커다란 자작나무 밑에 서서 봉투를 열었다.

사진 뒤에 쓰여 있는 메모부터 눈에 들어왔다. '다스가 살아 있다.' 그게 전부였다. 사진은 흑백이었고 선명하지 않았다. 앞쪽에 있는 사람들은 플래시를 터뜨린 탓인지 거의 보이지 않았고 뒤쪽에 있는 사람들도 거의 실루엣만 보였다. 그럼에도 다스는 한눈에 들어왔다. 그의 얼굴에는 딱지가 내려앉고 코는 일그러졌다. 내가 그를 만났을 때만큼 나병이 그리 심하지 않았다. 다스는 흰 셔츠를 입고 학생들에게 설명하듯 손을 뻗고 있었다.

사진 속 여덟 명은 모두 낮은 협탁 주위에 방석을 놓고 둘러앉아 있었다. 플래시가 비춘 덕분에 다스 뒤쪽에 있는 벽면 페인트가 벗겨진 모습까지 보였다. 협탁 위로 지저분한 컵도 몇 개 보였다. 남자들 중 두 명의 얼굴은 조명을 제대로 받았지만 내가 모르는 얼굴이었다. 시선이 다스의 오른편에 앉은 남자에게로 옮겨졌다. 너무 어두워서 이목구비가 잘 드러나지 않았다. 그럼에도 맹금류 같은 매부리코에 새카만 비구름처럼 머리가 하늘로 쭈뼛 선 형체를 보고 나는 그가 누군지 충분히 알아볼 수 있었다.

봉투 안에는 사진 외에는 아무것도 없었다.

'다스가 살아 있다.' 그래서 뭘 어쩌란 말인가? 그 미친 여신 악귀 덕분에 다스가 한 번 더 살아났나? 나는 사진을 다시 들여다본 후 가만히 서서 손가락으로 사진을 툭툭 쳤다. 언제 찍은 사진인지 도저히 알 길이 없었다. 그림자 속에 갇힌 사람이 크리슈나인가? 고개와 몸을 앞으로 들이밀고 있는 걸 보니 나는 그가 크리슈나가 맞다고 얘기하고 싶었다.

'다스가 살아 있다.'

나는 도로에서 시선을 거두고 숲으로 걸어 들어갔다. 덤불이 내 발목을 붙들었다. 내 몸속에서 삐딱이 기울어져 빙글빙글 돌아가는 구멍이 생기더니 지름을 점점 넓히며 시커먼 수렁으로 변하겠다고 날 위협했다. 일단 그 칠흑 같은 수렁이 열리면 내가 빠져나갈 가망은 전혀 없다는 것을 나는 알고 있었다.

집에서 한 400미터 떨어진 곳에 개울이 점점 넓어져 습지가 된 곳이 있었다. 나는 거기에 무릎을 꿇고 앉아 사진을 잘게 찢었다. 그다음, 큼지막한 바위를 들춰 잡초가 눌리고 색이 바랜 땅 위에 사진 조각을 뿌린 후에 바위를 제자리에 놓았다.

집으로 걸어오면서 축축하고 허연 것들이 햇빛을 피하려고 미친 듯이 땅을 파고 들어가는 모습이 계속 떠올랐다.

그날 밤 내가 짐을 싸고 있는데 암리타가 방으로 들어왔다. "우리 얘기 좀 해."

"돌아오면 그때 하자."

"어디로 가는데, 보비?"

"뉴욕, 한 이틀 정도 걸릴 거야." 나는 루거와 예순네 발의 탄환을 넣은 탄약통 위에 셔츠를 한 장 더 덮었다.

"중요한 얘기야." 암리타가 내 팔을 잡으며 말했다.

나는 손을 뿌리치고 검은 수트케이스 지퍼를 잠갔다. "갔다 와서 얘기하자."

나는 집에 차를 세워 두고 기차를 타고 보스턴으로 가서 택시로 로건 국제공항에 도착했다. 밤 10시발 TWA 비행기에 올라 프랑크푸르트로 간 다음 거기에서 캘커타행 연결 편에 올랐다.

17

"그리고 어떤 난폭한 짐승이 마침내 때가 되자

태어나기 위해 베들레헴을 향해 어슬렁거리는가?"

— 윌리엄 버틀러 예이츠

비행기가 영국 해안을 향해 날아가는 사이 해가 솟았다. 다리 위로 햇살이 쏟아졌지만, 나는 끝나지 않을 어둠 안에 갇힌 것 같았다. 해수면으로부터 수천 미터 상공에서 정상 기압을 유지하는 연약한 튜브 속에서 안전벨트를 매고 있다는 사실을 인지하는 순간, 내 몸이 격렬히 떨렸다. 몸속에서 점차 압력이 높아지자 상황은 더욱 악화되었다. 처음에 나는 이것을 폐소공포증 탓으로 돌렸지만, 다른 요인이 더 있어서 그런 거란 사실을 깨달았다. 몸이 한쪽으로 기우는 현기증이 일었다. 아주 힘이 센 초소인(정자 속에 있다고 믿었던 아주 작은 인간)이 처음으로 힘껏 내 속을 휘젓는 듯한 느낌이 들었다.

나는 팔걸이를 부여잡고 영화 속 주인공들의 벙긋거리는 입모양을 쳐다보았다. 그사이 유럽이 우리 밑으로 지나갔다. 타고르의 마지막 순간이 떠올랐다. 기내식이 나오자 다들 꼬박꼬박 챙겨 먹었다. 그날 늦게 나는 애써 잠을 청했다. 그러나 내내 띵한 현기증이 점차 거세지더니 벌레들이 앵앵거리는 소리가 쉬지 않고 귓가를 맴돌았다. 잠이 들 만하면 저 멀리에서 비웃는 소리가 들려 잠이 확 깼다. 결국 나는 잠을 자려고 애쓰는 것을 포기했다.

급유를 위해 비행기가 테헤란을 경유하는 동안, 나는 어쩔 수 없이 다른 승객들과 섞여 있어야 했다. 기장은 외부 기온이 33도라고 했다. 훅 하는 더위와 습기가 엄습했다. 그 순간 나는 기장이 화씨가 아닌 섭씨로 온도를 말했음을 깨달았다.

시각은 늦어서 자정이 되기 전이었던 것 같다. 뜨거운 대기에 폭력이 도사린 것 같은 냄새가 코를 찔렀다. 소리가 울리고 조명이 훤한 공항 청사 곳곳에 역대 샤(이란 왕의 칭호)의 사진이 걸려 있었다. 안전 요원과 군인은 뚜렷한 이유도 없이 무기를 허리에 차고 돌아다녔다. 이슬람 여자들은 검은 차도르로 얼굴을 가리고 파리한 형광등이 비추는 텅 빈 공간을 유령처럼 미끄러졌다. 노인들은 바닥에서 잠을 자거나 담배꽁초와 셀로판 포장지가 널브러진 바닥에 시커먼 기도용 러그를 깔고 그 위에 무릎을 꿇고 있었다. 그 옆에서 여섯 살 정도 되어 보이는 미국 소년이 있었다. 금발 머리 꼬마는 주변의 칙칙한 색상과는 어울리지 않게 빨간 줄무늬 셔츠를 입고 의자 뒤에 쪼그리고 있다가 자동 발사되는 M-16 장난감 총을 들고 세관 카운터를 지나갔다.

15분 후에 다시 탑승 수속을 하겠다는 확성기 소리가 들렸다. 나는 빨간 스카프를 한 노인을 스쳐 지나다가다 발부리가 걸렸는데 어쩌다 보니 공중화장실 안이었다. 화장실은 굉장히 어두웠고, 입구 바깥에 전구 하나만 켜져 있었다. 어두운 형체가 음침한 곳을 돌아다녔다. 순간, 나는 실수로 여자 화장실에 들어와 차도르를 쓴 사람들을 어둠 속에서 보고 있는 건 아닌지 의심이 들었다. 그런데 걸걸하고 굵은 목소리가 들렸다. 물이 떨어지는 소리도 들렸다. 바로 그때, 전보다 더 심한 현기증이 밀려 왔다. 나는 화변기에 쭈그리고 앉아 토했다. 기내식 마지막 한 조각까지 죄다 게워내고도 한참이 지났는데도 경련은 이어졌다.

나는 옆으로 쓰러져 차가운 타일 바닥에 대자로 뻗었다. 공허함이 나를 가득 채웠다. 땀이 비 오듯 흘러 짭짤한 눈물과 뒤섞이자 몸이 벌벌 떨렸다. 쉬지 않고 들리던 벌레 소리가 점점 커지더니 또렷한 목소리로 바뀌었다. 칼리의 노래가 귀를 찔렀다. 나는 내가 이미 경계선을 넘어 칼리의 새로운 영토로 들어갔음을 깨달았다.

몇 분 후 나는 어둠 속에서 일어나 세면대에서 씻을 만큼 씻고 걸음을 재촉했다. 파리한 조명이 비추는 곳으로 향해 갔다. 그리고 캘커타행 비행기에 탑승하려고 줄을 선 승객들 사이에 섰다.

비행기가 구름을 빠져나와 한 바퀴 돈 다음 캘커타 덤덤 공항에 새벽 3시 10분에 착륙했다. 나는 계단으로 내려가는 무리에 섞여 축축한 아스팔트를 밟았다. 캘커타가 불타는 것 같았다. 낮게 걸린 몬순 비구름 때문에 주황색 빛이 되돌아왔다. 붉은 화톳불이 수도 없이 많은 물웅덩이에 반사되었다. 청사 위에서 맹렬히 비추는 조명이 그런 환영에 일조했다. 나는 세관 구역을 향하는 무리에 섞여 비틀거리며 걸었다. 그동안 내 귀엔 날카로운 목소리들이 부르는 찬가 말고는 아무 소리도 들리지 않았다.

1년 전, 암리타와 빅토리아를 데리고 봄베이 세관을 통과하는 데 한 시간이 넘게 걸렸었다. 이번에는 채 5분도 걸리지 않았다. 저들이 내 가방을 열어 본다 해도 조금도 걱정되지 않았다. 지저분한 카키색 옷을 입은 키 작은 남자가 루거와 탄약이 든 내 가방 바깥에 분필로 곧장 X 자를 그렸다. 이제 나는 청사 안으로 들어가 밖으로 나가는 문으로 향했다.

'누군가 마중 나와 있을 거야. 어쩌면 크리슈나인지 산자이인지 하는 녀석이 왔을 거야. 그자는 죽기 전에 카마키야 그년을 어디 가면 만날 수 있는지 내게 말해 줄 거야.'

새벽 3시 30분이 다 된 시각이었음에도 내가 여러 번 이 공항에 왔을 때만큼이나 붐볐다. 탁탁 소리를 내는 형광등의 부실한 불빛을 받으며 사람들이 소리치고 밀쳤다. 나는 바닥에서 자는 사람들을 밟지 않으려는 노력을 굳이 하지 않고 걸으며 키플링이 말한 '수의를 입은 시신'(키플링의 노벨문학상 수상작 「킴」의 일부)을 밟고 지나갔지만, 내 귀엔 소리가 거의 들리지 않았다. 사람들 틈에서 내 몸이 휩쓸리게 내버려 두었다. 제대로 조종되지 않는 꼭두각시처럼 이리저리 끌려다니다가 팔다리가 마비된 것 같았다. 두 눈을 감자 칼리의 노래가 들렸다. 내 오른손 근방에 있는 총이 내뿜는 기운이 느껴졌다.

'차터지하고 굽타도 죽어야 해. 연루된 혐의가 아무리 미미하다 해도 그들은 죽어 마땅해.'

나는 끔찍한 폭풍우에 휩쓸린 사람처럼 인파와 함께 비틀거리며 걸었다. 군중이 거칠게 밀치며 소음과 악취를 발산하며 압박을 가하자, 내 몸속에서 점점 커져 가는 구멍과 완벽히 어우러지면서 어둠의 꽃을 피웠다. 이제 웃음소리가 대단히 커졌다. 눈을 감아도 이 죽어가는 도시의 회색 건물 위로 칼리의 얼굴이 솟아오르는 모습이 보였다. 점차 커지는 찬가를 주도하는 칼리의 목소리가 들렸다. 박자에 맞춰 추악하게 춤을 추며 팔을 휘젓는 칼리의 춤사위가 보였다.

'눈을 뜨면 아는 사람이 보일 것이다. 기다릴 필요 없어. 여기에서 시작

하라.'

나는 억지로 눈을 꼭 감고 양손으로 가방을 부여잡아 가슴에 품었다. 사람들이 열린 출구 쪽으로 움직이면서 나도 같이 데리고 가는 느낌이 들었다. 짐꾼들이 외치는 소리와 캘커타의 하수구 악취가 이제 또렷하게 느껴졌다. 장전된 총이 든 가방 바깥 주머니 지퍼를 오른손으로 여는 느낌이 들었다.

'여기에서 시작하라.'

나는 여전히 눈을 감고 있었지만 앞으로 몇 분간 벌어질 모습이 눈앞에 보였다. 기다리고 있는 문, 거대한 짐승의 아가리 같은 것이 바로 이 도시였다. 내 안에서 검은 꽃이 만개하고 있음이 느껴졌다. 이제 나는 완벽하게 기름칠 된 루거를 든 다음 의식을 거행할 것이다. 그다음, 기운이 내 팔을 타고 올라 온몸을 관통하면 불꽃이 기침처럼 어둠 속으로 튀어나갈 것이다. 그러면 도망가던 형체들이 쓰러질 것이다. 나는 새 탄창을 밀어 넣어 뿌듯하게 재깍 소리를 내며 재장전할 것이다. 그러면 고통과 힘이 내 몸에 흐를 것이다. 도망치는 형체는 쓰러지고 그 충격에 떨어져 나온 살점이 날아다닐 것이다. 굴뚝이 내뿜는 불꽃이 하늘을 밝히고 그 벌건 불빛을 받으며 나는 거리와 차도와 골목을 누비고 다니다가 빅토리아를 찾아낼 것이다. 이번에는 제때, 제시간에 찾아낸 다음, 아이를 내게서 데려간 자들을, 내 길을 방해하는 자들을 모조리 죽일 것이다.

'지금 시작하라.'

"안 돼!" 나는 소리치며 눈을 번쩍 떴다. 내 비명 소리에 1, 2초 정도 칼리의 노래가 잠잠해졌다. 그 찰나의 순간, 나는 열린 가방 속에 들어가 있던 오른손을 빼고 왼손으로 거칠게 밀고 갔다. 출구가 열 걸음 앞에 보였고 사람들이 문 쪽으로 정신없이 밀려갔다. 이동 속도가 점차 빨라지면서 사람들이 문으로 모여들었다. 출구 바깥에 하얀 셔츠를 입은 남자가 파랗고 흰색이 칠해진 작은 버스 옆에 기다리는 모습이 얼핏 보였다. 남자의 머리는 시커멓게 감전된 듯 높이 솟아 있었다.

"안 돼!" 나는 가방을 망치 삼아 휘두르며 벽 쪽으로 힘겹게 향했다. 인파 속에 섞여 있던 키 큰 남자가 나를 밀치자 나는 그가 비켜줄 때까지 그의 가슴을 쳤다. 이제 열린 출구까지 세 걸음이 남았다. 사람들이 움직이자 나도 같이 쓸려 갔다. 진공청소기 속으로 빨려 들어가는 것 같았다.

'지금 시작하라.'

"안 돼!" 내가 크게 소리쳤는지는 모르겠다. 나는 앞으로 몸을 내던져 반대 방향에서 인파를 헤쳤다. 가슴 깊이의 강에 빠진 남자가 강물을 헤치고 가는 기분이었다. 왼손으로 아무 표시도 없는 옆문 문고리를 부여잡았다. 청사 출입 금지 구역으로 들어가는 문이었다. 아수라장 속에서 인간의 형상들은 내 몸을 들이받고 아무 생각 없이 손과 팔로 내 얼굴을 때렸지만, 나는 어떻게든 가방을 움켜쥐고 있었다.

나는 옆문을 밀고 들어간 다음 내달렸다. 가방이 내 오른쪽 다리를 때렸다. 내가 지나가자 놀란 공항 직원들이 옆으로 비켜섰다. 칼리의 노래가 그 전보다 훨씬 크게 으르렁거리자 나는 너무나 고통스러워서 눈을 질끈 감았다.

'여기에서 시작하라. 지금 시작하라.'

나는 걸음을 멈추다가 벽에 부딪혔고 그 반동에 어쩔 수 없이 뒤로 비틀거렸다. 간질이 발작한 것처럼 팔다리가 뒤틀리고 후들거렸다. 나는 뒤로 두 걸음을 걸어 도로 청사로 향했다.

"빌어먹을!" 나는 비명을 내질렀다. 아니 내질렀던 것 같다. 나는 옆으로 쓰러지다가 벽에 부딪혔는데 거기에 문이 나 있었다. 그래서 무릎으로 기면서 길고 어두운 방으로 들어갔다.

문이 닫히자 조용해졌다. 진정한 침묵이었다. 나 혼자였다. 방은 길었고 어둑어둑한 조명이 켜져 있었다. 주인 없는 가방 몇 점과 상자 몇 개, 트렁크만 보였다. 나는 시멘트 바닥에 앉아서 주위를 둘러보았다. 여기가 어딘지 깨닫게 되자 충격의 강도가 점차 거세졌다. 오른쪽을 보니 항공기용 관이 놓여 있던 망가진 카운터가 보였다.

칼리의 노래가 멈췄다.

나는 몇 분간 바닥에 앉아 헉헉거렸다. 구멍 뚫린 내 마음이 이제 유쾌한 것으로 거의 바뀌었다. 검은 독을 품었던 무언가가 사라졌다.

눈을 감았다. 빅토리아가 태어나던 날 밤 아이를 안았던 기억이 떠올랐다. 여러 번 아이를 안았던 기억, 아이의 젖내와 살 냄새, 분만실에서 서른 걸음을 걸어서 간호사실까지 데려갔던 기억도 되살아났다.

나는 눈을 뜨지 않고 가방 손잡이를 쥐고 있다가 일어서면서 기다란 방 저쪽 끝으로 가방을 있는 힘껏 내던졌다. 가방은 먼지가 풀썩이는 선반 너머로 날아가더니 잔뜩 쌓인 박스 속으로 떨어져 보이지 않는 곳에서 박살났다.

나는 방을 나왔다. 텅 빈 복도를 스무 걸음 걸어서 청사로 나왔다. 열 걸음 앞에 유일하게 직원이 나와 있는 티켓 카운터로 걸어가 캘커타를 떠나는 가장 빠른 비행기 티켓을 샀다.

비행기는 정시에 떴다. 20분 후 활주로를 뜰 때 뮌헨행 루프트한자 비행기에는 승객이 달랑 열 명뿐이었다. 나는 캘커타의 마지막 모습을 내다

볼 생각조차 하지 않았다. 랜딩 기어가 접히기도 전에 나는 잠이 들었다.

나는 그다음 날 오후 뉴욕에 도착해 델타 727편을 타고 보스턴 로건 국제공항에 내렸다. 공항에 도착하자 마지막까지 쥐어짠 예민한 에너지가 소진되고 말았다. 나는 암리타에게 데리러 와 달라고 전화를 걸었다. 목소리가 어쩔 수 없이 갈라졌다.

암리타가 빨간 핀토를 몰고 왔을 무렵, 나는 사시나무 떨듯 온몸을 떨며 여기가 어딘지 전혀 분간하지 못했다. 암리타가 병원으로 가자고 했지만 나는 검은 인조 가죽 시트에 몸을 깊이 파묻은 채 이렇게 말했다. "운전해. 그냥 운전만 해 줘."

우리는 북쪽으로 올라가는 I-95 도로를 탔다. 저녁의 태양이 중앙분리대 너머로 그림자를 길게 그렸다. 들판은 얼마 전 내린 폭풍우로 축축했다. 주체할 수 없을 만큼 이가 덜덜 떨렸지만 그래도 나는 억지로 말을 이었다. 암리타는 아무 말 없이 운전만 했고, 가끔 깊고도 서글픈 눈빛으로 나를 쳐다보았다. 아내는 내가 헛소리를 늘어놓기 시작했는데도 나를 말리지 않았다.

"저들이 내게 뭘 원했던 건지 깨달았어. 칼리가 뭘 원했던 건지 알았다고." 차가 주 경계를 향해 가는 동안 나는 얘기했다. "이유는 모르겠어. 칼리는 그 녀석이 다스의 자리를 차지했던 것처럼 내가 그 자리를 빼앗길 원했던 것 같아. 크리슈나가 나를 구해준 건, 저들이 언젠가 또 다른 광기를 부리려고 나를 다시 불러들이리라는 걸 알았기 때문인 것 같아. 뭐가 뭔지 모르겠지만 상관없어. 뭐가 정말 중요한지 당신은 알아?"

암리타는 나를 보면서도 아무 말도 하지 않았다. 저녁 햇살에 아내의 구릿빛 피부가 황금색으로 변했다.

"하루하루 나를 원망하며 살았어. 죽을 때까지 내 자신을 원망하며 살 거라는 것도 알았어. 그게 내 잘못이라고 생각했어. 내 잘못이긴 하지만. 당신도 스스로를 원망하고 있다는 걸 이제 나도 알아."

"내가 그 여자를 안으로 들이지 않았더라면……" 암리타가 입을 열었다.

"맞아!" 그건 거의 호통에 가까웠다. "나도 알아. 그렇지만 우린 그걸 멈춰야 해. 만약 그걸 넘어서지 않으면 서로를 망치고 자신을 망치는 것도 모자라 우리 셋의 의미까지 망쳐 버리고 말 거야. 우리가 그 어둠에 일조하게 될 거라고."

암리타는 솔즈베리 평원 출구 옆 쉼터에 차를 세웠다. 아내는 핸들에서 손을 떼었다. 우리는 몇 분간 아무 말 없이 앉아 있었다.

"빅토리아가 보고 싶어." 캘커타를 떠나온 이후, 처음으로 아내에게 우리 아이 이름을 내 입으로 말하는 순간이었다. "우리 아기 보고 싶다. 빅토리아가 보고 싶어."

아내가 내 가슴에 머리를 기댔다. 나는 내 셔츠에 대고 소리를 죽인 채 눈물을 흘리기 시작하는 아내를 간신히 이해할 수 있었다. 이제 분명해졌다.

"나도 그래, 보비. 나도 빅토리아가 너무 보고 싶어."

트럭이 칼바람을 휘날리고 굉음을 내며 지나가자 우리는 서로를 부둥켜안았다. 러시아워의 끝자락을 부여잡은 차들이 구릿빛 햇살 아래 조금씩 움직일 때마다 소리를 내며 도로 위를 그득히 채우고 있었다.

18

"그것을 고려하여 증오를 모조리 내몰면

영혼은 본디 순수함을 되찾아

마침내 스스로 기뻐하고

스스로 위안하고, 스스로 훈계하는 법을 배우고

바로 그 달콤한 뜻이 하늘의 뜻임을 터득한다.

비록 모든 얼굴이 쏘아보아도

사방에서 바람이 불어도

여기저기에서 울부짖는 소리가 터져도

딸은 여전히 행복할 수 있다."

— 윌리엄 버틀러 예이츠, 「딸을 위한 기도」

우리는 지금 콜로라도에 산다. 1982년 봄, 나는 여기 산악 지역에 있는 대학에서 열린 괜찮은 워크숍에 초청을 받았다가 잠깐 동부로 돌아가 암리타를 데리고 이리로 왔다. 이곳을 다시 찾았다가 여기에 눌러 살게 된 것이다. 우리는 엑서터의 집과 가구, 그 밖의 것들까지 모두 세를 주었다. 그러나 여덟 점의 그림은 여기 오두막집 거친 나무 벽에 걸려 있고, 1973년에 구입한 제이미 와이어스의 자그마한 유화 그림은 지금 창밖으로 보이는 풍성한 빛의 놀이를 가장 가깝게 포착해서 보여 준다. 그 멋진 햇살

덕분에 우리는 처음 몇 달 여기에 머무르게 되었고, 우리 부부는 처음이라 어설프긴 하지만 유화를 그리기 시작했다.

보스턴을 기준으로 삼으면 대학 시설도 초라하고 벌이도 시원찮다. 우리가 사는 집은 한때 삼림 경비원들이 썼던 오두막집이다. 커다란 창 너머로 북쪽으로 160킬로미터나 펼쳐진 눈 덮인 산봉우리가 보인다. 햇빛은 너무나 쨍하고 맑아서 눈이 아플 지경이다.

우리는 거의 청바지 차림으로 지낸다. 암리타는 진흙 길과 눈길을 4륜 구동 자동차로 질주하는 법을 터득했다. 바다가 그립긴 하다. 그보다 친구들이 보고 싶고, 해안가 도시에서 누리던 문화생활도 그립다. 여기에서 가장 가까운 마을은 산악 캠퍼스에서 13킬로미터는 내려가야 나온다. 여름 휴가철 피크라고 해봤자 고작 7천 명 정도가 모여든다. 제일 멋진 식당은 라 코키나라는 곳이며, 거기 말고 외식할 장소로는 피자헛, 노라스 브랙퍼스트 누크, 개리스 그릴이 있고, 고속도로 24시간 트럭 기사 식당도 있다. 여름이면 암리타와 나는 테이스티 프리지(미국의 패스트푸드 체인점)에서 자주 끼니를 해결한다. 주민 센터를 새로 짓기 전까지 마을 도서관은 이동식 차량에서 운영 중이다. 덴버는 차로 세 시간 거리에 있고, 겨울이면 한 번에 며칠씩 양쪽 산길이 폐쇄된다.

여기 공기는 유달리 깨끗해서 그런지 아침이면 몸이 훨씬 가뿐하다. 고도로 인해 지구의 다른 곳에서 강제로 작용하는 중력의 일부가 면제된 것 같다. 이곳 햇살은 쾌적한 환경을 넘어서 우리에게 청명한 형태로 다가온다. 치유의 청명함이다.

．．．

　지난 가을, 에이브 브론스타인이 세상을 떠났다. 앤 비티의 짧은 글이 실린 겨울 호를 막 끝낸 직후였다. 전철역으로 향하던 도중 극심한 심근경색이 그를 덮쳤다.

　우리 부부는 비행기를 타고 그의 장례식에 참석했다. 식이 끝난 후, 그가 노모와 살던 작은 타운 하우스에서 문상객들과 커피를 마셨다. 그런데 노모가 암리타와 나에게 에이브의 방으로 오라며 손짓했다.

　안 그래도 좁은 침실이 천장부터 바닥까지 책장을 매어 놓아서 더 비좁았다. 책장은 방 안의 삼면을 반 이상 차지했다. 브론스타인 부인은 86세로 침대 모서리에 앉아 있기만 해도 몸을 바로 세우지 못할 만큼 노쇠해 보였다. 방에서는 에이브가 피우던 시가 냄새와 가죽 바인더 냄새가 풍겼다.

　"이거 받아요." 부인이 말했다. 나에게 봉투를 내미는 노모의 손은 놀랍게도 하나도 떨리지 않았다. "에이브가 이걸 당신한테 남기고 갔어요, 로버트." 지금은 쉰 소리가 섞였지만 한창 때에는 굉장히 듣기 좋았을 것 같은 목소리였다. 습득한 언어의 뜻을 정확히 따져서 내뱉는 목소리는 그저 아름답기만 했다. "에이브가 나더러 이걸 직접 당신한테 전해 주라고 했어요. 에이브가 그렇게 말했기 때문에 하마터면 내가 당신을 찾으러 콜로라도까지 걸어갈 뻔했어요."

　이 가냘픈 노모가 들판에서 히치하이킹을 하는 모습을 상상하기만 하면 언제라도 내 입가에 미소가 번진다. 나는 고개를 끄덕이며 봉투를 열었다.

보비에게

만약 자네가 이 편지를 읽을 때쯤이면 자네나 나나 최근 만사에 심드렁해져 있을 걸세. 지금 막 의사를 만나고 오는 길이네. 의사는 나더러 연주 시간이 긴 음반을 사지 말라고 말리지도 않았지만, 그렇다고 시간이 오래 걸리는 자격증을 따라고도 하지 않더군.

나는 자네(그리고 암리타도?)가 중요한 것을 놓치지 않기를 바라네. 그러니까 내 말은, 내가 이 글을 쓴 시점으로부터 지금 자네가 집이라고 부르는 신에게 버림받은 허허벌판에서도 뭔가 중요한 일이 벌어지고 있을 수도 있다는 얘기지.

얼마 전에 유언장을 손보았어. 지금은 내 오랜 친구 매드 해터가 있는 공원 근처에서 시가를 즐기며 앉아 홀터 톱에 숏 팬츠를 입은 아가씨들을 바라보고 있네. 저렇게 입고 진짜로 봄이 왔다는 것을 몸소 확인하려나 봐. 날이 푸근하긴 해도 그렇게까지 푹하진 않은데 저렇게 살갗을 드러내니 계속 닭살이 돋잖아.

어머니가 자네에게 아직 모든 걸 말씀하지 않으셨겠지만, 새로 손본 유언장에선 어머니께 모든 걸 남기기로 했네. 모든 걸 넘기지만 단 하나, 프루스트 원판들은 예외야. 금고에는 저자와 주고받은 편지 파일도 있고, 판권과 서적들, 두둑한 통장이 있지. 그리고 『아더 보이시스』 편집장 자리까지. 여기까지가 자네 몫이야, 보비.

잠깐, 걱정 없이 사는 폴란드의 혈통이 흐르는 자네의 목에 내가 걱정거리를 걸어 주었다는 비난은 사양하겠네. 맞다고 생각하면 자네 마음대로 잡지사를 정리해도 좋아. 만일 다른 책임감 있는 집단이 우리 잡지를 계속 이어가는 게 낫다고 생각한다면, 그것도 좋네. 난 그 어떤 결정에 대해서도 자네에게 전권을 위임한 거야.

보비, 우리가 어떤 문예지를 만들고자 했는지 그것만 기억해 주게. 절세를 목적으로 하는 빌어먹을 거대 기업이나, 명문인지 똥인지도 분간하지 못하는 머저리를 고용할 사람들에겐 팔아 치우지 말게. 만일 수준을 낮추느니 휴간해야겠으면, 그래도 좋아.

그런데 말이야, 만일 이걸 계속할 생각이라면 제대로 하게. 『아더 보이시스』 같은 잡지가 얼마나 휴대성이 뛰어난지 자네도 놀라게 될 거야. 지금 자네가 살고 있는 지옥 어디든 갖고 다녀보게. (아참, 밀러가 월세를 올리겠다고 했어.) 만약 한번 해 볼 생각이라면, "에이브의 오랜 편집 방침"을 계속 이어 갈 걱정하느라 시간을 허비하지는 말게. 에이브에겐 편집 방침 따윈 없었다네! 그저 좋은 작품을 찍어내면 되는 거야, 로베르토. 자네의 직감을 믿어.

그래도 한 가지만 부탁하겠네. 최고로 잘 쓴 글들이 모두 『네이키드 런치』(윌리엄 버로스의 판타지 소설)를 답습해야 하는 건 아니야. 앞으로 나올 수많은 작품들은 자네를 지옥으로 빠트릴 거야. 작품이 좋으면 당연히 실어야지. 그래도 인류에 대한 희망을 품은 작품이 나올 여지는 여전히 존재하지. 적어도 난 그렇게 생각하네. 나보다 자네가 더 잘 알겠지, 보비. 자네는 화염 근처까지 갔다가 간신히 돌아온 사람이니.

이제 가야겠어. 경찰이 날 주시하고 있어. 내가 '지저분한 노인네'임을 정확히 간파한 것 같아.

이걸 어머니에게 읽어 드려도 좋아. 자네가 이걸 읽어 주기 전까진 어머니께선 마음을 놓지 못하실 거야. 대신 '똥'이란 단어와 거대 기업 앞에 '빌어먹을'은 빼고 읽어 드리게, 알았지? 자네가 처음으로 하는 자잘한 편집 부탁하네.

암리타에게도 안부 전해 주고.

1983년 4월 9일
에이브

에이브 말이 맞았다. 『아더 보이시스』는 꽤 휴대성이 좋았다. 『아더 보이시스』의 사서함이 우리 대학에 있다는 사실에 다들 신나 했다. 학교에서는 내 강의를 두 과목으로 줄여 주면서도 강의료는 삭감하지 않는 배려를 해 주었다. 만일 나 때문에 암리타가 이 대학 수학과에서 계속 강의하는 거라면 내가 강의를 하나도 하지 않아도 대학에서는 나한테 월급을 줄 것 같았다. 암리타는 덴버에 있는 슈퍼컴퓨터 크레이와 시간을 공유하는 대학 컴퓨터 터미널에 쉽게 접속할 수 있어서 만족해 한다. 아내는 얼마 전 이렇게 말했다. "여긴 꽤 최신이야." 수학과 건물로 가는 동안, 아내는 간이 막사 같은 기숙사나 콘크리트 블록으로 지은 건물, 코딱지만 한 도서관을 보지 못한 게 확실하다.

나는 콜로라도 산 정상에서 미 동부 문학잡지를 편집하는 게 꽤 편리하다는 사실을 깨달았다. 1년에 대여섯 번은 인쇄소 사람들과 의논하고 작가와 후원자를 만나러 다녀야 하지만 말이다. 암리타도 출판에 관여하게 되었는데 독자로서 놀랄 만한 강점을 보여 주고 있다. 아내는 언어와 수학을 공부하다 보니 기호학적 균형감을 갖추게 되었다고 말한다. 그게 무엇인지 모르겠지만. 암리타가 부추긴 바람에 나는 조앤 그린버그와 카우보이들의 시 모임(카우보이들은 하루 일과를 마치고 둘러앉아 서로의 소회를 시로 풀어냈는데, 이것이 글로 전해져 내려온다) 등 서부 작가를 더 많이 실으려고 애쓰고 있다.

그리고 그 결과는 내게 용기를 주고 있다. 최근 들어 구독 수가 늘어서 선반에 잡지를 꽂아 놓고 파는 판매점을 몇 군데 세웠다. 오랜 독자들은 여전히 충성심을 보이는 것 같다. 두고 보면 알게 될 것이다.

나는 캘커타에 다녀온 이후로는 시를 단 한 편도 쓰지 않았다.

칼리의 노래는 절대로 멈추지 않는다. 주파수를 잘못 맞춘 라디오에서 일그러져 나오는 노래처럼 아직도 내 귓가에 울려 퍼진다.

나는 낮게 걸린 구름을 핥아먹으려고 불꽃을 내뿜는 굴뚝이 저 멀리 보이는 와중에 진흙 범벅 쓰레기 속에 회색 수의를 입은 시신들이 발에 차이는 그 사이를 지나는 꿈을 여전히 꾼다.

어느 날 밤, 바람이 산 정상으로 불어오면 나는 자리에서 일어나 오두막집 전면 유리창으로 가서 시커먼 어둠 속을 내다본다. 저 바깥 바위 위에 여섯 개의 팔다리가 달린 형체가 허우적거리는 소리가 들린다. 그러면 나는 기다린다. 퀭한 얼굴에 굶주린 입과 갈증 난 눈으로 어둠의 경계 바로 앞에서 기다리고 있다가 무언가에게 붙들려 멀리 끌려간다…… 그것이 무엇일까? 나는 모르겠다.

아직도 칼리의 노래가 불린다.

얼마 전 여기에서 별로 멀지 않은 곳에서, 자칭 '독실한 기독교도'라고 부르던 나이 많은 여자와 장성한 딸이 저녁 내내 아이를 울리는 악귀를 내

쫓겠다며 손자를 오븐에 넣고 구웠다.

내 학생 중 하나는 최근 여자 친구를 강간 살인한 후 사흘간 친구 열네 명을 데려와 시신을 보여준 캘리포니아의 고교생과 멀게나마 연관이 있다. 어떤 아이는 여자가 죽었는지 확인하려고 시신에게 벽돌을 던지기까지 했다. 그러나 그 사건에 연루된 아이들 중 그 누구도 이 얘기를 경찰 관계자에게 말할 생각을 하지 않았다.

지난 달 뉴욕 애덤슨스 출판사에서 시엄 리라는 인쇄업자를 만났다. 그는 캄보디아 프놈펜에서 온 42세의 난민이었다. 프놈펜에서 자기 인쇄소를 운영하다가 뇌물을 주고 태국을 거쳐 몇 년 전 미국으로 건너왔다. 인쇄소 사환으로 출발해서 애덤슨스와 같이 일할 정도로 성공한 사람이었다. 술을 몇 잔 마신 후, 리는 나에게 프놈펜에서 어쩔 수 없이 피난 온 사연을 털어놓고 8일간의 강행군으로 부모를 잃은 얘기까지 해 주었다. 그는 강제 수용소에서 아내가 죽은 얘기도, 아침에 눈을 떠보니 세 자녀가 캄보디아 반대편에 있는 집단 농장으로 끌려간 얘기도 조용히 털어놓았다. 리는 도망치는 동안 그가 나뒹굴었던 벌판에 대해 이렇게 설명했다. 2000평방제곱미터 정도 되는 넓은 평원에 인간의 백골이 대략 1.2미터 넘게 쌓여 있었다고 했다(1975년부터 1979년까지 4년간 캄보디아의 크메르루즈 정권이 200만 명을 학살해 이들을 한꺼번에 묻었는데, 일명 '킬링필드'라 불린다).

칼리의 시대가 시작되었다.

• • •

나는 지난주 이동 차량 도서관에 가서 일명 '캘커타의 블랙홀(당시 독립운동으로 서기관 관저 지하에 갇힌 영국 귀족과 친영파 인도 지도층이 질식

361

사 한 사건)'에 관한 책을 읽었다. 나는 그때까지 그 사건을 블랙홀이라는 단어로만 알고 있었다. 세세한 역사적 사실은 상당 부분 들어맞지 않았다. 본질적으로 보면, 블랙홀 사건은 1800년대 산발적으로 독립 운동이 벌어지는 동안 너무나 많은 사람들이 공기가 통하지 않은 지하실에 잔뜩 모여서 벌어진 일이었다.

그럼에도 그 블랙홀이라는 단어가 내 머릿속에서 떠나지 않는다. 이론이라는 단어로 직관적인 의견을 말하기엔 지나치게 근엄하지만, 나는 캘커타에 관한 이론을 하나 정립했다.

나는 현실에도 여기저기 블랙홀이 존재하며, 인간 영혼에도 블랙홀이 존재한다고 생각한다. 또한 밀집 상태나 비참함, 본디 인간의 사악함으로 인해 사물의 거죽이 찢어지면 우리 마음 속 시커먼 심지가 나머지 부분까지 집어삼키는 장소가 실제로 존재한다고 본다.

나는 신문을 읽고 주위를 둘러본다. 이러한 블랙홀들이 점점 더 커지고 흔해져서 그 사악한 식욕으로 먹고 산다는 사실에 기분이 가라앉는다. 블랙홀은 먼 나라 낯선 도시에만 국한되지 않는다.

나는 암리타에게 아무 얘기도 하지 않고 최근 천문학에서의 블랙홀에 관해 물었다. 아내는 스티븐 호킹의 연구 결과를 토대로 장황하게 설명했다. 대부분 공학적인 얘기라서 나는 무슨 말인지 거의 알아듣지 못했다. 그래도 아내의 얘기 중에 두 가지가 내 흥미를 끌었다. 첫째, 아내는 블랙홀 안에 갇힌 빛과 다른 에너지들이 종국엔 천문학에서의 블랙홀을 벗어날 수 있을 거라고 했다. 암리타의 자세한 설명은 잊어 버렸지만, 나는 이렇게 이해했다. 블랙홀을 되돌아 빠져나오는 건 불가능하지만, 에너지가 통과하여 아예 다른 시간과 장소로 빠져나가는 것은 가능할지도 모른다는 얘기가 인상적이었다. 둘째, 우주에 있는 모든 물질과 에너지를 블랙홀이 집어삼킨다 해도 그 질량이 하나로 합쳐져 또 다른 빅뱅이 일어날 것이며, 그로 인해, 아내의 표현을 빌자면, 새로운 법칙과 새로운 형태, 눈부시게 빛나는 은하를 지닌 '새롭고 신선한 또 하나의 우주'가 시작될 것이 확실하다고 했다.

어쩌면 그럴지도 모르겠다. 나는 산 정상에 앉아서 그저 그런 은유를 구상 중이다. 그 와중에 지저분한 천 사이로 살짝 보였던 창백한 뺨이 떠오른다. 가끔은 마지막으로 빅토리아의 머리를 손으로 감싸 쥐었던 그 느낌을 떠올리고 싶어서 내 손바닥을 매만지기도 한다. '아빠가 올 때까지 엄마를 잘 보살피고 있어, 알았지, 우리 공주님?'

바람이 불자 별들이 서늘한 밤기운에 몸을 떨었다.

암리타가 임신했다. 아직 내게 말은 안 했지만, 나는 이틀 전 아내가 병원에서 확인 받은 걸 안다. 아내는 내가 어떤 반응을 보일지 걱정하는 것 같다. 그럴 필요 없는데.

한 달 전, 9월 학기가 개강하기 직전에 암리타와 나는 차를 몰고 폐광으로 가는 길 끝까지 올라갔다. 그리고 거기에서부터 배낭을 메고 능선을 따라 약 5킬로미터 정도를 걸었다. 발밑으로 보이는 소나무 사이를 스치는 바람 소리 말고는 아무것도 들리지 않았다. 탄광이 수명을 다하자 그쪽 계곡은 사람이 살지 않아 폐쇄되고 말았다. 우리는 폐탄광 중 일부를 구경한 다음, 다른 능선으로 넘어갔다. 그곳에서 사방으로 뻗어 나가다가 둥근 지구 저 너머로 아예 넘어가 버린 눈 덮인 정상이 보였다. 우리는 걸음을 멈추고 머리 위 800미터 창공에서 상승 기류를 타고 조용히 원을 그리며 날아가는 매를 쳐다보았다.

그날 밤, 우리는 고원 호수 근처에서 캠핑을 했다. 그곳에는 손이 아릴 만큼 차가운 눈 녹은 물이 완벽한 원으로 고여 있었다. 자정 무렵 반달이 뜨더니 주변 산 정상에 창백한 빛을 뿌렸다. 바위가 많은 근처 슬로프 위로 달빛에 군데군데 눈으로 덮인 곳이 드러났다.

그날 밤 우리는 사랑을 나눴다. 캘커타에 다녀온 이후 처음은 아니었지만, 모든 걸 잊고 오로지 우리 둘에게만 집중한 건 처음이었다. 일을 치른 후, 암리타는 내 가슴에 머리를 묻고 잠이 들었고, 나는 누워서 페르세우스 유성우가 8월의 밤하늘을 가르며 지나가는 모습을 지켜보았다. 나는 스물여덟까지 숫자를 세다가 잠이 들었다.

암리타는 서른여덟, 이제 곧 서른아홉이 된다. 의사는 아내에게 분명 양수 검사를 권했을 것이다. 나는 아내에게 검사를 받지 말라고 할 생각이다. 양수 검사는 태아에 문제가 있을 경우 부모가 기꺼이 낙태할 마음이 있을 때나 도움이 된다. 우린 그러지 않을 것 같다. 게다가 아무 문제없을 거라는 느낌이 아주 강하게 든다.

이번엔 아들이면 정말 좋을 것 같다. 딸이라 해도 좋을 것이다. 옛집에서 아이를 키우면 고통스러운 기억이 되살아나겠지만, 지금 우리가 오랫동안 살고 있는 오두막집에서는 덜 아플 것 같다.

어떤 곳은 극악무도하여 그 존재가 용납이 되지 않는다고 나는 지금도 믿는다. 가끔 핵무기의 버섯구름이 도시 위로 피어오르고 불타는 장작 더미를 배경으로 춤추는 인간의 형상이 나오는 꿈을 꾼다. 그 도시는 한때 캘커타였던 곳이다.

어딘가에서는 칼리의 시대를 선포하는 어둠의 합창을 준비하고 있다. 확실하다. 칼리의 명령을 따르는 자들은 늘 존재할 것이다.

'모든 폭력은 힘입니다, 루잭 씨.'

봄이 오면 아이가 태어난다. 아들이든 딸이든 나는 우리 아이가 청명한 하늘 아래 펼쳐진 언덕을 오를 때, 겨울날 아침 따뜻한 초코 음료를 마실 때, 신록으로 뒤덮인 어느 여름날 토요일 오후의 웃음소리를 들을 때 느낄 그 모든 기쁨을 온전히 누리기를 원한다. 우리 아이가 좋은 책들이 전하는 다정한 목소리를 듣고, 좋은 사람들과 같이 있으면서 그보다 훨씬 다정한 침묵의 소리도 들을 수 있기를 바란다.

•••

나는 몇 년간 시를 전혀 쓰지 못했다. 그런데 얼마 전 튼튼하게 제본된 큼직한 공책 몇 권을 사서 그 안에 매일 무언가를 적는다. 시를 쓰는 것은 아니고, 출판하려는 것도 아니다. 그냥 이야기다. 사실, 이어지는 얘기라고 할 수 있다. 서로 어울릴 것 같지 않은 친구들이 함께 하는 모험에 관한 이야기다. 말하는 고양이, 겁 없이 조숙한 쥐, 씩씩하나 외로운 켄타우로스, 비행을 겁내면서 허세를 떠는 독수리가 나온다. 용기와 우정, 흥미로운 곳을 찾아 나서는 작은 원정대에 관한 이야기다. 아이들의 머리맡에서 읽어주는 책이다.

칼리의 노래는 이미 우리와 함께 있다. 그것은 아주 오래전부터 늘 함께 해 왔다. 칼리의 합창이 점점 더 크게 들려온다.

그럼에도 우리가 꼭 들어야 하는 다른 목소리가 존재한다. 이 세상엔 다른 노래가 불려야 한다.

옮긴이의 말

『칼리의 노래』는 인도 캘커타라는 기묘한 공간에서 벌어지는 미국인 가정의 비극을 그린 작품이다. 이들이 겪은 비극은 과연 운명이었을까, 아니면 실수였을까.

나는 댄 시먼스와의 첫 만남이었던 『테러호의 악몽』에 이어 『칼리의 노래』로 그를 또다시 만났다. 『칼리의 노래』가 그의 장편 데뷔작이니 시기상으로 보면 젊은 시먼스를 나중에 만난 것이다. 『테러호의 악몽』이 방대한 북극을 배경으로 펼쳐지는 탐험대의 모험을 치밀하고 노련하게 그린 작품이라면, 『칼리의 노래』는 한 가정이 타국에서 겪은 열흘간의 비극을 집약적으로 그린 작품이라 하겠다. 철저한 자료 조사를 토대로 이국적인 소재를 능수능란하게 요리하는 댄 시먼스의 능력은 데뷔작에서부터 빛을 발한다.

보비는 미국인 작가로 얼마 전 첫 시집을 발간했다. 그런 그에게 『하퍼스 매거진』이 인도 현지 취재를 부탁한다. 몇 년 전 사망한 것으로 알려진 인도의 국민 작가 다스가 부활하여 신작을 발표했으니 인도에 가서 그를 만나 판권을 확보하라는 것이다. 보비는 인도계 미국인 아내와 7개월 된 딸까지 데리고 인도로 출장을 간다. 아내와 같이 가면 통역 문제도 해결되고, 아내가 오랜만에 모국을 둘러볼 좋은 기회라고 여긴 것이다. 그렇게 일가족은 캘커타에 도착한다. 미국인의 눈에 비친 인도는 한마디로 혼돈 그 자체다. 발전 속도가 더디다 못해 아예 정체되고, 미개하기 그지없을 만큼 비위생적이고 불합리한 환경과 사회제도 속에서도 인도인들은 그것이 당연한 듯 생활을 영위한다. 출장의 목적이었던 다스의 시에 대한 판권 문제가 쉬워도 너무 쉽게 풀린다. 내일이면 다스의 원고를 받아서 미국으로 돌아갈 수 있을 것 같다. 그런데 기괴한 토속 신앙의 손아귀에서 벗어나지 못한 인도인들을 의아하게 바라보던 미국인 보비 역시 거기에 붙들리고 만다. 사람의 신분을 철저히 나누면서도 생과 사의 경계는 모호한 인도라는 공간에서 보비는 가족을 동반하여 출장을 온 대가로 단장의 아픔을 겪는다.

댄 시먼스는 인도의 토착 신앙과 제사라는 명분으로 폭력을 자행하는 기괴한 교단의 행위를 소름 끼치게 묘사한다. 그런데 이것이 환상인지 아니면 현실인지 분간할 수 없을 만큼 그 경계가 모호하다. 착각이라고 하기엔 너무나 현실적이고, 현실이라고 하기엔 도저히 이성적으로 이해되지 않는다. 그 와중에 이방인이 겪은 현실은 지독히 사악하고 악랄하며 잔인하다. 그 무엇보다 가장 섬뜩한 건 이 혼돈의 소용돌이 속에서 내 어린 자식이 폭력의 희생양이 된다는 사실이다. 많은 이들이 평하기를 이 소설은 한 번 읽으면 절대로 잊히지 않는다고 하는데, 그 이유는 댄 시먼스가 인도라는 공간에서 벌어지는 기괴하고 섬뜩한 제례와 범죄를 생생하게 묘사한 동시에 범죄 조직의 농간에 휘둘려 자식을 잃은 부모의 처참한 심정을 절절히 그렸기 때문이다.

부모에게 자식이 어떤 존재인지 몸과 마음으로 실감하는 입장이라서 그런지, 나에게는 이 부부가 겪은 아픔이 칼리의 신이 내뿜는 공포감보다 섭뜩했다. 그 어떤 부모가 사랑하는 자식을 앞세우는 상황을 상상이나 할까. 자식의 주검을 보는 고통은 횡포한 죽음의 여신 칼리가 휘두르는 칼에 모가지가 댕강 잘릴지 모를 두려움보다 극심하다. 신상이 눈을 부라리며 여섯 개의 팔다리를 휘둘러 인간의 목을 자른다 해도 내 자식이 누군가의 손에 죽임을 당했는데 누가 왜 그랬는지 그 이유조차 알 수 없는 현실만큼 기가 막히고 소름 끼치는 상황은 없을 것이다. 그런 연유로 차마 상상조차 할 수 없는 상황이 머릿속에 떠오르는 순간, 등골이 오싹해지면서 결코 잊히지 않을 섭뜩함이 내 가슴을 할퀴고 지나갔다. 차라리 내 목이 잘렸으면.

『칼리의 노래』를 일단 읽기 시작하면 책을 내려놓을 수 없을 것이다. 번역 작업을 할 때에는 책을 읽는 전략이 독자로서 읽을 때와는 달라지는데, 나는 결말이 미치도록 궁금해서 번역자로서 책 읽기를 잠시 멈추고 독자로서 단숨에 끝까지 읽어 내려갔다. 게다가 댄 시먼스의 생생한 묘사 덕분에 이 책을 읽는 동안 오감이 작동하는 독특한 경험을 했다. 그저 책을 읽고 있음에도 갑자기 낯선 사원 안으로 빨려 들어가 코끝에 악취가 진동하고 살갗에 소름이 돋고 귓가에는 강물 소리인지 바람 소리인지 모를 것이 계속해서 들리는 듯했다. 급기야 눈물이 맺히고 말았다.

감당할 수 없는 비극을 한 가정에 선사하면서까지 작가가 독자에게 전하려 했던 메시지는 과연 무엇일까? 그것은 소설의 마지막 부분에 극명히 드러난다. 잔혹한 고통이 썰물처럼 빠져나간 그 자리에서 부부는 과연 어떤 모습으로 살고 있을까. 일상으로 돌아온 부부의 모습을 통해 삶의 의미와 목적을 전달하는 대목을 읽으면 시먼스가 이국적인 요소에 토착 신앙을 혼합하여 기괴한 분위기를 조성하는 데에만 몰두한 가벼운 작가가 아님을 깨닫게 해 준다. 『칼리의 노래』는 최고의 공포소설인 동시에 가족과 삶의 의미를 관조하게 하는 깊이 있는 작품임에 틀림없다.

김미정

칼리의 노래

초판 1쇄 인쇄 2016년 6월 29일
초판 1쇄 발행 2016년 7월 7일

지은이 | 댄 시먼스
옮긴이 | 김미정
펴낸이 | 정상우
주간 | 정상준
편집 | 이민정 김민채 황유정
디자인 | 박수연 김인경
관리 | 김정숙

펴낸곳 | 오픈하우스
출판등록 | 2007년 11월 29일 (제13-237호)
주소 | 서울시 마포구 동교로13길 34(04003)
전화 | 02-333-3705   팩스 | 02-333-3745
openhousebooks.com
facebook.com/vertigo.kr

ISBN 979-11-86009-62-8 04840
ISBN 979-11-86009-19-2 (세트)

VERTIGO는 (주)오픈하우스의 장르문학 시리즈입니다.

이 도서의 국립중앙도서관 출판예정도서목록(CIP)은 서지정보유통지원시스템 홈페이지(http://seoji.nl.go.kr)와
국가자료공동목록시스템(http://www.nl.go.kr/kolisnet)에서 이용하실 수 있습니다.
(CIP제어번호: CIP2016014946)